KNAUR

Über die Autorin:
Annette Landgraf lebt mit ihrem Ehemann in der Umgebung von München und heckt dort ihre Geschichten aus. Ihre Hobbys sind Sachbücher und Romane über China, Bildbände aus den ersten Jahrzehnten der Fotografie und Reisen an interessante Orte.

Annette Landgraf

Ein Joker fürs Glück

Roman

KNAUR

Besuchen Sie uns im Internet:
www.knaur.de

Aus Verantwortung für die Umwelt hat sich die Verlagsgruppe Droemer Knaur zu einer nachhaltigen Buchproduktion verpflichtet. Der bewusste Umgang mit unseren Ressourcen, der Schutz unseres Klimas und der Natur gehören zu unseren obersten Unternehmenszielen. Gemeinsam mit unseren Partnern und Lieferanten setzen wir uns für eine klimaneutrale Buchproduktion ein, die den Erwerb von Klimazertifikaten zur Kompensation des CO_2-Ausstoßes einschließt. Weitere Informationen finden Sie unter: www.klimaneutralerverlag.de

FSC www.fsc.org MIX Papier aus verantwortungsvollen Quellen FSC® C083411

Originalausgabe Juli 2021
Knaur Taschenbuch
Ein Imprint der Verlagsgruppe
Droemer Knaur GmbH & Co. KG, München

Redaktion: Regine Weisbrod
Covergestaltung: ZERO Werbeagentur, München
Coverabbildung: Collage unter Verwendung von Motiven von Shutterstock.com
Satz: Adobe InDesign im Verlag
Druck und Bindung: CPI books GmbH, Leck
ISBN 978-3-426-52571-5

2 4 5 3 1

Erster Teil

Der Hahn des Schicksals

1.

Julia blieb an der Zwischentür stehen und warf einen Blick in den Speisesaal. Auch dort war alles perfekt vorbereitet. Gläser und Teller standen auf den Tischen, das Besteck war richtig angeordnet, und überall hatte das Personal Vasen mit frischen Schnittblumen verteilt. Fedosia wies gerade eine ihrer Helferinnen an, ein Messer um drei Millimeter nach vorne zu schieben, damit alle in Reih und Glied lagen. Julia winkte der Haushälterin kurz zu und kehrte in den Festsaal zurück. Die Dekoration hatte sie zusammen mit Sophia entworfen und fand, dass die selbst gebastelten Lampions in Form von Lkws sehr gut wirkten.

Sophia trat an ihre Seite und wirkte nicht weniger zufrieden. »Na, Julia, gefällt es dir?«

»Allerdings!«, antwortete das Mädchen. »Wir werden uns nicht blamieren. Immerhin geht es um Opas siebzigsten Geburtstag, und der muss so festlich begangen werden, wie es uns möglich ist. Hast du die Gästeliste gesehen? Da kommt jeder, der im Landkreis einen Namen hat, dazu viele Geschäftspartner und sogar Leute aus Köln.«

»Es wird sicher ein schönes Fest, Liebes!«, erklärte Sophia. »Aber Eduard sagt, es wird im nächsten Jahr ein noch größeres Fest geben. Du wirst achtzehn und damit volljährig. Das Gymnasium hast du dann auch hinter dir und kannst dir aussuchen, was du studieren willst.«

Ein Schatten huschte über Julias Gesicht. »Ich weiß nicht, ob Opa das überhaupt zulässt. Als ich letztens sagte, ich würde gerne Betriebswirtschaft studieren, um einmal in die Firma eintreten zu können, sagte er, er hielte das für überflüssig. Und du weißt: Wenn Opa etwas für überflüssig erachtet, wird es nicht geschehen. So war es auch, als ich vor einem Jahr den Mofaführerschein machen wollte. Auf diese Weise hätte ich alleine zur Schule fahren können. Aber er hat gemeint, das sei nicht notwendig, denn Lippens könne mich ja weiterhin hinfahren und wieder abholen.«

Sophia nahm einen gewissen Trotz in der Stimme des Mädchens wahr. Sie fand es gut, dass Julia sich über ihre Zukunft Gedanken machte. Eduard Lensberg hingegen war der Ansicht, er selbst wisse am besten, was für Julia richtig sei und wie es mit ihr weitergehen solle. Aber damit engte er seine Enkelin über Gebühr ein. Das wunderte Sophia immer wieder, denn sonst war ihr Lebenspartner der vernünftigste Mensch auf der Welt. In dieser Beziehung aber ließ er sich von niemandem dreinreden, auch nicht von ihr.

»Auf jeden Fall sehen die beiden Räume wunderbar aus. Drüben können wir essen und hier tanzen und reden.«

»Ich werde nicht viel zum Reden kommen. Die meisten, die Opa eingeladen hat, zählen nicht gerade zu meiner Altersgruppe!«, sagte Julia und lachte, denn sie war es durchaus gewohnt, sich artig mit älteren Herrschaften zu unterhalten.

»Stell dir vor, der Jüngste auf der Gästeliste ist Birke!«, fuhr Julia fort.

»Er heißt Berke, Liebes«, korrigierte Sophia das Mädchen.

»Birke klingt aber lustiger. Ebenso Holzig!«

Julia kicherte, denn Frau Holtzing, die Chefsekretärin ihres Großvaters, machte einen arg hölzernen Eindruck. Jedenfalls übertrafen deren Fähigkeiten im Beruf ihren Sinn für Humor um ein Vielfaches.

Bei dem Gedanken an Simon Berke verzog Sophia das Gesicht. Gleichgültig, wie viel ihr Lebensgefährte Eduard Lensberg von seinem Geschäftsführer auch halten mochte – ihr gefiel es nicht, wie der Mann, der mit über dreißig schon lange erwachsen war, um die noch nicht einmal ganz siebzehnjährige Julia herumschwänzelte. Für Sophia lagen seine Gründe auf der Hand: Berke war weitaus mehr auf die Lensberg-Spedition aus als auf das Mädchen als Person. Leider schien Eduard Lensberg sich Berke als Nachfolger in den Kopf gesetzt zu haben, ohne daran zu denken, dass Julia ihre eigenen Vorstellungen von ihrem Leben und ihrer Zukunft haben könnte.

»Was meinst du, Sophia? Soll ich den gelben Lkw noch ein wenig nach links hängen?«, fragte Julia, die Berke längst wieder vergessen hatte.

Sophia sah hin und schüttelte den Kopf. »Für mein Gefühl passt er so genau richtig.«

Da wurde die Tür geöffnet, und Frau Holtzing trat ein. Sie war groß und etwas hager, hatte scharf geschnittene Gesichtszüge und einen wachen, intelligenten Blick.

»Guten Tag, Frau Kage! Guten Tag, Julia! Wie ich sehe, ist hier alles fertig!«, sagte sie.

»So ist es, Frau Holtzing«, antwortete Sophia und bedachte das Mädchen mit einem warnenden Blick, ja nicht Holzig zu sagen.

Julia beherrschte sich. »Wie sieht es aus, Frau Holtzing? Gibt es Absagen für heute Abend?«

»Ja! Zumindest könnte man es eine halbe Absage nennen. Lukas Kullmann lässt sich und seine Frau entschuldigen, da sie eine Einladung des französischen Generalkonsuls in Düsseldorf erhalten haben. Er hat mitgeteilt, dass sein Bruder Marcus an seiner Stelle zur Geburtstagsfeier Ihres Großvaters kommen wird.«

»Ich wusste gar nicht, dass Lukas Kullmann einen Bruder hat.« Julia war dem Besitzer der Kullmann-Werke mehrmals begegnet und wusste, dass er bereits über vierzig Jahre alt war. Von einem Bruder war niemals die Rede gewesen.

2.

Etwa zehn Kilometer von Eduard Lensbergs Villa entfernt bedachte Lukas Kullmann seinen Bruder Marcus mit einem strafenden Blick. »Du musst dich umziehen, sonst kommst du noch zu spät zu Lensbergs Feier. Da der alte Herr Wert auf Höflichkeit und auf gutes Benehmen legt, sind Jeans und T-Shirt gewiss nicht die Kleidung, die er bei der Feier zu seinem siebzigsten Geburtstag sehen will.«

»Ich habe keine Lust auf einen drögen Abend. Außerdem habe ich etwas anderes vor«, antwortete Marcus widerspenstig.

»Mit Paul und Mia durch die Kneipen zu streifen! Das kannst du auch ein andermal. Hier geht es um die Firma! Wir gehören zu den bevorzugten Kunden der Spedition Lensberg, und ich will, dass es so bleibt. Daher muss einer von uns dahin.«

»Und warum du nicht?«, fragte Marcus, der die Verabredung mit seiner Freundin und seinem besten Freund unter allen Umständen einhalten wollte. »Schick genug angezogen bist du ja!«

Lukas' Blick nahm an Schärfe zu. »Du weißt genau, dass Caren und ich zum Empfang des französischen Konsuls eingeladen sind. Daher ist es deine Pflicht, mich bei Lensberg zu vertreten.«

»Pflicht!« Marcus bellte dieses Wort förmlich. »Seit Jahren höre ich nur Pflicht! Pflicht! Pflicht! Du tust direkt so, als wäre ich dein Sklave – oder wenigstens der der Firma. Ich habe ja wohl ein Recht auf mein eigenes Leben!«

»Da du während neunzig Prozent deiner Zeit ein höchst angenehmes Leben führst, kannst du die restlichen zehn Prozent durchaus mal was dafür tun, dass es so bleibt. Aus diesem Grund wirst du dich jetzt umziehen und zu Lensberg fahren, hast du mich verstanden? Sonst streiche ich dir deinen Zuschuss, und du kannst zusehen, wie du mit deinem normalen Taschengeld auskommst!«

Marcus schluckte. Lukas war so verärgert, dass er diese Ankündigung wohl wahr machen würde. Für seinen Bruder ging die Firma über alles. Seit dem Tod des Vaters vor mehr als zehn Jahren war Lukas der Chef, und er behandelte ihn, seinen jüngeren Bruder, wie einen Untergebenen. Lukas' Frau Caren versuchte zwar, zwischen ihnen zu vermitteln, aber auch sie verstand nicht, wie viel ihn von seinem Bruder trennte. Lukas war zwanzig Jahre älter als er und von Anfang an zum Nachfolger herangezogen worden. Er hatte, wie Marcus spottete, die Verantwortung für die Firma bereits mit der Muttermilch eingesogen. So hatte Lukas sich auch pflichtgemäß in die Frau verliebt, die der Vater für ihn ausgesucht hatte.

Marcus war objektiv genug, um zuzugeben, dass die Ehe seines Bruders sehr glücklich war. Als Tochter eines Geschäftsmanns verstand Caren, wie wichtig ihm die Firma war, und unterstützte ihn nach Kräften. Auch stand mit den zehnjährigen Zwillingen Matthäus und Johannes die nächste Generation Kullmann bereit, einmal die Firma weiterzuführen. Deshalb sah Marcus nicht ein, weshalb auch er dort mitarbeiten sollte. Zwar war er noch eine Weile auf die finanzielle Unterstützung seines Bruders angewiesen, doch sobald er sein Studium abgeschlossen hatte, wollte er auf eigenen Füßen stehen.

Seine Schwägerin trat zu ihm und legte ihm die Hand auf den Arm. »Kannst du Lukas nicht diesen einen Gefallen tun?«

»Schon gut, ich werde hingehen«, antwortete Marcus bitter. »Wenn Lukas mir den Zuschuss verweigert, muss ich mein Studium abbrechen.«

»Du hast doch deinen Bachelor gemacht. Eigentlich müsste das reichen, damit du einen führenden Posten in der Firma einnehmen kannst.« Das war Lukas' Lieblingsthema, denn er hielt es für sinnlos, überflüssige Dinge zu lernen. Das, was sein Bruder an Rüstzeug noch brauchte, konnte er sich auch durch Learning by Doing erwerben.

Marcus aber wollte sein Studium mindestens mit dem Master abschließen. Vielleicht würde er auch noch promovieren. Voraussetzung dafür aber war, dass Lukas ihm weiter eine hübsche Summe über sein in Vaters Testament festgelegtes Taschengeld hinaus zahlte.

»Reicht für die Feier bei Lensberg ein schwarzer Anzug, oder muss ich in Frack und Zylinder erscheinen?«, fragte er bissig.

Caren gluckste, während Lukas seinen Bruder ein weiteres Mal vernichtend ansah.

»Anzug reicht! Er sollte aber nicht schwarz sein. Schließlich gehst du nicht auf eine Beerdigung, sondern auf eine Geburtstagsfeier.«

Marcus verkniff sich ein Grinsen, das seinen Bruder misstrauisch hätte machen können. Er besaß mehrere Anzüge, die passend gewesen wären. Der jedoch, den er im Auge hatte, war es gewiss nicht. Das aber brauchte Lukas nicht zu wissen.

»Wann beginnt die Party bei Lensberg? Ich möchte nicht zu spät kommen«, fragte er.

»Zwanzig Uhr! Sei pünktlich und übermittle Lensberg meine herzlichsten Grüße. Ach ja, wir haben auch ein Geschenk für ihn. Caren wird es dir geben.«

»Und wann müsst ihr das Haus verlassen?«, fragte Marcus weiter.

»Um sieben! Lass dir aber nicht einfallen, nicht zu Lensberg zu gehen. Dessen Spedition ist zu wichtig für die Firma. Bis jetzt wird jede Lkw-Ladung so rasch wie möglich transportiert. Das könnte sich ändern, wenn wir Lensberg verärgern.«

»Dann wäre Lensberg ein schlechter Geschäftsmann! Du sagst immer, bei Geschäften darf man sich nie von seinen Launen beherrschen lassen.«

Lukas setzte zu einer Antwort an, schluckte diese aber hinunter und bat seine Frau, das Geschenk zu holen. »Es handelt sich um eine Silberarbeit, die den Löwen und das Lamm aus der Bibel darstellt. Sie ist wertvoll genug, um Lensberg unsere Achtung zu zeigen, aber nicht so groß, dass sie protzig wirken würde«, erklärte er Marcus. Dann klopfte er ihm auf die Schulter. »Du machst das schon! Immerhin bist du ein Kullmann.«

Es war, als spräche ein Vater zu seinem Sohn, dachte Marcus. Zwanzig Jahre Altersunterschied waren einfach zu viel, um noch brüderliche Gefühle entwickeln zu können. Für einen Augenblick stellte er sich vor, ihre Rollen wären vertauscht. Doch selbst wenn er der Ältere wäre, würde er Lukas niemals so behandeln.

»Viel Vergnügen mit dem französischen Konsul! Ich schätze, diese Veranstaltung wird nicht ganz so öde wie die bei Lensberg«, sagte er und verließ den Raum.

3.

Eduard Lensberg sah wohlgefällig zu Sophia und Julia hinüber, die eben den Raum betraten. Seine Lebensgefährtin sah in ihrem dunkelroten Cocktailkleid und dem naturblonden Haar jünger aus als die fünfzig, die sie vor Kurzem überschritten hatte, während seine Enkelin ein Kleid im zarten Blau trug, das ihrer leicht pummeligen Figur schmeichelte. Lensberg hielt nichts davon, das Mädchen zu Fastenkuren zu überreden. Ihm war Julia gesund und fröhlich lieber denn als missmutiger Hungerhaken. Er hatte ihre Mutter erlebt und sich oftmals gefragt, was sein Sohn an dieser Frau gefunden hatte. Schön war Claudia gewesen, aber von einer Art, die in Hochglanzmagazine passte und nicht in die Villa eines Spediteurs, der, wenn Not am Mann war, noch selbst Lkws beladen und diese an ihr Ziel gesteuert hatte.

Lange hat die Ehe ohnehin nicht gehalten, dachte Lensberg bitter. Sein Sohn hatte bereits die Scheidung eingereicht, als er beim Paragliding von einer Bö erfasst worden war und den Tod gefunden hatte. Lensberg schob diesen Gedanken mit einer gewissen Mühe beiseite. Dieser Tag war ein Festtag, und da wollte er nicht an trübe Zeiten denken.

»Hübsch seht ihr zwei aus!«, sagte er lächelnd, küsste Sophia und strich Julia über die Wange.

»Du bist aber auch ein stattlicher Herr, Opa«, antwortete Julia fröhlich.

»Das ist wahr!«, stimmte ihr Sophia zu.

Seine siebzig Jahre sah man Lensberg nicht an. Er war hochgewachsen, schlank, und sein Haarschopf hatte sich von Blond zu Silber gefärbt. Auch der kurz gehaltene Bart, den er sich aus einer gewissen Eitelkeit heraus stehen ließ, war silbern und passte zu den hellen, grauen Augen. Er war ein kräftiger Mann, der seine Spedition mit fester Hand führte und dennoch allem Neuen gegenüber aufgeschlossen war.

Am Nachmittag hatte er drüben in der großen Halle ein Fest für seine Angestellten gegeben. Es war nett gewesen, fand Sophia, und er hatte als Geschenk ein Modell des ersten Lastwagens erhalten, mit dem er vor gut fünfzig Jahren für die Firma gefahren war, um sein Handwerk als Speditionsunternehmer von der Pike auf zu lernen.

»Du bist so in Gedanken! Gibt es etwas, meine Liebe?«, fragte Lensberg.

Sophia schüttelte den Kopf, sodass ihre blonden Locken aufstoben. »I wo! Ich dachte nur an die Feier heute Nachmittag. Sie war wirklich sehr gelungen. Wollen wir hoffen, dass es am Abend ebenso wird.«

»Das glaube ich nicht«, warf Julia ein. »Am Nachmittag waren wir unter uns. Jetzt werden Leute kommen, die wir kaum kennen.«

»Es wird Zeit, dass du sie kennenlernst, mein Kind!«, erwiderte Sophia. »Diese Gäste sind wichtig für die Spedition – wie zum Beispiel Lukas Kullmann. Seine Firma bringt uns fast zehn Prozent unseres Umsatzes.«

»Elf Komma drei Prozent«, warf Lensberg ein.

»Kullmann wird aber nicht kommen, weil er einen anderen Termin hat«, wandte Julia ein.

»Er ist beim Empfang des französischen Konsuls eingeladen! Da würde auch ich nicht absagen. Dafür kommt sein Bruder zu uns«, erklärte Lensberg lächelnd.

»Er hätte auch seinen Bruder zu diesem Franzosen schicken können.« Julia klang etwas verärgert, denn für sie war ihr Großvater der wichtigste Mensch auf der Welt. Dann schaute sie zum Fenster hinaus und sah, dass einige Autos auf den Parkplatz neben der Villa einbogen.

»Die ersten Gäste kommen! Hoffentlich ist alles bereit.«

Sophia lächelte. »Nachdem du alles drei- und vierfach nachgesehen und kontrolliert hast, dürfte nichts schiefgehen.«

»Dann wollen wir mal!« Lensberg trat auf die Verbindungstür zu, die zum Festsaal der Villa führte, und warf einen Blick auf die mit Blumen geschmückten Tische.

Das gemietete Servierpersonal trug weiße Jacketts und schwarze Hosen, denn Sophia hielt nichts davon, junge Frauen in komische Kostüme mit weißen Schürzchen zu stecken. Die Zeit der Lakaien und Zofen war ihrer Meinung nach endgültig vorbei.

»Sehr gut gemacht, meine Liebe!«, lobte Lensberg sie.

»Du solltest lieber Julia loben, denn sie hat das meiste in die Hand genommen. Die Lampion-Lkws hat sie sogar selbst gebastelt.«

Bei diesen Worten schenkte Sophia dem Mädchen einen liebevollen Blick. Seit sie mit Lensberg zusammen war, hatte sie versucht, Julia die Mutter zu ersetzen, die diese niemals gehabt hatte. Es gab ein paar Fotos von Claudia Lensberg, auf denen sie höchst attraktiv aussah. Julia würde ihr einmal sehr ähnlich sehen, dachte sie. Allerdings hatte das Mädchen brünettes Haar und nicht das Blond der Mutter, und ihre Augen waren grau wie die des Großvaters. Nur wirkten sie sehr verträumt, während Lensberg eher kühl in die Welt schaute.

Der alte Herr fasste nach Sophias Arm und dem seiner Enkelin. »Wir sollten unsere Gäste begrüßen!«

4.

Der erste Gast war Heinz Labahn, der Hausarzt der Lensbergs und ein guter Freund des alten Herrn. Er begrüßte diesen herzlich und ebenso Sophia. Dann musterte er Julia.

»Du bist ja schon wieder größer geworden! Wenn das so weitergeht, werde ich bald nicht mehr ›Kleine‹ zu dir sagen können!«, sagte er und tätschelte ihr die Wange.

»Opa meint, dass ich über eins achtzig werden könnte. Er selbst ist groß, Papa war es ebenfalls, und Mama soll auch keine Zwergin gewesen sein«, antwortete das Mädchen munter.

»Ich glaube, sie war kleiner, als du es jetzt bist. Jedenfalls bist du uns Lensbergs nachgeraten«, sagte der Großvater und setzte insgeheim ein »Gott sei Dank!« hinzu. Er hatte Julias Mutter drei Jahre lang ertragen müssen und jahrelang gebetet, dass seine Enkelin kein so oberflächliches und nur auf sich bezogenes Wesen werde wie diese Frau.

Ein Kellner reichte Dr. Labahn ein Glas Sekt. Dieser nahm es und stieß mit Lensberg an. »Auf deinen Siebzigsten und darauf, dass wir noch etliche weitere Geburtstage feiern können! Wenn du dich an meine Anweisungen hältst, wird das auch der Fall sein.«

»Wie meint er das?«, fragte Julia verwundert, als Labahn weitergegangen war.

»Nur die üblichen Predigten unseres Doktors! Ich soll mich etwas mehr schonen, keinen Alkohol trinken, einiges nicht mehr essen und auf jeden Fall nicht mehr rauchen. Letzteres habe ich nach meiner Bronchitis vor zwei Jahren ohnehin aufgegeben«, antwortete ihr Großvater leichthin.

»Es war nicht nur eine einfache Bronchitis, sondern stand an der Kippe zur Lungenentzündung! Du hättest Dr. Labahns Ratschlag annehmen und mehrere Wochen in einem Luftkurort verbringen sollen.« In Sophias Worten schwang ein gewisser Tadel mit, da Lensberg ebenso wie viele Männer seiner Gesundheit nicht den Wert beimaß, den sie eigentlich haben sollte.

Weitere Gäste erschienen und gratulierten herzlich. Schon bald war zu erkennen, dass der Tisch, den Sophia für die Geburtstagsgeschenke hatte bereitstellen lassen, nicht ausreichen würde. Lensberg war in der Region beliebt, denn er bot nicht nur gut zweihundert Leuten Arbeit, sondern engagierte sich sozial und war zudem ein Sponsor etlicher Vereine.

Allmählich wurde der Saal voll, und Julia blickte auf die Uhr. Es war zwanzig nach acht, und in zehn Minuten würde das Festessen beginnen. Die ersten Gäste stellten ihre Sektkelche bereits ab und warteten an der Tür des Speisesaals darauf, dass diese aufgemacht wurde.

»Es sieht aus, als wären die Leute hungrig«, raunte Julia Sophia zu.

»Viele essen mittags nur eine Kleinigkeit. Da ist es verständlich, dass sie jetzt essen wollen. Wir sollten sie nicht länger warten lassen. Die Gäste dürften bereits alle da sein.«

»Stimmt nicht! Da kommt gerade Herr Birke. Dabei hatte dieser den kürzesten Weg von allen.« Julia zeigte auf den Mann, der im dunkelgrauen Anzug und mit dem korrekt gescheitelten Haar sehr gediegen wirkte.

»Er heißt Berke, nicht Birke!«, tadelte Sophia das Mädchen ein weiteres Mal, während Lensberg erfreut auf den Mann zutrat.

»Sie haben nach der internen Feier doch hoffentlich nicht bis jetzt gearbeitet, Herr Berke?«

»Ich wollte noch die letzten Aufträge abschließen und die Rechnungen stellen, Herr Lensberg, damit das erledigt ist. Darf ich Ihnen jetzt richtig gratulieren? In der Firma war doch zu viel Trubel um Sie herum, als dass ich meine Glückwünsche so hätte anbringen können, wie ich es gerne getan hätte.«

Berke streckte Lensberg die Hand hin. In der anderen hielt er ein in Geschenkpapier gewickeltes Päckchen und schien nicht zu wissen, ob er es jetzt persönlich übergeben oder auf den Geschenketisch legen sollte.

Sophia nahm es ihm ab und brachte es zu dem Tisch. Unterdessen sah Berke sich nach Julia um und kam lächelnd auf sie zu. »Guten Tag, Julia! Sie werden auch von Tag zu Tag hübscher.«

»Danke für das Kompliment!«, erwiderte Julia und wurde unwillkürlich rot. In der Schule interessierte sich keiner der Klassenkameraden für sie, obwohl es bereits mehrere Pärchen gab. Berkes Bemerkung tat ihr daher gut. Gleichzeitig fühlte sie sich unsicher, denn er war vierzehn Jahre älter als sie und in den sechs Jahren, die er bereits in der Spedition ihres Großvaters arbeitete, bis zu dessen Stellvertreter aufgestiegen.

Ein paar Meter entfernt zupfte Sophia Lensberg am Ärmel. »Glaubst du wirklich, dass die beiden ein Paar werden könnten? Ich halte den Altersunterschied einfach für zu groß.«

»Er ist bei Weitem nicht so groß wie der zwischen uns«, antwortete Lensberg aufgeräumt. »Bei Berke wäre die Spedition einmal in guten Händen und Julia in sicheren Verhältnissen.«

»Es ist bezeichnend, dass du die Spedition vor deiner Enkelin nennst, mein Lieber.« In Sophias Stimme schwang ein leichter Tadel mit, denn für ihr Gefühl identifizierte ihr Lebensgefährte sich zu sehr mit seiner Firma, anstatt kürzerzutreten, wie Dr. Labahn es ihm immer wieder riet.

»Außerdem«, setzte sie hinzu, »ist es bei uns etwas anderes. Wir sind beide erwachsen und kennen das Leben, während Julia ein Küken ist, dem noch Eierschalen hinter den Ohren kleben.«

Auch das war ein kaum versteckter Tadel, da Lensberg in ihren Augen seine Enkelin viel zu behütet aufwachsen ließ. Zahlreiche Dinge, die einem Mädchen ihres Alters Spaß machten, kannte Julia nicht einmal. Auch deshalb fand Sophia es falsch, dass ihr Lebensgefährte Simon Berke nicht nur zu seinem Nachfolger in der Spedition aufbauen, sondern ihn auch zum Ehemann seiner Enkelin machen wollte.

Eduard Lensberg kannte die Bedenken seiner Lebensgefährtin, nahm sie aber nicht ernst. Natürlich war Julia im Augenblick noch zu jung, um bereits heiraten zu können. In zwei, drei Jahren sah es jedoch anders aus.

»Es wird Zeit, Eduard! Oder willst du unsere Gäste verhungern lassen?«

Es klang erneut wie ein Tadel, denn Sophia ärgerte sich, weil Lensberg nicht auf ihre letzte Bemerkung geantwortet hatte. Sie nahm sich vor, in den nächsten Tagen ein ernsthaftes Gespräch zu führen. Schließlich sollte Julia ein selbstbestimmtes Leben führen können und keines, das ihr Großvater plante wie die Tour eines seiner Lastwagen.

5.

Alle saßen bereits zu Tisch, als ein letzter, verspäteter Gast erschien. Es war ein junger Mann in einem völlig unpassenden violettroten Anzug, der Julia an den Joker aus den *Batman*-Filmen erinnerte. Eine groteske Fliege zierte den Hals, und in der Hand hielt er eine verbeulte Schachtel.

Es war Marcus Kullmann. Nach der Abfahrt von Bruder und Schwager hatte er sich noch rasch an seinen Computer gesetzt und darüber die Zeit vergessen. Als er gemerkt hatte, wie spät es bereits war, hatte er sich in aller Eile den farbstarken Anzug übergestreift und war losgesaust. Das Geschenkpäckchen hatte er auf den Rücksitz geworfen. Als ihn ein anderer Autofahrer zu einem scharfen Bremsmanöver gezwungen hatte, war es durch das Auto geflogen und hatte dabei gelitten.

Jetzt legte er das Päckchen mit einem verlegenen Grinsen auf den Tisch und trat auf den Gastgeber zu. »Guten Tag, Herr Lensberg! Ich soll Ihnen die aufrichtigsten Glückwünsche meines Bruders ausrichten. Er ist leider verhindert.«

Lensberg brauchte einige Sekunden, um zu begreifen, wen er vor sich hatte. »Sie also sind Lukas Kullmanns Bruder. Seien Sie mir willkommen!« Es klang distanziert, da Marcus nicht gerade festlich gekleidet war.

Auch Julia rümpfte die Nase. So konnte man als Clown bei einem Kindergeburtstag auftauchen, aber nicht bei einer Feier, zu der selbst hohe Landespolitiker erschienen waren. Da nur noch ein Platz neben ihr frei war, führte ein Kellner ihn dorthin.

»Guten Abend, Herr Kullmann!«, grüßte Julia spitz.

»Guten Abend!«, antwortete Marcus und musterte sie kurz. Meinem Geschmack entspricht das Mädchen ja nicht gerade, dachte er. Hoffentlich gibt es wenigstens etwas Handfestes zu essen und keine Spielereien mit Lebensmitteln, setzte er für sich hinzu und musterte dann die übrigen Gäste. Da deren Altersdurchschnitt mindestens fünfundfünfzig Jahre betragen musste, stellte er sich auf eine öde Veranstaltung ein. Auf seiner rechten Seite saß die Enkelin des alten Lensberg, die höchstens fünfzehn, sechzehn Jahre alt sein mochte, und neben ihr ein überkorrekt aussehender Typ, der die Kleine mit schmalzigen Komplimenten bombardierte. Links von ihm hatte eine Frau Platz genommen, die ihre besten Tage zu Konrad Adenauers Zeiten erlebt haben mochte.

Auch die Trinksprüche, die ausgebracht, und die Reden, die zwischen den einzelnen Gängen gehalten wurden, stammten für sein Gefühl noch aus Kaisers Zeiten. Nach einer Weile begriff Marcus, dass anscheinend auch von ihm eine kleine Ansprache erwartet wurde, und wünschte Lukas eine Autopanne, damit dieser nach dem Empfang des französischen Konsuls auf der Autobahn stehend auf die Gelben Engel warten musste.

Als Vorletzter sprach Schleimerix Schmalzlocke, wie Marcus den Typen neben dem Mädchen getauft hatte. Dieser nahm sein Glas zur Hand und wandte sich Lensberg zu.

»Ich schätze mich glücklich, heute hier sein und Ihnen meine aufrichtigsten Glückwünsche überbringen zu können, Herr Lensberg. Sie sind nicht nur ein Geschäftsmann und Chef, wie man ihn sich nicht besser wünschen kann, sondern auch eine Säule unseres kleinen Städtchens und ein Vorbild, dem nachzustreben ich mich allezeit bemühen werde.«

Es kamen noch ein paar Sätze, in denen Schmalzlocke den Gastgeber über den grünen Klee lobte. Lensberg schien gerührt, und die Kleine strahlte vor Freude, obwohl jeder Mensch merken musste, dass dieses Gesülze einfach nur peinlich war.

Im Gegensatz zu Marcus genoss Julia die Lobeshymnen auf ihren Großvater. Immerhin war dieser ein großer und bedeutender Mann. Dies hatten auch der Bürgermeister, der Landrat, der

Regierungspräsident und der Vorsitzende der Unternehmervereinigung erklärt. Berke mochte vielleicht ein wenig des Guten zu viel getan haben, doch er war immerhin ein Angestellter ihres Großvaters und wollte sich vorteilhaft präsentieren.

Würde sich auch Lukas Kullmanns Bruder gut darstellen?, fragte Julia sich und sah Marcus an.

Und damit war sie nicht allein. Seinen Bruder kannte hier fast jeder, ihn aber kaum jemand, und so waren alle gespannt auf das, was er sagen würde. Da Schmalzlocke mehrere Minuten geschwafelt hatte, beschloss Marcus, seine Ansprache kurz und knackig zu halten. Er stand auf, nahm sein Glas und grinste. »Auf die nächsten siebzig Jahre, Herr Lensberg. Cheers!« Danach trank er aus und setzte sich wieder hin.

Die anderen starrten ihn an, und irgendeiner sagte: »Laffe!«

Julia verstand Affe und stimmte dem aus vollem Herzen zu. Marcus Kullmann war ein unmöglicher Mensch.

Nach einem guten und reichlichen Essen versammelten sich alle im Nebensaal. Während das Servierpersonal fleißig Getränke ausschenkte, gingen mehrere Gäste nach draußen, um auf der Terrasse zu rauchen. Auch Eduard Lensberg gönnte sich eine Zigarre.

Plötzlich stand Sophia neben ihm. »Das sollst du doch nicht tun!«

»Du solltest mir die drei Zigarren, die ich im Jahr rauche, nicht missgönnen«, meinte er lächelnd.

»Wenn es bei dreien im Jahr bleibt, sage auch ich nichts«, mischte sich Dr. Labahn ein. »Trotzdem gebe ich Sophia recht, mein Freund. Du musst auf deine Gesundheit achten. Dein Herz ist zu schwach! Möglicherweise wird es doch bald Zeit für einen Herzschrittmacher. Demnächst schicke ich dich zum Kardiologen.«

»Das wäre keine schlechte Idee«, erklärte Sophia. »Immerhin will ich dich noch lange behalten – und Julia will das auch.« Sie wandte sich an den Arzt. »Was meinen Sie, wie oft ich Eduard das schon gepredigt habe. Doch auf dem Ohr ist er taub!«

Lensberg schüttelte in komischem Entsetzen den Kopf. »Heute ist mein siebzigster Geburtstag. Da sollten wir uns freuen und feiern. Stattdessen haltet ihr so eine Art Gericht über mich!«

»Gelegentlich gehört dir der Kopf zurechtgesetzt«, erwiderte Sophia resolut. »Feiern werden wir trotzdem! Mein Glas ist leer. Wo ist Julia?«

»Die unterhält sich gerade mit Herrn Berke«, erklärte der Arzt.

Sophia schnaubte leise. »Ich würde eher sagen, sie hört zu, was er ihr ins Ohr bläst.«

Berke trug in ihren Augen viel zu dick auf, weil er wohl hoffte, sich auf diese Weise Julia als Bräutigam andienen zu können. Ihrer Meinung nach aber tat er es nur, um durch eine Heirat mit dem Mädchen selbst einmal der Chef der Firma zu werden.

Auch Dr. Labahn fand die Vorliebe seines Freundes für seinen Geschäftsführer übertrieben. Berke mochte ein guter Mitarbeiter sein, doch hier ging es nicht um ein Geschäft, sondern um ein junges Mädchen, das erst einmal etwas vom Leben sehen musste, um eigene Entscheidungen treffen zu können.

»Wo ist eigentlich der junge Kullmann abgeblieben?«, fragte Lensberg, um von diesem Thema abzulenken.

Sophia sah sich um. »Er ist jedenfalls nicht zu sehen.«

»Sagen wir es anders: Wäre er hier, wäre er nicht zu übersehen«, sagte Dr. Labahn lachend.

Auch Lensberg lachte, ärgerte sich aber trotzdem über seinen Geschäftsfreund Lukas Kullmann, der diesen unmöglichen Bruder zu ihm geschickt hatte.

Julia war noch stärker verärgert als ihr Großvater, denn Sophia und sie hatten alles getan, um eine würdige Feier zu gestalten. Das hatte dieser Typ ihnen mit seinem Auftritt versaut. Der war wirklich wie der Joker aus den *Batman*-Filmen, und sie wünschte sich, er würde möglichst bald in einer Patsche sitzen.

Um diese Zeit saß Marcus in seinem Auto und fuhr in flottem Tempo in Richtung Köln. Er hatte sich für einundzwanzig Uhr mit Mia und Paul verabredet, und nun würde er um gut anderthalb Stunden zu spät kommen. Die Nacht war jedoch noch jung, und es würde trotzdem lustig werden.

6.

Am nächsten Tag klingelte Heinz Labahn zu früher Stunde bei der Lensberg-Villa und wurde von Fedosia ins Erkerzimmer geführt, in dem Eduard Lensberg gerade sein Frühstück beendete.

»So früh schon unterwegs?«, fragte Lensberg verwundert.

»Ich muss mit dir reden!«

»Was gibt es?«

»Einiges! Als ich gestern Abend gesehen habe, wie dieser Berke um deine Kleine herumscharwenzelt, ist mir fast die Galle übergekocht.«

»So schlimm war es auch wieder nicht«, verteidigte Lensberg seinen Geschäftsführer.

»Ich fand es schlimm! Julia ist noch ein Kind. Und daran bist du schuld!«, sagte Dr. Labahn aufgebracht.

So klug sein Freund sonst auch sein mochte; was seine Enkelin betraf, so schrieb er jede Vernunft in den Wind. Dies betraf nicht nur Berke und dessen unmögliches Verhalten, sondern auch die Art, in der Lensberg seine Enkelin erzog.

»Wir sind jetzt seit vierzig Jahren Freunde, und da wirst du mir ein ehrliches Wort nicht übel nehmen.«

»Natürlich nehme ich es dir nicht übel«, antwortete Lensberg.

»Ich finde die Art, wie du Julia erziehst, grundfalsch!«, erklärte Dr. Labahn eindringlich. »Ich will nicht sagen, dass du sie einsperrst, aber du verwehrst ihr vieles von dem, was andere Mädchen in ihrem Alter tun können. Statt ihr den Mofaführerschein zu erlauben oder ihr wenigstens ein Fahrrad zu kaufen, sodass sie selbst zur Schule fahren kann, lässt du sie von deinem Chauffeur hinkutschieren. Du tust es auch jetzt noch, obwohl die Stadt verboten hat, dass Schüler von Privatautos hingebracht und abgeholt werden.«

»Das Verbot wurde nicht Julias wegen erlassen, sondern weil einige Eltern so närrisch waren, bis auf den Schulhof zu fahren, damit die Kinder vor der Tür aussteigen konnten. Damit haben sie andere gefährdet.« Lensberg klang verärgert, weil er durch die Unverschämtheiten anderer seine Enkelin nicht mehr bis vor die Schule fahren lassen konnte.

»Soviel ich gehört habe, lässt dein Chauffeur Julia einhundert Meter vor der Schule aussteigen. Du nimmst dem Mädchen damit auch jede Gelegenheit, Freundinnen zu finden und diese besuchen zu können. Du musst Julia die Chance geben, erwachsen zu werden! Hier lebt sie wie ein Vogel in einem goldenen Käfig.«

»Jetzt übertreibst du aber! Ich tue alles, damit sie glücklich ist.«

»Das tust du eben nicht!«, konterte sein Freund. »Du behütest sie wie eine überbesorgte Glucke ihr Küken. Schon als sie noch ein Kind war, ging es so. Dabei ist Julia jung und gesund und könnte zum Beispiel Sport treiben.«

»Sie spielt Tennis.«

»Hat sie Freundinnen?«

»Ja, doch! Ein paar Schulkameradinnen«, antwortete Lensberg nach kurzem Überlegen.

»Geht sie mit diesen aus, oder fährt sie mit ihnen irgendwohin?«

»Was soll das jetzt?«, fragte Lensberg unwillig.

»Du weißt genau, dass sie das Haus nicht verlässt, ohne dass ein Anstandswauwau bei ihr ist, sei es dein Chauffeur, Sophia, du selbst oder früher die Kinderfrau. Weshalb hast du ihr eigentlich gekündigt?«

»Es gab Differenzen«, sagte Lensberg, da er seinem Freund nicht beichten wollte, dass diese Frau ihm die gleichen Vorwürfe gemacht hatte wie der Arzt.

»Wie soll Julia eine erwachsene, selbstbestimmte Frau werden, wenn sie ihre Flügel nicht erproben darf? Ich gebe dir einen Rat, Eduard. Schicke sie für das letzte Schuljahr ins Ausland, damit sie lernt, auf eigenen Füßen zu stehen, oder – falls dir das zu weit ist – wenigstens in ein deutsches Internat. Sei mir nicht böse, wenn ich das sage, aber sie muss Abstand zu dir gewinnen«, sagte Labahn beschwörend.

»Ich halte es so, wie es jetzt ist, für das Beste«, erklärte Lensberg in einem Tonfall, der deutlich verriet, dass er davon nichts wissen wollte.

»Wir sind alte Freunde, Eduard, und da muss es erlaubt sein, auch einmal eine unangenehme Wahrheit auszusprechen. Du sperrst Julia ein, weil du Angst hast, du könntest sie ebenso verlieren wie deinen Sohn. Dabei war sein Tod ein Unglück, wie es unter tausend Malen nur einmal vorkommt.«

»Es wäre nicht geschehen, wenn nicht diese Frau gewesen wäre!«, stieß Lensberg hasserfüllt aus. Seit dem Tod seines Sohnes waren mehr als fünfzehn Jahre vergangen, doch die Wunde schmerzte wie am ersten Tag. Um zu verhindern, dass auch seine Enkelin in Gefahr geriet, hatte er sie nicht nur von extremen Sportarten wie dem Paragliding, sondern auch von vielen anderen Dingen ferngehalten.

»Ich kenne etliche übervorsichtige Eltern, aber du übertrumpfst sie alle als Helikoptergroßvater«, erklärte Labahn. »Aber noch einmal zu dieser Frau: Sie ist immerhin Julias Mutter.«

»Sie war ein Miststück!«, sagte Lensberg eisig.

»War? Ist sie denn tot?«

»Ich habe nicht die geringste Ahnung. Nach Erwins Tod gab es einen heftigen Streit, und sie ist fortgegangen. Danach habe ich nur noch über den Anwalt mit ihr kommuniziert. Es ging um das Erbe meines Sohnes. Ihr eigener Anwalt musste sie schließlich über den Unterschied zwischen privatem Besitz und Firmenvermögen aufklären und hat ihr von einem Prozess abgeraten. Sie hat dennoch einen ordentlichen Reibach gemacht, denn sie ließ sich die Abtretung des Sorgerechts für Julia fürstlich honorieren. Danach habe ich nichts mehr von ihr gehört und bin auch nicht traurig darüber – aber das weißt du doch alles.« Lensberg schnaubte grimmig, denn seine Schwiegertochter hatte damals versucht, so viel Geld als Erbe herauszuschinden, dass seine Spedition darüber fast pleitegegangen wäre.

Sein Freund musterte ihn nachdenklich. »Natürlich kenne ich die Geschichte – und ich weiß auch, dass das nicht leicht für dich ist! Aber es ist lange her, und du lässt Julia dafür immer noch leiden.«

»Was heißt hier leiden?«, fuhr Lensberg auf.

»Ich vermute, du hältst Julia weniger aus Angst, ihr könnte ein ähnliches Unglück wie ihrem Vater zustoßen, im goldenen Käfig, sondern vielmehr, um zu verhindern, dass sie wie ihre Mutter werden könnte!«

Die beiden Männer waren seit vierzig Jahren Freunde, doch in diesem Augenblick stand diese Freundschaft auf der Kippe. Lensberg fühlte sich zutiefst getroffen und war kurz davor, seinen Freund aufzufordern zu gehen. Nur die Selbstbeherrschung, die er sich als Geschäftsmann angeeignet hatte, verhinderte es. Er brannte sich zum Missfallen des Arztes eine Zigarre an und starrte durch die offene Terrassentür auf den kleinen Park hinaus, der seine Villa umgab.

»Du hast mir heute einiges zugemutet, mein Freund«, sagte er nach einer Weile. »Es wird eine Weile dauern, bis ich das alles verdaut habe.«

»Nicht verdauen solltest du es, sondern darüber nachdenken! Du weißt, ich mag dich sehr und würde nie etwas tun, was dir schaden könnte. Was ich dir heute gesagt habe, geschah aus dem ehrlichen Willen, dir und deiner Enkelin zu helfen.«

»Ich weiß selbst, was für Julia und mich am besten ist«, antwortete Lensberg knapp. Dabei dachte er daran, dass auch Sophia ihn immer wieder, wenn auch weitaus dezenter, darauf hingewiesen hatte, er solle Julia einen größeren Freiraum ermöglichen. Doch wollte das Mädchen das auch?, fragte er sich. Sie war doch glücklich damit, wie es jetzt war, und er ebenso.

»Was zu Julia zu sagen ist, habe ich gesagt. Das, was jetzt kommt, ist für dich. Ich habe gestern die Werte deiner letzten Untersuchung erhalten, und sie sehen nicht gut aus. Du musst dringend kürzertreten! Und du wirst wohl um das Einsetzen eines Herzschrittmachers nicht herumkommen. Dein Herz ist schwach, und ich befürchte, es wird sonst eher über kurz als über lang den Dienst einstellen.«

»Du mit deinem Herzschrittmacher!«, sagte Lensberg knurrig. »Damit kommst du mir schon die ganze Zeit. Ich habe keine Lust, mich ins Krankenhaus zu legen und mir so ein Ding einpflanzen zu lassen.«

»Das hat weniger mit Lust zu tun als mit gesundem Menschenverstand! Wenn du stirbst, steht Julia allein da.«

»Sie hätte Sophia«, antwortete Lensberg, wusste aber, dass er den Rat seines Freundes annehmen sollte. Er fühlte sich auch an diesem Tag wieder sehr erschöpft. Dabei wollte er noch etliche Jahre leben und für seine Enkelin da sein.

»Du vergisst eines, mein Lieber! Sophia ist mit Julia nicht verwandt. Solange das Mädchen nicht volljährig ist, müsstest du damit rechnen, dass ›diese Frau‹, wie du sie immer nennst, also Julias Mutter, deren gesetzlicher Vormund wird.«

»Jetzt malst du den Teufel wirklich an die Wand!«, erwiderte Lensberg mit einem bitteren Lachen. »Aber damit du zufrieden bist, kannst du für nächste Woche einen Termin beim Kardiologen für mich reservieren lassen. Lieber trage ich diese Starthilfe in der Brust, als mir weiterhin deine Vorhaltungen anhören zu müssen.«

»Zumindest in der Hinsicht bist du vernünftig geworden! Es besteht also noch Hoffnung.« Dr. Labahn verzog das Gesicht zu einem Grinsen und streckte seinem Freund die Hand hin. »Abgemacht?«

»Abgemacht!«, antwortete Lensberg und ergriff die Hand mit einem festen Druck.

7.

Lensbergs Chauffeur Lippens fuhr Julia auch an diesem Tag zur Schule. Da er nicht mehr vor dem Zaun des Schulhofs halten durfte, ließ er das Mädchen etwa zweihundert Meter vorher aussteigen und holte ihre Schultasche aus dem Kofferraum.

»Soll ich sie ein Stück weit tragen, Julia? Das Ding ist doch ziemlich schwer.«

»Natürlich nicht, Herr Lippens! Außerdem würden die Leute reden.« Ihr Gesicht verfinsterte sich leicht. Es mochte ein Segen sein, als Eduard Lensbergs Enkelin leben zu dürfen, aber es war auch ein Fluch.

Mit diesem Gedanken ging sie das letzte Stück des Weges zur Schule. Die Straße führte an einem kleinen Park vorbei, dann musste sie eine Nebenstraße überqueren und erreichte kurz danach den Haupteingang. Auch andere Schüler strömten herein und unterhielten sich lebhaft miteinander. Auf sie kam jedoch niemand zu. Einige grüßten sie, andere beachteten sie gar nicht.

Als Julia im Klassenzimmer Platz nahm, dachte sie daran, dass manche Schülerinnen und Schüler behaupteten, ihre Noten seien nur deshalb so gut, weil sie Eduard Lensbergs Enkelin wäre. Von diesen Mitschülern hielt sie sich fern. Auch sonst gab es kaum jemanden in der Klasse, mit dem sie über die Schule hinaus Kontakt hatte. Da sie, wenn sie Freundinnen besuchte, von Lippens mit der Limousine ihres Vaters gebracht und wieder abgeholt wurde, hielt man sie allgemein für hochnäsig. Ihr war auch vieles unbekannt, über das die anderen sprachen. So kannte sie weder die neuesten Popstars, noch hatte sie Interesse an den Teilnehmern irgendwelcher Fernsehshows.

Die Mädchen tuschelten zwar über ihre teure Kleidung, und einige wären vermutlich gerne ihre Freundinnen geworden, wenn Julia in der Lage gewesen wäre, sie zu tollen Trips einzuladen. Da sie aber niemals in ein Café oder ins Kino ging, hielten auch diese Mädchen sich zurück.

Eine Klassenarbeit wurde ausgeteilt und forderte für eine gewisse Zeit Julias Aufmerksamkeit. Sie wurde bereits nach weniger als zwei Dritteln der vorgegebenen Zeit fertig und beschäftigte sich erneut mit dem Thema, das ihr am meisten am Herzen lag. Sie liebte ihren Großvater, wünschte sich jedoch, dass er ihr mehr Freiheiten ließe. So durfte sie nicht einmal das Außengelände der Spedition ohne seine Begleitung betreten, weil er Angst hatte, ein unaufmerksamer Trucker könnte sie überfahren.

In der Pause sammelten sich ausnahmsweise mehrere Mitschülerinnen um sie. »Wie war es gestern beim Siebzigsten deines Großvaters?«, fragte eine. »Ich habe heute Morgen in der Zeitung einen großen Artikel gesehen, konnte ihn aber nicht mehr lesen.«

»Wir haben zu Abend gegessen und danach ein wenig gefeiert. Ein paar haben getanzt«, antwortete Julia.

»Du auch?«

»Ja, mit drei älteren Herren, von denen jeder mein Großvater hätte sein können«, antwortete Julia und verschwieg dabei, dass sie auch zweimal mit Simon Berke hatte tanzen müssen. Ihr

Großvater mochte viel von ihm als Geschäftsmann halten, doch sie störte sich zunehmend an seiner aufdringlichen Art. In der Hinsicht war ihr sogar jemand wie der Joker Marcus Kullmann lieber, der spät gekommen und sehr früh und dazu noch klammheimlich wieder verschwunden war. Bei dem Gedanken an ihn musste sie kichern.

»Wer war eigentlich alles da?«, wollte eine Mitschülerin wissen.

Julia nannte ein paar Namen. Da es sich vor allem um persönliche Freunde ihres Großvaters und Geschäftspartner handelte, die die anderen nicht kannten, erlosch das Interesse rasch.

»Und wie feierst du deinen Siebzehnten?«, fragte eine in der Hoffnung, dazu eingeladen zu werden. Die feudale Villa, die sich drei Kilometer außerhalb der Stadt befand, hätte sie allzu gerne von innen gesehen.

Julia zuckte mit den Achseln. »Ich habe keine Ahnung, was mein Großvater plant. Bei meinem sechzehnten Geburtstag waren wir für drei Tage an der Mosel.«

»An der Mosel? Wurde dabei getanzt oder sonst was gemacht?«

Julia schüttelte den Kopf. »Party gab es keine. Wir haben in einem Schlosshotel gewohnt, und ich habe mein Geburtstagsgeschenk bekommen. Danach haben wir eine Schifffahrt auf der Mosel gemacht.«

»Das ist doch alles total ätzend!« Die Schülerin schüttelte es bei der Vorstellung, ihr eigener Geburtstag würde ähnlich langweilig ablaufen.

Die desinteressierten oder gar verächtlich verzogenen Mienen der Fragerinnen ließen Julia erleichtert aufatmen, als die Glocke erklang, die das Ende der Pause ankündigte. Schnell kehrte sie in den Klassenraum zurück.

Nach der Schule strömten die Schülerinnen und Schüler wie eine Welle aus dem Gebäude. Die meisten schwangen sich auf ihre Fahrräder. Einige besaßen sogar ein Leichtmotorrad und gaben entsprechend damit an. Der Rest machte sich zu Fuß oder mit den wartenden Bussen auf den Heimweg.

Julia verließ ebenfalls das Schulgelände und sah, dass Lippens bereits auf sie wartete. Unwillkürlich wurde sie schneller. Kurz vor der Querstraße hörte sie hinter sich ein Fahrzeug und drehte sich um. Es war ein Lieferwagen. Da er den Blinker nicht eingeschaltet hatte, ging sie weiter.

Der Fahrer des Lieferwagens starrte auf den Bildschirm seines Navigationssystems. Kurz zuvor war es bereits einmal ausgefallen, und er hatte in einem Wohngebiet kreisen müssen, bis es wieder angesprungen war. Auch jetzt verschwand die Anzeige wieder. Dabei hatte es eben geheißen, er müsse bald abbiegen. Aber wo? Er starrte nach vorne. Da gab es nur einen Park und eine Querstraße. Die lag fast schon hinter ihm. In dem Moment schaltete sich der Bildschirm wieder ein und zeigte an, dass er genau in diese Straße abbiegen musste.

Fluchend kurbelte er am Lenkrad, hörte im selben Augenblick einen heftigen Schlag und blickte in den Außenspiegel. Dabei nahm er mit Entsetzen wahr, wie ein menschlicher Körper von der Wucht des Zusammenstoßes beiseitegeschleudert wurde.

Julia hatte nur noch einen Schatten gesehen, der plötzlich auf sie zukam, verspürte einen Aufprall und flog durch die Luft. Im nächsten Augenblick schlug sie auf dem Boden auf und versank in einer tiefen Schwärze, in der die Welt um sie förmlich erlosch.

Da das Anhalten jenseits der Querstraße verboten worden war, hatte Lippens wie immer vor dem Park gewartet. Nun musste er hilflos zuschauen, wie der Fahrer des Lieferwagens diesen ruckartig, und ohne zu blinken, in die Seitenstraße lenkte. Im nächsten Moment vernahm er den Zusammenprall und rannte los.

Julia lag verkrümmt auf der Straße und blutete.

»Was ist mit Ihnen?«, fragte er entsetzt, begriff dann, dass sie bewusstlos war, und zog sein Handy aus der Jackentasche.

Der Fahrer des Lieferwagens taumelte auf ihn zu.

»Das wollte ich nicht! Ich … Es war fürchterliches Pech! Ich …«

»Halten Sie den Mund! Ich muss telefonieren«, fuhr Lippens ihn an und wählte den Notruf.

Dann beugte er sich über Julia. Nur das leichte Heben und Senken des Brustkorbs zeigte an, dass sie noch am Leben war. Er wagte es nicht, sie anzufassen oder gar zu bewegen, um keinen irreparablen Schaden anzurichten, sondern wartete wie auf glühenden Kohlen sitzend auf den Notarzt. Kurz überlegte er, Lensberg anzurufen, sagte sich aber, dass er vorher hören wollte, wie der Arzt ihren Zustand beurteilte.

Es dauerte eine gefühlte Ewigkeit, bis das Sirenengeräusch des Notarztwagens zu hören war. In der Zwischenzeit jammerte der Fahrer des Lieferwagens immer wieder, wie leid es ihm tue und dass er doch nichts dafür könne.

»Das glauben auch nur Sie!«, fuhr Lippens ihn an und war froh, als ein Arzt und zwei Sanitäter herausstürmten.

»Was ist geschehen?«, fragte der Arzt und beugte sich über Julia.

Der Lieferwagenfahrer redete als Erster und behauptete, das Mädchen wäre direkt vor seinem Fahrzeug wie aus dem Nichts aufgetaucht.

»Das stimmt nicht!«, fuhr Lippens ihm über den Mund. »Der Typ ist ruckartig abgebogen, ohne einen Blinker zu setzen oder in den Seitenspiegel zu schauen.«

»Habe ich doch getan!«, wehrte sich der Fahrer.

»Das wird die Polizei herausfinden! Jetzt geht es um dieses Mädchen. Sedel, fordern Sie den Hubschrauber an! Das Kind muss sofort nach Köln in die Unfallklinik. Die Kleine hat mehrere Frakturen davongetragen. Da auch das Rückgrat verletzt sein kann, müssen wir mit äußerster Vorsicht vorgehen!«

»Glauben Sie, dass sie überlebt?«, fragte Lippens besorgt.

Der Notarzt antwortete, ohne bei seiner Arbeit innezuhalten. »Sie können sicher sein, dass wir unser Bestes tun! Mehr kann ich Ihnen im Augenblick nicht sagen.«

Unterdessen erschien die Polizei und begann mit der Unfallaufnahme. Der Fahrer des Lieferwagens redete ohne Unterlass auf die Beamten ein und erklärte, an dem Unfall völlig unschuldig zu sein.

Schließlich sah ihn einer der Polizisten an. »So ganz kann das nicht stimmen! Immerhin sind Sie von der Hauptstraße abgebogen und hätten warten müssen, bis die Passantin die Nebenstraße überquert hat. Und jetzt lassen Sie uns weiterarbeiten! Ihre Aussage können Sie später machen. Das gilt auch für Sie!«, fuhr er an Lippens gewandt fort.

Dieser sah nun das Schlimmste auf sich zukommen, denn er musste seinen Chef anrufen und ihm von dem Unfall berichten.

8.

Eduard Lensberg besprach mit Simon Berke die Disposition für die kommende Woche, als sich sein Handy meldete.

»Lippens, was gibt es?«, fragte er, um das Gespräch kurz zu halten.

»Herr Lensberg, es ist etwas Schreckliches passiert! Ihre Enkelin! Es gab einen Unfall! Derzeit bringt man sie mit dem Hubschrauber in die Unfallklinik nach Köln. Sie hat mehrere gebrochene Knochen!«

Mehr wagte Lippens seinem Chef nicht zu berichten.

Es war auch so schlimm genug, Lensberg stand wie erstarrt. Er bekam kaum noch Luft und fühlte sich so schwach wie noch nie in seinem Leben. Julia darf nichts geschehen sein! Nicht Julia!, dachte er verzweifelt und forderte seinen Chauffeur auf, ihn sofort abzuholen.

Mit bleicher Miene wandte er sich Berke zu. »Sie müssen die Planungen allein fortführen. Ich muss weg!«

»Ist etwas passiert?«

»Meine Enkelin ist verunglückt!«, antwortete Lensberg mit tonloser Stimme und verließ mit schleppenden Schritten den Raum.

Es waren fünfhundert Meter vom Gelände der Spedition zu seiner Villa. Sonst legte er diese Strecke leichten Fußes zurück, doch an diesem Tag kam ihm der Weg endlos lang vor.

Als er endlich ankam, kehrte Sophia gerade vom Einkaufen zurück. Sie sah ihn an und erschrak. »Bei Gott, wie siehst du aus? Du bist ja ganz grau im Gesicht. Ist dir etwas zugestoßen?«

»Lippens hat eben angerufen!«, sagte er mit matter Stimme. »Julia ist schwer verunglückt und wird mit dem Rettungshubschrauber in die Kölner Unfallklinik gebracht.«

»Bei Gott, nein!«, rief Sophia entsetzt, erkannte dann die Schwäche ihres Lebenspartners und schob ihm einen Arm unter die Achsel. »Nimm jetzt eine Tablette und lege dich hin, sonst brichst du mir noch zusammen. Ich kümmere mich um alles!«

»Als ob ich jetzt schlafen könnte!«, stieß Lensberg verzweifelt aus. »Ich muss wissen, wie es meiner Kleinen geht. Ich muss …«

»… zuerst eine der Herztabletten nehmen, die Dr. Labahn dir verschrieben hat, ein Glas Wasser trinken und dich auf die Couch setzen, während ich mich nach Julia erkundige.«

Sophia lotste Lensberg resolut ins Wohnzimmer, holte die Tablettenschachtel und Wasser und drängte ihn so lange, bis er eine Tablette nahm.

»Rufe von hier aus an, damit ich mithören kann«, bat er sie.

»Das werde ich, mein Lieber!« Sophia nahm das Telefon zur Hand und rief als Erstes den Chauffeur an.

Lippens konnte ihr jedoch nicht mehr berichten als vorhin seinem Chef. Wenigstens erfuhren sie, dass Julia sich im Hubschrauber befand und dieser losgeflogen war. Zumindest bis zu diesem Augenblick hatte sie noch gelebt.

Sophia sagte dies Lensberg, um ihm Mut zu machen, und rief dann in der Unfallklinik an. Der Hubschrauber war noch nicht gelandet, und so konnte man ihr keine Auskunft geben. Sie bat um Rückruf, sobald Julia eingetroffen war, wusste aber selbst, dass dies bei dem Betrieb, der in einem Krankenhaus herrschte, praktisch unmöglich war.

Sie wiederholte ihre Anrufe daher im Abstand von einer halben Stunde. Schließlich erklärte die Krankenhausangestellte, dass die Patientin im Operationssaal sei und es weitere Auskünfte erst nach der Behandlung geben könne.

Sophia drehte sich zu Lensberg um. »Ich werde in die Klinik fahren und dort warten, bis ich Neues erfahre, und dich dann anrufen!«

Lensberg schien mittlerweile ein wenig erholt. »Das geht nicht, meine Liebe! Julia ist meine Enkelin und nicht deine. Es kann sein, dass sie dir die Informationen verweigern und dich auch nicht zu ihr lassen. Ich werde daher mitkommen.«

»Soll ich Lippens rufen, oder fahren wir mit meinem Wagen?«, fragte Sophia.

»Lippens! Ich will wissen, wie es passiert ist!«

Sophia rief den Chauffeur an und forderte ihn auf, mit dem Wagen vorzufahren.

»Ich bin noch bei der Polizei und habe gerade meine Aussage gemacht. Der Vollidiot, der Julia angefahren hat, wollte alle Schuld auf sie schieben. Aber da beißt er bei den Polizisten auf Granit. Die haben den Unfall nachvollzogen und ihm dabei gravierende Fehler nachgewiesen. Aber das ist auch kein Trost!«

Sophia begriff, dass der Unfall auch Lippens schwer mitgenommen hatte, und sagte ihm, er solle so lange auf dem Polizeirevier bleiben, wie es nötig sei. Sie legte auf und holte ihren Autoschlüssel. »Lippens ist bei der Polizei, um zu verhindern, dass der Unfallfahrer Julia die Schuld zuschieben kann«, sagte sie.

Kurz darauf fuhren sie in flottem Tempo nach Köln zur Unfallklinik. Julia wurde noch immer operiert, und so blieb ihnen nichts anderes übrig, als im Wartezimmer der Intensivstation Platz zu nehmen. Sophia besorgte Lensberg etwas zu trinken und fasste dann nach seiner Hand. »Es wird alles gut! Du musst nur fest daran glauben.«

»Es ist wie damals, als mein Sohn starb«, flüsterte Lensberg mutlos. »Nun werde ich auch meine Enkelin verlieren.«

»Das darfst du nicht einmal denken!«, tadelte Sophia ihn. »Julia ist hier in den besten Händen.«

»Das war Erwin auch!« Lensberg spürte tief in seinem Innern einen ziehenden Schmerz. All die Jahre hatte er sich agil und kräftig gefühlt. Nun aber hatte ihn eine Schwäche erfasst, die kaum mehr zu ertragen war.

9.

Für Lensbergs Gefühl verging beinahe eine Ewigkeit, bis ein Arzt im grünen Kittel erschien.

»Herr Lensberg?«, fragte er.

Julias Großvater hob den Kopf. »Ja!«

»Mein Name ist Reimer. Wir haben Ihre Enkelin operiert. Sie befindet sich jetzt im künstlichen Koma, damit wir sie stabil halten können.«

»Wird sie sterben?«, fragte Lensberg bang.

»Noch können wir nicht mit Gewissheit sagen, ob sie überleben wird. Die Chancen stehen jedoch gut.«

»Dann gibt es noch Hoffnung!« Lensberg stand auf. »Darf ich sie sehen?«

»Selbstverständlich! Schwester Bozana wird Ihnen Kittel, Überschuhe und alles andere geben und Sie hinführen. Ich erwarte Sie dort.«

Mit den Worten verabschiedete sich Dr. Reimer, während eine Krankenschwester zu ihnen trat und Lensberg und Sophia mit einem leichten Akzent in der Stimme aufforderte, ihr zu folgen.

Nachdem sie mit Kittel, Mundschutz, Haube und Überschuhen ausgerüstet waren, führte die Krankenschwester sie in Julias Zimmer.

Das Erste, was sie sahen, waren summende und blinkende Geräte und eine Menge Kabel und Schläuche, die an Julia befestigt waren. Das Mädchen lag bleich und regungslos auf einem Spezialbett, welches ein Wundliegen verhindern sollte.

Augenblicke später trat der Arzt herein und überprüfte die Instrumente. »Das sieht schon mal gut aus«, sagte er mehr für sich als für Lensberg und Sophia gedacht. Dann drehte er sich zu den beiden um. »Der Zustand Ihrer Enkelin ist stabil. Die meisten Verletzungen sind zum Glück auch nicht so schwer, um ihr auf Dauer schaden zu können.«

Sophia hörte einen eigenartigen Unterton heraus und fragte: »Die meisten, sagen Sie? Gibt es noch ein paar schwerere Verletzungen?«

Der Arzt war es gewöhnt, schlechte Nachrichten überbringen zu müssen. Angesichts des alten und sichtlich geschwächten Mannes aber fiel ihm dies alles andere als leicht. »Eine kritische Verletzung gibt es«, sagte er leise. »Das Rückgrat ist geschädigt. Wir tun, was wir können, können aber nichts versprechen!« Für einen Augenblick zögerte der Mediziner noch. Dann aber sagte er sich, dass es immer besser war, Klartext zu reden, als Versprechungen zu machen, die nicht einzuhalten waren. »Sollten unsere Maßnahmen nicht anschlagen«, begann er vorsichtig, »ist es möglich, dass Ihre Enkelin für den Rest ihres Lebens auf einen Rollstuhl angewiesen sein wird.«

»Nein!«, schrie Lensberg auf.

Sofort ergriff Sophia seine Hand. »Das ist immerhin besser, als wenn Julia tot wäre. Sie wird auch dann noch ein schönes Leben führen können.«

»Ein schönes Leben?« Lensberg brach in Tränen aus. Er hatte alles getan, um seine Enkelin vor jeglichen Gefahren zu beschützen. Dennoch hatte das Schicksal zugeschlagen und aus Julia ein Wesen gemacht, das auf einen Rollstuhl und auf die ständige Hilfe anderer angewiesen sein würde.

»Ja, ein schönes Leben!«, wiederholte Sophia. »Du hast Geld genug, um dafür zu sorgen, und ich werde alles daransetzen, dass sie ihren Lebensmut behält.«

»So ist es richtig!«, lobte der Arzt sie. »Es gibt genug Dinge, die Ihre Enkelin auch mit einer solchen Behinderung tun kann. Denken Sie an jenen bekannten Politiker, der trotz Rollstuhl seine politische Karriere fortsetzen konnte. Auch andere haben im Rollstuhl sitzend Großes geleistet.«

»Da hörst du es!«, sagte Sophia drängend und sah dann noch einmal Julia an. Mit einem Mal kniff sie die Augen zu. Für einen Moment hatte sie geglaubt, die rechte große Zehe des Mädchens hätte gezuckt. Das war aber wohl doch nur eine Einbildung gewesen.

Nun bat der Arzt sie, das Zimmer wieder zu verlassen, und verabschiedete sich auf dem Flur von ihnen. Lensberg wollte in der Klinik bleiben, um es sofort zu erfahren, wenn sich der Zustand seiner Enkelin besserte. Sophia spürte jedoch seine Schwäche und drängte darauf, nach Hause zu fahren. »Im Augenblick können wir hier nichts tun. Da ist es besser, du ruhst dich daheim ein wenig aus, um frisch zu sein, wenn man uns wieder in die Klinik ruft«, sagte sie.

Lensberg war viel zu matt, um widersprechen zu können, und nickte.

Auf dem Weg zum Parkplatz erschrak Sophia, wie hinfällig ihr Lebensgefährte wirkte, und ihr wurde bewusst, dass ihn der Unfall seiner Enkelin stärker mitnahm, als sie bereits befürchtet hatte. Daher lenkte sie ihren Wagen zwar in Richtung Heimat, bog dort aber nicht zur Villa ab, sondern fuhr direkt zu Dr. Labahns Praxis.

Lensberg bemerkte es erst, als sie ihn zum Aussteigen aufforderte.

»Was sollen wir hier?«, fragte er missmutig, da er nach Hause wollte, um dort zu sein, wenn ein Anruf von der Unfallklinik kam.

»Ich bin dafür, dass unser Freund Labahn – oder, falls er nicht da ist, sein Neffe – dich untersucht«, erklärte Sophia und öffnete die Tür.

Die Sprechstundenhilfe erklärte, dass der junge Doktor gerade bei einer Patientin sei, bot aber an, Dr. Labahn anzurufen.

»Tun Sie das!«, forderte Sophia sie auf und brachte Lensberg dazu, im Wartezimmer Platz zu nehmen.

Da sich Labahns Wohnung im selben Haus befand, kam er sofort und musterte seinen Freund besorgt. »Komm mit! Ich muss dich untersuchen, denn du gefällst mir gar nicht!«

»Julia ist verunglückt!«

»Was ist mit ihr?«, fragte Labahn erschrocken, dem in diesem Moment einfiel, dass es vor ein paar Stunden in der Nähe der Schule einen schweren Unfall gegeben hatte.

Da Lensberg nicht dazu in der Lage schien, berichtete Sophia, dass Julia in der Kölner Unfallklinik im künstlichen Koma läge.

»Dr. Reimer, der Arzt, mit dem wir gesprochen haben, sagt, dass sie gute Chancen zum Überleben hat, aber wohl zeitlebens auf einen Rollstuhl angewiesen sein wird.«

»Das ist ja schrecklich!«, erwiderte Labahn erschüttert, während er Lensberg ins Sprechzimmer führte. Etwa eine Viertelstunde später kam er wieder ins Wartezimmer und sah Sophia kopfschüttelnd an.

»Es sieht gar nicht gut aus. Ich hätte hartnäckiger darauf dringen sollen, dass Eduard in die Herzklinik geht und sich gründlich untersuchen lässt. Ich werde sofort seine Einlieferung veranlassen, habe aber Angst, dass es bereits zu spät sein könnte.«

Sophia war von der Nachricht so schockiert, dass sie etliche Sekunden brauchte, um sich zu fassen. Unterdessen rief Dr. Labahn den Krankenwagen und musste seine ganze Überredungskunst aufwenden, dass Lensberg seinen Anweisungen Folge leistete.

»Ich begleite Eduard ins Krankenhaus«, sagte der Arzt zu Sophia. »Fahr du bitte nach Hause und hole die Sachen, die er dort braucht.«

»Das tue ich!« Sophia verabschiedete sich mit einem Kuss von ihrem Lebensgefährten und verließ die Praxis mit dem Gefühl, der Himmel stürze über ihnen ein.

10.

Im Hause Kullmann gab es an diesem Tag einen heftigen Krach. Zwei Geschäftsfreunde hatten Lukas Kullmann berichtet, in welchem Aufzug sein Bruder bei Lensbergs Geburtstagsfeier erschienen war.

»Du bist ein solcher Idiot!«, schrie er Marcus an. »Du hättest daran denken müssen, dass dein hirnloser Auftritt mir angekreidet wird! Du hast mich vor allen Leuten blamiert.«

»Du hättest mich ja nicht zwingen müssen, dorthin zu gehen«, antwortete Marcus störrisch.

»Da ich es selbst nicht konnte, war es an dir, Lensberg unsere Glückwünsche auszurichten. Das aber hättest du so tun müssen, wie es sich gehört. Den Anzug, den du anhattest, kannst du als Pausenclown bei einem Kindergeburtstag tragen, aber nicht bei der Geburtstagsfeier eines älteren Herrn. Was hast du dir dabei nur gedacht?«

Marcus ärgerte sich zu sehr über die herrische Art seines Bruders, um einlenken zu können. »Wenn Lensberg nicht ein wenig Spaß verträgt, tut er mir leid!«

»Hier geht es nicht um Spaß, du Idiot, sondern um Geschäftsbeziehungen! Wenn Lensberg sich über dich geärgert hat, kann es unserer Firma schaden.« Lukas schwieg einen Augenblick und sah dann seinen Bruder grimmig an. »Du wirst dich ab jetzt neben deinem Studium in der Firma engagieren. Außerdem machst du nur noch deinen Master! Ich brauche in der Firma keinen Mitarbeiter mit Doktortitel. Du wirst in der Entwicklungsabteilung arbeiten und dort irgendwann einmal Zelinski als Leiter ablösen.«

»So haben wir nicht gewettet!«, pulverte Marcus auf. »Es ist mein Leben, und ich führe es so, wie ich es will! Ich lasse mir auch von dir nicht dreinreden.«

»Es ist deine Pflicht!«, fuhr sein Bruder ihn an. »Immerhin bist du Anteilseigner der Firma.«

»Ich verkaufe diese verdammten Anteile!«

»Was du laut dem Testament unseres Vaters nur an mich tun kannst, und da ich sie nicht kaufen werde, musst du sie behalten«, antwortete Lukas mit nicht weniger Wut als sein Bruder.

»Könnt ihr nicht einmal Pause machen, tief durchatmen und die Angelegenheit bis morgen ruhen lassen?«, mischte sich Caren ins Gespräch.

Lukas sah nicht so aus, als wolle er auf seine Frau hören, doch Marcus deutete lächelnd eine Verbeugung in Carens Richtung an. »Das ist ein guter Rat, liebste Schwägerin, und ich werde ihn beherzigen! Ich wollte ohnehin mit Mia, Paul und einem anderen Paar in die Eifel fahren. Bis ich zurückkomme, hat sich der große Elefantenbulle hoffentlich beruhigt.«

»Ich gebe dir gleich einen Elefantenbullen!«, brüllte Lukas, doch da drehte Marcus sich um und verließ das Zimmer. Wenig später hörte das Ehepaar, wie er mit dem Auto losfuhr.

Lukas brüllte jedoch weiter: »Wenn Marcus zurückkommt, bekommt er von mir einiges zu hören! So wie jetzt geht es nicht weiter. Entweder er ändert sich, oder er kann sehen, wo er bleibt!«

Zweiter Teil

Trauertage

1.

Heinz Labahn hatte seinen Freund Lensberg ins Krankenhaus einweisen lassen. Doch trotz aller Bemühungen der Ärzte wurde Julias Großvater immer schwächer, und die Chance, dass er sich noch einmal erholen würde, sank von Tag zu Tag.

Als Dr. Labahn den neuesten Bericht des Kardiologen gelesen hatte, sah er Eduard Lensberg traurig an. »Ich mache mir Riesenvorwürfe, dass ich dich nicht früher gedrängt habe, ins Krankenhaus zu gehen. Es würde dir vermutlich weitaus besser gehen. So kann ich nicht einmal sagen, ob du im nächsten Monat noch lebst.«

Lensberg fasste nach der Hand des Arztes. »Wenn es so sein soll, dann war es mein Fehler, dass ich nicht auf deinen Rat gehört habe, alter Freund. Jetzt wird mir dafür die Rechnung präsentiert, aber nicht von dir, sondern von dem da oben. Ich hätte mir nur gewünscht, er würde mir noch die Zeit lassen, für meine Kleine zu sorgen! Kümmert euch um sie, bitte!« Es galt Labahn, vor allem aber Sophia, die ernst und bedrückt neben dem Krankenbett stand.

»Da ist noch etwas! Ich wollte es dir nicht sagen, um dich nicht zu belasten. Da es aber so schlimm steht, muss ich es tun!« Sophia traten die Tränen in die Augen, und sie fasste nach Lensbergs anderer Hand.

»Was gibt es?«, fragte er leise.

»Gestern hat Claude Palmer, frühere Claudia Lensberg, angerufen und sich nach Julia erkundigt.«

Lensberg verzog angeekelt das Gesicht. »Darauf hätten wir wirklich verzichten können. Doch wie es aussieht, wittern die Fliegen den Haufen und wollen wissen, ob es lohnt, sich daraufzusetzen.«

»Es kann doch auch mütterliche Sorge gewesen sein«, wandte Labahn ein.

»Claudia ist so mütterlich wie ein Krokodil! Nein, das nicht! Ich habe gelesen, dass diese Tiere sich sogar sehr gut um ihre Brut kümmern. Also kein Krokodil. Ihr könnt euch aussuchen, was sie ist! Sie hat sich in all den Jahren nie für Julia interessiert. Warum sollte sie es jetzt tun?«

»Du solltest nicht nur schlecht von ihr denken. Immerhin hat dein Sohn sie genug geliebt, um sie zu heiraten«, wandte Labahn ein.

»Ich mochte sie zwar nicht, habe sie aber als Erwins Frau akzeptiert. Damit war es jedoch aus, als sie nur ein Jahr nach Julias Geburt ein Verhältnis mit einem prominenten Sportler angefangen hat. Sie wollte sich sogar scheiden lassen, um ihn heiraten zu können. Kurz darauf ist Erwin verunglückt.«

Lensbergs Stimme klang matt und brüchig, doch in seinen Augen lag ein eisiger Glanz. »Als der Fußballer in eine nachrangige Liga abgeschoben wurde, war es mit Claudias Liebe rasch vorbei, und sie angelte sich Lars Palmer. Dieser Mann ist mit windigen Geschäften reich geworden und konnte ihr bieten, was sie sich ersehnte, nämlich teure Partys und schöne Auslandsreisen. Ich habe mich über Palmer erkundigt. Er ist das, was man einen Dealmaker nennt.«

»Das musst du mir erklären«, sagte Labahn.

»Stell dir vor, irgendwo ist Krieg. Eine Seite braucht zweihundert Panzer, um zu gewinnen, doch es ist ein Waffenembargo verhängt worden. Um dem zu entgehen, braucht man drei Stellen: Dazu gehört irgendein Zwergstaat, in dem sich ein Politiker findet, der für ein paar sehr große Scheine erkennt, dass sein Land unbedingt zweihundert moderne Kampfpanzer braucht. Diese werden ihm von Männern wie Palmer besorgt, der hier den Behörden beweisen kann, dass die Panzer an einen nicht im Krieg befindlichen Staat verkauft werden. Der Käufer erhält die Auflage, diese Panzer nicht an einen von einem Embargo betroffenen Staat weiterzuverkaufen. Das tut er auch nicht, sondern verkauft sie, noch bevor sie geliefert worden sind, an einen anderen Dealmaker. Dabei werden die zweihundert Panzer auf den Frachtunterlagen als so und so viele Container mit nicht vom Embargo betroffenen Waren wie Nahrungsmittel und Haushaltsgeräte deklariert und von demselben Schiff, das sie hier in Deutschland abholt, gleich an den Empfänger geliefert. So bekommt der Krieg führende Staat seine Panzer, und die drei am Deal beteiligten Händler verdienen daran gut. Einen Mann, der solche Geschäfte tätigt, will ich im Umkreis meiner Kleinen nicht sehen!«

Labahn schüttelte betrübt den Kopf. »Du wirst es nicht verhindern können! Als Mutter hat Claudia Palmer das erste Anrecht auf die Vormundschaft für Julia.«

»Dagegen kann man etwas tun!«, sagte Lensberg mit matter Stimme.

»Und wie willst du dagegenhalten?«, fragte sein Freund.

Lensbergs Blick suchte Sophia. »Wir haben zehn Jahre lang unser Leben geteilt, und ich habe keine einzige Sekunde bereut. Doch jetzt brauche ich dich nötiger denn je.«

»Du weißt, dass ich alles für dich tue.«

»Wir müssen die wenigen Tage, die mir noch bleiben, sinnvoll nützen. Als Erstes werden wir heiraten! Zweitens brauche ich einen Notar, um ein neues Testament aufzusetzen. Ich will, dass Julias Mutter vollkommen ausgeschlossen wird. Meine Kleine darf ihr und ihrem Ehemann nicht ausgeliefert sein. Die Spedition wäre genau das, was Palmer für seine windigen Geschäfte gut brauchen könnte.«

»Du musst damit rechnen, dass dein Testament angefochten werden kann, wenn es im Krankenhaus kurz vor deinem Ableben verfasst wird«, gab Labahn zu bedenken.

»Daher brauche ich dich sowie den behandelnden Arzt und den Notar. Ihr müsst alle drei bestätigen, dass ich bei vollem Bewusstsein und klarem Verstand gehandelt habe.«

»Das kann ich mit meinem Gewissen vereinbaren! Sophia und ich werden alles vorbereiten. Du tust nichts, außer ruhig zu liegen und das wenige an Kraft, das dein Körper noch aufwenden kann, für diese entscheidenden Augenblicke zu bewahren.« Labahn versetzte ihm einen leichten Klaps und wandte sich zur Tür. »Ich werde mit dem Stationsarzt reden und dann mit dem Krankenhauspfarrer. Wenn es so weit ist, solltet ihr sowohl standesamtlich wie auch kirchlich getraut werden. Das macht mehr her!«

Sophia atmete tief durch. Sie war fünfzig Jahre alt geworden, ohne je geheiratet zu haben, und hatte es eigentlich auch nie tun wollen. Da sie jedoch Lensbergs Beweggründe verstand, war sie dazu bereit. Außerdem liebte sie Julia und hatte das Gefühl, dass diese mit ihr als Stiefgroßmutter sicher besser fahren würde als mit ihrer Mutter und deren zweitem Ehemann.

»Ich kümmere mich um das Standesamt«, sagte sie.

»Danke«, flüsterte Lensberg. »Ich danke euch beiden!«

»Wir werden das Ganze schon schaukeln«, sagte Labahn, obwohl er wusste, dass ihnen die Zeit unter den Nägeln brannte. Immerhin konnte Sophia an dem Abend des Tages, an dem sie heiratete, bereits Witwe sein.

2.

Es wurde eine stille, beinahe traurige Angelegenheit. Eduard Lensberg hatte mit Unterstützung Sophias und einer Krankenschwester sein Bett verlassen und trug nun einen Anzug. Sophia hatte ihn eigenhändig rasiert und ihm die Haare gekämmt, sodass er einen respektablen Anblick bot. Wegen seiner Schwäche musste er sitzen, stand aber sowohl die standesamtliche wie auch die kirchliche Trauung bis zum Ende durch.

Als alles vorbei war, fasste er nach Sophias Hand. »Gib gut auf meine Kleine acht! Es wird sehr schwer für sie werden, wenn sie aus dem Krankenhaus kommt.«

»Es wird sie noch schwerer treffen, wenn du wirklich sterben solltest.« Obwohl Dr. Labahn ihr wenig Hoffnung gemacht hatte, wünschte Sophia sich von ganzem Herzen, dass er sich irrte.

»Es geht hier weniger um mich als um Julia. Wenn sie wirklich für den Rest ihres Lebens auf einen Rollstuhl angewiesen ist …« Lensberg brach ab und weinte.

»Auch an einen Rollstuhl gebunden geht das Leben weiter«, sagte der Priester im Versuch, ihn zu trösten. »Ihre Enkelin kann Sport treiben und es bis zur Paralympics-Siegerin bringen. Es gibt sogar Tanzabende für Rollstuhlfahrer. Auch ist es durchaus möglich, dass Ihre Enkelin eine Ehe schließen und Kinder bekommen kann.«

»Meinen Sie das wirklich?«, fragte Lensberg mit neuer Hoffnung und sah Sophia an. »Glaubst du, dass Simon Berke Julia heiraten würde, um die Spedition weiterhin führen zu können?«

»Wenn er es nur täte, um die Spedition in die Hand zu bekommen, würde mir Julia leidtun!«

Sophia klang herb, denn sie hatte Berkes aufdringliches Verhalten Julia gegenüber nicht vergessen. Um ihren Ehemann nicht zu enttäuschen, sagte sie jedoch zu, dass sie einer möglichen Heirat der beiden keine Steine in den Weg legen würde. »Eines ist aber klar«, setzte sie mit großem Ernst hinzu. »Ich werde alles daransetzen, damit Julia von niemandem abhängig sein wird und ihr Vermögen immer in den eigenen Händen hält.«

Lensberg hielt Sophias Bedenken für übertrieben, sagte sich aber, dass sie recht haben könnte. Für seine Enkelin mochte es besser sein, wenn sie finanziell unabhängig war.

»Ich hätte sie so gerne noch einmal gesehen und mit ihr gesprochen. Sage ihr, wie leid es mir tut, sie so im Stich lassen zu müssen!« Bei dem Gedanken brach er in Tränen aus, fasste sich jedoch wieder und bat Sophia, ihm noch einmal zu berichten, was Julias Mutter am Telefon gesagt hatte.

»Weißt du, wovor ich Angst habe?«, meinte er, als Sophia geendet hatte.

»Vor was?«

»Wenn ich einmal nicht mehr bin, kann Julias Mutter versuchen, sich ihr Vertrauen zu erschleichen, damit deren Ehemann sich der Spedition bedienen kann. Als Dealmaker ist er nur auf seinen Vorteil bedacht. Deshalb habe ich Simon Berke als meinen Nachfolger aufgebaut. Ich hätte gerne noch miterlebt, wie die nächste Generation Lensberg zur Welt kommt und aufwächst, doch unser Herr im Himmel will es nicht.«

Lensberg atmete schwer und bat um etwas Wasser. Nachdem Sophia ihm ein Glas gefüllt und er es getrunken hatte, fuhr er fort. »Mein Vater hat die Spedition 1948 mit einem alten Wehrmachtslaster gegründet. Seitdem haben er und ich die Spedition in mehr als siebzig Jahren zu einem mittelständischen Unternehmen mit festem Fundament aufgebaut. Wir besitzen gut einhundert Fahrzeuge vom Lieferwagen bis zum Großraum-Lkw und beschäftigen gut zweihundert Leute. Dazu haben wir uns in der Region ein gutes Ansehen erworben. Das alles will ich nicht durch einen Mann wie Lars Palmer zugrunde richten lassen.«

»Du solltest nicht so viel sprechen! Es strengt dich zu sehr an«, bat Sophia ihn.

»Du musst mich reden lassen! Ich habe nicht mehr viel Zeit für Erklärungen. Habe ich dir schon gesagt, wie sehr ich dich liebe?«

»Das hast du schon oft gesagt!«

»Du hast mir in den letzten zehn Jahren sehr viel Freude geschenkt und wie eine Mutter für meine Kleine gesorgt. Du warst ein Glücksfall für mich«, sagte Lensberg und tätschelte schwächlich ihre Hand.

»Diese Jahre waren auch für mich wunderschön.« Sophias Gedanken glitten in die Zeit zurück, in der sie Eduard Lensberg kennengelernt hatte. Damals war sie die gut bezahlte Chefsekretärin in einem großen Konzern gewesen. Beim Wechsel des Geschäftsführers hatte der Neue seine eigene Sekretärin mitgebracht und sie sich einen anderen Posten suchen müssen. Daher hatte sie sich bei Lensberg beworben und diesen ebenso sympathisch gefunden wie er sie. Daher war sie auch auf seine Bitte eingegangen, bei ihm für eine gewisse Zeit den Posten der Hausdame zu übernehmen, nachdem diese gekündigt hatte. Ihre gegenseitige Sympathie war immer mehr gewachsen, und so war sie nicht als Sekretärin in sein Vorzimmer zurückgekehrt, sondern seine Lebenspartnerin geworden. Nun wollte sie sich um Julia kümmern, damit das Mädchen den Verlust ihres Großvaters überwand und trotz ihrer Querschnittslähmung vielleicht doch einem Mann begegnete, mit dem sie ihr Glück finden konnte.

3.

Eduard Lensberg verstarb zwei Tage später. Sophia hielt seine Hand und kämpfte gegen ihre Tränen an, um ihm die letzten Minuten nicht zu erschweren. Auch Heinz Labahn, der sich immer noch die bittersten Vorwürfe machte, weil er seinen Freund nicht rechtzeitig gedrängt hatte, ins Krankenhaus zu gehen, saß am Krankenbett. So sahen beide, wie Lensberg wie eine Kerze erlosch.

Als es vorbei war, blickte Labahn Sophia an. »Gleichgültig, was kommt: Ich werde immer bereit sein, dir und Julia beizustehen.«

Sophia strich über das Gesicht des Toten und schloss ihm die Augen. »Leb wohl, Eduard! Wenn es stimmt, was du immer geglaubt hast, werden wir uns einmal wiedersehen.«

Sie seufzte und ging dann auf Labahns Frage ein. »Da ich jetzt offiziell Julias Stiefgroßmutter bin, bekomme ich auch schneller Informationen. Es geht ihr den Umständen entsprechend gut. Sie muss nicht mehr beatmet werden, und sie wollen sie in ein paar Tagen aus dem künstlichen Koma holen. Ich möchte dabei sein und würde mich freuen, wenn du mit mir kommen würdest.«

»Das werde ich!«, versprach Labahn.

Nun aber galt es, alles zu veranlassen, was für Lensbergs Beisetzung notwendig war. Noch am selben Tag wurde der Leichnam in die Aussegnungshalle gebracht und dort aufgebahrt. Mit Eduard Lensberg war ein Mensch gestorben, der dem Ort seit vielen Jahren seinen Stempel aufgedrückt hatte. Für seine Angestellten und viele andere im Landkreis war sein Tod ein Schock. Wegen Julias schwerem Unfall befürchteten nicht wenige, dass man die Spedition an eine größere Firma verkaufen würde, die mit dem Ort nicht mehr verwurzelt war.

Für Sophia gab es so viel zu tun, dass sie kaum zum Nachdenken kam. Dabei war es von unschätzbarem Vorteil, dass sie vor ihrer Partnerschaft mit Lensberg als Sekretärin für einige hochrangige Manager gearbeitet hatte. Die Organisation war trotzdem anstrengend. Sie überlegte auch, ob sie Lensbergs Beerdigung so lange hinauszögern sollte, dass Julia vielleicht doch daran teilnehmen konnte. Die Ärzte erklärten ihr jedoch unmissverständlich, dass daran in absehbarer Zeit nicht zu denken war.

Daher leitete sie alles in die Wege. Als sie sich schließlich zum Trauergottesdienst umkleidete, tat sie es mit dem Gefühl, ihrem Lebensgefährten – sie verbesserte sich rasch –, ihrem Ehemann die Beerdigung bieten zu können, die er verdiente.

Obwohl es in der Villa einen Saal für Festlichkeiten und einen großen Speisesaal gab, reichten beide für die Gäste, die zum Trauermahl geladen waren, nicht aus. Sophia hatte daher den Saal im größten Gasthof des Ortes gebucht. Während sie von Lippens zum Friedhof gefahren wurde, ging sie noch einmal alles durch, um sicherzugehen, dass sie nichts vergessen hatte.

Am Friedhof wartete Dr. Labahn auf sie und wies auf die Menge Autos, die auf dem Parkplatz und den umgebenden Straßen standen. »Es sind sehr viele gekommen, um von Eduard Abschied zu nehmen, Sophia.«

Sie nickte und wischte sich die Tränen von den Wangen. »All diese Leute könnten meinetwegen zu Hause bleiben, wenn nur Julia hier neben uns stände.«

»Dort kommt Berke! Er will anscheinend als Erster kondolieren«, sagte Labahn leise.

»Er hat es zwar bereits schriftlich getan, will es jetzt aber anscheinend persönlich machen!« In Sophias Stimme schwang ein gewisser Groll mit, da Berke es bislang nicht für nötig befunden hatte, sie in der Villa aufzusuchen. Sie blickte sich um und sah, wie sich Berke mit forschen Schritten näherte. Schon drei Meter von ihr entfernt streckte er die Rechte aus. »Mein herzlichstes Beileid, Frau Kage! Sie können nicht ahnen, wie schwer mich der Verlust von Herrn Lensberg getroffen hat.«

»Nicht Frau Kage, sondern Frau Lensberg«, korrigierte ihn Labahn. »Herr Lensberg und sie haben in der Klinik geheiratet.«

Simon Berke schluckte kurz und deutete dann eine Verbeugung vor Sophia an. »Wenn der Anlass nicht so traurig wäre, würde ich Ihnen jetzt gratulieren.«

»Schon gut! Ich mache nicht viel Aufhebens um die Heirat«, antwortete Sophia und wandte sich dem nächsten Trauergast zu.

Aus Köln waren der Regierungspräsident und der Vorsitzende der Unternehmervereinigung erschienen, dazu alles, was in diesem Landkreis Rang und Namen hatte, Dutzende Geschäftspartner, Vertreter der Stadt und der Vereine und dergleichen mehr.

Zu den Trauergästen zählte auch Marcus Kullmann. Sein Bruder Lukas war durch einen dringenden Termin in Hamburg verhindert und hatte ihn mit wüsten Drohungen dazu gebracht, ihn zu vertreten. So sehr er sich sonst auch gegen die bestimmende Art seines Bruders stemmte, hatte Marcus sich diesmal dem Anlass gemäß gekleidet. Als er auf Sophia zutrat, um ihr Beileid zu wünschen, dachte er an die erst wenige Wochen zurückliegende Geburtstagsfeier. Damals hatte niemand ahnen können, dass es Eduard Lensbergs letzter Geburtstag sein würde. Doch nun war er tot, und seiner Schwägerin Caren zufolge war der Schock über den schweren Unfall seiner Enkelin der Grund dafür gewesen.

Marcus hatte etwas über das Unglück gelesen, sich aber nichts dabei gedacht. Nun vermisste er das Mädchen, das in der Unfallklinik lag und nicht an der Beisetzung des Großvaters teilhaben konnte.

Die Totenmesse wurde feierlich zelebriert und die danach erfolgende Grablege zu einem wahren Staatsakt. Ein Dutzend Vereine, von der freiwilligen Feuerwehr angefangen bis zum Turn- und Sportverein des Ortes, hatten Abordnungen geschickt, und die Kränze, die auf das Grab gelegt wurden, türmten sich zu einem Hügel auf. Marcus hatte ebenfalls einen Kranz mitgebracht und las, während der Pfarrer am Grab noch ein paar Worte sprach, die Aufschriften der Kränze.

An dieser Stelle wurde ein Mann begraben, der weit über den Ort hinaus Bedeutung besessen hatte. Mit einem Mal schämte Marcus sich, sich bei Lensbergs Geburtstag so schlecht benommen zu haben. Das hatte der alte Mann wahrlich nicht verdient gehabt.

4.

In der Nacht fiel der scheinbar unerschütterliche Schutzpanzer ab, in den Sophia sich gehüllt hatte, und sie weinte bitterlich. Das Schicksal hatte so hart zugeschlagen, dass sie nicht wusste, wie sie die Aufgaben, die auf sie warteten, bewältigen sollte. Sie musste sowohl die Spedition in den Griff bekommen wie auch für Julia sorgen. Was sollte sie dem Mädchen sagen?, fragte sie sich. Dr. Labahn hatte ihr geraten, Julia den Tod des Großvaters vorerst zu verschweigen. Doch durfte sie tatsächlich lügen, wenn das Mädchen nach ihm fragte?

Sophia fühlte sich von der Verantwortung fast erdrückt und überlegte, ob sie eine Tablette nehmen sollte, um schlafen zu können. Sie schüttelte jedoch den Kopf. Lieber blieb sie die ganze Nacht über wach und zerbrach sich den Kopf über all die Dinge, die geschehen waren, und über die, die noch auf sie warteten. Es hatte keinen Sinn, ihre Trauer um den geliebten Mann durch ein Schlafmittel zu betäuben.

Irgendwann musste sie doch eingeschlafen sein, wachte aber am nächsten Morgen wie zerschlagen auf. Es dauerte ein paar Minuten, bis sie aus dem Bett kam und ins Badezimmer gehen konnte. Beim Zähneputzen fiel ihr ein, dass die Ärzte Julia ausgerechnet an diesem Tag aus dem künstlichen Koma wecken wollten. Sie blieb daher lange unter der Dusche und gab sich bei der Pflege besondere Mühe. Julia sollte sie, wenn sie erwachte, nicht verzweifelt sehen.

Als sie das Esszimmer betrat, hatte ihre Haushälterin Fedosia bereits alles vorbereitet. Eben nahm sie die Teller weg, die sie aus Gewohnheit auch für Lensberg hingestellt hatte. Ihre Augen waren rot, und als sie sprach, konnte Sophia sie kaum verstehen.

»Es ist alles so schrecklich!«

»Das ist es! Doch wir dürfen uns nicht davon unterkriegen lassen.«

Fedosia stellte fest, dass sie die Vollkornbrötchen vergessen hatte, die Sophia immer aß, und eilte in die Küche. Als sie zurückkehrte, nahm Sophia eines davon, schnitt es auf und bestrich es mit Butter. Früher hatte sie beim Frühstück mit Eduard den geplanten Ablauf des Tages besprochen, ein wenig Zeitung gelesen und Julia gefragt, ob sie etwas wünsche. Nun aber saß sie allein am Tisch, und es war wirklich so schrecklich, wie Fedosia es bezeichnet hatte. Sophia aß, ohne zu schauen, was sie auf ihr Brötchen legte, und starrte dabei durch das Fenster in den Garten und weiter zu der etwa fünfhundert Meter entfernten Spedition mit ihren Hallen, Garagen, Werkstätten und dem Verwaltungsgebäude, in dem derzeit Simon Berke das Sagen hatte.

»Brauchen Sie noch etwas, Frau Kage … Verzeihung! Frau Lensberg?«, fragte Fedosia. In der Trauer über ihren Arbeitgeber war ihr weißrussischer Akzent stärker als sonst.

Sophia wollte schon den Kopf schütteln, sah dann aber auf die Uhr und nickte. »Sie können Lippens sagen, dass er in einer halben Stunde den Wagen vorfahren soll.« Die letzten Male war sie immer selbst in die Klinik gefahren. Heute jedoch war sie viel zu aufgewühlt und nervös dazu.

»Wird Julia heute aus dem Koma geweckt?«, fragte Fedosia.

»Ja, das wird sie«, sagte Sophia seufzend und dachte, dass sie froh sein würde, wenn dieser Tag hinter ihr lag.

5.

Es war wie ein langes Auftauchen aus tiefem Wasser. Eigentlich wollte sie nicht, doch irgendetwas zog sie nach oben zu einem Licht, das sie weit über sich sah. Zuerst kämpfte sie dagegen an, gab dann aber den Widerstand auf und ließ sich treiben. Mit einem Mal wurde es um sie herum hell, und sie schnappte gierig nach Luft. Gleichzeitig vernahm sie Geräusche und Stimmen.

»...schlag stabil, Puls stabil, Atmung stabil ...«

Sie begriff nichts und fühlte nur Schwäche und Müdigkeit. Am liebsten wäre sie wieder weggedämmert. Da stach etwas in ihren Oberarm. Es tat kurz weh, dann fühlte sie, wie ihr Kopf klarer wurde, und öffnete die Augen.

Sie lag auf einem Bett in einem hellen Zimmer und fühlte sich seltsam eingezwängt. Dann bemerkte sie mehrere Personen, die um sie herumstanden. Alle trugen Kittel in Grün oder Blau, hatten Plastikhauben auf, und die Gesichter waren hinter Schutzmasken versteckt. Verwirrt fragte sie sich, wo und vor allem warum sie hier war.

»Sie reagiert auf ihre Umgebung!«, sagte der Mann im grünen Kittel. Er berührte nun ihren Hals und presste die Finger kurz gegen die Schlagader. »Ihr Puls ist tatsächlich so kräftig, wie das Gerät es anzeigt, und auch nicht zu schnell. Ich glaube, wir können sie jetzt ansprechen.«

Nun beugte er sich über sie. »Na, ausgeschlafen?«

»Ausgeschlafen? Ja, warum ... wo bin ich hier?«, sagte sie mit matter Stimme. Ihr Hals tat weh, und sie fühlte einen eigenartigen Druck in der Kehle, als würde sich ein Fremdkörper darin befinden.

Der Mann in Grün wandte sich nun der in Blau gekleideten Frau neben ihm zu. »Es ist besser, wenn die Patientin eine vertraute Stimme hört.«

»Julia, verstehst du mich?«

Die Stimme klang tatsächlich vertraut, ohne dass sie begriff, wer da gesprochen hatte. Und wer war Julia?

»Ich weiß nicht«, antwortete sie und drehte den Kopf leicht, um mehr erkennen zu können. Sie lag in einem Gestell, das ihr kaum Bewegungsfreiheit ließ. Dazu waren ihr linkes Bein und ihr linker Unterarm eingegipst.

»Was ist los?«, fragte sie entsetzt.

»Du hattest einen Unfall, Julia! Jetzt bist du im Krankenhaus, und es wird alles gut.« Sophia konnte die Tränen nicht mehr zurückhalten, denn es würde nie mehr alles gut werden.

»Julia?« Nun sagte der Name ihr etwas. Sie musste jedoch scharf nachdenken, bis sie begriff, dass sie selbst so hieß.

»Julia … ich bin Julia«, murmelte sie und überlegte, wer die Frau sein konnte. Es lag ihr auf der Zunge, doch sie brachte es nicht heraus.

»Warum bin ich so eingezwängt?«

»Damit deine Verletzungen besser heilen können.«

»Weshalb bin ich verletzt?«, fragte Julia weiter.

»Du hattest einen schweren Unfall. Kannst du dich nicht daran erinnern?«

Julia deutete ein Kopfschütteln an. »Nein, ich kann mich nicht erinnern! Ich weiß nur, dass ich Julia heiße.«

»Ihre Enkelin leidet wahrscheinlich unter einer Amnesie, sprich, unter Gedächtnisschwund. Das kommt bei einem gewissen Prozentsatz der Fälle vor und hat meistens nichts zu bedeuten, da das Gedächtnis bald wieder einsetzt«, erklärte der Mann in Grün, den Julia jetzt als Arzt einstufte.

Die Frau beugte sich nun über sie. »Weißt du, wer ich bin?«

Julia wackelte erneut leicht mit dem Kopf.

»Ich bin Sophia. Du kennst mich seit zehn Jahren. Ich wohne bei dir und deinem Opa!« Erneut kämpfte Sophia mit Tränen, denn Julia würde ihren Großvater niemals wiedersehen.

»Sophia … Irgendwas ist da …«

»Du solltest darüber nachdenken, damit es dir wieder einfällt«, sagte ein zweiter Mann, dessen Stimme ihr ebenfalls bekannt vorkam.

Unterdessen wandte der Arzt sich an Sophia. »Die Patientin wird die Intensivstation bald verlassen können. Soll sie ein Einzelzimmer bekommen oder Gesellschaft haben?«

Sophia überlegte, ob Julia wirklich allein in einem Krankenzimmer bleiben sollte. Vielleicht war es besser, wenn sie jemanden hatte, mit dem sie reden konnte. Dann aber schüttelte sie den Kopf. »Ich halte ein Einzelzimmer für besser. Sie hatte seit frühester Kindheit immer ein Zimmer für sich allein. Außerdem weiß man nicht, wer zu ihr ins Zimmer käme. Ich war vor gut zwanzig Jahren in einem Krankenhaus und hatte eine Zimmergenossin, wie ich sie nur meiner schlimmsten Feindin wünschen würde. Die Frau schnarchte so entsetzlich, dass ich kaum Schlaf fand. Dafür redete sie am Tag ununterbrochen auf mich ein, sodass ich auch da nicht schlafen konnte.«

»Haben Sie es notiert, Schwester Bridget? Ein Einzelzimmer für die junge Dame.«

»Ich werde alles vorbereiten«, erwiderte die Pflegerin mit einem englischen Akzent.

Julia nahm kaum etwas von den Personen um sie herum wahr, denn sie kämpfte mit ihrem Gedächtnis, das sie einfach nicht mit Informationen versorgen wollte. Selbst an Sophia konnte sie sich nur bruchstückhaft erinnern. Außerdem gab es doch auch einen Großvater. Der aber war nicht da. Sie erkannte instinktiv, dass der Mann, der ihr bekannt vorkam, es nicht sein konnte.

»Ich … Was ist passiert?«, fragte sie matt.

»Du wirst alles erfahren, aber nicht sofort. Dafür bist du zu müde und solltest schlafen«, sagte Sophia zu ihr.

»Damit sprechen Sie ein wahres Wort! Sie sollten nun gehen. Es wird für die Patientin sonst zu anstrengend«, mahnte der Arzt Sophia und Labahn.

»Wann dürfen wir wiederkommen?«, fragte Sophia.

»Morgen, aber ebenfalls nur für ein paar Minuten. Wenn die junge Dame auf der Normalstation liegt, können Sie kommen und bleiben, so oft und so lange Sie wollen.«

»Danke«, sagte Sophia und wandte sich Julia zu. »Ich komme morgen wieder! Bis dorthin alles Gute!«

Danach verließ sie fluchtartig das Zimmer, denn sie konnte die Tränen nicht mehr zurückhalten.

Labahn folgte ihr und reichte ihr ein Papiertaschentuch. Sophia wischte sich die Augen trocken und schüttelte den Kopf. »Eduard würde sich wundern, wenn er mich hier als Heulsuse sähe!«

»So ein Schicksal, wie es Julia getroffen hat, ist auch zum Heulen. Ihr einziges Glück ist, dass es ihr nicht an Geld fehlen wird, sodass wir ihr alles so einrichten können, wie es für sie am besten ist.«

Auch Dr. Labahn wischte sich eine Träne aus dem Augenwinkel und dachte dabei, dass Julia im Gegensatz zu vielen anderen, die ein ähnliches Schicksal erlitten, privilegiert war. Bei den meisten Versehrten kamen zur körperlichen Beeinträchtigung auch noch finanzielle Not und ein Leben, das nur noch schwer zu meistern war.

»Ja, in der Hinsicht hat sie Glück«, setzte er leise hinzu. »Sie kann sogar damit rechnen, dass Berke sie in ein paar Jahren heiraten wird, um dadurch die Firma in seinen Besitz zu nehmen. Ich habe Eduards Geschäftssinn immer bewundert, aber seine Vorliebe für Berke konnte ich nie begreifen. Der Mann mag seine Fähigkeiten haben, doch beschränken diese sich wohl aufs Geschäftliche. Vielleicht ist das in diesem Fall sogar besser, da Julia für ihn eine Investition wäre, die er pflegen muss.«

»Mir wäre es lieber, sie würde niemals heiraten, als dass sie diesen Mann nehmen müsste. Berke tut so, als wäre es ein Opfer für ihn, das er nur deshalb auf sich nimmt, um die Spedition zu retten. Dabei geht es ihm nur um diese«, antwortete Sophia und zuckte dann mit den Schultern. »Wir sollten ihr ohnehin nicht dreinreden. Es muss ihre persönliche Entscheidung sein.«

Der Kranken lagen Überlegungen, wie ihre Zukunft sich gestalten würde, im Augenblick sehr fern, denn zuerst musste sie ihre Vergangenheit erforschen. Klar war, dass sie Julia hieß. Mittlerweile konnte sie sich sogar an einige Ereignisse erinnern. War da nicht ein Fest gewesen, bei dem der Joker aus *Batman* aufgetaucht war? Sie wunderte sich, weil sie sich an Filmgestalten erinnern konnte, nicht aber an Sophia, obwohl diese ihr sehr viel bedeuten musste.

Und was war mit ihrem Großvater? Julia versuchte, sich auch an ihre Eltern zu erinnern, doch da war nur ein tiefes schwarzes Loch. Als ihr das Nachdenken zu mühsam wurde, sah sie den Ärzten zu, die sie nun untersuchten.

»Während des künstlichen Komas ist der Heilprozess gut vorangeschritten. Wir können sie schon bald auf die Normalstation bringen«, sagte einer der Ärzte.

»Vorher muss sie noch mal zum CT und zum Röntgen«, erklärte eine ältere Ärztin. »Wollen Sie das für morgen veranlassen? Wenn die Ergebnisse entsprechend sind, kann sie am Tag darauf verlegt werden.«

»Das werde ich tun«, versprach ihr Kollege und wandte sich Julia zu. »Sie sollten jetzt schlafen. Das fördert die Heilung.«

»Ich muss nachdenken«, antwortete Julia.

Sie hatte es kaum gesagt, da fielen ihr die Augen zu.

6.

Als Julia das nächste Mal erwachte, spürte sie sofort, dass etwas mit ihr nicht stimmte. Es dauerte dennoch eine Weile, bis sie begriff, dass ihr jedes Gefühl in den Beinen fehlte. War sie bei dem Unfall so schwer verletzt worden, dass man ihr die Beine hatte abnehmen müssen?

»Unsinn!«, stieß sie leise hervor, denn für einen Augenblick hatte sie das Gefühl, eine ihrer Zehen würde zucken. Das war aber sofort wieder vorbei.

Julia stemmte den Oberkörper mühsam mit dem rechten Arm hoch und blickte an sich hinunter. Auch wenn eine Decke über ihren Beinen lag, so waren die Konturen ihrer Waden und Füße deutlich zu erkennen. Sie waren also noch da. Doch warum spürte sie sie nicht? Sie atmete hastiger und griff dann mit der rechten Hand nach dem Gerät, mit dem sie die Schwester rufen konnte.

Es vergingen einige Minuten, da kam Schwester Bridget herein. »Ist die junge Lady wieder geworden wach?«, fragte sie lächelnd.

»Was ist mit meinen Beinen los? Außerdem tut mir der Rücken weh, und ich kann ihn kaum bewegen!«

»Sie sollten es auch nicht tun!«, riet die Schwester. »Sie sind schwer verletzt, und es braucht alles seine … wie sagt man? – seine Weile, bis Sie wieder gesund sind.«

»Aber ich müsste doch meine Beine spüren!«

Schwester Bridget lächelte, wie sie es immer tat, um Patienten Mut zu machen. »Bleiben Sie ruhig! Es bringt nichts, wenn Sie sich zu sehr aufregen. Der behandelnde Arzt wird Ihnen alles genau erklären. Er sagte zu Ihrer Verwandten, dass man erst nach einer weiteren Operation sehen kann, wie gut es wieder wird.«

Die Aussage beruhigte Julia. Es war erst einmal wichtig, dass sie wieder auf die Beine kam. Bei dem Gedanken traten ihr die

Tränen in die Augen. Solange sie die Beine nicht spürte, waren das nur leere Worte. Ihr blieb nicht mehr, als hier zu liegen und zu hoffen, dass alles gut werden würde.

Wenigstens war der Schlauch aus der Nase verschwunden. Sie wollte schon fragen, was es mit diesem auf sich gehabt hatte. Da kam die Schwester mit einer Schnabeltasse, ließ den Rückenteil ihres Bettes ein wenig hochfahren und hielt ihr die Tassenöffnung an den Mund.

»Sie müssen vorsichtig schlucken! Es kann in der Kehle ein wenig wehtun, aber das wird bald vergehen.«

Julia bemerkte nun, wie durstig sie war, und trank so hastig, dass Schwester Bridget die Tasse zurückzog.

»Ich habe gesagt: vorsichtig!«, mahnte sie und ließ Julia weitertrinken.

Diese griff mit der unverletzten Rechten nach der Tasse und durfte sie nun auch halten. Sie trank, bis die Tasse leer war, und reichte sie zurück.

»Kann ich noch etwas haben?«, fragte sie. Da fiel ihr etwas anderes ein. »Was ist, wenn ich zur Toilette muss?«

»Vorerst wurde ein Katheter gelegt. Aber der wird bald unnötig sein. Und was das andere betrifft, so haben Sie jetzt noch eine Windel an. Wenn diese voll wird, läuten Sie einfach, damit ich oder eine meiner Kolleginnen Ihnen helfen kann.«

Julia kamen die Tränen. Bis jetzt war sie nur selten krank gewesen, und noch nie hatte sie nicht selbst zur Toilette gehen können. Hier jedoch war sie auf andere Menschen angewiesen und schämte sich dafür.

»Was fehlt mir denn eigentlich?«, fragte sie.

Die Krankenschwester hob abwehrend die Hände. »Das kann ich Ihnen leider nicht sagen! Sie sollten Dr. Reimer danach fragen. Zum Abendessen gibt es heute übrigens Gemüsesuppe und Grießbrei, damit Ihr Magen nicht zu sehr belastet wird.«

»Ich will überhaupt nichts essen. Ich will wissen, was mit mir los ist!« Julia war laut geworden, doch Schwester Bridget sagte nur, dass sie in einer halben Stunde kommen werde, um sie zu waschen, und verließ mit einem »Bye-bye!« den Raum.

Wütend griff Julia nach dem Rufknopf, um die Pflegerin zurückzurufen, ließ das Gerät dann aber wieder sinken. Selbst wenn Schwester Bridget kam, würde sie ihr trotzdem keine Antworten auf ihre drängenden Fragen geben. Sie musste warten, bis der Arzt erschien.

Sie versuchte, sich zu konzentrieren, um ihre Vergangenheit zu ergründen, die noch immer wie hinter einem Schleier lag. Das Einzige, woran sie sich konkret erinnern konnte, war jene Feier, auf der der Joker aus *Batman* aufgetaucht war. Im Gesicht hatte dieser jedoch anders ausgesehen als im Film. Der entsetzlich große Mund hatte gefehlt, ebenso der verschlagene Blick. Irgendwie hatte dieser Joker sogar recht gut ausgesehen. Besser jedenfalls als der andere junge Mann, an den sie sich erinnern konnte. Ihn hatte sie als viel zu aufdringlich empfunden.

Wer die beiden waren, fand sie nicht heraus, daher wandte sie sich in ihren Gedanken Sophia zu. Diese erschien ihr wie ein Schlüssel, der auch zu ihrem Großvater führen konnte. Sie hörte dessen Stimme in Gedanken und spürte, dass sie stets gut von ihm beschützt worden war. Aber warum lag sie dann in diesem entsetzlichen Bett, das ihr kaum Bewegungsfreiheit ließ?

Nach einer Weile verliefen sich ihre Gedanken, und sie schlief ein. Erst als Schwester Bridget das Abendessen brachte, erwachte sie. Da ihr linker Arm eingegipst war, musste die Schwester ihr beim Essen helfen. Die Suppe schmeckte ihr überraschend gut. Auch vom Grießbrei blieb nichts übrig. Danach gab es einen bekömmlichen Kräutertee.

Nachdem Schwester Bridget Tablett und Teller weggebracht hatte, kehrte sie zusammen mit einer Kollegin zurück, um Julia zu waschen. Obwohl die beiden Frauen behutsam waren, kamen ihr die Tränen. So hilflos ausgeliefert wie jetzt war sie noch nie gewesen – dessen war sie sich sicher.

Schwester Bridget deckte das Bett auf, und so konnte Julia erstmals die Beine sehen. Das linke war eingegipst und wurde durch eine Metallstange gestreckt, während das rechte unversehrt schien. Doch als Schwester Bridget es zu waschen begann, spürte Julia weder die Berührung noch das feuchte Tuch, mit dem es abgerieben wurde.

Einen Augenblick glaubte sie trotzdem zu fühlen, dass eine ihrer Zehen zuckte. Sie seufzte bekümmert und sagte sich, dass sie anscheinend unter Halluzinationen litt.

»Muss ich immer so einen komischen Kittel tragen?«, fragte sie.

Schwester Bridget lachte. »Natürlich nicht! Wenn Sie auf Normalstation verlegt werden, soll Ihre Großmutter Ihnen mitbringen ein schönes Nachthemd!«

»Da wird sie erst welche kaufen müssen, denn ich trage nur Schlafanzüge.«

Im nächsten Moment wunderte sie sich, woher sie das wusste. Vor allem aber fragte sie sich, was es mit der Großmutter auf sich hatte. Von einem Großvater wusste sie instinktiv, doch in ihrem Gedächtnis fand sie nicht den geringsten Hinweis auf eine Großmutter.

Da gab ihr Gehirn weitere Erinnerungsfetzen frei. Sie sah ihr Zimmer vor sich, einen Traum in Weiß und Rosa, und vernahm eine warme Männerstimme, die ihr eine gute Nacht wünschte. Ihre Gedanken hielten sich jedoch bei der Großmutter auf. Konnte es Sophia sein, die Frau, die bei ihr gewesen war? Die Stimme war ihr bekannt vorgekommen und hatte sehr sympathisch geklungen.

Dr. Reimers Eintreten beendete Julias Überlegungen. Er grüßte freundlich, sah dann auf die Anzeigen der Instrumente und nickte zufrieden. »Sehr gut, junge Dame! Wie es aussieht, können wir Sie übermorgen tatsächlich umquartieren. Dann haben Sie auch nicht mehr die ganzen Kabel am Körper und sind beweglicher als jetzt.«

»Was ist mit mir und was ist mit meinen Beinen?«, fragte Julia mit Tränen in den Augen.

»Sie hatten einen schweren Unfall mit gravierenden Verletzungen. Es sah zunächst nicht gut aus. Inzwischen habe ich Sie noch ein paarmal untersucht, und vielleicht ...«

»Aber es wird doch alles wieder gut werden, nicht wahr?«, fragte Julia und sah ihn an wie ein bettelnder Hund.

»Dafür ist auf jeden Fall noch eine Operation vonnöten«, erklärte Dr. Reimer mit ernster Stimme.

Julia hatte das Gleiche bereits von Schwester Bridget gehört und atmete auf. Auch wenn sie im Augenblick noch hilflos im Bett lag, so würde sich das bald ändern. Sie sah zu, wie der Arzt sie untersuchte, und stellte noch einige Fragen. Jetzt erst erfuhr sie, dass sie etwa zwei Wochen in einem künstlichen Koma gelegen hatte.

»War es so schlimm?«, fragte sie schließlich.

Dr. Reimer nickte. »Bei Ihnen sind mehrere Rückenwirbel verletzt. Daher mussten wir sicherstellen, dass Sie ganz ruhig liegen, sodass dieser Bruch heilen kann. Außerdem hat die Ruhe Ihrem verletzten Arm gutgetan. Wir werden Ihnen den Gips bald abnehmen können.«

»Und mein linkes Bein? Wann kommt dort der Gips weg?«, bohrte Julia nach.

»Wahrscheinlich zur gleichen Zeit!« Dr. Reimer lächelte und kniff Julia leicht in die große rechte Zehe. Für den Bruchteil einer Sekunde glaubte sie, etwas zu spüren, doch die Empfindung war so schnell vorbei, dass sie nicht sicher war, ob ihre Fantasie sie getrogen hatte.

»Morgen werden wir Sie noch einmal auf den Kopf stellen, natürlich nur symbolisch. Wenn alles so ist, wie wir es uns erhoffen, steht Ihrer Verlegung auf Normalstation nichts mehr im Weg!« Dr. Reimer lächelte ihr zu und verabschiedete sich.

Als er das Zimmer verließ, wünschte Julia sich, aufstehen und ebenfalls nach draußen gehen zu können. Doch das, so schloss sie aus Dr. Reimers Worten, würde erst nach einer weiteren Operation möglich sein.

7.

Als Sophia ins Zimmer trat, wusste Julia bereits, dass diese seit etlichen Jahren mit ihrem Großvater zusammenlebte. Daher hielt sie Ausschau nach ihm, doch es kam sonst niemand.

»Hallo, Sophia«, grüßte sie. »Wo ist Opa?«

»Wie geht es dir, mein Kind?«, wich Sophia einer Antwort aus.

»Ich habe mich schon wohler gefühlt.« Julia schielte begehrlich auf die Packung, die ihre Besucherin in Händen hielt. Wenn ihr Gedächtnis sie nicht täuschte, handelte es sich um ihre Lieblingsschokolade.

»Magst du ein Stück?«, fragte Sophia, und Julia nickte.

Sie ließ sich den Riegel schmecken und musterte Sophia. Sie konnte sich nun an etliche Szenen mit ihr erinnern, und alle waren mit schönen Gefühlen verbunden. Sie fragte sich jedoch, weshalb ihr Großvater nicht kam.

»Wie ist es mit deinem Gedächtnis? Ist es wieder zurückgekehrt?«, fragte Sophia.

»Ein Schweizer Käse ist nichts dagegen!«, gab Julia zu. »Aber ich glaube, es wird wieder. Jedenfalls weiß ich, dass du Sophia bist und bei uns wohnst. Ich erinnere mich auch daran, wie wir beide zusammen mit Opa Spiele gespielt haben. Wo ist er überhaupt? Warum kommt er nicht?«

Julia sah so sehnsüchtig zur Tür, dass es Sophia fast das Herz zerriss. Gleichzeitig stand sie vor der schwersten Entscheidung ihres Lebens. Sollte sie dem Mädchen den Tod des Großvaters verschweigen und es damit belügen? Da Julia es in absehbarer Zeit doch erfahren würde, musste sie befürchten, ihr Vertrauen zu verlieren, wenn sie nun nicht offen sprach. Sie hatte Eduard versprochen, für seine Enkelin zu sorgen. Daher durfte sie deren Zutrauen nicht verspielen. Sie senkte den Kopf und fasste nach Julias rechter Hand.

»Was ich dir jetzt sage, wird dir ebenso wehtun, wie es mir wehtut. Dein Großvater Eduard Lensberg ist vor wenigen Tagen verstorben. Wir haben ihn zu Grabe getragen«, sagte sie unter Tränen.

Julia starrte sie an und begann laut zu schluchzen. »Nein! Nicht! Bitte nicht!«

So vorsichtig, wie es nur ging, schloss Sophia sie in die Arme. »Es ist leider so! Dr. Labahn hat gesagt, sein Herz wäre zu schwach gewesen. Er hätte sich vor vielen Monaten operieren lassen sollen. Dann hätte er es vielleicht überstanden.«

»Warum hat er es denn nicht getan?«, flüsterte Julia verzweifelt.

»Eduard ging es scheinbar gut. Daher glaubte er, es hätte keine Eile. Er konnte nicht wissen, dass dieser Unfall passiert und sein Herz den Schrecken nicht erträgt«, versuchte Sophia, sie zu trösten.

»Ich bin also schuld! Wenn ich nicht diesen dummen Unfall gehabt hätte, würde Opa noch leben«, schrie Julia und warf den Kopf hin und her.

Sophia hielt sie fest, um zu verhindern, dass sie weiteren Schaden nahm. »So darfst du nicht denken, mein Kind! Wenn einer schuld ist, so ist es dieser Idiot, der abgebogen ist, ohne achtzugeben, und dich dabei zusammengefahren hat.«

Dies war für das Mädchen jedoch kein Trost. Julia brach in Tränen aus und schluchzte verzweifelt in Sophias Armen.

Erst nach einer ganzen Weile beruhigte sie sich so weit, dass Sophia sie nach dem Unfall fragen konnte.

»Ich habe nicht die geringste Erinnerung daran«, sagte Julia traurig. »Das Letzte, was ich weiß, ist Opas Geburtstagsfeier – und dass der Joker dabei gewesen ist.«

»Welcher Joker?«, fragte Sophia verwirrt.

»Na, der aus dem *Batman*-Film, den wir uns vor einiger Zeit im Fernsehen angeschaut haben.«

Es dauerte einige Augenblicke, bis Sophia begriff, wen Julia meinte. »Das war kein Joker, sondern Marcus Kullmann. Er hat seinen Bruder auch auf der Beerdigung deines Opas vertreten, aber da war er so angezogen, wie es sich gehört«, erwiderte sie und berichtete anschließend, wie sich der Unfall laut den polizeilichen Ermittlungen zugetragen hatte.

»Man hat die Daten des Lieferwagens ausgewertet und herausgefunden, dass er über keinen Abbiegeassistenten verfügte und sein Navigationssystem defekt war. Es hat erst im letzten Augenblick angezeigt, dass der Fahrer abbiegen sollte. Der Dummkopf hat es getan, ohne darauf zu achten, dass du gerade die Nebenstraße überqueren wolltest. Er behauptet zwar, es wäre anders gewesen, doch damit kommt er nicht durch.«

Sophia klang zornig, aber auch bedrückt. Durch seine Unachtsamkeit hatte der Mann zwei Leben zerstört, das von Julia, die von nun an im Rollstuhl sitzen würde, und das ihres Großvaters, der noch leben könnte, wäre dieser Unfall nicht passiert. Selbst wenn der Mann ohne Bewährung verurteilt wurde und ein Jahr oder anderthalb im Gefängnis sitzen würde, wog dies seine Schuld bei Weitem nicht auf.

Sophia versuchte während ihres Gesprächs immer wieder, Julias Gedächtnis anzustoßen, und stellte erleichtert fest, dass diese sich an mehr und mehr Einzelheiten aus ihrem Leben erinnern konnte.

Zuletzt musste Schwester Bridget Sophia bitten, zu gehen, da sie sich um die Patientin kümmern müsse.

»Morgen sollten Sie erst gegen Abend kommen«, erklärte sie. »Tagsüber wird die junge Lady gebracht zu many Untersuchungen.«

»Ist siebzehn Uhr zu früh?«

Schwester Bridget schüttelte den Kopf. »Ist richtig, aber nicht vorher!«

»Ich werde auf jeden Fall hier sein«, sagte Sophia zu Julia und verabschiedete sich.

Julia schaute ihr nach und fühlte, wie sich ihre Augen mit Tränen füllten. Bis jetzt hatte das Leben sie wie auf Wolken getragen, doch nun war sie abgestürzt und sehr hart aufgeschlagen. Dabei schmerzte sie ihr eigener Zustand weniger als der Verlust ihres Großvaters. In ihrer Verzweiflung reagierte sie kaum auf Schwester Bridget und sehnte sich danach, baldmöglichst einzuschlafen und an nichts mehr denken und nichts mehr fühlen zu müssen.

8.

Julia schlief zwar in der Nacht, träumte aber wild und sah Dutzende Hände, die nach ihr griffen und sie packen wollten. Eines aber wunderte sie: Die einzige Person, die ihr gegen diese Leute half, war der Joker mit Marcus Kullmanns Gesicht.

Als sie am Morgen erwachte, kehrte die Trauer um ihren Großvater zurück. Sie nahm kaum wahr, dass Schwester Bridget sie wusch. Ihr Frühstück aß sie mit einer Miene, als wäre es ihre Henkersmahlzeit, und dann lag sie mit nassen Augen im Bett.

Kurze Zeit später wurde die Tür geöffnet. Dr. Reimer kam herein und grüßte fröhlich. »Guten Morgen! Wie geht es Ihnen heute?«

Julia drehte den Kopf so, dass sie ihn ansehen konnte. »Schlecht! Ich wollte, ich könnte sterben!«

»So etwas dürfen Sie nicht einmal denken! Wenn Sie morgen die Intensivstation verlassen, haben Sie auch nicht mehr diese Apparaturen um sich. Die können einem wirklich auf den Geist gehen. Auf Normalstation werden Sie lernen, sich mit einem Rollstuhl zu bewegen. Es wird eine Spezialanfertigung sein, die Sie auch mit einer Hand bedienen können. Bis Ihr linker Arm wieder so weit ist, wird es noch ein wenig dauern. Zuerst muss der Gips abgenommen und die Muskeln müssen langsam wiederaufgebaut werden.«

»Wie lange wird das dauern?«, fragte Julia, der es mühselig erschien, einen Rollstuhl mit einer Hand zu bewegen.

»Der Gips wird bald fallen. Danach beginnt die Reha-Behandlung, und dabei lernen Sie auch, den linken Arm wieder zu verwenden.«

»Wann werde ich zum zweiten Mal operiert?«, fragte Julia.

»Bis dahin werden noch etliche Monate ins Land gehen«, antwortete Dr. Reimer zu ihrer Enttäuschung. »Erst muss alles vollkommen ausgeheilt sein. Außerdem müssen Sie vor einem weiteren Eingriff sehr genau untersucht werden, damit wir wissen, ob die Operation sich lohnt oder Ihnen schaden würde.«

»Aber Sie sagten doch …«, rief Julia und brach in Tränen aus.

»Wir tun, was in unserer Macht steht. Mehr können wir nicht tun!«

Dr. Reimer überprüfte noch einmal alle Instrumente und schaltete dann eines nach dem anderen ab. »Die brauchen Sie nicht mehr«, sagte er und ging zur Tür. »Sie werden bald zur ersten Untersuchung abgeholt. Das bringt auch ein wenig Abwechslung«, sagte er in tröstendem Tonfall.

Doch Julia kamen erneut die Tränen. »Auf diese Abwechslung könnte ich dankend verzichten!«

So schlimm die Trauer um ihren Großvater auch war, so verhinderte sie, dass sie zu viel über ihren eigenen Zustand nachdachte. Dr. Reimer hatte nämlich nicht so geklungen, als würde sie so bald auf einen Rollstuhl verzichten können.

Julia ließ die Untersuchungen, die Dr. Reimer angeordnet hatte, teilnahmslos über sich ergehen. Anders als Schwester Bridget, die sich rührend um sie kümmerte, war sie für die Pfleger, die sie zu den einzelnen Räumen brachten, und dem Personal, das sie dort untersuchte, nur eine Nummer, die abgearbeitet werden musste. Man schob sie durch die Gänge, ließ sie vor den entsprechenden Türen stehen und holte sie nach einer Weile hinein. Ein paarmal hob man sie aus ihrem Bett und legte sie auf irgendwelche Unterlagen. Geräte summten und klackten, und in der CT-Röhre bekam sie beinahe einen Panikanfall, weil man sie so lange darin liegen ließ.

Das Mittagessen bekam sie erst kurz vor fünfzehn Uhr, da sie bis dorthin fast pausenlos untersucht worden war oder vor irgendeinem Untersuchungsraum gewartet hatte. Schwester Bridget entschuldigte sich dafür und meinte, es fände nur noch eine letzte Untersuchung hier im Zimmer statt.

»Vorher müssen ausgewertet werden alle Ergebnisse«, setzte sie hinzu und fragte dann, welchen Tee Julia wünsche.

»Irgendeinen«, antwortete diese und merkte erst später, als die Thermosflasche fast leer war, dass sie Kamillentee bekommen hatte, und den hatte sie noch nie gemocht.

9.

Claude Palmer hatte durch eine Bekannte von dem Unfall ihrer Tochter erfahren und auf Drängen ihres Mannes die Spedition angerufen. Dabei war sie an Frau Holtzing geraten und von dieser mit dem privaten Apparat verbunden worden.

Nun saß sie auf der Terrasse einer prachtvollen Villa und blickte auf den Tegernsee hinaus, hinter dem sich der Wallberg und der Setzberg erhoben. Sie war eine attraktive Frau, die niemand älter als dreißig geschätzt hätte, obwohl sie gut zehn Jahre mehr zählte. Ihr langes Haar war etwas zu blond, um natürlich zu sein. Finger- und Fußnägel hatte sie in verschiedenen Blautönen lackiert, und Gesicht und Arme wiesen einen makellosen Bronzeton auf, den man um diese Jahreszeit nur in südlicheren Gefilden oder in einem ausgezeichneten Solarium erwerben konnte. Bekleidet war sie mit hautengen, kirschroten Jeans und einem weißen T-Shirt mit roten Applikationen.

Ihr gegenüber saß ihr Ehemann. Er war groß, breitschultrig und hatte ein kantiges Gesicht. Selbst wenn er Kaffee trank oder etwas aß, tippte er mit der anderen Hand auf seinem Smartphone herum. Außer dem Ehepaar befanden sich noch ein halbwüchsiges Mädchen und ein vielleicht zwei Jahre jüngerer Junge am Tisch.

Ein paar Meter entfernt wartete eine Hausangestellte neben dem Servierwagen darauf, nachschenken oder nachlegen zu müssen.

Eben legte Lars Palmer sein Smartphone hin und sah seine Frau an. »Da der Alte tot ist, wirst du dich um Julia kümmern!«

Die beiden Kinder hatten sich bislang nicht an dem Gespräch beteiligt. Nun blickte das Mädchen auf. »Wer ist diese Julia?«

Ein leichter Schatten zog über das Gesicht der Frau. »Es handelt sich um die Tochter meines verstorbenen ersten Ehemanns«, sagte sie mit einer gewissen Abwehr in der Stimme.

»Es ist deine Tochter, Claude!«, wandte der Mann ein.

»Tochter? Sagt bloß, wir haben eine ältere Schwester. Das ist ja ätzend!«, rief das Mädchen.

»Sei still, Violet! Deine Mutter und ich reden gerade«, wies ihr Vater sie zurecht und wandte sich wieder seiner Frau zu. »Du wirst hinfahren und dich umschauen, wie die Lage dort ist!«

Claude Palmer schüttelte den Kopf. »Ich habe keine Lust dazu!«

»Hier geht es nicht um Lust, sondern um verdammt viel Geld! Da der Alte weg ist, bist du die engste Verwandte deiner Tochter und hast damit das erste Anrecht auf die Vormundschaft. Sie ist doch noch minderjährig, oder nicht?«

»Sie wird in diesem Monat siebzehn«, erklärte Claude.

»Sehr gut.«

Während Lars Palmer zufrieden grinste, verzog Violet das Gesicht. »Hast du es gehört? Wir haben noch eine ältere Schwester«, sagte sie zu ihrem Bruder.

»Ich bin ja nicht taub«, antwortete der Junge und aß weiter. Er hatte mit der einen Schwester genug, und da die andere weit genug weg war, interessierte sie ihn nicht.

Unterdessen nahm Lars Palmer sein Smartphone zur Hand und begann zu tippen. Nach einer Weile schüttelte er verärgert den Kopf. »Es ist schade, dass deine Tochter diesen Unfall überlebt hat! Nachdem auch der Alte weg ist, wärst du als Mutter die natürliche Erbin. Die Spedition Lensberg wäre gerade die richtige Abrundung für meine Geschäfte. Außerdem soll der alte Lensberg nur so in Cash geschwommen sein. Da könnte ich sicher ein paar Millionen für den richtig dicken Deal abzweigen.«

»Du solltest nicht so reden, Lars. Was sollen die Kinder nur von dir denken? Es geht immerhin um ein Menschenleben, und da sollte man …«, sagte Claude tadelnd, wurde aber von ihrem Mann unterbrochen.

»Das ist mir halt so rausgerutscht. Immerhin haben wir mit diesen Leuten nichts zu tun, oder, besser gesagt, hatten. Als Mutter des Mädchens bist du automatisch dessen Vormund und Vermögensverwalterin. Das hilft mir genauso gut, als wenn sie gestorben wäre!«

»Ich musste damals alle Rechte an dem Mädchen aufgeben«, wandte Claude ein.

Lars Palmer tat diesen Einwand mit einer wegwerfenden Handbewegung ab. »Wenn man die Sache richtig angeht, ist das kein Problem, und du weißt ja, dass ich jede Sache richtig angehe.«

Seine Frau sah, wie er es erwartete, bewundernd zu ihm auf. »Du bist der beste Geschäftsmann, denn ich kenne! Du hättest auch den alten Lensberg in die Tasche gesteckt.«

»Wären wir damals schon offiziell zusammen gewesen, hätte der Kerl mehr bluten müssen als die paar Kröten, die du von ihm bekommen hast«, erklärte Palmer ungeachtet der Tatsache, dass gerade diese Summe ihm später geholfen hatte, seinen ersten, richtig erfolgreichen Deal zu machen. Mittlerweile war er reich genug, um sich am Tegernsee eine protzige Villa zu leisten, und seine Geschäftsbeziehungen reichten in fast alle Winkel der Welt.

»Sobald ich die Informationen zusammenhabe, fahren wir beide zu deiner Tochter. Du wirst ihr Vormund, und ich verwalte ihr Vermögen. Es wird sich für uns beide lohnen!« Lars Palmer lächelte dabei, doch sein Blick blieb kalt und berechnend.

Für einen Augenblick fröstelte es Claude, dann aber nickte sie. »Also gut! Weil du es willst, werde ich es tun.«

Dabei fragte sie sich, wie ihre Tochter reagieren würde. Immerhin hatte sie diese mit etwas weniger als einem Jahr bei deren Großvater zurückgelassen und sich seitdem nie mehr um sie gekümmert. Wenn sie ehrlich war, hatte sie Julia bis zu dem Augenblick, an dem sie von deren Unfall gehört hatte, vollkommen aus ihrem Gedächtnis verbannt.

Dritter Teil

Doppeltes Pech

1.

An diesem Tag war Lukas Kullmann mit seinem Bruder zufrieden. »Meyer sagte, du hättest dich bei Lensbergs Beerdigung anständig benommen, sodass ich mich deiner nicht schämen muss.«

»Eine Beisetzung ist nun einmal kein Kindergeburtstag!« Er hatte nicht vergessen, dass sein Bruder ihm vorgeworfen hatte, sich bei der Feier zu Lensbergs Siebzigstem wie ein Kindergeburtstagsclown angezogen zu haben. Mittlerweile tat es ihm selbst leid.

»Was hast du dieses Wochenende vor?«, fragte seine Schwägerin, um das Thema zu wechseln. Ihr war die Gefahr, dass ihr Ehemann und dessen Bruder wieder aneinandergeraten würden, zu groß.

»Ich fahre mit Mia, Paul, Susi und Jens in die Eifel. Wir wollen dort unsere Mountainbike-Saison einläuten! Sonntagabend bin ich wieder zurück.«

»Das heißt, du kommst nicht mit uns zu Meyers Party? Dabei ist er unser bester Kunde!«

Lukas schnaubte verärgert, während Marcus sich ein Lächeln verkneifen musste. Meyer war nicht nur der beste Kunde der Firma, sondern hatte auch eine Tochter in seinem Alter. Einem Flirt mit ihr wäre er nicht abgeneigt, allerdings wusste er, dass Lukas und Meyer ihn mit dem Mädchen verkuppeln wollten. Doch ob, wann und wen er heiratete, war seine Sache.

»Nein, ich gehe nicht mit zu Meyers Party«, antwortete er und grinste. »Ich habe schon eine Freundin!« So ganz stimmte das zwar nicht, denn er führte mit Mia eine On-off-Beziehung, bei der der Schalter derzeit mehr auf Off stand. Dennoch fuhr Mia mit in die Eifel, und da konnte er alles wieder auf On stellen.

»Ich weiß, dass dir unsere Firma nichts bedeutet!«, erklärte Lukas giftig.

»Es ist deine Firma! Ich helfe dir, wenn ich Lust dazu habe, und dieses Wochenende habe ich keine«, gab Marcus zurück.

Lukas' Gesicht wurde rot, doch er beherrschte sich und nahm mit betonter Ruhe einen Keks aus der auf dem Tisch stehenden Schale.

Marcus versetzte ihm noch einen Stich. »Hast du Caren damals nur deswegen geheiratet, weil es für die Firma gut war?«

»Das ist gemein!«, stieß sein Bruder hervor. »Du weißt, wie sehr ich Caren liebe.«

»Sie ist es auch wert, wobei ich nicht weiß, wie sie es mit dir aushält«, sagte Marcus lächelnd.

»Ich habe keine Lust, mir weiterhin deinen Unsinn anzuhören!« Lukas schnappte sich noch zwei Kekse und verließ den Raum.

Marcus folgte ihm auf dem Fuß, und so blieb Caren allein zurück. Sie wünschte sich, ihre Schwiegereltern hätten länger gelebt. So hatte Lukas viel zu früh die Verantwortung für Firma und Familie übernehmen müssen. Der Altersunterschied zwischen den beiden Brüdern war einfach zu groß, daher hatte Lukas nie brüderliche Gefühle für Marcus entwickeln können, sondern behandelte ihn so, wie er einen Sohn behandeln würde. Das verspricht noch aufregende Zeiten bei Johannes und Matthäus, dachte sie und hoffte, dass ihre Söhne die Autorität des Vaters nicht auf die gleiche Weise herausfordern würden, wie Marcus es bei seinem Bruder tat.

2.

Den Rest des Tages brachte Marcus sein Mountainbike auf Vordermann. Er war der beste und risikofreudigste Fahrer der Gruppe, und das wollte er auch diesmal wieder unter Beweis stellen, schon um Mia zu beeindrucken. Seine Kommilitonin war so alt wie er und durfte mit Recht von einer Karriere als Model träumen. Damit aber war sie für Lukas ein rotes Tuch, denn die Ehefrau eines Geschäftsmanns hatte in seinen Augen gediegen zu sein. Seine Frau Caren entsprach diesen Anforderungen und war offensichtlich mit ihrer Situation zufrieden. Auf jeden Fall war sie Marcus als Schwägerin lieber als etliche andere Frauen, die er kannte, Meyers Tochter eingeschlossen. Er fragte sich kurz, wie Mia mit Caren zurechtkommen würde. Da sie beide sich sicher eine andere Bleibe suchen würden, fiel das jedoch nicht besonders ins Gewicht. Mit diesem Gedanken verlieh er seinem Mountainbike noch den letzten Schliff und aß dann mit Caren, Lukas und deren Söhnen zu Abend, wobei es ihm gelang, sich nicht mit seinem Bruder zu streiten.

Am nächsten Morgen wartete er zum verabredeten Zeitpunkt vergeblich auf seine Freunde und rief nach einer Viertelstunde seinen langjährigen Schulfreund Paul an.

»Hi, Paul! Habt ihr verschlafen? Wir wollten uns doch um neun treffen«, fragte er fröhlich.

»Nein, aber wir sind noch nicht so weit«, kam eine gepresst wirkende Erklärung zurück. Dann kappte Paul die Verbindung.

Marcus wunderte sich. Sonst war sein Freund stets pünktlich gewesen. Auch hatte er sich am Telefon immer mit einem Scherzwort oder einem Witz verabschiedet.

»Wahrscheinlich ist er heute mit dem linken Fuß aufgestanden«, spottete er und wartete weiter.

Es wurde neun Uhr dreißig und schließlich neun Uhr fünfundvierzig, ohne dass Pauls Kleinbus auf den Parkplatz fuhr. Verärgert wollte Marcus ihn noch einmal anrufen, da sah er den bunt bemalten Wagen heranrollen. Aufatmend nahm er seine Reisetasche und schob sein Mountainbike auf den Kleinbus zu.

»Da seid ihr ja? War viel Verkehr?«, fragte er, während er sein Rad auf den Anhänger schnallte.

»Es ging!«, antwortete Susi. »Paul und Mia sind später gekommen, als sie versprochen hatten.«

Marcus wunderte sich erneut, denn Mia wohnte so, dass Paul sie sonst immer nach Susi und Jens abgeholt hatte. Sie saß auch nicht auf der hinteren Sitzbank, sondern auf dem Beifahrersitz und blieb auch dort. Marcus wartete einen Augenblick, setzte sich dann verärgert auf den Rücksitz und schnallte sich an.

Sonst waren sie fröhlich zu ihren Touren aufgebrochen und hatten sich über alle möglichen und auch unmöglichen Dinge unterhalten. Diesmal aber blieben sie stumm. Paul fuhr, Mia starrte nach vorne, und Susi und Jens kuschelten sich trotz der störenden Sicherheitsgurte aneinander.

Nach einer guten Stunde erreichten sie ihr Ziel. Paul fuhr auf den kleinen Waldparkplatz, stellte den Wagen ab und stieg aus. »Damit du es weißt! Mia und ich sind zusammengezogen«, sagte er nicht gerade freundlich zu Marcus.

Dieser war sprachlos. Ausgerechnet Paul, der ihm seit mehr als sieben Jahren wie ein Hündchen nachlief, sollte ihm die Freundin ausgespannt haben? Doch als Mia sich demonstrativ an Paul lehnte, war es offensichtlich. Zu seiner Überraschung tat ihm ihr Verlust weniger weh als die Tatsache, dass sein bester Freund sie sich geangelt hatte.

»Mein bisher bester Freund«, sagte er leise und nur für sich gedacht. Nun tat es Marcus leid, diese Tour nicht abgesagt zu haben und stattdessen mit Lukas und Caren zusammen zu Meyers Party gegangen zu sein. Da mit Mia und Paul sowie Susi und Jens zwei Paare dabei waren, fühlte er sich wie das berüchtigte fünfte Rad am Wagen.

Doch nun war es, wie es war. Marcus nahm sein Mountainbike vom Anhänger und sah die anderen an. »Was meint ihr: Fahren wir zusammen, oder machen wir eine Zeit aus, zu der wir uns hier wieder treffen?«

»Fahrt ihr ruhig los! Ich möchte gemütlich fahren. Ihr rast mir zu sehr«, erklärte Susi, und auch Mia schüttelte den Kopf.

»Ich bleibe bei Susi! Wir können uns um drei Uhr hier treffen und dann etwas zu essen suchen.«

»Im Herbst könntest du Pilze sammeln und essen. Jetzt gibt es noch keine, und ob wir in dieser Prärie um diese Zeit etwas bekommen, bezweifle ich«, antwortete Marcus spöttisch.

»Wir kriegen schon was! Ich habe im Internet ein passendes Lokal gefunden«, antwortete Paul in einem Ton, als hätte er eben einen Stich gegen Marcus gemacht.

Dieser reagierte nicht darauf, nahm sich aber vor, es Paul bei dieser Radtour zu zeigen. Bis jetzt war er stets der Bessere gewesen. Das würde er ihm auch diesmal beweisen.

»Wo fahren wir?«, fragte Jens.

»Wir nehmen dieselbe Route wie bei unserer letzten Herbstfahrt«, schlug Paul vor.

»Nun, wenn du meinst«, antwortete Marcus und schwang sich aufs Rad. »Wer gibt das Zeichen?«

»Mia!«

Sie hatte es schon im letzten Jahr getan, doch diesmal ärgerte Marcus sich, weil Paul es einfach bestimmte. Dennoch nickte er. »Auch gut!«

Mia lächelte verkrampft und hob theatralisch den Arm. »Eins, zwei, los!«

Sofort traten Paul und Marcus in die Pedale, während Jens ihnen etwas langsamer folgte. Was nun kam, hatte wenig mit den fröhlichen Mountainbike-Touren des letzten Jahres zu tun, sondern wuchs sich zu einem wilden Zweikampf zwischen den beiden jungen Männern aus, die zeigen wollten, dass sie besser waren als der jeweils andere. Jens war bald schon weit abgehängt, während Marcus und Paul den Hang hinaufrasten. Sonst war Marcus immer der Schnellere gewesen, doch Paul hatte heimlich trainiert und konnte daher einen kleinen Vorsprung herausfahren.

Mit zusammengebissenen Zähnen trat Marcus in die Pedale, um nicht zu weit hinter Paul zurückzubleiben. Schon bald brannten ihm die Oberschenkel, und er rang immer hastiger nach Luft. Aufgeben und Paul gewinnen lassen, wollte er jedoch nicht.

Auch Paul spürte mittlerweile die Kraftanstrengung, zu der er seinen Körper zwang. Er musste jedoch gewinnen, um sich nicht vor Mia zu blamieren. Schließlich hatte es ihn Monate gekostet, sie Marcus abspenstig zu machen. Nun wollte er gegen diesen nicht den Kürzeren ziehen und sie dadurch vielleicht wieder verlieren.

Die Hügelkuppe kam in Sicht. Sonst hatten sie dort immer ein paar Minuten verschnauft, bevor sie sich auf die Abfahrt gemacht hatten. Diesmal umkreiste Paul nur die einsame Eiche, die dort stand, und sauste an Marcus vorbei nach unten. Marcus umrundete den Baum ebenfalls und folgte ihm im Abstand von vielleicht vierzig Metern.

Nun kam es nicht mehr auf Kraft an, sondern darauf, das Mountainbike zu beherrschen und Mut zu zeigen. Paul ging bis zum Äußersten. Immerhin hatte Mia sich schon ein paarmal von

Marcus getrennt, war dann aber immer wieder zu ihm zurückgekehrt.

»Diesmal wird sie es nicht tun!«, sagte er keuchend, bemerkte aber aus dem Augenwinkel, dass sein Konkurrent aufholte. Einen Augenblick dachte er an die langen Jahre, in denen sie die besten Freunde gewesen waren. Nein, dachte er, das stimmt nicht ganz. Er hatte Marcus immer beneidet, nicht nur um Mia, sondern auch um seine Herkunft aus einem reichen Haus.

Er fuhr mit höchstmöglicher Geschwindigkeit weiter, sah dann aber, dass Marcus zu ihm aufgeschlossen hatte. Sekunden später war dieser auf gleicher Höhe. Er wird an mir vorbeiziehen, und dann bin ich blamiert, durchfuhr es Paul. Im gleichen Augenblick stieß er mit dem Fuß zu und traf das Hinterrad des anderen Mountainbikes.

Durch den gemeinen Tritt verlor Marcus die Balance, sah einen Baum auf sich zukommen und prallte dagegen. Paul fuhr mit einer triumphierenden Geste weiter und verschwand im Dunkel des Waldes.

Noch im Schock wollte Marcus aufstehen und weiterfahren, kippte aber sofort um, da sein rechtes Bein ihn nicht mehr tragen wollte. Nun erst realisierte er, dass es gebrochen war, und blieb wie erstarrt liegen. Zuerst begriff er nicht, weshalb er gestürzt war. Dann erinnerte er sich, eine kurze Bewegung von Pauls Bein bemerkt zu haben. Wenn das stimmte, hatte dieser gegen sein Rad getreten und ihn zu Fall gebracht. Aber wieso? Sie waren doch all die Jahre Freunde gewesen.

Marcus begriff jedoch rasch, dass nicht Paul sein Problem war, sondern er selbst. Er befand sich mehr als zwei Kilometer vom Parkplatz entfernt und konnte diesen nicht ohne Hilfe erreichen. Außerdem musste sein Bein dringend versorgt werden. Er stemmte den Oberkörper hoch und sah ein Stück weiter drüben Jens fahren.

»He, halt an!«

Jens trat auf die Bremse und blieb stehen. »Was ist denn mit dir los, Marcus? Ich habe mich vorhin schon gewundert, als Paul entgegengekommen ist. Sonst bist immer du der Schnellste!«

»Ich bin gestürzt und habe mir vermutlich das Bein gebrochen. Hast du dein Handy dabei? Ich habe meins in Pauls Wagen zurückgelassen.«

Zum Glück hatte Jens sein Smartphone einstecken und holte es heraus. Dann kam er auf Marcus zu. »Das sieht nicht gut aus!«, meinte er mit einem Blick auf Marcus' rechten Oberschenkel. »Wo ist eigentlich Paul abgeblieben?«

»Er war mir leicht voraus und hat anscheinend nichts bemerkt«, antwortete Marcus voller Groll.

Es war sinnlos zu behaupten, Paul hätte ihn absichtlich zu Sturz gebracht, denn sie galten für jeden, der sie kannte, als enge Freunde. Außerdem hatte er keinen Beweis für Pauls Schuld und würde als schlechter Verlierer dastehen.

»Sollen Paul und Mia doch zum Teufel gehen«, murmelte er leise.

Er würde andere Freunde finden, und vor allem ein Mädchen, das weniger wankelmütig war als Mia. Ob Paul mit ihr glücklich werden würde, bezweifelte er. Dafür kannte er Mia nur allzu gut.

3.

Trotz der Aussage der Ärzte, dass sie für längere Zeit auf einen Rollstuhl angewiesen sein würde, war Julia erleichtert, als man sie auf die normale Krankenstation verlegte. Endlich war sie die surrenden Geräte, die vielen Kabel und die Schläuche los. Das Zimmer, in das man sie brachte, war hübsch und komfortabel. Trotzdem konnte weder der moderne Fernseher noch die restliche Einrichtung darüber hinwegtäuschen, dass es sich um ein Krankenzimmer handelte. Da waren das typische Bett mit seinem Galgen, mit dessen Hilfe sich die Patienten aufrichten konnten, das Steuergerät für das Bett und die Ruftaste für die Krankenschwestern. Dazu kam ein fahrbarer Nachtkasten.

Trotzdem hätte Julia sich wohler fühlen können als auf der Intensivstation. Aber Schwester Bridget, die sie bisher gepflegt hatte, musste auf ihrer Station bleiben, während sie hier von einer robust aussehenden Frau empfangen wurde.

»Julia Lensberg, bettlägerig, auf Hilfe angewiesen«, las die Krankenschwester von einem Zettel ab. Zwar stand mehr darauf, doch das waren die Stichpunkte, die sie interessierten.

»So, dann werden wir einmal das Bett wechseln! So, wie Sie aussehen, können Sie mir dabei nicht helfen. Ich werde eine Kollegin holen.«

Mit diesen nicht sehr freundlich klingenden Worten verließ sie das Zimmer. Sie ließ die Tür jedoch offen, sodass Julia auf den Flur hinaussehen konnte. Allerdings vermochten dies auch andere Leute, und daher starrten einige ausgiebig in ihr Zimmer, als sei sie ein Tier im Käfig. Julia ärgerte sich, so hilflos fremden Blicken ausgeliefert zu sein, und wollte nach der Schwester klingeln. Da trat Sophia ein, und so ließ sie das Ding wieder los.

»Hallo, Sophia! Es ist schön, dich zu sehen«, grüßte sie.

Sophia sah sie verwundert an. »Ich dachte, es wäre schon alles fertig. Dabei liegst du noch in dem anderen Bett.«

»Ich bin erst vor ein paar Minuten gebracht worden. Die Schwester holt eine Kollegin, um mich umzubetten. Warum kann ich das nicht selbst?«

Julia brach in Tränen aus. Mit einem gebrochenen Bein und einem gebrochenen Arm hätte sie sich abgefunden, nicht jedoch mit dem schweren Schaden an der Wirbelsäule, der verhinderte, dass sie die Beine gebrauchen konnte. Zwar hatte der Arzt ihr Hoffnung gemacht, dass die Lähmung eventuell beseitigt werden könnte, aber es war noch lange nicht sicher, ob dies auch gelingen würde. Außerdem musste man seinen Worten nach erst den Heilungsprozess abwarten, um feststellen zu können, ob eine Operation überhaupt möglich war.

Sophia fasste besorgt nach ihrer rechten Hand. »Was hast du?«

»Warum musste es ausgerechnet mich treffen?«, antwortete das Mädchen erregt.

»Das fragt sich jeder, den ein schwerer Schicksalsschlag ereilt«, antwortete Sophia leise. »Du hast im Gegensatz zu anderen Glück, denn du besitzt genug Geld, um dir die Hilfsmittel beschaffen zu lassen, die dir das Leben erleichtern. Vielen ist das nicht möglich.«

Die Worte waren als Mahnung an Julia gedacht, nicht nur an das Schlimme zu denken, das sie getroffen hatte, sondern auch daran, dass sie sich die besten Ärzte und die aufopferndste Pflege leisten konnte.

Da beide ihren Gedanken nachhingen, kam das Gespräch nicht so richtig in Gang. Inzwischen kehrte auch die Krankenschwester zurück, und eine noch junge Kollegin folgte ihr.

»Das ist Schwester Sara! Sie wird sich tagsüber um Sie kümmern. In der Nacht sind Sie allerdings auf die Nachtschwester angewiesen«, erklärte die Robuste und forderte Sophia auf, beiseitezutreten.

Diese sah zu, wie die beiden Schwestern Julia geschickt aufhoben und auf das andere Bett legten. In der Hinsicht war das Mädchen in guten Händen.

Während Schwester Sara das Bett, mit dem Julia gebracht worden war, auf den Flur hinausschob, prüfte ihre Kollegin, ob alles in Ordnung war, und erklärte Julia die Funktionen des Steuergeräts. Danach besorgte sie Tee und Wasser und erklärte, dass es bald Mittagessen gäbe. »Sie können zwischen Schweineschnitzel und vegetarischem Auflauf wählen.«

»Ich nehme den Auflauf«, antwortete Julia und trank einen Schluck Tee. Sie verzog das Gesicht und stellte die Tasse wieder zurück. »Könnte ich vielleicht einen anderen Tee haben? Kamille mag ich nicht.«

»Die eine Thermosflasche werden Sie wohl trinken können. Danach kriegen Sie etwas anderes«, sagte die Schwester und verließ das Zimmer.

»Was für ein Feldwebel!«, kommentierte Sophia diesen Auftritt und zog einen Stuhl ans Bett. »Endlich kann ich mich richtig zu dir setzen«, fuhr sie fort und zwinkerte Julia zu. »Soll ich etwas von dem Kamillentee trinken, damit du schneller einen anderen bekommst?«

Zum ersten Mal, seit sie aus dem künstlichen Koma erwacht war, huschte der Anflug eines Lächelns über Julias Gesicht. »Das wäre lieb von dir!«

Sophia tat ihr den Gefallen und meinte danach, dass Kamillentee auch nicht das ihre sei. »Ich habe vorhin eine Patientin gesehen, die in die Teeküche gegangen ist, um sich etwas zu trinken zu holen. Wenn du willst, gieße ich den Rest des Kamillentees dort aus und besorge dir frischen!«

»Kamillentee?«, fragte Julia mit einem ersten Anflug von Humor.

Sophia schüttelte den Kopf. »Natürlich nicht! Ich schaue mal, was es gibt. Vielleicht ist eine Sorte dabei, die du gerne trinkst. Wenn nicht, bringe ich dir Teebeutel deiner Lieblingssorten, sodass die Schwestern sie dir aufschütten können.«

»Der Feldwebel würde sie wegstellen und mir wieder Kamillentee bringen«, sagte Julia mit einem leisen Schaudern.

»Ich hoffe da auf Schwester Sara. Sie scheint mir ganz in Ordnung zu sein. Übrigens soll ich dich von Dr. Labahn grüßen. Er hilft heute bei seinem Neffen in der Praxis aus, würde sich aber freuen, wenn er morgen mitkommen darf.«

»Natürlich!«, rief Julia. »Er ist ja so etwas wie ein Onkel für mich, so wie du für mich wie eine Großmutter bist.«

»Ich bin jetzt wirklich deine Großmutter oder, besser gesagt, deine Stiefgroßmutter. Dein Großvater und ich haben zwei Tage vor seinem Tod geheiratet«, sagte Sophia mit sanfter Stimme.

Julias Augen füllten sich mit Tränen. »Ich wollte, ihr hättet es in besseren Zeiten getan und wir hätten noch lange glücklich zusammenleben können.«

»Dein Großvater und ich hatten eine schöne Zeit, mein Kind. Dafür sollten wir dankbar sein.«

»Habt ihr wegen meiner Mutter geheiratet?«, fragte Julia. »Opa mochte sie nicht, das weiß ich, und da ich noch nicht volljährig bin, wäre sie mein Vormund geworden. Aber ist sie wirklich so schlimm, wie Opa und Onkel Heinz es angedeutet haben? Direkt gesagt haben sie ja nichts über sie.«

»Ich habe deine Mutter nie kennengelernt«, sagte Sophia ernst. »Dein Großvater hat auch nur selten von ihr gesprochen. Fakt ist jedoch, dass sie wenige Monate nach deiner Geburt einen anderen Mann kennengelernt und deinen Vater verlassen hat.«

»Papa ist kurz darauf verunglückt, und Opa hat ihr sicher die Schuld daran gegeben, dass es so gekommen ist!«

Sophia hob hilflos die Hände. »Ich weiß es nicht, Kind! All die alten Geschichten kenne ich nur aus den Erzählungen deines Großvaters und aus denen von Dr. Labahn. Wie es aussieht, wollte deine Mutter ein exklusives Leben führen, und das erhoffte sie sich von deinem Vater. Er aber hatte kein Interesse an einem Jetset-Leben, sondern arbeitete in der Spedition mit und war sich auch nicht zu fein, mit anzupacken, wenn etwas repariert werden musste. Ein Mann, der den Blaumann mit der gleichen Selbstverständlichkeit trug wie einen Anzug und der sich nicht scheute, mit ölverschmierten Händen nach Hause zu kommen, war jedoch nicht das, was deine Mutter wollte.«

»Ich habe sie nie kennengelernt«, erklärte Julia traurig. »Es gab keine Geburtstagsgrüße, keine Weihnachtsgeschenke, nicht einmal eine Ansichtskarte. Manchmal habe ich gedacht, Opa würde ihre Post verschwinden lassen. Als ich älter war, habe ich die Post selbst angenommen oder aus dem Briefkasten geholt, aber es kam nie etwas von ihr. Es war, als würde ich für meine Mutter nicht existieren.«

Sophia empfand Verachtung für die Frau, die Julia geboren und dann völlig aus ihrem Leben gestrichen hatte. Wie tief musste es das Kind getroffen haben, nie etwas von ihr zu erfahren! Selbst jetzt schwang in Julias Worten eine starke Sehnsucht mit, die ihrer Mutter galt. Trotz Claude Palmers Anruf hoffte Sophia, dass Julia und sie auch in Zukunft nie etwas von ihr hören würden.

4.

Als Lukas Kullmann das Krankenzimmer seines Bruders betrat, sah er so grimmig aus, als wolle er ihn verprügeln. Er blieb vor ihm stehen und schüttelte den Kopf. »Ich weiß nicht, was ich verbrochen habe, um mit einem solchen Idioten von Bruder wie dir geschlagen zu sein. Wie kannst du dir beim Radfahren das Bein brechen?«

Marcus verzog das Gesicht. Je mehr er über seinen Unfall nachdachte, umso sicherer war er, dass Paul ihn absichtlich zu Fall gebracht hatte. Ausgerechnet sein Freund Paul, den er von der neunten Klasse an kannte und der mit ihm jahrelang durch dick und dünn gegangen war! Er konnte nicht begreifen, wie dieser so unfair hatte handeln können. Nun aber war nicht sein ehemaliger Freund sein Problem, sondern Lukas, dem förmlich der Rauch aus den Nüstern quoll.

»Das Leben birgt nun einmal Risiken«, erklärte Marcus mit einem missglückten Grinsen.

»Das mag sein, Kleiner, aber du hast ein verdammtes Faible dafür, diese Risiken immer wieder herauszufordern. Durch diesen Unfall wirst du ein Semester verlieren und damit erst später abschließen. Nach dem Master ist jedoch Schluss! Hast du verstanden? Danach kommst du in die Firma und arbeitest dort mit, wie es sich gehört!«

Marcus blitzte ihn rebellisch an. »Das werde ich nicht!«

»Wir werden ja sehen«, antwortete sein Bruder. »Denke daran, dass Vater das meiste Bargeld ins Firmenvermögen gesteckt hat und dein Anteil am Privatvermögen gewissen Einschränkungen unterliegt. Wenn du dich nicht in der Firma engagierst, hast du nur Anspruch auf eine notariell festgelegte Summe, mit der du bereits mit sechzehn nicht mehr ausgekommen bist.« Lukas war sicher, dass sein Bruder nachgeben würde. Er besaß ein edles Auto, ein teures Mountainbike, eine Musikanlage vom Feinsten und der Dinge mehr. All das würde Marcus, wenn er widerspenstig blieb, sich nicht mehr leisten können, vor allem nicht mehr die Auslandsreisen, die er in den letzten Jahren mit seiner Freundin Mia und seinem Freund Paul zusammen unternommen hatte.

Hätte Marcus die Gedanken seines Bruders geahnt, wäre er trotz der Schmerzen in schallendes Gelächter ausgebrochen. Paul und Mia waren für ihn Vergangenheit, und zwar endgültig. Paul hatte ihn mit einem gemeinen Tritt ins Krankenhaus gebracht und Mia den Schalter in ihrer Beziehung einmal zu oft auf off gestellt.

»Ich soll dich von Caren, Johannes und Matthäus grüßen«, erklärte Lukas, da das Gespräch zu erlahmen drohte.

»Grüße sie zurück und richte ihnen mein vollstes Mitgefühl aus, einen solchen Büffel wie dich als Ehemann und Vater zu haben«, antwortete Marcus spöttisch.

»Du warst ein Idiot, bist einer und wirst immer einer bleiben!«

»Dann solltest du besser von der Idee Abstand nehmen, mich in deine Firma zu holen.«

»Es ist genauso deine Firma wie meine.«

»Mir gehören Firmenanteile, die ich nicht verkaufen darf«, erklärte Marcus eisig, »sowie ein besseres Taschengeld, das nur dann erhöht wird, wenn ich in der Firma mitarbeite.«

»Sobald du einen entsprechenden Posten in der Firma einnimmst, erhältst du auch das entsprechende Gehalt. Das sollte eigentlich Ansporn genug für dich sein!«

Marcus war seine Freiheit jedoch wichtiger als Geld. In der Firma würde er immer unter Lukas' Aufsicht stehen und bei jedem kleinen Fehler sich anhören müssen, was für ein Idiot er wäre.

»Sieh doch ein, dass es keinen Sinn macht, wenn ich in die Firma eintrete. In ein paar Jahren sind deine Söhne so weit, dass sie dich unterstützen können.« Marcus klang genervt. Er hatte das Bein gebrochen, sein bester Freund hatte ihm übel mitgespielt, und nun musste er sich auch noch über seinen Bruder ärgern. Warum konnte Lukas nicht begreifen, dass er ein Mensch war und keine Marionette, die man irgendwohin stellen konnte.

Ein Klopfen an der Tür beendete das Streitgespräch der Brüder. Jens und Susi kamen herein, er mit einer Schachtel Pralinen in der Hand, sie mit einem Blumenstrauß.

»Hi, Marcus! Guten Tag, Herr Kullmann!«, grüßte Jens und sah dann Marcus an. »Du siehst schon um einiges besser aus als vorgestern im Wald.«

»Ich gehe jetzt! Wir sprechen später weiter.«

Lukas' Ausruf klang wie eine Drohung, und Marcus begriff, dass sein Bruder niemals nachgeben würde. Es tat ihm leid, denn damit würden sie sich irgendwann im Streit trennen müssen. Trotzdem winkte er ihm kurz nach und wandte sich dann Susi und Jens zu. »Na, wie geht es euch?«

»Das sollten wir dich fragen. Immerhin hast du dir das Bein gebrochen und nicht wir«, antwortete Susi lachend. »Übrigens warst du sehr tapfer. Obwohl dein Bein saumäßig wehgetan haben muss, hast du während des Abtransports aus dem Wald keinen Laut von dir gegeben.«

»He! Lob Marcus nicht zu sehr, sonst werde ich noch eifersüchtig«, frotzelte Jens und zwinkerte Marcus zu. »Nicht, dass du mir meine Freundin ausspannst, nachdem deine Alte verschüttgegangen ist!«

»Dafür liebt Susi dich zu sehr, als dass ich eine Chance bei ihr hätte«, gab Marcus grinsend zurück und reichte beiden die Hand. »Schön, dass ihr gekommen seid, und das gerade zum richtigen Zeitpunkt. Ich hätte mich sonst noch richtig mit Lukas zerstritten.«

»Ich bin froh, dass ich ein Einzelkind bin!«, erklärte Jens. »Bei dem Gedanken, ich könnte einen Bruder wie Lukas haben, der so viel gediegener und – sei mir nicht böse, wenn ich das sage! – auch sehr viel langweiliger ist als du, würde ich auswandern.«

»Vielleicht tue ich es auch«, sagte Marcus. »Irgendetwas muss ich machen, sonst behandelt Lukas mich auch in zehn Jahren noch wie einen Jungen, der sich nicht selbst die Nase putzen kann.«

Susi musste hellauf lachen. »Ich habe einen Bruder und eine Schwester, aber wir kommen klasse miteinander aus.«

»Du bist aber die Ältere, und deine Geschwister sind nur zwei und drei Jahre jünger als du. Da versteht man sich noch. Lukas war jedoch bereits erwachsen und dabei, in die Fußstapfen des Vaters zu treten, als sich meine Existenz ankündigte. Ich glaube, meine Eltern waren nicht weniger verblüfft als mein Bruder. Vielleicht wäre alles anders geworden, wenn sie noch leben würden.« Marcus verspürte bei dem Gedanken eine tiefe Bitterkeit. Zwar konnte er sich an seine Mutter ein wenig und an seinen

Vater etwas besser erinnern. Er war jedoch noch ein Kind gewesen, als beide nur wenige Jahre nacheinander gestorben waren.

Um nicht in Trübsinn zu verfallen, fragte er Susi und Jens, was sie vorhätten. Die beiden erzählten fröhlich von ihren Plänen.

Dann aber sah Jens Marcus nachdenklich an. »Ich habe dich vorgestern nicht gefragt, wie es passiert ist, und du hast auch nichts gesagt. Paul behauptet, du hättest ihn anrempeln wollen und wärst dabei gestürzt.«

»Das glauben wir aber nicht! Hättest du Paul touchiert, wäre er geflogen und nicht du«, rief Susi, bevor Marcus antworten konnte.

Dieser verzog die Lippen zu etwas, das einem Grinsen gleichkommen sollte. »So? Sagt er das? Ich habe keine Lust, über Paul zu reden! Machen wir lieber die Pralinenschachtel auf. Ich weiß doch, dass es Susis Lieblingspralinen sind, und da soll sie wenigstens eine davon abhaben.«

Marcus öffnete die Schachtel und hielt sie Susi hin. Spitzbübisch lächelnd holte diese sich drei Stück heraus und steckte eine davon Jens in den Mund.

»Fürs Tragen!«, sagte sie und ließ die beiden anderen Pralinen hinter ihren Lippen verschwinden.

Marcus nahm ebenfalls eine und nickte anerkennend. »Susi hat wirklich einen ausgezeichneten Geschmack!«

»Das sieht man auch an mir«, meinte Jens grinsend.

»Ja, das sieht man auch an dir!«

Marcus atmete tief durch und sah das Paar an. Die beiden waren Menschen, auf die man sich verlassen konnte, ganz anders als Paul und Mia. Er verdrängte dieses Pärchen aus seinen Gedanken und unterhielt sich so lange mit Susi und Jens, bis eine Krankenschwester hereinkam.

»Ich will Sie nicht verscheuchen, aber es gibt gleich Abendessen«, sagte diese und musterte Marcus mit einem prüfenden

Blick. »Ihnen scheint es schon wieder besser zu gehen! Das ist auch kein Wunder bei einem so hübschen Besuch.«

Susi errötete ein wenig, während Jens stolz grinste.

»Wir gehen dann wieder!«, erklärte er. »Aber in den nächsten Wochen hast du uns noch einige Male am Hals.«

»Ich werde es überleben«, antwortete Marcus lächelnd und fand, als die beiden ihn verlassen hatten, dass deren Freundschaft mehr wert war als die von Paul, dem er so lange blind vertraut hatte.

»Wenn ich ihn wirklich gerammt hätte, wäre er quer durch den Wald geflogen und hätte sich sämtliche Gräten gebrochen!«, stieß er zornig aus und musste bei dem Gedanken selbst lachen. Dies freute die Krankenschwester, die eben mit dem Abendessen hereinkam.

»So mag ich es!«, sagte sie. »Auch ein Beinbruch ist es nicht wert, darüber das Lachen zu verlernen.«

»Genauso ist es«, sagte Marcus und wollte sich hochstemmen, um essen zu können.

Die Schwester sah ihm nachsichtig zu, nahm das Steuergerät und fuhr das Kopfteil des Bettes hoch. »So ist es vielleicht doch bequemer«, sagte sie und verließ lächelnd den Raum.

5.

Während Marcus schon wieder lachen konnte, versank Julia in eine tiefe Depression. Sie hatte an dem Tag erfahren, dass sie noch mehrere Wochen im Krankenhaus bleiben musste und anschließend in eine Rehaklinik kommen würde. Ihre Versuche, den Arzt, der sie jetzt behandelte, auf die von Dr. Reimer erwähnte Operation anzusprechen, waren ins Leere gelaufen. Er wusste zu wenig darüber, um ihr Auskünfte geben zu können, und Dr. Reimer ließ sich nicht mehr blicken.

Julia nahm sich daher vor, Sophia zu bitten, in diesem Punkt nachzuforschen. Vorerst war ein Teil ihres Rückgrats fixiert worden, damit die verletzten Wirbel heilen konnten. Da zudem der linke Arm gebrochen war, brauchte sie Schwester Sara und deren Kolleginnen förmlich bei allem, was sie tun wollte. Diese mussten sie wie ein kleines Kind aufs Töpfchen setzen, ihr bei den Mahlzeiten das Essen vorschneiden, und wenn sie ein Buch aus dem Nachtschränkchen haben wollte, brauchte sie ebenfalls deren Hilfe – oder musste warten, bis Sophia kam und es ihr reichen konnte.

Der Fernseher bot ihr wenig Abwechslung. Wenn sie ihn einschaltete, zappte sie sich meistens nur durch die Programme. Gefiel ihr einmal eine Sendung, kam mit Sicherheit Werbung, und sie verlor die Lust daran.

Sophia besorgte ihr daher ein Tablet, doch war ihr hier der Bildschirm zu klein, um den Film ansehen zu können, den sie sich hochgeladen hatte. Auch sonst verlor sie rasch das Interesse an dem Ding und gab sich ihrem Elend hin.

An diesem Tag war es besonders schlimm. Sie lag einfach nur da und spürte, wie ihr die Tränen kamen. Da klopfte es kurz an der Tür. Diese wurde geöffnet, und Schwester Sara steckte den Kopf herein.

»Besuch für Sie!«, rief sie fröhlich.

Julia wischte mit dem Ärmel ihres Nachthemds über die Augen und sah erstaunt, dass eine ihr unbekannte Frau und ein ebenso fremder Mann eintraten. Die Frau war eine Schönheit, deren Alter sie nicht einmal schätzen konnte. Bekleidet war sie mit einem tannengrünen Kleid und einem kleinen, wie ein Käppchen geformten Hut. Dazu hielt sie eine Handtasche aus Alligatorenleder in der Hand. Der Mann war älter, groß und kantig gebaut und sah nicht gerade wie ein Intelligenzbolzen aus. Doch als Julia ihm in die Augen sah, begriff sie, dass es ein Fehler wäre, ihn zu unterschätzen. Sein Blick war kalt und abschätzend bis ins Mark.

»Guten Tag!«, sagte Julia verwundert. »Ich glaube, Sie haben sich in der Tür geirrt.«

»Das haben wir nicht«, antwortete die Frau mit einem angedeuteten Lächeln. »Weißt du, Julia, ich bin deine Mutter.«

Julia war so perplex, dass ihr die Sprache wegblieb. Fassungslos starrte sie die Frau an, die ihr fremd und gleichzeitig seltsam vertraut erschien.

»Na, da staunst du!«, sagte der Mann. »Der Alte … ich meine, dein Großvater hat Claude all die Jahre daran gehindert, mit dir Kontakt aufzunehmen.«

»Ich weiß nicht einmal, ob er dir meine Glückwunschkarten und meine Geschenke überhaupt gegeben hat«, setzte Claude hinzu.

Julia schüttelte den Kopf. »Ich habe nichts bekommen.«

»Dachte ich es mir doch.« Claude hielt es für einen guten Trick, alle Schuld auf den alten Lensberg zu schieben, und sah lächelnd auf das Mädchen hinab. »Als ich erfuhr, dass er gestorben ist, wusste ich, dass ich dich endlich wiedersehen darf! Lars, mein Ehemann«, sie wies auf ihren Begleiter, »hat alles getan, um die entsprechenden Informationen einzuholen. Als wir von deinem Unfall erfahren haben, sind wir sofort gekommen.«

Auch wenn die Frau wirklich ihre Mutter war, so klangen ihre Worte irgendwie falsch, dachte Julia. Sie selbst hatte seit etlichen Jahren, besonders um ihren Geburtstag und Weihnachten herum, die Privatpost durchgesehen und nie einen Brief oder eine Karte von ihrer Mutter darunter entdeckt. Auch hielt sie ihren Großvater nicht für einen Mann, der Post unterschlagen hätte. Er hätte ihr die Briefe und Karten gegeben und erklärt, dass sie von ihrer Mutter kämen.

Sosehr sie als Kind gehofft hatte, etwas von ihrer Mutter zu hören, wünschte sie sich jetzt, diese wäre nicht wieder aufgetaucht.

»Der Arzt, mit dem wir gesprochen haben, sagte, du müsstest für den Rest deines Lebens im Rollstuhl sitzen. Daher brauchst du jemanden, der für dich sorgt. Wer wäre da wohl besser geeignet als deine Mutter?«, erklärte Lars Palmer, obwohl er genau wusste, dass seine Frau das Mädchen rasch an eine bezahlte Pflegerin abschieben und danach vergessen würde.

»Genauso ist es!«, stimmte Claude ihm zu. »Als deine Mutter bin ich dein gesetzlicher Vormund. Immerhin bist du erst sechzehn.«

»Ich werde noch in diesem Monat siebzehn«, antwortete Julia herb.

»Das ist immer noch zu jung, um selbst Entscheidungen treffen zu können. Daher wird mein Mann dein Vermögen verwalten und bei der Spedition darauf achten, dass dort alles seine Richtigkeit hat. Er ist ein erfolgreicher Geschäftsmann, deshalb wirst du in einigen Jahren doppelt so viel Geld für dich ausgeben können wie jetzt.«

Für Claude war Geld das Maß aller Dinge. Sie flog so selbstverständlich nach London, Paris, New York und Tokio zum Shopping wie Menschen aus Bergisch Gladbach die Schildergasse und die Hohe Straße in Köln aufsuchten, um dort einzukaufen.

»Ich weiß nicht, wie die Vormundschaft geregelt wurde«, antwortete Julia abwehrend. Für sie war selbstverständlich Sophia ihr Vormund. Doch konnte die Witwe ihres Großvaters sich gegen diese Frau durchsetzen? Immerhin war Claude ihre Mutter, während Sophia nur ihre angeheiratete Stiefgroßmutter war.

»Das bringen wir in Erfahrung! Entschuldige, dass wir dir nichts mitgebracht haben, doch wir wollten damit warten, bis wir wissen, was du dir wünschst. Du weißt doch: Das schlechteste Geschenk ist immer das, das der Beschenkte nicht mag«, sagte Julias Mutter mit einem arg schrillen Lachen.

Julia fand, dass ihr eine schlichte Tafel Schokolade als Mitbringsel lieber gewesen wäre als etwas, das sie selbst bestellen sollte. »Danke, aber ich habe hier alles, was ich brauche.«

»Du hast sicher nichts gegen einen schönen Blumenstrauß«, sagte Lars Palmer.

Julia antwortete mit einem Kopfschütteln. »Ich mag keine Blumen, die abgeschnitten werden, nur um ein paar Tage lang irgendwo herumzustehen.«

Während Claude diese Bemerkung für eine unnötige Ziererei hielt, kniff ihr Mann überrascht die Augen zusammen. Das Mädchen war noch jung und zudem schwer verletzt. Trotzdem spürte er einen festen Willen hinter ihrer Stirn und ein Misstrauen, das er nicht erwartet hatte. Eigentlich hätte Julia sich freuen müssen, nach dem Tod des Großvaters wenigstens ihre Mutter um sich zu haben. Dies schien allerdings nicht der Fall zu sein. Er gab jedoch nicht viel darauf. Da Julia noch minderjährig war, hatte er ein Jahr Zeit, mit ihrem Vermögen zu spekulieren. Bis dorthin würde sie sich daran gewöhnt haben und ihn weiter so handeln lassen, wie es ihm beliebte.

»Irgendetwas wirst du doch wollen«, sagte Claude. Sie musste feststellen, dass ihre Tochter anstrengender war, als sie angenommen hatte. Allerdings war das Mädchen nun einmal eine Provinzpflanze und zudem von diesem Büffel von Großvater erzogen worden. Weiß der Teufel, was der dem Kind alles über mich erzählt hat, dachte sie, rechnete aber ebenso wie ihr Mann damit, dass Julia im Lauf der Zeit handzahm werden würde.

Julia überlegte, ob sie etwas Außergewöhnliches verlangen sollte, etwas, das ihre Mutter kaum oder gar nicht auftreiben konnte. Dann aber sah sie diese nachdenklich an.

»Eine Tafel Schokolade hätte ich gerne. Nuss-Nougat.«

»Die bringen wir dir morgen selbstverständlich mit«, versprach Lars Palmer und nahm nun an, dass Claudes Tochter noch kindlicher sein musste, als er gehofft hatte.

Nachdem ihre Mutter und deren Ehemann wieder gegangen waren, blieb Julia als Opfer widerstrebendster Gefühle zurück. Halb blind vor Tränen rief sie Sophia an und wartete kaum, als diese sich meldete. »Sophia, es ist etwas Schreckliches passiert! Meine Mutter ist gekommen und will mein Vormund werden. Ihr Mann soll die Spedition führen und mein Geld verwalten.«

Es dauerte einen Augenblick, bis Sophia das verdaut hatte. Dann hörte Julia sie seufzen. »Wie es aussieht, haben wir wirklich doppeltes Pech. Lass dich aber nicht irremachen, Kind! Dein Großvater hat alles für dich geregelt, und daher können deine Mutter und ihr Mann nichts gegen unseren Willen tun oder veranlassen.« Sophia klang zuversichtlicher, als sie sich fühlte. Immerhin war Claudia die leibliche Mutter und sie nur eine angeheiratete Verwandte. Wenn sie sich nicht gütlich einigen konnten, würde dies einen harten Kampf geben, der eventuell sogar vor Gericht ausgetragen werden musste.

»Weißt du, was schade ist?«, meinte sie nach einer Weile.

»Nein, was?«

»Dass du erst deinen siebzehnten Geburtstag feierst. Wäre es der achtzehnte, sähe die Sache anders aus! Dann wärst du volljährig und könntest deiner Mutter und deren Ehemann sagen, was geht und was nicht.«

»Was sollen wir tun?«

»Uns auf alles vorbereiten! Lass dir um Himmels willen keine Unterschrift abluchsen! Sie könnten irgendeinen Schrieb dann gegen uns verwenden. Außerdem werde ich mich mit Berke kurzschließen. Da er derzeit die Spedition leitet, wird er nicht wollen, dass ein Fremder ihm dreinredet.«

»Glaubst du wirklich, Birke könnte uns helfen?« Julia klang nicht überzeugt. Auch wenn ihr Großvater viel von dem Mann gehalten hatte, war er ihr zuletzt doch zu anbiedernd erschienen. Außerdem ärgerte sie sich, weil er bisher nicht die Höflichkeit aufgebracht hatte, sie im Krankenhaus zu besuchen. Dabei war sie nach dem Tod ihres Großvaters seine Chefin. Als sie jedoch daran dachte, wie ihre Mutter und deren Ehemann aufgetreten waren, sagte sie sich, dass sie sich selbst mit einem Molch verbünden würde, um zu verhindern, dass dieses Paar über sie und ihr Vermögen verfügen konnte. Die beiden hatten ihr zu deutlich gezeigt, dass nicht die Liebe zu Tochter und Stieftochter sie hierhergeführt hatte, sondern nur die Gier nach ihrem Geld.

»Tu alles, was du kannst, Sophia, damit es so bleiben kann, wie es ist!«, bat sie noch und beendete das Gespräch.

Als sie das Handy weglegte, standen ihr erneut Tränen in den Augen. Diesmal galten diese jedoch nicht der Trauer um den Großvater oder den Folgen ihres Unfalls, sondern der enttäuschten Liebe eines Mädchens zu seiner Mutter.

6.

Lars Palmer hatte seine größten Geschäftserfolge durch rasches Handeln und forsches Vorgehen erzielt. Nun jedoch musste er erkennen, dass seine Methode ihm in dieser Angelegenheit wenig half. Als er mit seiner Frau im Vormundschaftsgericht vorstellig wurde, um die Sache zum Abschluss zu bringen, musterte der verantwortliche Beamte sie durchdringend.

»Sie sind also Julia Lensbergs leibliche Mutter. Können Sie das beweisen?«, fragte er.

»Natürlich bin ich die Mutter!«, antwortete Claude beleidigt.

»Ihr Pass ist auf Claude Palmer ausgestellt, während Julia Lensbergs Mutter als Claudia Lensberg in den Akten aufgeführt wird.«

»So hieß ich in meiner ersten Ehe. Hier steht es.« Claude hatte einige Urkunden bei sich, um ihre Identität zu bezeugen.

Der Beamte kontrollierte sie sorgfältig, tippte dann etwas in seinen Computer ein und las das, was angezeigt wurde, aufmerksam durch.

»Sie sind Claudia Palmer, verwitwete Lensberg, geborene Lüdecke«, sagte er nach einer Weile.

»Das sagten wir schon die ganze Zeit. Ich habe allerdings meinen Vornamen in Claude umändern lassen. Daher bin ich nun Claude Palmer, frühere Claudia Lensberg!« Claude ärgerte sich zunehmend über den Beamten, der jeden Vermerk dreimal durchlas, um seine Wichtigkeit zu zeigen.

»Können wir jetzt die Vormundschaft eintragen lassen?«, fragte Lars Palmer ungeduldig.

Der Beamte rief den nächsten Eintrag in seiner Datei auf und verbrachte die nächsten Minuten damit, erneut alles genau zu studieren. Danach blickte er auf und schüttelte den Kopf. »Für Julia Lensberg ist bereits ein Vormund bestimmt worden.«

»Wer soll das sein? Ich bin die Mutter! Ich lasse mir keinen vom Amt bestimmten Vormund vor die Nase setzen«, erklärte Claude zornig.

Sofort sprang ihr Mann ihr mit fordernder Stimme bei. »Das ist doch alles Unsinn! Sie haben meine Frau gehört. Sie ist die Mutter und überlässt die Sorge für ihre Tochter keinem Fremden.«

»Bei dem Vormund handelt es sich um Frau Sophia Lensberg, die zweite Ehefrau von Eduard Lensberg, Julia Lensbergs Großvater«, erklärte der Beamte kühl.

Claude sah ihn verwirrt an. »Mein Schwiegervater soll diese Frau geheiratet haben? Davon weiß ich nichts!«

»Wenn, dann ist er nur Ihr Ex-Schwiegervater, da Sie ja eine neue Ehe eingegangen sind«, erklärte der Mann und sah demonstrativ zur Tür.

Lars Palmer ignorierte die Aufforderung, stemmte sich mit beiden Fäusten auf den Schreibtisch und reckte kampfbereit das

Kinn. »So lasse ich mich nicht abspeisen! Meine Frau ist die Mutter des Mädchens und hat damit tausendmal mehr das Recht auf die Vormundschaft als diese fremde Frau!«

»Ihre Frau hat mit dem Datum 18. April 2006 auf alle Rechte an dem Kind Julia Lensberg verzichtet und es Herrn Eduard Lensberg, dem Großvater, überlassen. Herr Eduard Lensberg hatte daher jedes Recht, den neuen Vormund für Julia Lensberg zu bestimmen.«

»Das lasse ich mir nicht bieten!« Lars Palmer hatte sich bereits im Besitz eines großen Vermögens gesehen, mit dem sich trefflich spekulieren ließe. Das aufzugeben war er nicht bereit.

»Wenn Sie unbedingt darauf bestehen, können Sie die Vormundschaft vor Gericht anfechten«, erwiderte der Beamte.

»Darauf können Sie Gift nehmen!«, schnaubte Lars Palmer und kehrte ihm den Rücken zu. Seine Frau folgte ihm, drehte sich an der Tür aber noch einmal um. »Auch Sie werden mir das Recht als Mutter auf mein Kind nicht nehmen können!«, rief sie theatralisch und schlug denn die Tür mit Schmackes hinter sich zu.

»Doofe Kuh!«, murmelte der Beamte und nahm sich die nächste Akte vor.

7.

Seit Lensberg ins Krankenhaus eingeliefert worden war, führte Simon Berke die Spedition wie ein Alleinherrscher. Nun leistete er die wichtigen Unterschriften und nicht mehr sein verstorbener Chef. Seiner Meinung nach hätte es die nächsten Jahre so bleiben können. Umso verwunderter war er daher, als Frau Holtzing ihm meldete, dass Sophia Lensberg gekommen sei. Er wollte ihr schon ausrichten lassen, dass er zu beschäftigt sei, um mit ihr sprechen zu können, doch dann machte er sich bewusst, dass sie als Lensbergs Witwe und Julias Vormund seine Arbeitgeberin war.

Daher forderte er Frau Holtzing auf, sie hereinzuführen, und empfing sie freundlich. »Ich hoffe, Julia fühlt sich wohl?«, fragte er mit einer gewissen Anspannung.

»Ich glaube nicht, dass sie sich in der Lage, in der sie sich befindet, wohlfühlen dürfte«, antwortete Sophia abweisend, wurde dann aber verbindlicher. »Ich bin gekommen, weil es etwas Wichtiges zu besprechen gibt, Herr Berke. Julias Mutter ist wie aus dem Nichts aufgetaucht und fordert die Vormundschaft über sie. Gleichzeitig verlangt ihr Ehemann, dass die Führung der Spedition an ihn übertragen wird.«

Für Berke war es ein Schock. »Was wollen Sie dagegen unternehmen?«, fragte er heiser.

»Alles, was nötig ist, um Claudia Lüdecke, wie sie früher einmal hieß, und deren Ehemann sowohl von Julia wie auch von der Spedition fernzuhalten. Das heißt für Sie, dass Sie diesem Mann keinen Einblick in die Geschäfte geben und auch keine Anweisungen von ihm entgegennehmen dürfen.«

Sophia klang beschwörend, denn sie wusste nicht, ob Simon Berke genug Rückgrat hatte, sich gegen einen Mann wie Lars Palmer durchsetzen zu können. Sie hätte sich gewünscht, ein Mann würde die Spedition leiten, dem Julia und sie uneingeschränkt vertrauen könnten. Es gab jedoch nur ihn, und so musste sie alles unternehmen, damit die Firma und damit Julias Erbe in der neuen Situation keinen Schaden nahm.

»Nun, ich werde sehen, was ich tun kann«, antwortete Berke zögerlich.

»Wenn Sie mir helfen, werden Sie sehr lange auf dem Chefsessel in diesem Zimmer sitzen. Weder ich noch Julia haben die Absicht, Ihnen ins Gehege zu kommen.«

Dieses Angebot schmerzte Sophia, doch um Julia vor ihrer Mutter und deren Ehemann zu schützen, brauchte sie Berkes Unterstützung.

»Soviel ich gehört habe, wird Julia querschnittsgelähmt bleiben und sich daher kaum um die Spedition kümmern können«, sagte Berke und musste sich ein zufriedenes Lächeln verkneifen. Durch diesen für ihn glücklichen Umstand war seine Herrschaft ungefährdet. Außerdem würde ihm so kaum ein anderer Mann ins Gehege kommen. Julia musste froh sein, wenn er in ein paar Jahren bereit war, sie zu heiraten. Dann war er kein angestellter Geschäftsführer mehr, sondern als ihr Ehemann endgültig der Chef.

»Das ist noch nicht entschieden! Die behandelnden Ärzte haben mir versichert, es gäbe eine Möglichkeit, ihr den Gebrauch der Beine wieder zu ermöglichen«, antwortete Sophia.

Berke verstand das so, dass Julia unter Zuhilfenahme technischer Mittel ein paar Schritte würde gehen können. Dies störte ihn jedoch ebenso wenig, als wenn sie für immer im Rollstuhl sitzen würde.

»Sie können sich auf mich verlassen, Frau Lensberg! Richten Sie Julia meine besten Wünsche aus und sagen Sie ihr, dass ich sie besuchen werde, sobald die Arbeit es mir erlaubt. Seit Herrn Lensbergs Tod muss ich auch für ihn mitarbeiten. Ich werde daher in absehbarer Zeit einen Assistenten einstellen, der mich bei Routinearbeiten entlasten kann.«

Berke wollte damit abklopfen, wie Sophia auf eine so eigenmächtige Entscheidung reagieren würde. Zu seiner Zufriedenheit nickte sie.

»Tun Sie das, Herr Berke! Ich weiß, wie viel Arbeit derzeit auf Ihnen lastet. Mein Mann hat noch zu Hause jeden Tag ein, zwei Stunden gerechnet und geplant. Dies ist nun Ihre Sache. Ich werde mir die Bücher nach jedem Ultimo ansehen.«

»Das ist selbstverständlich, Frau Lensberg!« Berke lächelte, ärgerte sich jedoch insgeheim, dass Sophia nicht ihr vollstes Vertrauen in ihn setzte. Da die Spedition gut ausgelastet war und es nicht so aussah, als könne sich dies in den nächsten Monaten ändern, hatte er kein Problem damit, ihr die Bücher zu zeigen. In das eigentliche Geschäft, das schwor er sich, würde er sich von ihr jedoch nicht reinreden lassen.

»Dann sind wir uns ja einig, Herr Berke. Ich überlasse Sie nun wieder Ihrer Arbeit. Auf Wiedersehen!«

Sophia reichte ihm kurz die Hand.

»Auf Wiedersehen!« Berke verabschiedete sich lächelnd, doch sein Lächeln verschwand, als Sophia gegangen war. Im Grunde war sie ein Störenfried für seine Pläne. Noch aber musste er gute Miene zeigen. Irgendwann aber würde sich das ändern. Mit diesem Gedanken nahm er sich den nächsten Auftrag vor.

Da meldete sich erneut Frau Holtzing. »Herr Berke, ein Herr Palmer will Sie sprechen. Er behauptet, er wäre Julias Stiefvater. Wollen Sie das Gespräch annehmen, oder soll ich ihn abwimmeln?«

Berke zögerte. Wenn er Sophia richtig verstanden hatte, war dies der Mann, der ihm die Führung der Spedition aus der Hand nehmen wollte. Verärgern wollte er ihn trotzdem nicht. Immerhin war es möglich, dass Julias Mutter die Vormundschaft zugesprochen erhielt, und da war es besser, sich mit Palmer gut zu stellen.

»Schalten Sie den Anruf auf meine Leitung«, wies er Frau Holtzing an und meldete sich dann selbstbewusst als Simon Berke, Geschäftsführer der Spedition Lensberg.

»Guten Tag, Herr Berke!«, erscholl eine leutselige Stimme. »Ich freue mich, Ihre Bekanntschaft zu machen, und würde gerne mit Ihnen ins Geschäft kommen. Ich habe in der nächsten Zeit etliche Deals vor, die richtig Cash bringen werden, brauche aber eine Spedition wie die Ihre dafür.«

»Unsere Lkws und Fahrer sind ziemlich ausgebucht«, antwortete Berke vorsichtig.

»Wissen Sie, Herr Berke, wenn ich in meinem Leben etwas gelernt habe, so, dass bei gutem Willen immer etwas zu machen ist. Ich kann Ihnen sogar helfen, denn ich kenne einige Möglichkeiten, um die Effizienz einer Firma zu verbessern. Wir sollten uns mal darüber unterhalten. Haben Sie heute Abend Zeit?«

Grundsätzlich war es sicher nicht verkehrt, zu erfahren, wie Palmer sich die Steigerung der Transportmenge in der Spedition vorstellte. Vielleicht sollte er auch einen neuen Sattelschlepper kaufen. Immerhin war er hier jetzt der Chef und konnte damit seine Unabhängigkeit sowohl Sophia und Julia wie auch Palmer gegenüber beweisen.

»Wäre Ihnen neunzehn Uhr recht?«, fragte er.

»Aber selbstverständlich!«, antwortete Palmer erfreut. Er nannte ihm noch das Hotel, in dem er auf Berke warten wolle, legte dann auf und wandte sich zu seiner Frau um. »Wenn alles glattgeht, habe ich damit einen Fuß in der Spedition! Allerdings brauchen wir dringend die Vormundschaft über deine Tochter, sonst kann uns die Frau, die deren Großvater geheiratet hat, noch an den Karren fahren.«

8.

Am nächsten Morgen führte Sophia ein längeres Gespräch mit dem Anwalt, der seit Jahren die Spedition Lensberg vertrat, und war danach wieder zuversichtlicher. Ihr Ehemann hatte bereits im Vorfeld einige Vorkehrungen getroffen, um Julias Mutter jeden Zugriff auf das Mädchen und dessen Vermögen zu verwehren, sodass sie Claudia – oder Claude Palmer, wie sie sich jetzt nannte – beruhigt entgegentreten konnte.

Dieser Fall trat bereits am Nachmittag ein. Sophia suchte gerade einige Sachen zusammen, die sie Julia in die Klinik bringen wollte, als ein schwerer SUV auf dem Parkplatz vor dem Haus anhielt. Der Fahrer, ein junger Mann in Anzug und Krawatte, stieg aus und öffnete die Türen. Nun schoben sich eine Frau und ein Mann ins Freie. Sie war äußerst attraktiv und auf jung gestylt, der Mann wirkte kantig und bewegte sich wie ein ehemaliger Preisboxer.

Wenig später trat Fedosia ein und meldete Claude und Lars Palmer an.

Sophia erinnerte sich daran, dass Palmer den Berichten ihres Mannes zufolge Geschäfte tätigte, von denen die meisten nicht stubenrein sein sollten. Einem solchen Menschen, sagte sie sich, würde sie Julia und ihr Vermögen niemals ausliefern.

»Guten Tag«, grüßte sie kühl, als die beiden eintraten. »Sie sind also die Frau, die behauptet, Julias Mutter zu sein.«

»Hören Sie! Ich behaupte es nicht nur, ich bin es!«, antwortete Claude und musterte Sophia, die ein schlichtes schwarzes Kostüm trug, mit einem überheblichen Blick. »Mein Name ist Claude Palmer, geborene Lüdecke, verwitwete Lensberg, und das ist mein Ehemann Lars Palmer. Und Sie sind …?«

»Sophia Lensberg!«

»Aber noch nicht lange!«, mischte sich Lars Palmer ein. »Sie haben Eduard Lensberg erst zwei Tage vor seinem Tod geheiratet. Damit ist diese Ehe so gut wie ungültig, und Sie haben nicht das geringste Recht, Julias Vormund zu spielen. Daher wird meine Frau die Vormundschaft übernehmen.«

Bevor sie Eduard Lensbergs Lebensgefährtin geworden war, hatte Sophia etliche Jahre als Chefsekretärin bei großen Wirtschaftsbossen gearbeitet. Daher ließ sie sich von Palmers Forschheit nicht ins Bockshorn jagen. »Sie mögen zwar die Mutter sein, doch Sie haben sich seit Julias Geburt nicht im Geringsten um

Ihre Tochter gekümmert und sogar schriftlich auf jedes Recht an ihr verzichtet«, erklärte sie mit jenem Lächeln, das früher so manchen aufdringlichen Besucher dazu gebracht hatte, den Rückzug anzutreten.

Claude begann, theatralisch zu schluchzen. »Dazu hat mein früherer Schwiegervater mich gezwungen!«

»Meine Frau ist bereit, dies vor Gericht zu beschwören«, drohte Palmer.

»Dagegen wird die Aussage des Anwalts stehen, der den Vertrag damals ausgearbeitet hat, und die des Notars, der ihn beurkundet hat.« Sophia lächelte noch immer, wünschte diese Besucher aber mittlerweile auf den Mars.

»Auf jeden Fall hat meine Frau weitaus mehr Anrecht darauf, Julias Vormund zu sein, als Sie, die Sie gerade einmal zwei Tage mit deren Großvater verheiratet waren«, rief Lars Palmer zornig.

»Wenn Sie meinen! Nur zu Ihrer Information: Vor unserer Heirat waren Eduard Lensing und ich zehn Jahre lang eingetragene Lebenspartner, und ich habe Julia von ihrem siebten Lebensjahr an betreut. Das, so finde ich, wird bei einem Gerichtsstreit auch eine gewisse Bedeutung erlangen.«

Diese Auskunft war für das Paar ein harter Brocken. Claude und Lars Palmer hatten Sophia für eine angestellte Hausdame gehalten, die Lensberg vor seinem Tod noch rasch geheiratet hatte. Eine so kurze Ehe war leichter beiseitezuschieben als eine zehn Jahre währende Partnerschaft. Lars Palmer schnaubte und sah Sophia grimmig an. »Sie werden von meinem Anwalt hören!«

»Mein Anwalt wird Ihrem Anwalt die entsprechende Antwort zukommen lassen. Und nun auf Wiedersehen, um es höflich auszudrücken! Was ich wirklich gerne sagen würde, können Sie sich denken.« Sophia wies auf die Tür.

Palmer schnaubte noch einmal und verließ dann ohne Gruß den Raum. Seine Frau blieb noch ein paar Sekunden stehen, drehte sich dann abrupt um und folgte ihm. Wenig später sah Sophia die beiden in den Wagen steigen und losfahren. Ihr war bewusst, dass sie zwar die erste Attacke hatte abschlagen können, aufgeben aber würden Claude und Lars Palmer so schnell nicht.

9.

In dieser Nacht hatte Julia schlecht geschlafen und noch schlechter geträumt. Sie war von der Hexe aus Hänsel und Gretel gefangen und in den Ofen gesteckt worden, um gebraten zu werden. In letzter Sekunde war der Joker aus *Batman* aufgetaucht und hatte sie befreit.

Ihre Gedanken hüpften nun von ihrer Mutter zu Marcus Kullmann und zurück. Sie hatte den jungen Mann nur einmal in ihrem Leben gesehen und äußerst unsympathisch gefunden. Warum erschien er ihr im Traum als Retter? Was ihre Mutter betraf, so hatte sie viele Jahre gehofft, sie einmal treffen und mit ihr sprechen zu können. Da ihr Großvater nur wenig von ihr erzählt hatte, hatte sie sich als Kind ein Traumbild geschaffen, das mit jedem Geburtstag und jedem Weihnachtsfest, an dem kein Gruß von ihr kam, immer mehr verblasst war.

Nun war ihre Mutter aufgetaucht. Zwar behauptete sie, ihr Schwiegervater hätte sie dazu gezwungen, auf eine Kontaktaufnahme mit der Tochter zu verzichten, aber Julia glaubte ihr nicht. Sie befand sich daher in einer trüben Stimmung, als ihre Stiefgroßmutter erschien und sie auf die Wange küsste.

»Wie geht es dir, mein Schatz?«, fragte Sophia und betrachtete das Mädchen überrascht.

Der Aufenthalt in der Intensivstation hatte Julias Babyspeck dahinschmelzen lassen. Auch ihr Gesicht hatte sich verändert, und aus dem Kind war fast über Nacht eine junge Frau geworden.

Nun war es unübersehbar, dass ihr Schützling das Aussehen von der Mutter geerbt hatte. Julia war sehr hübsch. Sofort berichtigte Sophia sich. Das Mädchen war auf dem besten Weg, eine Schönheit zu werden, wenn auch eine Schönheit im Rollstuhl. Das Herz tat ihr bei diesem Gedanken weh, und sie strich Julia sanft über die Wange. »Du hast mir noch nicht gesagt, wie es dir geht.«

»Besch…! Ich fühle mich nicht gut«, antwortete Julia. »Weißt du, ich habe jahrelang davon geträumt, meine Mutter kennenzulernen, und jetzt träume ich von ihr, sie sei die böse Hexe aus dem Märchen und wolle mich fressen.«

Viel Unterschied ist da auch nicht, dachte Sophia, hielt aber den Mund. Stattdessen lächelte sie und zeigte Julia, was sie ihr mitgebracht hatte. »Hier sind ein paar Bücher, um dich aufzuheitern, wenn dich die Spiele, die du auf dein Smartphone geladen hast, langweilen sollten. Auch sind neue Nachthemden und frische Unterwäsche für die nächsten Tage in der Tasche dort.«

»Ich möchte wieder Schlafanzüge tragen!«, rief Julia rebellisch.

»Das wirst du auch, aber erst wenn der Gips von deinem Bein und deinem Arm genommen wurde. Du wirst lernen müssen, dich selbst anzuziehen und, was für dich wahrscheinlich am wichtigsten ist, auch selbst zur Toilette zu gehen.«

Sophia wollte Julia Mut machen, doch deren Miene verfinsterte sich wieder.

»Ich weiß, wie Behindertentoiletten aussehen. Auf eine normale Toilette werde ich nie mehr gehen können. Das heißt, ich bin zu Hause eingesperrt wie eine Kuh im Stall. Ich wünschte …«

»Du wünschst dir, so gesund zu werden, wie es nur irgend möglich ist, und dein Leben zu meistern«, unterbrach Sophia den Wort- und Tränenschwall des Mädchens resolut. »Du solltest dir eines ins Gedächtnis rufen: Es mag dir Schlimmes passiert sein, doch gibt es selbst hier in Deutschland Tausende Menschen, die liebend gerne mit dir tauschen würden.«

Sophias Gardinenpredigt zeigte Erfolg, denn Julia beruhigte sich, und ihr Tränenstrom versiegte. Schnell fasste sie nach der Hand ihrer Stiefgroßmutter und hielt sie fest. »Was wäre ich ohne dich?«

Wahrscheinlich deiner Mutter und deren windigem Ehemann ausgeliefert, dachte Sophia, behielt es aber für sich. Stattdessen richtete sie Julia Grüße von allen aus, die sie kannte, und tippte dann gegen deren eingegipsten linken Arm.

»Ich habe vorhin mit dem Arzt gesprochen. In ein paar Tagen kommt der Gips weg, und dann geht es zur Reha. Dort wirst du alles lernen, was du brauchst, um so gut leben zu können, wie es dir nur möglich ist.«

Julia sah traurig auf die Beine, die sie nicht mehr bewegen konnte. Zwar war sie nie eine Sportkanone gewesen, hatte aber gerne Tennis gespielt und war auch beim Schulsport nicht die Schlechteste gewesen. All das würde ihr nun nicht mehr möglich sein.

»Ich muss herausfinden, was ich noch tun kann!«, rief sie unbewusst aus.

Sophia nickte. »Genau das musst du, und du kannst dich auf eines verlassen: Ich werde immer an deiner Seite sein, um dir zu helfen!«

Vierter Teil

Der Joker

1.

Die Zeit im Krankenhaus ging für Julia zu Ende. Nun würde Lippens sie für ein paar Stunden nach Hause bringen und dann weiter in die Rehaklinik. Zumindest eine Sache hatte sich verbessert: Als sie von der Intensivstation auf die Normalstation verlegt worden war, hatte man sie auf einem Bett liegend transportiert. Diesmal saß sie im Rollstuhl und trug sogar Hosen und richtige Schuhe. Als T-Shirt hatte Sophia ihr eines mit drei großen Rosen auf der Brust ausgesucht. Julia sah, wie die Leute ihr hinterherblickten, und glaubte, es wäre wegen des Rollstuhls. Die meisten Männer bewunderten jedoch ihr ebenmäßiges Gesicht und ihre ansprechende Figur. Wäre es ihr bewusst gewesen, hätte sie der nächsten Etappe ihres Lebens womöglich mit mehr Selbstvertrauen entgegengeblickt. So aber war sie froh, als Lippens auf sie zutrat und sie nach draußen schob.

»Guten Morgen, liebe Julia! Ich freue mich, dass Sie wieder einmal mit mir fahren«, sagte er lächelnd.

Julia krauste die Stirn. »Weshalb sind Sie heute so förmlich, Herr Lippens? Früher haben Sie mich geduzt.«

»Als Sie in die Unfallklinik eingeliefert worden sind, waren Sie noch ein Kind, jetzt sind Sie eine junge Dame«, antwortete der Chauffeur lächelnd. Auch er war verblüfft über den Entwicklungsschub, den Julia in den letzten Wochen gemacht hatte. Es war nicht mehr zu übersehen, dass sie die Tochter einer äußerst schönen Frau war und diese womöglich übertreffen würde. Das Märchen vom Schneewittchen fiel ihm ein. Das Verhältnis zwischen Julia und ihrer Mutter erschien ihm ähnlich wie das von Schneewittchen zu der bösen Königin.

Er schob diesen Gedanken beiseite und stoppte den Rollstuhl vor dem großen Wagen, mit dem sie auch früher gefahren worden war. Dort öffnete er die Tür und wartete einen Augenblick, bis ihm einfiel, dass sie nicht mehr selbst einsteigen konnte.

»Ich muss Sie ins Auto setzen! Geben Sie acht, dass Sie nicht mit dem Kopf anstoßen«, sagte er und hob sie vorsichtig aus dem Rollstuhl. Erst im letzten Augenblick bemerkte er, dass er es beinahe von der falschen Seite getan hätte, und berichtigte sich.

»Es tut mir leid! Ich muss mich erst daran gewöhnen«, sagte er mit einem gequälten Grinsen.

»Das müssen nicht nur Sie! Ich muss es auch«, antwortete Julia und schnallte sich sofort an, als sie ihm Wagen saß.

»Wo ist eigentlich Sophia? Wollte sie nicht mitkommen?«, fragte sie, nachdem Lippens den Rollstuhl zusammengeklappt im Kofferraum verstaut hatte und nun auf dem Fahrersitz Platz nahm.

»Frau Ka… äh, Lehnsberg wartet in der Villa auf uns. Sie meint, Sie würden gerne zu Hause einen Kaffee trinken und sich die Kleidungsstücke, die Sie in der Reha brauchen, lieber selbst aussuchen«, sagte Lippens und fuhr los.

Julia empfand eine so starke Sehnsucht nach ihrem Zuhause, dass sie am liebsten dortgeblieben wäre. Schwester Sara hatte ihr jedoch deutlich gemacht, dass der Aufenthalt in der Rehaklinik unbedingt nötig wäre. Ihr linker Arm war zwar inzwischen verheilt, aber nach dem Bruch so schwach, dass sie sich nicht aus dem Rollstuhl stemmen konnte. Sie wollte auch selbst zur Toilette gehen, ohne jemanden zu benötigen, der ihr wie einem kleinen Kind auf den entsprechenden Sitz half.

»Wo liegt eigentlich diese Rehaklinik?«, fragte sie.

Lippens erklärte es ihr. »Frau Lensberg und ich waren letzte Woche dort, um sicherzugehen, dass es für Sie auch das Richtige ist«, setzte er hinzu. »Wir haben die Pflegerin kennengelernt, die sich um Sie kümmern wird. Es ist eine charmante Person, sie wird Ihnen gefallen. Sie sind für sie quasi eine Premiumpatientin, denn sie muss sich um Sie kümmern und hat keinen anderen Patienten zu betreuen.«

Während er erzählte, steuerte Lippens den Wagen aus dem Klinikgelände hinaus und reihte sich in die lange Schlange der Autos ein, deren Fahrer darauf hofften, die dreißig Stundenkilometer, die als Höchstgeschwindigkeit angegeben waren, wenigstens einmal für ein paar Sekunden erreichen zu können.

Nach einer Weile erreichten sie die Ausfallstraße, und es ging flotter voran. Julia ertappte sich dabei, dass sie sich aus Angst, sich bei überraschenden Bremsmanövern nicht halten zu können, mit beiden Händen festklammerte. Nun versuchte sie, sich zu entspannen. Dabei hatte sie für einen Augenblick das Gefühl, als würde eine Zehe des rechten Fußes zucken. Das muss so etwas Ähnliches wie Phantomschmerzen sein, dachte sie, obwohl es nur ein Gefühl war und nicht wehtat. Im Krankenhaus hatte sie ein- oder zweimal Ähnliches erlebt, aber nicht so stark wie heute, und vor allem nicht bei den Tests, mit denen der Arzt hatte herausfinden wollen, ob sie nicht doch noch auf Nervenreize reagierte. Das leichte Zucken hörte auch bald wieder auf, und Julia blickte durch die Frontscheibe auf das Land hinaus, das ihr mit jedem Kilometer bekannter erschien.

»Wie ist es mit dem Gurt?«, fragte Lippens. »Wenn Sie wünschen, lasse ich einen Gurt einbauen, wie ihn Stewardessen im Flugzeug verwenden. Dieser führt über beide Schultern und bietet mehr Halt. Man könnte ihn sogar so anfertigen lassen, dass Sie ihn zwischen den Beinen einklinken können. Dann sind Sie auf der sicheren Seite.«

»Und was ist, wenn ich einmal Röcke trage?«, fragte Julia, obwohl sie das nur als kleines Mädchen getan hatte.

»Ich bin sicher, dass wir auch das hinbringen«, meinte Lippens lächelnd und bog in Richtung der Spedition ab.

Kurz darauf hielt er vor der Villa an. Noch bevor er den Rollstuhl aus dem Kofferraum holen konnte, eilten Sophia und Fedosia heraus. Der Haushälterin rannen Tränen über die Wangen, als sie Julia erblickte. »Ich bin ja so froh, dass Sie wieder hier sind!«, rief sie schluchzend aus.

»Nur für ein paar Stunden! Danach bin ich für vier Wochen weg«, antwortete Julia mit einem Lächeln. »Doch es ist schön, wieder hier zu sein.«

»Bald bist du es wieder ganz!«, sagte Sophia und packte, kaum dass Lippens Julia auf den Rollstuhl gesetzt hatte, dessen Griffe, um sie ins Haus zu schieben.

»Wir sind immer noch dabei, das Haus für deine Bedürfnisse umzubauen«, erklärte sie und führte das Mädchen von einem Zimmer ins andere.

Julia sah, dass in der Küche Kühlschrank und Mikrowelle tiefer gesetzt worden waren, damit sie die Geräte auch vom Rollstuhl aus bedienen konnte. Alles war niedriger als früher, und das würde ihr helfen, sich zurechtzufinden. Gleichzeitig aber verriet es ihr Sophias Befürchtung, dass sie den Rollstuhl nicht so rasch würde verlassen können.

»Hast du mit dem Arzt sprechen können, der mich in der Intensivstation behandelt hat?«, fragte sie. »Er sagte zu mir, dass ich nach einer weiteren Operation vielleicht wieder gehen könnte. Leider ist er, nachdem ich in die andere Station verlegt worden bin, nicht mehr zu mir gekommen.«

»Das habe ich!«, antwortete Sophia. »Vorerst rät Dr. Reimer von einer Operation ab. Er sagt, es wären mehrere winzige Knochensplitter von zwei Rückenwirbeln abgebrochen und ins Rückenmark eingedrungen. Wegen dieses Befunds sollten wir erst abwarten, welche Veränderungen sich in der nächsten Zeit ergeben. Erst dann kann entschieden werden, ob eine Operation sinnvoll ist oder nicht.«

»Ich will wieder gehen können!« Julia klang entschlossen. Es waren bereits Menschen von ihrer Querschnittslähmung geheilt worden. Warum sollte es bei ihr nicht möglich sein?

»Wir tun auf jeden Fall alles dafür. Möchtest du zuerst Kaffee trinken oder die Sachen aussuchen, die du mitnehmen willst?«

»Ich suche zuerst aus«, antwortete Julia und wollte den Rollstuhl selbst in Gang bringen, stieß aber mit einer Seite gegen den Türrahmen.

»Sollen wir die Türen breiter machen lassen?«, fragte Sophia.

Julia maß die Breite der Tür und des Rollstuhls und schüttelte den Kopf. »Ich muss lernen, mit dem Ding zurechtzukommen! Wenn ich später einmal unterwegs bin, sind die Türen, durch die ich fahren muss, auch nicht breiter.«

In ihrem Zimmer suchte Julia heraus, was sie für einen vierwöchigen Aufenthalt in der Rehaklinik für nötig hielt, und starrte den großen Packen dann nachdenklich an. »Ich glaube, es ist besser, wir machen mehrere Portionen daraus. Herr Lippens kann mir immer etwas bringen und das gebrauchte wieder mitnehmen.«

»Das erscheint mir auch besser«, fand Sophia. »Ich glaube nämlich nicht, dass du das alles in dem Schrank eines Krankenhauszimmers unterbringen kannst, selbst wenn es sich um eine Privatklinik handelt.« Auch das war ein Privileg, das nur eine von hundert, vielleicht auch nur von tausend, in Anspruch nehmen konnte, dachte Sophia. In der Klinik würde Julia die beste

Pflege erhalten und dabei lernen, mit dem Rollstuhl zurechtzukommen.

»Hast du noch einmal etwas von meiner Mutter gehört?«, fragte Julia, während Fedosia den Großteil der Kleidung so wegräumte, dass Lippens sie später zu Julia bringen konnte.

»Es kam ein Brief ihres Mannes, den ich an unseren Anwalt weitergeleitet habe. Palmer droht mit dem Gericht, wenn ich nicht auf die Vormundschaft zugunsten seiner Frau verzichte.«

»Das wirst du hoffentlich nicht tun!«, rief Julia besorgt.

Sophia schüttelte den Kopf. »Gott bewahre! Ich habe deinem Großvater versprochen, immer für dich da zu sein, und werde nicht wegen einer Frau zurücktreten, die mehr als fünfzehn Jahre lang vergessen hat, dass sie eine Tochter besitzt.«

»Sie besitzt mich nicht!«, erwiderte Julia scharf.

Ihre Mutter war noch einmal bei ihr im Krankenhaus gewesen und hatte etliche Geschenke mitgebracht. Sie hatte jedoch kaum etwas davon brauchen können und das meiste an Schwester Sara und deren Kolleginnen verteilt.

»Oh nein, sie besitzt mich nicht!«, wiederholte sie und rollte mühsam mit einem Arm in das kleine Speisezimmer.

Dort hatte Fedosia bereits alles vorbereitet. Es gab Kaffee, wie Julia ihn mochte, dazu Kuchen und ein winziges Törtchen mit siebzehn stecknadelgroßen Kerzen.

»Ich habe mir gedacht, weil Sie in der Klinik Ihren Geburtstag nicht feiern konnten, holen wir es hier nach«, sagte die Haushälterin.

»Kann man die Kerzen anzünden?«, fragte Julia gerührt.

»Leider nicht! Die sind aus Nougat und Marzipan«, erklärte Sophia und reichte ihr eine Kuchengabel. »Die Torte ist so klein, dass du sie allein essen solltest.«

Julia schüttelte den Kopf. »Nein, wir teilen sie uns.«

Sie nahm ein Messer und schnitt ein erstes winziges Stück aus der Torte. »Das ist für Fedosia, das hier für Lippens und die zwei für uns beide«, erklärte sie und stellte fest, dass sie sich in ihrer gewohnten Umgebung und bei Menschen, die sie liebte, trotz ihres Unglücks wohlfühlte.

2.

Es fiel Julia schwer, die Villa wieder zu verlassen, denn in ihr fühlte sie sich geborgen. Sie wusste jedoch selbst, dass sie, wenn sie sich weigerte, in die Rehaklinik zu gehen, Sophia und Fedosia mit ihrer Pflege zu viel Arbeit auflasten würde. Auch wollte sie eine gewisse Selbstständigkeit erreichen, und das würde ihr nicht gelingen, wenn sie sich verkroch.

Sie ließ sich daher zum Wagen fahren und hineinheben. Lippens verstaute den Rollstuhl und ihr Gepäck im Kofferraum und setzte sich ans Steuer. Er konnte jedoch nicht gleich losfahren, denn Simon Berke eilte von der Spedition herüber und blieb neben dem Auto stehen.

»Guten Tag, liebe Julia!«, sagte er freundlich. »Ich habe vorhin gesehen, wie Sie angekommen sind, und wollte Ihnen meine aufrichtigsten Genesungswünsche überbringen. Sie verzeihen mir hoffentlich, dass ich Sie nicht in der Klinik besuchen konnte. Es war einfach zu viel Arbeit zu erledigen. Erst jetzt, wo Ihr Großvater nicht mehr da ist, merkt man, was er alles geleistet hat.«

»Danke, Herr Birke! Ich hoffe, Sie kommen mit der Spedition zurecht?« Julia konnte es sich nicht verkneifen, seinen Namen leicht abzuändern.

»Das Geschäft läuft! Uns fehlen allerdings Lkw-Fahrer. Ich werde zusehen, ob ich welche aus Polen oder der Ukraine bekommen kann. Sonst müssen wir immer wieder ein paar Lkws stehen lassen.« Noch während er es sagte, ärgerte Berke sich, weil er Julia ebenso Auskunft gab wie früher ihrem Großvater. Auch wenn die

Spedition jetzt ihr Eigentum war, hätte es gereicht zu sagen, es laufe alles bestens. Schließlich verstand sie nicht das Geringste davon und würde sich nach ihrem schweren Unfall auch nie um die Geschäfte kümmern können.

»Danke! Geben Sie aber gut acht, wen Sie einstellen. Großvater hat immer Sorge getragen, dass unsere Fahrer zuverlässig sind.«

»Selbstverständlich tue ich das«, antwortete Berke und dachte dabei an Lars Palmer, mit dem er inzwischen ins Geschäft gekommen war. Von diesem Mann hatte er einige gute Tipps bekommen, wie man an gewisse Pillen kommen konnte, die die Leistungsfähigkeit der Lkw-Fahrer steigerten. Außerdem hatte Palmer ihm eine Software versprochen, mit der er die Fahrtenschreiber der Lkws manipulieren konnte, sodass es aussah, als hätten die Fahrer die gesetzlichen Ruhepausen eingehalten. Dies war aber gewiss nichts, was Julia oder deren angeheiratete Großmutter etwas anging, dachte er, als Lippens den Wagen anrollen ließ und ein Stück weiter vorne auf die Hauptstraße einbog.

Nach einer Weile wandte Lippens sich Julia zu. »Ich hoffe, Sie haben es bequem.«

»Es ist so in Ordnung«, antwortete Julia und lächelte bitter.

Lippens hatte sie sicher schon mehrere Tausend Male gefahren. Dabei hatte sie immer selbst ein- und aussteigen können, aber nun war sie darauf angewiesen, dass er sie ins Auto hinein- und wieder heraushob. Sie drohte, in Schwermut zu versinken. Da kam ihr Sophias Mahnung in den Sinn. Im Gegensatz zu anderen war sie gut dran, denn sie konnte sich ein solches Auto und einen Fahrer leisten. Andere mit weniger Geld waren auf sich allein angewiesen.

»Wie lange brauchen wir zu der Klinik, Herr Lippens?«, fragte sie.

»Etwa anderthalb Stunden. Es gibt zwar nähere Rehakliniken, aber Frau Lensberg hat darauf gedrungen, dass Sie in die beste kommen.«

Das war wieder etwas, das sie anderen voraushatte, dachte Julia. Es erleichterte sie, bedrückte sie aber auch. Bereits in der Schule hatte man sie fühlen lassen, dass sie anders war als die anderen. Sie war die Enkelin des Mannes, dessen Schatten über der gesamten Gemeinde gelegen hatte. Julia wünschte sich, sie hätte in der Schule wenigstens eine enge Freundin gewonnen. Aber manche Mädchen waren zu scheu gewesen, um ihre Bekanntschaft zu suchen, und andere hätten es gerne getan, wenn es ihnen Vorteile gebracht hätte. Für wieder andere war sie uninteressant gewesen, da sie deren Vorlieben nicht geteilt hatte. Nun würde sie wahrscheinlich nur Freundinnen finden, die in einer ähnlichen Situation steckten wie sie. Einen Augenblick lang stellte sie sich vor, wie sie mit ihren Rollstühlen nebeneinander die Gehsteige entlangfahren und sich dabei unterhalten würden.

Doch auch das war besser, als so schlecht dran zu sein, dass man das Haus nicht verlassen konnte, sagte sie sich und nahm sich vor, den Aufenthalt in der Rehaklinik zu nutzen, um so selbstständig zu werden, wie es nur möglich war.

3.

Am gleichen Tag, aber einige Stunden früher hatte Marcus Kullmann in derselben Rehaklinik eingecheckt. Sein Oberschenkelbruch hatte sich als komplizierter herausgestellt, als alle erwartet hatten, und ihn für längere Zeit ans Bett gefesselt. Erst vor ein paar Tagen hatte der Arzt grünes Licht für die Reha gegeben und ihm ein Bett in dieser Klinik besorgt. Nun saß er mit seiner

Schwägerin Caren zusammen in dem kleinen Café, das zur Klinik gehörte, und starrte auf seine Kaffeetasse.

Caren aß ein kleines Stück von ihrer Torte und schüttelte danach den Kopf. »Es ist traurig, dass du und Lukas nicht miteinander auskommen könnt!«

»Das liegt aber nicht an mir – zumindest nicht hauptsächlich«, antwortete Marcus.

»Es liegt an euch beiden, auch wenn Lukas durchaus etwas klüger sein sollte. Du könntest es aber auch.« Caren seufzte und dachte wieder einmal, dass zwanzig Jahre Altersunterschied zwischen Brüdern eine Zeitspanne darstellten, die kaum zu überbrücken war. Dazu kam, dass die Eltern der beiden früh gestorben waren und Lukas dadurch in eine Art Vaterrolle für Marcus hatte rücken müssen.

»Jedenfalls will er nicht, dass du weiterstudierst«, sagte sie bedauernd. Auch in dieser Hinsicht hätte sie ihrem Mann mehr Verständnis für den Bruder gewünscht. Da Lukas jedoch selbst sehr jung in die Firma eingetreten war, glaubte er, sein Bruder müsse es ebenfalls tun.

»Willst du es nicht wenigstens versuchen?«, fragte sie Marcus.

Dieser blickte durch das Fenster in die Ferne. »Wären Lukas und ich nur zwei oder drei Jahre auseinander, und hätte der Vater uns beide in die Firma eingeführt, würden wir als Team wahrscheinlich gut zusammenarbeiten. So aber ist er der Chef, und ich wäre immer nur sein Handlanger. Außerdem ist die Firma sein Heiligtum, während ich sie als Moloch empfinde, der mich erdrücken will.«

»Du wirst also nicht auf Lukas' Forderung eingehen?«, fragte Caren traurig.

Marcus stieß ein kurzes Lachen aus. »Allein diese Forderung zeigt, wie er sich die Sache vorstellt. Er befiehlt, und ich habe zu hüpfen. Das kann und will ich nicht!«

»Als Ehefrau müsste ich eigentlich auf Lukas' Seite sein, aber ich verstehe dich.« Caren seufzte erneut und sah Marcus an. »Ich werde dir helfen, so gut ich kann. Wenn du Geld brauchst …«

»… werde ich es mir verdienen! Ich will nicht, dass es deswegen zwischen dir und Lukas zum Streit kommt. Dafür habe ich dich zu gern.«

»Was willst du machen? Regale einräumen im Supermarkt?«

»Wenn es nötig ist, werde ich auch das tun. Aber das sind meistens feste Kolonnen, die zusammenbleiben. Ich könnte nur sporadisch einspringen, und da ist die Chance, genug Geld zu verdienen, gering.«

»Du könntest in der Villa wohnen bleiben. Dann hättest du genug Geld fürs Studium«, schlug Caren vor.

»Und würde jeden Tag früh und abends mit Lukas aneinandergeraten. Nein, liebste Schwägerin! Ich ziehe ein eigenes Heim vor, und wenn es nur ein Zimmer in einer Bruchbude ist.«

Marcus klang fröhlich, obwohl er wusste, dass er seinen bisherigen Lebensstil nicht weiterführen konnte. Nun ärgerte er sich, weil er nie daran gedacht hatte, etwas Geld zu sparen. Ein paar Tausend Euro auf einem Bankkonto hätten ihm die Sache sehr erleichtert.

»Für eines muss ich Lukas sogar dankbar sein«, meinte er mit einem gewissen Spott. »Er hat mich gezwungen, im gleichen Alter wie er nicht nur den Pkw-Führerschein, sondern auch den für schwere Lkws zu machen. Ich kann daher in den Semesterferien als Fernfahrer arbeiten, verdiene dabei Geld und sehe etwas von der Welt.«

»Was du ja bis jetzt nicht getan hast«, antwortete Caren bissig, da Marcus in den letzten Jahren mit Mia und Paul zusammen etliche längere Reisen unternommen hatte.

»Was ist eigentlich mit Paul?«, fragte sie. »Ich bin ihm nie begegnet, wenn ich dich besucht habe.«

»Das konntest du auch nicht, denn er ist nicht ein einziges Mal zu mir gekommen«, antwortete Marcus mit verkniffener Miene. »Um es offen zu sagen, ich habe ihn seit dem Tag, an dem ich mir das Bein gebrochen habe, nicht mehr gesehen.«

»Das ist seltsam!«, fand Caren. »Ihr seid doch früher immer zusammen gewesen.«

»Das ist vergangen und vorbei.« Marcus sah auf die Uhr über der Theke. »Du solltest jetzt aufbrechen. Sonst kommt Lukas aus der Firma, und es steht kein Essen auf dem Tisch. Er würde es sicher mir ankreiden.«

»Manchmal bist du unmöglich!«, sagte Caren und musste lachen. »Dabei weißt du selbst, dass ich leidenschaftlich gerne koche.«

»Du erledigst auch noch die gesamte Korrespondenz der Firma, sodass Lukas sich eine Sekretärin sparen kann. Eine Köchin braucht er auch nicht, also kam mir der Verdacht, dass er bei eurem ersten Date eine Checkliste geführt hat, ob du seinen Ansprüchen auch genügst!«

Caren kicherte vergnügt. »Hättest du bei deiner Verflossenen rechtzeitig eine solche Checkliste geführt, wäre dir dieser Beinbruch erspart geblieben. Aber bevor wir uns hier noch verquatschen, wünsche ich dir einen guten Aufenthalt, und wenn du was brauchst, ruf mich an.«

»Das werde ich, teuerste Schwägerin«, antwortete Marcus und stand schwerfällig auf. »Danke, dass du mich hergebracht hast. Wenn es nach Lukas gegangen wäre, hätte ich den Bus nehmen müssen.«

»So solltest du nicht über deinen Bruder denken! Er liebt dich nämlich wirklich«, tadelte Caren ihn und aß das letzte Stück Torte, bevor auch sie sich erhob. »Mach das Beste draus! Und versuche, dich auch ein wenig in deinen Bruder hineinzuversetzen. Er meint es wirklich gut mit dir.« Mit den Worten reichte sie Marcus die Hand, nahm ihre Tasche und wandte sich dem Ausgang zu.

Marcus folgte ihr hinkend. Sein Oberschenkel war gut zusammengewachsen, das Bein aber noch sehr schwach, und das machte sich bei jedem Schritt schmerzhaft bemerkbar.

Auf dem Parkplatz umarmte Caren ihn kurz, stieg in ihren Wagen und fuhr los. Marcus winkte ihr nach, bis das Auto verschwunden war, und wollte wieder in die Klinik zurückkehren. Da sah er ein stattliches Gefährt mit heimischem Kennzeichen hereinfahren und blieb neben der Tür stehen.

Der Wagen hielt unweit von ihm an. Ein Mann in Anzug und Krawatte stieg aus und öffnete als Erstes den Kofferraum, holte einen klappbaren Rollstuhl heraus und schob das Ding neben die linke hintere Tür. Im nächsten Moment hob er eine junge Frau heraus. Als diese im Rollstuhl saß, nahm er eine beachtliche Reisetasche aus dem Kofferraum, schloss den Wagen ab und schien zu überlegen, wie er gleichzeitig den Rollstuhl schieben und die Tasche tragen konnte.

In dem Augenblick trat Marcus auf ihn zu. »Kann ich Ihnen helfen? Wenn die Reisetasche nicht zu schwer ist, trage ich sie Ihnen gerne.« Dabei vergaß er, dass sein verletztes Bein unter der Belastung wütenden Protest anmelden würde.

»Die ist schwer!«, antwortete Julia, obwohl er Lippens angesprochen hatte. Sie musterte Marcus. Es dauerte jedoch einen Augenblick, bis sie ihn erkannte. Er war der Joker aus ihren Träumen – oder, besser gesagt, Lukas Kullmanns unmöglicher Bruder. Jetzt steckte er allerdings in keinem violettroten Anzug, sondern trug eine mintgrüne Jogginghose und ein T-Shirt mit einem fröhlichen Smiley.

»Dann erlauben Sie, dass ich den Rollstuhl schiebe«, sagte er und fasste, als Lippens unwillkürlich zurücktrat, die Griffe.

»Sind Sie schon länger hier?«, fragte Julia in der Hoffnung, erfahren zu können, wie es in der Klinik zuging.

»Ich bin erst vor zwei Stunden eingetroffen und habe bis jetzt nur mein Zimmer bezogen. Sie müssen zuerst ins Büro, um sich anzumelden«, antwortete Marcus, während er den Rollstuhl in Bewegung setzte. Dieser ließ sich sehr leicht fahren und stellte auch keine zu große Belastung für sein schwaches Bein dar.

Lippens sah trotzdem, dass er hinkte. »Sie sind auch hier zur Reha?«

»Oberschenkelbruch! Ich habe beim Fahren mit dem Mountainbike ausprobiert, was härter ist, mein Bein oder ein Baum. Der Baum hat gewonnen.«

Der Joker kann sogar witzig sein, dachte Julia. Gleichzeitig begriff sie eins: Marcus Kullmann hatte sie nicht erkannt. Zuerst war sie gekränkt, sagte sich dann aber, dass sie durch den Unfall elender aussah als früher und er sie nur für kurze Zeit gesehen hatte. Ein gewisser Stachel blieb jedoch, und sie überlegte, wie sie sich dafür revanchieren konnte.

Marcus brachte die schöne junge Frau tatsächlich nicht mit dem Schulmädchen in Verbindung, das er bei Eduard Lensbergs Geburtstagsfeier gesehen hatte. Seine Hilfe hatte er aus Höflichkeit angeboten, fand nun aber, dass es sich lohnen würde, diese Bekanntschaft zu pflegen. Immerhin hatte er drei Wochen in der Klinik vor sich, und da war eine hübsche und offenbar aufgeweckte Gesprächspartnerin gerade richtig, um die Langeweile zu vertreiben.

Sie erreichten den Bürotrakt. Vor der Tür mit der Aufschrift *Anmeldung* hielt Marcus an. »Hier wären wir! Wenn Sie mir die Tür öffnen könnten?«

Das Letzte galt Lippens, der es sogleich tat. Marcus schob den Rollstuhl hinein und überlegte, was er tun sollte. Bleiben, während die Formalitäten erledigt wurden, erschien ihm zu aufdringlich. Daher ging er halb um den Rollstuhl herum, um Julia ins Gesicht sehen zu können, und lächelte sie an. »Ich wünsche Ihnen alles Gute! Sehen wir uns heute Abend beim Essen?«

»Ich glaube, das wird eher auf den Zimmern serviert. Oder halten Sie das hier für ein Hotel mit einem Spitzenrestaurant?«, stichelte Julia, obwohl sie durchaus Lust hatte, die Bekanntschaft mit ihm fortzusetzen.

»Sie können natürlich in Ihrem Zimmer essen«, sagte da die junge Frau hinter dem Schreibtisch. »Es gibt aber einen Speisesaal, und wir empfehlen unseren Patientinnen und Patienten, dort zu essen, damit sie sich wieder an ein normales Leben gewöhnen können.«

Julia zögerte, sah dann Marcus an und dachte, wie sehr sie in der Klinik unter der Einsamkeit gelitten hatte. »Ich glaube, ich ziehe den Speisesaal vor. Allerdings bin ich mit dem Rollstuhl noch nicht sehr geschickt.«

»Ich schiebe ihn gerne«, bot Marcus an.

»Sie sollten erst einmal dafür sorgen, dass Ihr Bein wieder in Ordnung kommt. Das Schieben wird Simone erledigen. Sie ist Ihre persönliche Physiotherapeutin.« Das Zweite galt Julia, während Marcus am ersten Satz zu kauen hatte. So fit, wie er vor der jungen Frau getan hatte, war er noch lange nicht.

»Haben wir die Chance, einen gemeinsamen Tisch zu bekommen?«, fragte er die Klinikangestellte.

Das war Julia nun doch etwas zu forsch. Sie wollte schon sagen, dass sie das nicht wolle, hörte dann aber die Frage der Frau, ob ihr das recht sei. Anscheinend hielt diese sie für Bekannte, die sich hier wiedergetroffen hatten.

»Ich habe nichts dagegen«, sagte sie zu ihrer eigenen Verblüffung und fragte sich mit einer gewissen Neugier, wie ihr Joker sich hier benehmen würde.

»Dann ist es abgemacht!« Marcus lächelte fröhlich, denn damit hatte er jemanden, mit dem er reden konnte. Auch war die junge Frau ausnehmend attraktiv und sympathisch. An den Rollstuhl und den Grund, weshalb sie ihn brauchte, dachte er im Augenblick nicht.

4.

Julias Weg in die Selbstständigkeit begann früher, als sie es erwartet hatte. Bislang hatten ihr Großvater oder Sophia Behördengänge und Ähnliches für sie erledigt. Hier aber musste sie sich selbst anmelden, da Lippens eisern im Hintergrund blieb. Sie füllte den Vordruck aus, legte Kranken- und Kreditkarte vor und sah zu, wie die Frau hinter dem Schreibtisch alles in ihren Computer eintrug. Schließlich griff diese zum Telefon und drückte eine Taste.

»Ihre Patientin ist da«, sagte sie, als sich jemand meldete, und wandte sich dann Julia zu. »Noch einen Augenblick, bitte! Gleich wird Simone kommen und Sie in Ihr Zimmer bringen. Es ist geräumig und bietet einen wundervollen Blick auf unseren Park.« Die Frau lächelte so freundlich, als weise sie kein Krankenzimmer zu, sondern eine Hotelsuite.

Julia spürte, dass sie bald zur Toilette musste, und wurde unruhig. Zu ihrer Erleichterung erschien keine zwanzig Sekunden später eine junge, agil wirkende Frau mit kurz geschnittenen Haaren.

»Guten Tag! Sie sind sicher Frau Lensberg. Willkommen bei uns!«

Es war das erste Mal, dass Julia mit Frau angesprochen wurde, und sie fragte sich, ob sie wegen ihres Unfalls bereits so alt aussah. Sie musterte die Physiotherapeutin mit einem gewissen Misstrauen. Im Vergleich zu Schwester Sara und Schwester Bridget erschien ihr diese Frau ziemlich umtriebig. Hoffentlich war dies kein schlechtes Omen für ihren Aufenthalt, dachte sie und beantwortete dann den Gruß. »Ich bin Julia Lensberg. Guten Tag!«

»Freut mich, Sie kennenzulernen«, antwortete Simone lächelnd.

»Würden Sie es mir übel nehmen, wenn ich sage, dass es mir lieber wäre, wenn ich Sie nicht kennenlernen würde?«

Simone lachte. »Das kann ich mir gut vorstellen! Da es aber so ist, sollten wir das Beste daraus machen. Ich bringe Sie in Ihr Zimmer und helfe Ihnen dort, sich einzurichten. Wie gut kommen Sie bereits mit dem Rollstuhl zurecht?«

»Noch nicht gut«, gab Julia zu, versuchte aber, als Simone die Tür öffnete, selbst hinauszufahren. Sie stieß jedoch erneut gegen den Türrahmen und kämpfte verzweifelt gegen die Tränen an, die in ihr aufstiegen.

»Da ist noch etwas«, sagte sie mit leiser Stimme. »Ich muss dringend …«

Den Rest ließ sie ungesagt, doch Simone wusste auch so, was sie meinte.

Sie fasste nach den Griffen des Rollstuhls, lotste ihn zur Tür hinaus und schob ihn flott auf den Aufzug zu. Dort kaperte sie den ersten Lift, der anhielt. Lippens folgte mit der Reisetasche, und Marcus, der in der Nähe gewartet hatte, schaffte es gerade noch hinein.

»Haben Sie alles erledigt?«, fragte er Julia.

»Sie sind auch ein neuer Patient«, antwortete Simone an Julias Stelle. »Wer ist Ihr persönlicher Trainer?«

»Niklas, aber der ist für eine ganze Gruppe verantwortlich.«

»Haben Sie schon mit ihm gesprochen?«, wollte Simone wissen.

Marcus schüttelte den Kopf.

»Wenn Sie jetzt rechts gehen, finden Sie ihn im zweiten Zimmer«, riet Simone ihm und schob, da der Aufzug anhielt, Julia hinaus. Lippens und Marcus verließen ihn ebenfalls, doch während der Chauffeur die Reisetasche hinter den Frauen hertrug, blieb Marcus stehen, um zu schauen, wohin die junge Frau gebracht wurde.

Als er weiterging, um seinen Physiotherapeuten aufzusuchen, war für ihn eines sonnenklar: Er würde alles daransetzen, um so rasch wie möglich wieder fit zu sein.

Unterdessen hielt Simone vor einer breiten Tür an und wies auf das außen angebrachte Kartenlesegerät. »Wie Sie sehen, ist es so angebracht, dass Sie sich nicht strecken müssen, um es zu erreichen.«

»Ich habe noch keine Karte«, wandte Julia ein.

»Es befindet sich alles im Zimmer. Kommen Sie!« Simone öffnete die Tür mit einer ihrer Karten und schob den Rollstuhl hinein.

Das Zimmer war groß und luftig und wirkte mit dem Schreibtisch und einem kleinen Tisch mehr wie ein Hotelzimmer. Auch das Bett sah nicht aus wie ein Krankenbett. Doch Julia entdeckte ein kabelloses Steuergerät, mit dem es höher und niedriger gestellt werden konnte.

»Ich erkläre Ihnen alles später«, sagte Simone und drehte sich zu Lippens um. »Stellen Sie die Reisetasche in die Ecke und warten Sie bitte draußen!«

Da Simone den Rollstuhl auf die Badezimmertür zuschob, verstand Lippens, was sie meinte, und gehorchte so schnell, als hätte er Angst, es könnte sonst zu einer Katastrophe kommen.

Das Badezimmer war ebenfalls groß und verriet mit seinen Einbauten für körperbehinderte Menschen stärker als das Schlafzimmer, welchen Zwecken es diente.

»Ihrer Krankenakte zufolge ist Ihr linker Arm noch zu schwach, um belastet werden zu können. Daher werde ich Sie auf dieser Seite halten. Rechts aber müssen Sie sich selbst abstützen«, erklärte Simone und brachte den Rollstuhl in Position. »Es gibt hier eines, das Sie nie vergessen dürfen, nämlich die Bremse einzulegen. Sonst rollt das Ding weg, und Sie fallen zu Boden«, fügte sie hinzu, während sie Julia half, Hose und Unterhose herabzuziehen. Bis Julia auf der Toilette saß, kostete es beide eine gewisse Anstrengung.

»Ich hätte eine Kollegin zur Unterstützung holen können, doch ich dachte nicht, dass es so eilig ist«, sagte Simone noch und verließ die Toilette.

Julia blieb zurück und konnte diesmal die Tränen nicht mehr zurückhalten.

Als Simone kurz klopfte und danach die Tür öffnete, fand sie Julia verzweifelt schluchzend vor. »Ist etwas mit Ihnen?«, fragte sie besorgt.

»Ich kann nicht einmal mehr ohne fremde Hilfe zur Toilette gehen!«

»So fangen wir erst gar nicht an!«, antwortete die Physiotherapeutin resolut. »Wir hatten schon Patienten hier, gegen die Sie ausgezeichnet in Form sind, und haben auch diese hingebracht. Das werden wir auch bei Ihnen schaffen.«

Sie half Julia, sich wieder anzuziehen, und setzte sie in den Rollstuhl. Anschließend stellte sie diese vor den Spiegel und das Waschbecken, das so angepasst war, dass man es vom Rollstuhl aus gut verwenden konnte.

»Jetzt waschen Sie sich die Hände und anschließend das Gesicht. Bevor Sie wieder unter die Leute gehen, werden Sie Lippenstift und ein wenig Lidschatten auftragen. Es gibt nämlich nur wenig, was eine Frau nicht mit ein paar Pinselstrichen beseitigen kann.«

Trotz ihrer trüben Stimmung musste Julia lachen. »Viel zum Schminken habe ich nicht bei mir. Bis jetzt habe ich eigentlich kaum etwas verwendet.«

»In Ihrem Alter ist die natürliche Schönheit am besten. Aber gelegentlich muss man doch ein wenig nachhelfen – und das werden wir jetzt tun!« Simone zwinkerte Julia lächelnd zu und sah zufrieden, dass diese wieder etwas fröhlicher wirkte.

Nachdem sie sich gewaschen hatte, wurde Julia aufgefordert, ohne Hilfe das Badezimmer zu verlassen. Da die Tür breiter war als normal, gelang es ihr.

»Sie sehen, Sie lernen es«, sagte Simone und half ihr, das Gepäck zu sichten und in den Schrank zu stellen. Eine mit gestickten Rosen verzierte Jeans und ein rotes T-Shirt legte sie auf den Tisch.

»Die sind fürs Abendessen«, erklärte sie, als sie Julias verwunderten Blick sah. »Sie sollen dort als Mensch sitzen und nicht als die Patientin von Zimmer eins.«

»Welches Zimmer hat der Patient Marcus Kullmann?«, fragte Julia.

»Zimmer sieben! Er gehört zur zweiten Kategorie. Sie sind derzeit die einzige Patientin der ersten Kategorie«, antwortete Simone.

Julia sah sie erstaunt an. »Was gibt es da für einen Unterschied?«

»Sie haben tagsüber eine Betreuerin für sich allein, die anderen müssen sich die ihre mit anderen teilen. Außerdem ist Ihr Zimmer größer und besser ausgestattet.«

»Haben Sie auch normale Leute, ich meine welche, die nicht in privaten Krankenkassen sind und darüber hinaus zuzahlen?«

Simone schüttelte den Kopf. »Wir sind ein reines Privatkrankenhaus. Wer zu uns kommt, muss es sich leisten können.«

Es war wieder dieser Zwiespalt, auf den Sophia sie hingewiesen hatte. Du jammerst auf sehr hohem Niveau, hatte sie letztens zu ihr gesagt. Julia begriff, dass sie das nicht vergessen durfte. Im Gegensatz zu ihr ging es anderen wirklich mies.

»Was machen wir jetzt?«, fragte sie, um nicht erneut ins Grübeln zu kommen.

»Sie legen sich aufs Bett, ziehen sich bis auf die Unterwäsche aus, und dann sehe ich mir Ihre Gliedmaßen an, um mir ein erstes Bild zu machen. Morgen früh untersucht Sie der Chef, und danach kann ich Ihren Trainingsplan erstellen.«

Sie stellte den Rollstuhl neben das Bett, erklärte Julia, wie sie später allein vom Rollstuhl dort hineinkommen konnte, und half ihr beim Übersteigen. Sie zeigte ihr auch, wie sie sich trotz ihrer lahmen Beine entkleiden konnte, und tastete dann Arme und Beine ab.

»Die Brüche sind gut verheilt«, meinte sie nach einer Weile. »Daher können wir mit den entsprechenden Massagen und dem Aufbautraining beginnen. Wie es mit dem Rücken aussieht, muss der Chef entscheiden. Da traue ich mich nicht ran.« Sie lächelte und machte sich daran, Julias Arme zu massieren.

Im ersten Augenblick tat es ein wenig weh, dann aber entspannte Julia sich. »Das hat gutgetan«, meinte sie, als Simone aufhörte, und bewegte den linken Arm.

»Ich habe das Gefühl, als wenn ich ihn besser benutzen kann als vorher.«

»Wenn es nicht so wäre, bräuchten Sie nicht in unsere Klinik kommen«, antwortete Simone lachend und fasste nach Julias Zehen. »Ich mache jetzt hier weiter. Auch wenn Sie dabei nichts spüren, wird es Ihnen guttun.« Sie zupfte leicht an den Zehen und strich leicht über die Fußsohlen.

»He, das kitzelt«, rief Julia. Im nächsten Augenblick war das Gefühl jedoch wieder weg.

»Haben Sie etwas gespürt?«, fragte Simone verwundert.

»Ich dachte es, habe mich aber getäuscht.«

»So sicher wäre ich mir da nicht«, antwortete Simone und kniff nacheinander in alle Zehen. Bei zweien davon am rechten Fuß sah sie, dass Julias Lider kurz zuckten, und beschloss, dies ihrem Chef mitzuteilen. Wenn noch Nervenverbindungen bestanden, konnte man diese vielleicht so weit reaktivieren, dass die Patientin, auch wenn sie nicht mehr gehen konnte, wenigstens ein gewisses Gefühl in den Beinen bekam.

5.

Julia fühlte sich unsicher, als Simone sie nach unten in den Speisesaal brachte. Dieser wirkte fast wie ein Restaurant, aber die Tische standen weiter auseinander, und es gab spezielle Ständer, in denen man die Gehhilfen abstellen konnte. Die Menschen, die hier saßen, waren von unterschiedlichstem Alter. Es gab sogar zwei Kinder, sodass Julia nicht die Jüngste war. Nach oben hin aber war die Skala offen.

Ein schöner Ecktisch mit Blumenschmuck war ihr Ziel. Er war für zwei gedeckt, doch die andere Person noch nicht erschienen. Würde man wirklich Marcus Kullmann, den Patienten von Zimmer Nummer sieben, zu ihr setzen?, fragte Julia sich. Ein Teil von ihr hoffte es, ein anderer fürchtete sich davor.

Da sah sie ihn schon kommen. Er trug Jeans und ein dunkles T-Shirt und bemühte sich, nicht zu hinken.

»Guten Abend! Ich freue mich sehr, Sie wiederzusehen«, grüßte er fröhlich und begriff erst dann, dass er ihren Namen noch gar nicht kannte.

»Ich bin Marcus«, stellte er sich vor.

»Julia!«, antwortete sein Gegenüber knapp und vertiefte sich in die Speisekarte.

Diese hatte weniger Einträge als die in einem Restaurant, aber man konnte unter vier Gerichten wählen. Bei den Getränken fehlte die Spalte mit Alkohol, doch es gab verschiedene Säfte und Mineralwasser sowie Tee und Kaffee.

Julia nannte Simone ihre Wahl und sah dann Marcus an. »Nun sitzen wir hier.«

»Das tun wir«, antwortete er ebenso knapp und ärgerte sich, weil ihm nichts einfiel, mit dem er das Gespräch beginnen konnte. Dabei hatte er bisher immer als amüsanter Unterhalter gegolten.

»Es sieht nicht übel hier aus«, sagte er.

»Ich muss sagen, dass es trotzdem nicht mein Lieblingsrestaurant werden wird.«

Marcus musste lachen. »Sie werden es nicht glauben, aber ich sitze gerne hier.«

Es war nicht einmal gelogen, denn dieses schöne Mädchen hatte ihn von Anfang an fasziniert. Wäre er nicht hergekommen, sagte er sich, hätte er sie nie kennengelernt. Auch er gab jetzt seine Bestellung auf und stieß, als die Getränke gebracht worden waren, mit Julia an. »Auf unseren Aufenthalt hier, und darauf, dass er hält, was wir uns von ihm versprechen!«

»Bei Ihnen wird das sicher der Fall sein, aber bei mir …« Julia senkte den Kopf, denn im Gegensatz zu Marcus, der als geheilt von hier fortgehen konnte, ging es bei ihr nur darum, sich mit ihrer Behinderung abzufinden und das Beste daraus zu machen.

Marcus nannte sich in Gedanken einen Narren. Statt einen so plumpen Spruch zu bringen, hätte er feinfühliger sein müssen. »Es tut mir leid, wenn ich Ihnen wehgetan habe. Aber Sie haben doch sicher die Hoffnung, den Rollstuhl irgendwann einmal verlassen zu können?«

Als er ihren zusammengekniffenen Mund und ihr heftiges Kopfschütteln sah, fand er, dass er tatsächlich der größte Trottel im Umkreis von tausend Kilometern war. Er stellte sein Glas wieder ab und musterte sie durchdringend. Sie war schön und sprach eine Seite in ihm an, die er bis jetzt noch nicht gekannt hatte. Irgendwie kam sie ihm bekannt vor, ohne dass er sie einordnen konnte. Waren sie einander schon mal begegnet? Allerdings hätte sie ihm doch auffallen müssen. Nein, korrigierte er sich, nicht, wenn er mit Mia zusammen gewesen war und sie nur mit einem kurzen Blick gestreift hatte.

»Sie müssen mich für einen Idioten halten, weil ich so dumme Sprüche mache«, sagte er, um das Schweigen, das zwischen ihnen entstanden war, zu beenden.

»Sie sagen nur das, was jeder gesunde Mensch sagen würde«, antwortete Julia. »Daran werde ich mich gewöhnen müssen.«

»Wir sollten vielleicht über etwas Schöneres reden als über unseren derzeitigen Zustand.« Marcus lachte nervös und hoffte, dass Julia darauf eingehen würde.

Unterdessen kam eine Frau mit dem Servierwagen, und sie erhielten die bestellten Speisen. Julia nahm es als Gelegenheit wahr, beim Essen zu schweigen, denn sie brauchte Zeit, um ihre Gedanken zu ordnen. Dabei überlegte sie, Simone zu bitten, ihr einen anderen Tisch zu vermitteln, um nicht mit Marcus zusammensitzen zu müssen. Dann aber würde sie der Neugier anderer ausgeliefert sein und womöglich bei jemandem sitzen müssen, der ihr unsympathisch war.

Nach dem Essen fühlte sie sich besser. »Wäre es ein normales Lokal, könnte man es empfehlen«, meinte sie.

»Allerdings! Aber reden wir ein wenig über uns. Ich meine nicht über das, was uns passiert ist, sondern einfach so. Ich heiße Marcus Kullmann, bin Student und will nach dem Bachelor meinen Master machen, später vielleicht sogar den Doktor.«

»Ich bin Julia, wie schon gesagt«, antwortete sie. »Noch bin ich Schülerin und weiß nicht einmal, ob ich jetzt noch das Abitur machen kann.«

Wieder ein Fettnapf, durchfuhr es Marcus.

»Warum sollten Sie es nicht schaffen?«, fragte er. »Schließlich brauchen Sie dafür nicht Ihre Beine, sondern nur Ihren Kopf, und der ist richtig!«

Marcus war unmöglich, dachte Julia. Nein, eher wie ein unbeholfener junger Hund, der alles gut machen will und dafür zu tapsig ist. »Meine Großmutter sagt ebenfalls, dass ich es angehen soll. Sie hofft auch, dass ich hier lerne, besser zurechtzukommen. Also sollten wir ruhig darüber reden. Immerhin sind wir nicht hier, weil wir uns das gewünscht haben, sondern, weil es notwendig ist. Haben Sie nicht gesagt, dass Sie mit dem Mountainbike verunglückt sind?«

Marcus nickte verkniffen. »Das stimmt! Ich bin etwas zu wild gefahren und dabei gestürzt. Ich kann von Glück sagen, dass ich mir nur das Bein und nicht gleich das Genick gebrochen habe.«

Im Nachhinein fand Marcus, dass er ein absoluter Idiot gewesen war, weil er mit vollem Risiko gefahren war, um Paul zu übertreffen. Mia war das nicht wert gewesen.

»Mein Bruder hat mir danach sauber den Kopf gewaschen, und ich muss sagen, er hatte sogar recht damit«, setzte er zerknirscht hinzu.

»Bei mir war es ein Unfall. Schuld war der Fahrer des Wagens, der mich überfahren hat. Er wird ein paar Monate auf Bewährung bekommen und für eine gewisse Zeit seinen Führerschein abgeben müssen. Aber davon wird bei mir nichts besser!«

Julia klang so bitter, dass Marcus ihre Hand ergriff. »Sie dürfen sich dadurch nicht das Leben verbiestern lassen. Schauen Sie zu, dass Sie Ihre Situation so gut wie möglich bewältigen, und Sie werden feststellen, dass es leichter sein wird, als Sie jetzt noch glauben.«

Die beiden bemerkten nicht, dass Simone in der Nahe geblieben war und zugehört hatte. In einer Hinsicht war es gut, dass die beiden jungen Leute an einen Tisch gesetzt worden waren, dachte sie. Julia Lensberg brauchte dringend jemanden, der ihr zeigte, dass sie das Leben wieder als etwas ansehen sollte, das sich trotz aller Beschränkungen lohnte. Solange es bei einem kleinen Flirt blieb, war daran auch nichts auszusetzen. Mehr aber, sagte die Physiotherapeutin sich, sollte es zumindest hier in der Klinik nicht werden.

6.

Am Abend hatte Simone Julia zu Bett gebracht. Als diese am nächsten Morgen aufwachte, war ihre Betreuerin schon wieder da. Sie half Julia aus dem Schlafanzug und brachte sie ins Bad. Dort gab es einen Duschstuhl, den Julia später selbstständig benutzen sollte. Noch half Simone ihr, und Julia nahm wahr, dass die Dusche ihre Lebensgeister weckte. Sie frühstückte am Tisch in ihrem Zimmer und wartete auf den Chefarzt.

Dieser erschien Punkt acht und grüßte freundlich. »Guten Tag! Ich hoffe, Sie sind mit diesem Raum zufrieden.«

Julia nickte. »Es ist sehr schön, sehr groß und sehr praktisch.«

»So soll es auch sein«, erwiderte der Arzt und bat sie, den linken Arm auszustrecken.

»Das sieht gut aus. Ich möchte aber trotzdem, dass die gebrochene Stelle noch einmal geröntgt wird. Ebenso die am Bein.« Mit diesen Worten wandte er sich den Füßen zu und untersuchte, ob Julia auf irgendwelche Reize reagierte. Einmal hatte er das Gefühl, es könnte so sein. Doch um weiterzukommen, musste die junge Frau eine Spezialklinik aufsuchen. Zwar gab es in Deutschland zwei, die dafür ausgerüstet waren. Sein Kollege Labahn hatte jedoch erklärt, dass er Julia Dr. Reimer anvertrauen würde, der sie nach ihrem Unfall behandelt hatte. Der aber hatte das Angebot einer großen Klinik in London angenommen, und so wollte Labahn Julia dorthin bringen. Das war aber nichts, was jetzt schon anstand.

So beschränkte er sich darauf, einen Aufbauplan für Julia zu entwerfen, und bezog dabei Simone einige Male in das Gespräch mit ein. Er machte sich Notizen und reichte diese der Physiotherapeutin. »Sorgen Sie dafür, dass diese Punkte heute noch erledigt werden. Ab morgen können Sie beide loslegen!« Er lächelte Julia aufmunternd zu und verabschiedete sich.

Kaum war er gegangen, brachte Simone Julia von einem Untersuchungsraum zum anderen. Die Liste der Behandlungen, die Simone aufschrieb, wurde dabei immer länger, und als Julia sie schließlich ausgedruckt vor sich liegen hatte, stieg in ihr das Gefühl hoch, mindestens ein ganzes Jahr hierbleiben zu müssen, bis das alles erledigt war.

Marcus sah sie erst beim Mittagessen. Er grüßte verkniffen und fragte, ob Julia auch so geschunden worden sei wie er.

»Nein, bis jetzt war alles eher harmlos. Ich bin nur geröntgt und untersucht worden. Und was gab es bei Ihnen?«

»Untersuchungen, Massagen, Krafttraining, Elektroanwendungen und so weiter. Ich glaube, meine Haare stehen mir immer noch zu Berge!«

Julia sah ihn an und schüttelte lachend den Kopf. »Nein, das tun sie nicht.«

»Wenigstens etwas. Was gibt es heute zu essen? Ich habe Hunger!«

Julia wollte ihm die Speisekarte reichen, doch er wehrte sofort ab. »So war das nicht gemeint. Sie haben ja selbst noch nicht ausgesucht.«

»Wollen Sie, dass ich Ihnen alles vorlese?«, fragte Julia amüsiert und setzte ihren Vorschlag sofort in die Tat um.

»Sie haben eine sehr angenehme Stimme. Ich könnte Ihnen stundenlang zuhören«, sagte Marcus, als sie fertig war.

Unwillkürlich errötete Julia. Es war ein hübsches Kompliment und alles andere als plump. Wie es aussah, lernte der Joker dazu.

Wenig später gaben sie ihre Bestellungen auf. Diesmal aßen sie nicht stumm, sondern tauschten sich über das aus, was sie am Vormittag erlebt hatten. Julia war daran interessiert, zu erfahren, was noch auf sie warten mochte, während Marcus es einfach genoss, mit ihr zu plaudern.

Viel Zeit blieb ihnen nicht, denn kaum hatte Julia den letzten Bissen gegessen, erschien Simone und fragte, ob sie für die nächste Etappe bereit sei. Anders als am Abend zuvor bedauerte Julia es, sich von Marcus trennen zu müssen. Sie waren jedoch beide in ein enges Zeitkorsett geschnürt und mussten sich diesem fügen.

Weitere Untersuchungen folgten, und danach begann Simone mit der Massage. Diesmal war es angenehmer als am Tag vorher, und Julia konnte den linken Arm und die Hand immer besser benutzen. Wenn noch ein wenig Kraft hinzukam, würde sie sich tatsächlich allein aus dem Bett heben, mit dem Rollstuhl ins Badezimmer fahren und auf die Toilette übersteigen können.

Am meisten angespannt war Julia, als Simone mit der Massage der Beine begann. Auch diesmal hatte sie das Gefühl, ein wenig zu spüren. Sie wagte es aber nicht, es laut auszusprechen, da sie befürchtete, ihrer Fantasie zum Opfer gefallen zu sein.

Am späteren Nachmittag wurde sie in einen Badeanzug gesteckt und zu einer großen, wassergefüllten Wanne gebracht.

»Wir beginnen erst einmal hier«, erklärte Simone. »Später können Sie im großen Schwimmbecken schwimmen.«

»Schwimmen? Ohne Hilfe der Beine?«, fragte Julia entgeistert.

»Man lernt viel, wenn man es muss! Damit Ihre Arme kräftig werden und auch bleiben, müssen Sie in den nächsten Jahren sehr viel Sport betreiben.« Simone zwinkerte Julia aufmunternd zu und half ihr in die Wanne.

Im ersten Augenblick ging das Mädchen mit dem Kopf unter und geriet in Panik. Da aber hatte ihre Helferin Julia bereits gepackt und zog sie hoch.

»Da keine Beinarbeit möglich ist, müssen Sie sich mit den Armen festhalten«, riet Simone ihr und trat dann zurück.

»Da wir nicht wissen, welchen Schaden die Whirlpool-Funktionen bei Ihnen anrichten können, lassen wir sie weg«, erklärte sie und schaute auf die Zeitanzeige ihres Handys. »Ich lasse Sie jetzt zehn Minuten allein. Glauben Sie, dass Sie das durchhalten werden?«

»Ich glaube schon«, antwortete Julia. »Entschuldigen Sie, aber ich hätte eine Frage.«

»Gerne.«

»Sie waren gestern bis einundzwanzig Uhr bei mir und sind es heute seit sechs Uhr. Müssen Sie etwa den ganzen Tag rund um die Uhr für mich da sein?«

»Bis Sie in der Lage sind, selbst aus dem Bett und zur Toilette zu kommen, bleibe ich in Ihrer Nähe. Ich werde aber nicht gezwungen, auch die Nacht über zu wachen. Dafür ist unsere Nachtschwester da. Sie wird mich rufen, wenn es nötig sein sollte.«

»Und was ist später, wenn ich allein zur Toilette gehen kann?«

»Da bin ich tagsüber Ihre Trainerin. Die Pflege am Morgen und am Abend übernehmen Kolleginnen.«

»Danke!«, sagte Julia und ließ sich so weit in die Wanne sinken, dass ihr gesamter Körper bis zum Kinn überspült wurde. Genau wie das Duschen hatte sie auch das Baden in den letzten Wochen vermisst und freute sich, dass sie endlich Gelegenheit dazu fand.

Als Julia und Marcus sich zum Abendessen trafen, kam es ihnen vor, als wären sie schon längere Zeit Freunde. Beide berichteten fröhlich von dem, was sie am Nachmittag erlebt hatten. Da Julia nicht wollte, dass Simone ihretwegen länger arbeiten musste, verabschiedete sie sich nach dem Essen und rollte los. Mittlerweile schaffte sie es sogar, geradeaus zu fahren und die Türen zu passieren. Das hatte sie ganz nebenbei gelernt.

Marcus sah ihr nach und fühlte Mitleid mit ihr, aber auch Faszination. Obwohl sie schwer gehandicapt war, wirkte Julia vollkommen. Mittlerweile wusste er, dass sie erst vor Kurzem siebzehn geworden war, aus demselben Landkreis stammte wie er und sich entschlossen hatte, nun doch weiter auf das Abitur zu lernen. Ob sie danach studieren würde, wollte sie erst später entscheiden.

7.

Die Tage vergingen in einem Gleichmaß von Anwendungen, Untersuchungen und Ruhephasen. Marcus stellte bald fest, dass er das rechte Bein immer stärker belasten konnte, und machte lange »Spaziergänge« auf dem Laufband. Doch auch bei Julia gab es Fortschritte. Sie konnte ihren zu Beginn noch nutzlosen linken Arm immer besser einsetzen und ließ Marcus bei den Mahlzeiten an jedem kleinen Fortschritt teilhaben. Nun ja, fast an jedem Schritt. So sagte sie ihm zwar, dass sie sich nun allein ohne Hilfe vom Bett in den Rollstuhl und wieder zurückbewegen konnte, verschwieg aber schamhaft, dass sie dadurch ohne Unterstützung zur Toilette zu gehen vermochte.

Ehe Julia sichs versah, war die erste Woche vorbei. Für den Sonntag hatte Sophia sich angemeldet und traf gerade ein, als Julia und Marcus beim Mittagessen waren und schallend über einen Streich lachten, den Marcus früher einmal seinem Bruder gespielt hatte.

Sophia war überrascht, ihren Schützling so fröhlich zu sehen, hatte sie doch befürchtet, Julia ebenso weinend und mutlos vorzufinden, wie es in der Klinik meist der Fall gewesen war.

Lächelnd trat sie auf die beiden zu. »Hallo, guten Tag! Ich freue mich, dass es dir so gut geht, mein Schatz.«

Meine Kleine wollte sie angesichts der Situation nicht sagen. Auch kam ihr Julia noch ein Stück erwachsener vor als vor ihrem Aufenthalt in dieser Rehaklinik.

Marcus begriff in dem Augenblick, in dem er Sophia auf sie zukommen sah, mit wem er am Tisch saß. Es konnte nur Julia

Lensberg sein. Bei Lensbergs Beerdigung hatte er bedauert, dass sie wegen ihres Unfalls nicht hatte teilnehmen können, und sich gleichzeitig geschämt, weil er sich bei der Geburtstagsfeier ihres Großvaters so unmöglich benommen hatte.

Auch Sophia erkannte ihn und wunderte sich, weil Julia so gut mit ihm auskam. Immerhin hatte sie ihn mehrfach als den Schurken Joker aus den *Batman*-Filmen bezeichnet und ziemlich deutlich gesagt, was sie von seinem Benehmen hielt.

»Entschuldigt, wenn ich ein bisschen zu früh gekommen bin«, sagte sie.

»Ich glaube eher, dass wir zu lange sitzen geblieben sind. Das Personal sieht schon so aus, als wollte es uns am liebsten hinauskehren«, witzelte Julia. Sophia hatte ihr einen kleinen Ausflug versprochen, und so überlegte sie, ob sie bitten sollte, auch Marcus mitzunehmen. Doch da stand er bereits auf.

»Auf Wiedersehen. Bis zum Abendessen!«

»Bis zum Abendessen«, antwortete Julia und sah ihm mit einem so strahlenden Blick nach, dass es Sophia das Herz zusammenzog. Das Mädchen war alt genug, um sich verlieben zu können, und würde eine Enttäuschung in ihrer Situation doppelt schmerzhaft empfinden.

»Komm, wir fahren ein wenig spazieren, damit du mehr siehst als nur die Klinik«, sagte sie und wollte die Griffe des Rollstuhls fassen.

Da rollte Julia aber schon selbst los und schlängelte sich geschickt zwischen den Tischreihen hindurch. Sie kam ohne Probleme auf den Parkplatz, auf dem Lippens bereits wartete. Er öffnete die Tür, sah, wie sie bis an den Wagen heranfuhr, die Bremse des Rollstuhls feststellte und sich geschickt daraus hochstemmte. Bevor er zugreifen konnte, saß Julia bereits im Wagen.

»Wow!«, rief er. »Das habe ich nicht erwartet!«

»Ich auch nicht, als ich hierhergekommen bin«, gab Julia zu. »Simone bringt mir bei, mir so gut wie möglich selbst zu helfen.«

»Es ist wirklich erstaunlich.« Sophia war einesteils froh, dass Julia so selbstständig geworden war. Andererseits konnte gerade das Hoffnungen und Wünsche in ihr wecken, die sich nicht erfüllen würden.

»Mein Vorschlag wäre, zu einem gut zwanzig Kilometer entfernten Ausflugslokal zu fahren und dort Kaffee zu trinken. Der Kuchen ist ausgezeichnet, es ist alles barrierefrei, und sie haben sogar eine Behindertentoilette.«

Sophia war unsicher, ob Julia der Vorschlag gefallen würde. Es war jedoch an der Zeit, dass das Mädchen lernte, sich in der Öffentlichkeit zu bewegen. Zu ihrer Erleichterung stimmte Julia ohne Bedenken zu und berichtete dann, wie sie die erste Woche in der Rehaklinik verbracht hatte. Sie erwähnte dabei ein paarmal auch Marcus, aber so beiläufig, dass Sophia ihren Verdacht, ihre Schutzbefohlene könnte sich in den jungen Mann verliebt haben, nicht bestätigt sah.

Der Weg führte durch eine schöne Landschaft, und Julia freute sich über das Grün der Wälder und Wiesen. Sie war nun schon so lange in Krankenhäusern eingesperrt und sehnte den Tag herbei, an dem sie die Rehaklinik verlassen konnte, um wieder ihr gewohntes Leben aufzunehmen. Viel, so sagte sie sich, würde sich nicht ändern, außer, dass sie die Beine nicht mehr benutzen konnte.

Der Parkplatz des Lokals war gut gefüllt, doch Lippens fand noch eine Lücke, die groß genug war für die Limousine, und holte dann den Rollstuhl. »Soll ich Ihnen diesmal helfen?« Julia schüttelte den Kopf. »Stellen Sie nur die Bremse fest. Den Rest erledige ich.«

Kurz darauf saß sie im Rollstuhl und steuerte die Terrasse des Lokals an. Sophia hatte einen Tisch reservieren lassen, der genügend Platz für den Rollstuhl ließ, und so saßen sie und Julia in einer schönen Ecke, während Lippens sich einen anderen Platz suchen wollte.

»Setzen Sie sich doch zu uns!«, forderte Julia ihn auf.

Er zögerte, kam aber auf eine Handbewegung Sophias heran und nahm Platz. »Es freut mich, dass Sie schon wieder so gut auf den Beinen sind«, sagte er und schluckte dann. »Entschuldigung! So hätte ich das besser nicht formulieren dürfen.«

Julia lachte. »Ich weiß doch, wie es gemeint ist! Ich sehe, die haben hier Fliedersaft. Da hätte ich gerne einen – und einen Windbeutel. Als Abschluss könnte mir ein Cappuccino gefallen.«

»Ich nehme ein Glas Weißwein, ein Stück Kuchen und zuletzt auch einen Cappuccino«, sagte Sophia, während Lippens nur ein Mineralwasser haben wollte.

»Ein Stück Kuchen werden Sie mit uns essen können«, erklärte Julia und winkte der Kellnerin, um die Bestellung aufzugeben.

Sophia und auch Lippens wunderten sich darüber, weil Julia früher eher schüchtern gewesen war, nun aber erstaunlich selbstbewusst auftrat.

»Es freut mich, dass wir wieder einmal einen Nachmittag zusammen verbringen können, auch wenn ich mir wünschte, es wäre noch jemand mit am Tisch!« Sophia fuhr sich kurz mit einem Papiertaschentuch über die Augen, die sich nass anfühlten, und fasste dann nach Julias Händen. »Es ist so wunderschön, dich mit fröhlichem Gesicht zu sehen!«

»Was würde es mir bringen, zu jammern und zu klagen?«, antwortete Julia seufzend. »Ich habe in der Rehaklinik einige Patienten gesehen, die mich, wie du einmal gesagt hast, glühend beneiden würden. Auch hat mir Simone so einiges erzählt. Sie ist meine persönliche Physiotherapeutin. Die ersten Tage war sie fast vierundzwanzig Stunden um mich. Inzwischen braucht sie sich nur noch tagsüber um mich zu kümmern.«

Mittlerweile brachte die Kellnerin die Getränke und kurz darauf auch die Kuchen. Julia rückte ihrem Windbeutel zu Leibe, hielt irgendwann inne und sah Sophia an. »Hast du wieder einmal etwas von meiner Mutter gehört?«

»Leider ja«, sagte Sophia seufzend. »Ihr Mann hat einen Anwalt eingeschaltet, um die Vormundschaft über dich zu erzwingen.«

»Was unternimmst du dagegen?«, fragte Julia ängstlich.

»Ich habe unseren eigenen Anwalt eingeschaltet. Im Augenblick führen wir ein Verzögerungsgefecht. Du kennst doch den Spruch: Vor Gericht und auf hoher See ist man in Gottes Hand. Da die Gefahr besteht, dass irgendein Richter deiner Mutter recht geben könnte, wollen wir eine gerichtliche Entscheidung so lange wie möglich vermeiden. Sollte es doch dazu kommen und wir verlieren, werden wir umgehend Berufung einlegen. Das verzögert die Sache noch länger.«

»Was soll das bringen?«

»Zeit – und zwar so viel wie möglich! Du bist jetzt siebzehn. In weniger als einem Jahr wirst du volljährig, und eine Vormundschaft ist dann obsolet. Unser Anwalt meint, wenn wir die endgültige Entscheidung bis kurz vor deinen nächsten Geburtstag schieben können, wird kein Richter wegen eines Monats oder auch zweien noch eine Entscheidung treffen. Wir nutzen daher jede Frist schamlos bis zum letzten Tag aus und kontern die Argumente der Gegenseite mit unseren eigenen«, antwortete Sophia, lachte leise und zwinkerte Julia zu. »Keine Sorge, das kriegen wir schon hin!«

Sie wurde ungewohnt ernst. »Du solltest dich allerdings vorsehen! Unser Anwalt hält es für möglich, dass deine Mutter noch einmal auf dich zutritt und versucht, dich zu einer Unterschrift auf einem Schreiben zu bewegen, in dem du dir angeblich wünschst, sie solle die Vormundschaft übernehmen.«

»Zutrauen würde ich es ihr«, antwortete Julia.

Das war kein gutes Urteil über ihre Mutter. Sie schob diese Frau rasch aus ihren Gedanken und widmete sich ganz ihrem Windbeutel. Dabei freute sie sich auf das Abendessen, bei dem sie wieder mit Marcus zusammen sein konnte.

8.

Im Gegensatz zu Julia erhielt Marcus keinen Besuch. Er führte jedoch ein längeres Telefongespräch mit Jens und Susi und erfuhr von ihnen, was sich so in ihrem Freundeskreis ereignet hatte. Informationen über Mia und Paul sparten die beiden aus, und Marcus fragte auch nicht nach den früheren Freunden.

Anschließend ging er spazieren und bemerkte zufrieden, dass sein rechtes Bein kaum noch Schwächen zeigte. Er kam gerade aus dem Wald zurück, als er Julias Wagen auf den Parkplatz fahren sah. Im Weitergehen bewunderte er sie, weil sie sich geschickt aus dem Wagen stemmte und auf dem Rollstuhl Platz nahm. Er folgte ihr und ihren Begleitern langsam und setzte sich dann in das kleine Café, das zum Klinikkomplex gehörte. Dort bestellte er sich einen Kaffee und ein Stück Kuchen. Nach einer Weile kamen die drei aus dem Aufzug und gingen zum Ausgang. Julia umarmte Sophia und reichte Lippens die Hand. Danach kehrte sie in die Klinik zurück.

Sie wollte bereits zum Aufzug rollen, als sie Marcus im Café sitzen sah. Kurz entschlossen lenkte sie ihren Rollstuhl dorthin. »Haben Sie etwas dagegen, wenn ich mich zu Ihnen setze?«

»Ganz im Gegenteil! Bis zum Abendessen ist es noch fast eine Stunde, und die können wir zusammen angenehmer hinter uns bringen als jeder für sich allein. Darf ich Sie einladen?«

»Gerne, aber keinen Kaffee und keinen Kuchen mehr. Ich hatte heute Nachmittag schon einen und einen Windbeutel.« Julia wählte eine Saftschorle.

»Und Sie? Wie haben Sie den Nachmittag verbracht?«, fragte sie Marcus, als das Getränk vor ihr stand.

»Ich habe mit Freunden telefoniert und bin dann spazieren gegangen.«

»Das hört sich ja nicht gerade aufregend an«, meinte Julia.

»Wissen Sie, es ist auch einmal ganz angenehm, einen ruhigen Tag zu verleben. Man kann über vieles nachdenken.«

»Über was?«, fragte Julia interessiert.

»Zum Beispiel darüber, dass wir uns noch immer siezen, obwohl wir uns schon so gut kennen. Wenn du nichts dagegen hast: Ich bin Marcus!«

»Und ich Julia!«, antwortete Julia und lachte. »Dabei haben wir uns schon die ganze Zeit mit den Vornamen angeredet. Aber ›Sie, Julia‹ und ›Sie, Marcus‹ klingt wirklich ein wenig verschroben!«

»Das stimmt allerdings«, gab Marcus zu. »Doch wie es aussieht, muss ich mich nun outen. Ich bin der Idiot, der bei der Geburtstagsfeier deines Großvaters mit dem unmöglichen Anzug gekommen ist. Der einzige Entschuldigungsgrund, den ich vorbringen kann, ist, dass ich an dem Abend eigentlich etwas anderes vorhatte. Mein Bruder hatte mich jedoch gezwungen, hinzugehen.«

»Du hast wenigstens einen Bruder! Ich habe leider keine Geschwister.«

Julia fiel ein, dass ihre Mutter angedeutet hatte, Palmer und sie hätten Kinder. Von deren Existenz hatte sie jedoch nichts gewusst und ihre Mutter es auch nicht für nötig gehalten, von ihnen zu erzählen oder sie gar bei ihren wenigen Besuchen im Krankenhaus mitzubringen.

»Es ist manchmal besser, keine Geschwister zu haben«, sagte Marcus, und, um Julia auf andere Gedanken zu bringen, fuhr er fort: »Ich mag meinen Bruder wirklich, aber er ist zwanzig Jahre älter als ich und ein Tyrann.«

Julia gluckste amüsiert. »Und da spielst du im Joker-Anzug den Rebellen gegen diese Tyrannei.«

»Welchen Joker?«, fragte Marcus verdattert.

»Na, den aus den *Batman*-Filmen. Der hat doch auch immer so einen violettroten Anzug an wie du damals. Ich muss jetzt noch lachen, wenn ich daran denke. Birke ist ja fast der Kiefer zu Boden gefallen, als er dich gesehen hat.«

»Wer ist Birke?

»Simon Berke, unser Geschäftsführer in der Spedition.«

»Du meinst Schleimerix Schmalzlocke?«

Mit diesem Ausspruch brachte Marcus Julia so zum Lachen, dass sie kaum noch Luft bekam. Als sie sich wieder beruhigt hatte, schüttelte sie scheinbar missbilligend den Kopf. »Aber, aber, Herr Kullmann! So spricht man nicht über andere Leute.«

»Gelegentlich doch!«, antwortete Marcus uneinsichtig, und diesmal mussten beide lachen.

Kurz darauf trennten sie sich, um noch einmal in ihre Zimmer zu gehen und sich für das Abendessen fertig zu machen. Als Julia den Anbau erreichte, in dem ihr Zimmer lag, sah sie ihre Mutter und deren Ehemann vor der Tür stehen. Im ersten Impuls wollte sie umdrehen und wieder nach unten fahren. Doch da hatte Lars Palmer sie bereits entdeckt und eilte auf sie zu.

»Da bist du ja!«, sagte er in einem Ton, als hätten sie sich verabredet und Julia sie versetzt.

»Sie wünschen?«, fragte Julia verärgert.

»Deine Mutter will mit dir reden und braucht eine Unterschrift«, erklärte Palmer.

Julia musste sich das Lachen verkneifen. Genau das hatte Sophia ihr erst wenige Stunden zuvor prophezeit. »Reden können wir, aber nicht hier auf dem Flur, sondern in meinem Zimmer«, antwortete Julia und rollte auf die Tür zu. Sie öffnete diese mit ihrer Karte und fuhr hinein. Als Erstes schnappte sie sich das Steuergerät, mit dem sie auch Hilfe herbeirufen konnte, und versteckte es hinter dem Rücken. Dann drehte sie den Rollstuhl und musterte ihre Mutter mit einem kühlen Blick.

»Was wollen Sie von mir, Frau Palmer?«

»Warum so förmlich? Ich bin doch deine Mutter«, rief Claude und versuchte, die Hand ihrer Tochter zu fassen.

Julia entzog sie ihr und sorgte für etwas mehr Abstand zwischen ihnen. »Es mag biologisch richtig sein, dass Sie mich geboren haben. Ob das Sie aber berechtigt, sich meine Mutter zu nennen, bezweifle ich.«

»Dein Großvater und diese Hexe Sophia haben dich mit ihren Lügen gegen mich aufgehetzt! Du solltest Sophia nicht trauen. Sie hat sich an deinen Großvater herangemacht, um weich in der Wolle zu sitzen, und jetzt will sie dich wie eine Gefangene halten, um weiterhin kassieren zu können. Das werde ich ihr verderben! Als deine Mutter weiß ich am besten, was gut für dich ist.«

»Und das wäre?«, fragte Julia und sah belustigt, wie sich die Miene ihrer Mutter veränderte. Wie es aussah, hatte diese sich nicht die geringsten Gedanken darüber gemacht.

»Deine Mutter meint, dass du in einem schönen Wohnheim mit guter Betreuung am besten aufgehoben bist«, sprang Palmer seiner Frau bei. Für ihn schien es das Einfachste, wenn Julia irgendwo weitab vom Schuss untergebracht wurde und er die Kontrolle über ihr Vermögen erhielt.

»Ich würde dich natürlich immer wieder besuchen und Frederic und Violet mitbringen, damit du deine Geschwister kennenlernst. Wir könnten auch die eine oder andere Reise zusammen machen und …«

»Ich bleibe lieber in meiner Villa! Sophia hat sie für meine Zwecke umbauen lassen«, schnitt Julia ihr das Wort ab. »Und jetzt wäre ich euch dankbar, wenn ihr mich verlassen würdet. Ich muss mich fürs Abendessen umziehen.«

»Vorher aber wirst du das hier unterschreiben!«, herrschte Palmer sie an und packte sie mit einem festen Griff.

Julia keuchte, weil er ihr wehtat, griff mit der Rechten nach hinten und drückte den Rufknopf. Unterdessen schüttelte Palmer sie mit einer Hand und hielt ihr mit der anderen einen Vordruck vor die Nase. »Unterschreib!«

»Niemals! Außerdem tun Sie mir weh!« Da noch niemand kam, drückte Julia den Rufknopf erneut.

»Es ist das Beste für dich, wenn du unterschreibst«, beschwor ihre Mutter sie.

Julia schüttelte empört den Kopf. »Ich mache es nicht! Und jetzt verschwindet!«

Statt es zu tun, reichte Palmer den Vordruck seiner Frau und packte Julia mit beiden Händen. »Du wirst unterschreiben, hast du verstanden!«

Dabei riss er sie aus dem Rollstuhl hoch und schleifte sie auf den Schreibtisch zu. »Setz jetzt deine Unterschrift darunter, sonst …«

»Lars, gehst du nicht ein wenig zu rau mit Julia um?«, tadelte Claude ihren Mann schwächlich.

Im selben Augenblick wurde die Tür geöffnet, und Simone kam herein. Als sie sah, wie Palmer Julia durch das Zimmer zerrte, fuhr sie zornig auf. »Was tun Sie da? Wehe, unserer Patientin ist etwas passiert!«

»Sie haben hier überhaupt nichts zu sagen! Verschwinden Sie!«, brüllte Palmer.

Simone ging wie eine Löwin auf ihn los, um Julia zu befreien. Diese wehrte sich nun ebenfalls und konnte sich losreißen. Da ihre Beine sie nicht tragen konnten, fiel sie zu Boden. Unterdessen rief Simone laut um Hilfe. Palmer versetzte ihr einen Stoß, um sie zum Schweigen zu bringen.

»Mach die Tür zu!«, forderte er seine Frau auf.

Bevor diese es tun konnte, stürmte Marcus ins Zimmer. Er erkannte die Situation mit einem Blick, packte Palmer und schleuderte diesen auf den Flur. Zwei Pfleger kamen hinzu und nahmen den Mann in den Schwitzkasten. Unterdessen beugte Simone sich besorgt zu Julia hinunter. »Wie geht es Ihnen? Haben Sie Schmerzen?«

»Ja! Da, wo mich der Mann gepackt hat, und …«

Julia brach ab, da ihre große rechte Zehe sicher nicht wehtun konnte. Das Gefühl verging auch sofort wieder, während die Schmerzen in der Schulter blieben. Da fiel ihr etwas ein.

»Sie sind alle Zeugen, dass dieser Herr dort mich körperlich angegriffen hat. Würden Sie einen entsprechenden Bericht unterschreiben?«

Vielleicht, so dachte sie, half das Sophia bei dem Kampf, die Vormundschaft über sie zu behalten.

»So war es nicht!«, wandte ihre Mutter erschrocken ein. »Wir wollten nur …«

»Mich zur Unterschrift unter diesen ominösen Schrieb zwingen!«, schnitt Julia ihr das Wort im Mund ab und zeigte auf das Formular, das Claude noch immer in der Hand hielt.

Marcus war mit ein paar Schritten bei Julias Mutter, und ehe diese begriff, was geschah, entriss er ihr das Papier.

»Das kannst du als Beweisstück benutzen«, sagte er zu Julia.

»He, so geht das nicht! Geben Sie das sofort wieder her!«, rief Claude empört und wollte auf ihn losgehen.

Inzwischen waren auch mehrere von Simones Kolleginnen erschienen und hielten sie auf.

»Ich glaube, das reicht jetzt! Verlassen Sie sofort das Gelände, sonst rufe ich die Polizei«, erklärte Simone scharf. »Ich glaube, das werde ich sowieso tun«, setzte sie nach einem Blick auf Julia hinzu.

»Lisa, du hilfst mir? Ihr anderen bringt diese Leute hinaus und seht nach, welcher Arzt heute Bereitschaft hat. Er soll sofort kommen!«

»Machen wir!«, versprach ein Pfleger und schob zusammen mit einem Kollegen Lars Palmer in Richtung Aufzug. Zwei Frauen nahmen Claude in die Mitte und folgten ihnen.

»Sie dürfen jetzt auch gehen!«, erklärte Simone Marcus, der im Raum stehen geblieben war. Dann aber fand sie, dass sie ihn zu harsch abgefertigt hatte, und schenkte ihm ein Lächeln. »Ich danke Ihnen, dass Sie so rasch eingegriffen haben! Allein wäre ich mit diesem Mann niemals fertiggeworden. Jetzt aber will ich Frau Lensberg helfen, sich auszuziehen, und da wäre es vielleicht besser, wenn Sie nicht dabei sind.«

Marcus wurde rot und wich zur Tür zurück. »Entschuldigung! Es tut mir leid, ich …«, sagte er und verschwand in Richtung seines Zimmers.

Dort angekommen, wünschte er dem Kerl, der Julia aus ihrem Rollstuhl gezerrt hatte, selbst auf einen solchen angewiesen zu sein. Wenn er es richtig verstanden hatte, musste es sich um den Ehemann ihrer Mutter handeln, also ihren Stiefvater.

»So ein Lump«, sagte er aufgebracht. Dann dachte er an die letzte Szene in Julias Zimmer und sagte sich, dass er Julia gerne einmal in etwas weniger als Jeans oder Jogginghose und T-Shirt sehen würde. Über sich selbst den Kopf schüttelnd, setzte er sich auf einen Stuhl und stützte den Kopf auf die Hände. Julia war querschnittsgelähmt und würde nie ein normales Leben führen können. Warum nicht?, fragte da eine Stimme in ihm. Sie war jung und klug, sah sehr gut aus und war bis auf diese Lähmung vollkommen gesund. Der Zwiespalt seiner Gefühle war so groß, dass er lange sitzen blieb und erst aufsah, als jemand gegen die Tür klopfte.

Er stand auf, öffnete und sah Julia vor sich. Sie hatte sich umgezogen und sah auf eine fast verbotene Weise süß aus.

»Du verpasst das Abendessen!«, sagte sie lächelnd.

»Wie geht es dir?«, fragte er besorgt.

»Im Augenblick ganz gut! Ich habe nur ein paar Rötungen an den Stellen, an denen Palmer mich gepackt hat. Die hat Simone mit ihrem Handy zum Beweis fotografiert. Der Arzt war kurz bei mir, meinte aber, dass alles in Ordnung wäre. Simone fragte, ob sie mir das Abendessen aufs Zimmer bringen solle, doch ich habe gemeint, ich würde lieber unter Leute, und das heißt eigentlich, mit dir zusammenzusitzen.«

»Das will ich auch«, antwortete Marcus und sauste ins Badezimmer, um sich rasch die Haare zu kämmen und die Hände zu waschen.

Kurz darauf ging er neben Julia her. »War diese Frau wirklich deine Mutter?«, fragte er.

»Vom biologischen Gesichtspunkt her, ja, aber was Liebe und Fürsorge betrifft, ist sie es auf keinen Fall. Aber reden wir nicht mehr über sie. Simone will einen Bericht über den Vorfall schreiben. Ich hoffe, du setzt auch deine Unterschrift darunter?«

»Das werde ich sehr gerne tun«, antwortete Marcus und drückte den Knopf des Aufzugs, mit dem sie nach unten in den Speisesaal fahren konnten.

Fünfter Teil

Neue Probleme

1.

Julia sah dem Auto nach, mit dem Marcus wegfuhr, und fühlte sich mit einem Mal sehr allein. Drei Wochen lang hatten sie jeden Mittag und jeden Abend am selben Tisch gegessen und sich ausgezeichnet unterhalten, und in der Freizeit waren sie im Park spazieren gegangen. Ich bin eher spazieren gerollt, schränkte sie ein. Schön war es gewesen, genauso wie die Zeiten, in denen sie in dem kleinen Café gesessen hatten, um einen Kaffee oder Tee zu trinken und ein Stückchen Kuchen zu essen.

Das war nun leider vorbei. Bei dem Gedanken stiegen Tränen in ihr auf. Zwar hatten sie zuletzt noch die Handynummern ausgetauscht, doch sie war sicher, dass Marcus sich niemals melden würde. Immerhin war sie ein Krüppel und …

Sie begann zu schluchzen, bemerkte aber schnell, dass einige zu ihr herschauten, und floh mit ihrem Rollstuhl ins Gebäude. Da ihre Augen durch die Tränen verschleiert waren, hätte sie beinahe jemanden angerempelt.

»Passen Sie doch auf!«, hörte sie eine harsche Stimme und wünschte sich nur noch sehr weit fort.

In ihrem Zimmer zog sie sich aufs Bett und barg das Gesicht im Kissen. Hier konnte sie wenigstens weinen, ohne dass es jemand sah. So verzweifelt wie jetzt war sie selbst nach dem Erwachen aus dem Koma nicht gewesen. Sie wünschte sich direkt, sie wäre bei dem Unfall gestorben, denn so war es kein Leben mehr.

Mehr als eine Stunde lang gingen ihr die wirrsten Gedanken durch den Kopf, bis sie schließlich eines begriff: Sie hatte sich in ihren Joker verliebt, und das war das Schlimmste, was ihr hatte passieren können. Während der drei Wochen mit ihm hatte Marcus ihr nie das Gefühl gegeben, weniger wert zu sein als andere Frauen. Dabei hatte er sich sicher nur aus Mitleid mit ihr abgegeben – und auch deswegen, weil ihm in der Klinik ohne einen Gesprächspartner langweilig geworden wäre. Dabei meinte eine leise Stimme in ihr, dass Marcus in diesem Haus wohl auch andere Leute zum Reden gefunden hätte.

Zum ersten Mal seit ihrem Unfall fragte Julia sich, ob sie überhaupt etwas mit Männern anfangen konnte, so wie andere Frauen es vermochten. Bei Marcus wäre sie dazu bereit gewesen – aber nun war er fort.

Unterdessen steuerte Marcus seinen Wagen in Richtung Autobahn. Neben ihm saß Caren. Sie berichtete gerade, was sie sonst noch für ihn erledigt hatte. »Ich habe ein hübsches Appartement für dich in Köln-Ostheim gefunden. Von dort aus kannst du mit der U-Bahn zur Uni fahren. Es ist billiger als auf der anderen Rheinseite, und du hast es nicht so weit, wenn du zu uns kommen willst.«

Marcus verzog das Gesicht. Zu uns hieß auch zu Lukas, und dem wollte er vorerst nicht begegnen. »War Lukas sehr sauer, als er hörte, dass ich ausziehen will?«

»Er hat sich natürlich zuerst ziemlich aufgeführt, sich dann aber beruhigt. Übrigens hat er deinen alten Wagen verkauft und dieses Hüpferchen hier besorgt. Daher hast du jetzt eine hübsche Summe auf deinem Konto. Für den Master wird es auf jeden Fall reichen.«

»Lukas war das also!« Marcus hatte sich schon gewundert, weil er mehr für den Wagen bekommen hatte, als er erwartet hatte. Auch war das Gefährt, in dem sie saßen, zwar klein, aber ausgezeichnet in Schuss.

»Auch wenn du es nicht glauben willst: Er liebt dich und ist wahrscheinlich sogar ein wenig stolz auf dich. Ich hoffe, dass bald der Tag kommen wird, an dem ihr von gleich zu gleich miteinander reden könnt und nicht vom ganz großen Bruder zum ganz kleinen Bruder.« Caren lächelte Marcus aufmunternd zu. Es war wirklich besser, wenn er auf eigenen Füßen stand und der Schatten des Bruders ihn nicht mehr erdrückte.

»Ich habe dein Appartement ein wenig eingerichtet. Sage nicht, ich hätte es nicht tun sollen. Ein paar Möbel brauchst du, oder wolltest du mit einer Decke auf dem Fußboden schlafen und dir in der Nacht mit der Handylampe Licht machen?«

»Danke, Caren! Du wirst aber erlauben, dass ich mich irgendwann revanchiere.«

»Erst, wenn du dazu in der Lage bist.« Caren kannte Marcus gut genug, um zu wissen, dass dieser ihr etwas kaufen würde, ohne daran zu denken, dass ihm dieses Geld am Ende fehlen könnte.

»Auf jeden Fall kannst du jetzt zwei Jahre lang in Ruhe studieren. Vielleicht bringe ich Lukas dazu, dir weiterhin einen Zuschuss über das testamentarisch verfügte Taschengeld hinaus zu geben. Sonst müsstest du heiraten. In dem Fall würde dir ein hübsches Sümmchen ausbezahlt.«

Caren lächelte ihn auffordernd an, obwohl sie Marcus' Freundin Mia unmöglich fand. Dann aber erinnerte sie sich, dass diese sich seit Marcus' Unfall nicht hatte blicken lassen, und schloss daraus, dass es diesmal eine längere Off-Phase gab. Vielleicht war die Beziehung auch ganz off, und Marcus fand endlich ein Mädchen, das besser zu ihm passte. Das war jedoch eine Sache, in die sie sich nicht einmischen wollte.

»Ich habe gestern noch einmal mit Jens telefoniert. Wenn es gut geht, werde ich nicht einmal dieses Semester verlieren«, sagte Marcus nach einer Weile.

»Du glaubst, dass du die Zwischenprüfungen schaffst?«

Marcus nickte. »Sicher nicht glanzvoll, aber es dürfte reichen.«

»Das würde mich freuen. Außerdem könnte ich Lukas hinreiben, dass du doch mehr Ehrgeiz entwickelst, als er dir zutraut.«

Kurz darauf erreichten sie die Autobahn und fuhren auf Köln zu. Dort bogen sie in die östlichen Vororte ab und erreichten schließlich Ostheim. Marcus' Wohnung befand sich in einem renovierten Altbau in der Servatiusstraße und verfügte sogar über einen Stellplatz.

Caren lotste ihn dorthin und reichte ihm, als sie ausgestiegen waren, stolz den Wohnungsschlüssel. »Der größere ist für die Haustür, der kleinere für deine Wohnung.«

»Danke!« Marcus grinste schief, nahm dann seine Reisetasche und trat auf die Haustür zu. Er öffnete und sah einen schmalen Flur und die Treppe vor sich.

»Zweiter Stock! Das wirst du doch noch schaffen«, meinte Caren mit leichtem Spott.

»Dann hoffe ich, dass sie in der Klinik mein Bein gut genug hingebracht haben«, antwortete Marcus und stieg hinauf.

Das Appartement war größer, als er es erwartet hatte. Auch die Einrichtung überraschte ihn. Caren musste hier einiges investiert haben. Da sie es kaum heimlich getan haben konnte, war Lukas wohl damit einverstanden gewesen.

»Und, was sagst du dazu?« Caren öffnete die Schränke. An Tellern, Töpfen, anderem Geschirr, Besteck und dergleichen war alles da, was er benötigte. Im hinteren Teil der Wohnung befanden sich das Bett und ein Schrank, der, wie Caren es ihm präsentierte, einen nicht unbeträchtlichen Teil seiner Garderobe enthielt.

»Nebenan ist noch ein winziges Zimmer. Ich dachte, es wäre genau das Richtige für dich zum Lernen. Dein Laptop wartet dort bereits auf dich. Ach ja, hinter der Tür ist die Kochnische und dort das Badezimmer.«

Nun öffnete sie den Kühlschrank. Dieser war so gut gefüllt, dass Marcus mindestens zwei Wochen lang nicht würde einkaufen müssen.

»Zufrieden?«, fragte Caren, da Marcus noch immer nichts sagte.

»Ich bin überwältigt. Das alles hast du in drei Wochen geschafft?«

»Es war recht hilfreich, Telefon und Briefkopf der Kullmann-Werke verwenden zu können«, erklärte Caren lachend. »Bei einer Caren Niemand hätten die Leute sich wahrscheinlich nicht so überschlagen. Die Hauptsache ist, dass dir die Wohnung gefällt. Selbst wenn du wieder in die Villa zurückkommen willst, solltest du sie behalten. Du hast dann immer einen Ort, an den du dich zurückziehen kannst.«

»Wenn der Platzhirsch Lukas wieder einmal zu laut blökt, oder heißt das bei Hirschen röhren?«

Caren musste kichern. »Lukas und du seid als Einzelpersonen die liebsten Menschen der Welt, aber wenn ihr zusammen seid, benehmt ihr euch unmöglich.«

»Vielleicht wird es besser, wenn ich einmal in Lukas' Alter komme«, meinte Marcus grinsend, schüttelte dann aber den Kopf. »Ich glaube es trotzdem nicht. Dann hält er sich wahrscheinlich für meinen Großvater.«

Beide mussten lachen, dann blickte Caren auf die Zeitanzeige ihres Handys. »Ich muss jetzt los! Wo habe ich gleich wieder die Taxi-App?«

»Du glaubst doch nicht etwa, dass ich dich mit dem Taxi fahren lasse! Ich bringe dich selbstverständlich nach Hause. Du wirst allerdings die letzten paar Hundert Meter zu Fuß gehen müssen, damit mich nicht der Feuerstrahl des Drachen erwischt.«

»Lukas ist, wie du schon sagtest, der Platzhirsch. Der Job des Drachen bleibt gefälligst für mich reserviert!«, antwortete Caren grinsend.

»Und was bin dann ich?«, fragte Marcus.

»Laut Lukas eine Ratte, die das Schiff verlässt, obwohl es gar nicht am Sinken ist. Und nun raus mit dir, sonst lache ich mich noch tot!«

Marcus brachte seine Schwägerin gut nach Hause, spielte dort eine Weile mit seinen Neffen ein Computerspiel und verließ die Villa wieder, bevor sein Bruder aus der Firma nach Hause kam. Auf dem Heimweg war er guter Laune, und das war er auch noch, als er seine Wohnung betrat. Da er Hunger hatte, ging er an den Kühlschrank und holte ein paar Sachen heraus, um zu Abend zu essen. Während er Tee kochte, fiel ihm ein, dass er tags zuvor noch mit Julia zusammen am Tisch gesessen hatte. Von diesem Tag an würde sie jemand anderen als Tischpartner haben.

Der Gedanke gefiel ihm nicht. Drei Wochen lang hatten sie zusammen gegessen, und nun war er allein, während Julia in der Klinik zurückgeblieben war. In einer Woche würde wohl auch sie entlassen werden. Ob sie dann noch an ihn dachte? Gedankenverloren nahm er das Handy und rief ihre Nummer auf. Der letzte Druck auf den Senden-Button unterblieb jedoch, und er steckte das Gerät wieder weg. Er wollte sie nicht beim Abendessen stören. Doch während er aß, merkte er, wie sehr er ihre Gesellschaft vermisste. Kurz kam ihm der Gedanke, dass sie körperbehindert und damit kein vollwertiger Mensch mehr wäre, doch er schob diese Vorstellung ärgerlich beiseite. Sie war ihm ganz im Gegenteil sehr vollwertig vorgekommen.

Er fragte sich, wie es sein würde, mit einer Frau zusammenzuleben, die im Rollstuhl sitzen musste. Natürlich galt es da allerlei

Rücksicht zu nehmen. Er hatte jedoch selbst miterlebt, wie Julia ihr Leben immer besser in den Griff bekommen hatte. Doch würde es auf Dauer gut gehen? Fragen über Fragen peinigten ihn, und er wusste nicht, was er tun sollte. In einem Augenblick wollte er sie anrufen, nur um ihre Stimme zu hören, und im nächsten ihre Handynummer löschen.

Nach einer Weile beschloss er, die Nummer aufzuschreiben und tief in einem Schrank zu verwahren. Außerdem tippte er sie in seinen Laptop ein. Sollte er wirklich einmal so verrückt sein und die Nummer aus dem Handy löschen, so konnte er sie wieder hervorholen, wenn er es wollte.

2.

Die beiden nächsten Tage verbrachte Marcus in der Uni und führte dort mehrere Gespräche, um doch noch zu den Zwischenprüfungen zugelassen zu werden. Seine Aussichten standen jedenfalls gut, als er am zweiten Nachmittag das Unigelände verlassen wollte. Da sah er, dass Mia sich aus einer Gruppe Studentinnen löste und auf ihn zukam. Sie trug hautenge Jeans und ein T-Shirt, das keinen Millimeter Luft zwischen sich und ihrer Haut ließ, und sah aus wie ein Fleisch gewordener Männertraum.

Früher hatte allein schon ihr Anblick gereicht, um ihn in ihren Bann zu schlagen. Nun aber fand er ihre Hüften zu ausladend und ihre Oberweite zu üppig. Wenn sie nicht eifrig Sport machte, würde sie mit spätestens dreißig aufgehen wie ein Hefeteig.

»Hi, Marcus!«, sagte sie mit einer Stimme, die ihn sonst den Verstand hatte verlieren lassen.

»Hallo, Mia«, antwortete er.

»Deinem Bein scheint es wieder gut zu gehen. Ich hoffe, etwas anderem auch?«

Es war das Angebot, mit ihr ins Bett zu gehen. Früher war er ganz wild darauf gewesen, doch jetzt reizte sie ihn nicht mehr.

»Mir geht es ganz gut.«

»Das freut mich! Ich habe gehört, du hast eine neue Wohnung. Wir könnten sie uns jetzt anschauen.«

»Wohnung ist übertrieben! Es ist ein Winzappartement auf der Schäl Sick. Schon einer allein kann sich darin kaum umdrehen«, log Marcus, um sie wieder loszuwerden.

Mia war jedoch hartnäckig wie eh und je und hakte sich bei ihm unter. »Solange das Bett groß genug ist, reicht das vollkommen.«

»Dir vielleicht, aber mir nicht«, murmelte Marcus.

»Was sagst du?«, fragte Mia.

»Nur, dass ich heute keine Zeit habe! Ich muss nämlich einiges aufholen, um die Prüfungen zu schaffen, wenn ich nicht ein Semester verlieren will. Außerdem dachte ich, du wärst mit Paul zusammen.« Marcus wurde jetzt deutlicher, doch Mia machte nur eine wegwerfende Handbewegung.

»Meinst du diese Nullnummer? Der ist längst Vergangenheit! Ich habe gewartet, bis du wieder da bist. Du hättest dich auch wirklich einmal bei mir melden können. Weißt du übrigens, wo wir in den Semesterferien hinfliegen werden?«

Marcus konnte sich denken, was gelaufen war. Bislang hatte er bei Ausflügen und im Urlaub alles bezahlt und Paul und Mia dabei einen Lebensstandard beschert, den sie sich selbst niemals hätten leisten können. Dies konnte Paul Mia nicht bieten, und so war ihre Liebe zu ihm rasch erloschen. Nun war sie wieder auf ihn aus. Aber dafür hatte sie den Schalter einmal zu oft auf Off gestellt. Er kannte jedoch ihre Hartnäckigkeit und legte sich rasch eine Ausrede zurecht.

»Ich fliege heuer nirgends hin, denn ich muss mir in den Semesterferien einen Job suchen, damit ich weiterstudieren kann.

Da ich nicht in die Firma meines Bruders einsteigen wollte, hat Lukas sämtliche über das festgesetzte Taschengeld hinausgehenden Zahlungen gestrichen.«

Mia starrte ihn aus kleiner werdenden Augen an. »Aber du bist doch Miteigentümer der Firma und musst im Geld schwimmen.«

»Ich besitze Anteile an der Firma, die ich laut dem Testament meines Vaters aber nicht verkaufen kann, und mehr Geld würde ich nur bekommen, wenn ich, wie Lukas es verlangt, mein Studium beende und in die Firma eintrete. Das aber werde ich nicht tun!«

»Und warum nicht?«, fragte Mia mit einer gewissen Schärfe. »Du hättest genug Geld, damit wir herrlich und in Freuden leben können!«

»Wenn ich es täte, müsste ich sechzehn Stunden am Tag, sieben Tage in der Woche und zweiundfünfzig Wochen im Jahr nur für die Firma da sein. Die schönen Urlaubsreisen wären damit vorbei, und ich könnte auch am Wochenende nichts ad hoc unternehmen.«

»Aber du …« Mia brach ab und funkelte Marcus wütend an. Ihr Verstand sagte ihr jedoch, dass sie nicht ausfallend werden durfte. Zurzeit war Marcus noch sauer, weil sie für ein paar Wochen mit Paul zusammen gewesen war. Sie kannte jedoch ihre Anziehungskraft und war sicher, dass sich sein Ärger bald legen würde.

»Dann lern mal schön!«, sagte sie daher nur und ging mit schwingenden Hüften davon.

Als sie sich nach mehreren Metern umdrehte, sah sie, dass Marcus weitergegangen war, ohne ihr nachzuschauen, und das kränkte sie. Allerdings war er nicht aus Stein, und sie würde ihn daher bald wieder an der Angel haben.

Marcus überlegte tatsächlich, ob er seine Beziehung mit Mia nicht doch wieder aufnehmen sollte. Vielleicht würde er darüber Julia vergessen können. Als er sich jedoch vorstellte, mit Mia im Bett zu sein, schob sich Julias Bild vor sie, und er sagte sich, dass ihn der Sex mit ihr weitaus mehr reizen würde als mit Mia.

Mit dem Gedanken kam er nach Hause, machte sich etwas zu essen und nahm sich seine Lehrbücher vor. Er würde einiges nachholen müssen. Doch er schätzte die Aussichten, die Prüfungen zu bestehen, ziemlich gut ein. Marcus überlegte, was er in den Semesterferien anfangen sollte. Eine Reise wie in den letzten Jahren wäre finanziell nicht drin. Daher würde er höchstens mal einen Wochenendtrip unternehmen.

Mit einem Mal klatschte er sich mit der Rechten leicht gegen die Stirn. Er hatte Mia gegenüber behauptet, während der Semesterferien arbeiten zu müssen. Wenn er es nicht tat, gab er ihr die Chance, sich erneut um ihn zu schlingen. Da er ihre Hartnäckigkeit und die Überzeugungskraft ihrer körperlichen Vorzüge kannte, würde sie womöglich doch gewinnen.

»Das wird sie nicht!«, schwor er sich. Dafür hatte sie ihm einmal zu oft gezeigt, was für ein selbstsüchtiges und berechnendes Biest sie war. Außerdem brauchte er, nachdem er von Lukas keinen Zuschuss mehr erhielt, sein Geld selbst.

Mit diesem Gedanken schaltete er den Laptop ein und graste eine Internetplattform mit Jobangeboten ab. Er hatte nicht die geringste Ahnung, was er eigentlich suchte. Der Job sollte jedenfalls nicht zu schwer sein und ihm genug Freizeit lassen, die er allerdings ohne Mia verbringen wollte. Ein paar Anzeigen klangen gut, galten aber für einen längeren Zeitraum als die Semesterferien, sodass er bedauernd darüber hinwegging.

Marcus wollte die Plattform schon wieder verlassen, als ihn ein Jobangebot förmlich in die Nase biss. »Lkw-Fahrer gesucht, auch aushilfsweise, Spedition Lensberg«. Daneben stand die Telefonnummer, unter der man sich bewerben konnte.

In seinem Kopf wirbelten die Gedanken. Die Spedition Lensberg bedeutete Julia. Aber als einfacher Aushilfsfahrer würde er sie wohl kaum zu Gesicht bekommen. Trotzdem beschloss er, am nächsten Tag dort anzurufen. Vielleicht ergab sich ganz nebenbei eine Chance, sie zu treffen. Dann, sagte er sich, würde er sich auch über seine Gefühle für sie im Klaren werden. Eines wusste er bereits jetzt: Sein Interesse an ihr ging weit über eine normale Freundschaft hinaus.

3.

Die letzte Woche in der Rehaklinik brachte Julia irgendwie hinter sich. Sie hatte eine neue Tischgenossin, eine ältere Frau, die nicht nur gerne redete, sondern auch penetrant versuchte, ihren Rollstuhl zu schieben. So wünschte sie sich, die aufdringliche Person wäre wenigstens auf Krücken angewiesen und müsse sie daher in Ruhe lassen. Woran ihre Tischgenossin wirklich litt, begriff Julia nicht, da diese einmal den Rücken, dann die Hüfte und schließlich die Schulter als ihren Schwachpunkt bezeichnete.

Als die Frau sie einmal im Schwimmbad am Hintern packte, um sie aus dem Wasser zu schieben, konnte Julia sich nicht mehr beherrschen. »Lassen Sie das! Meine Therapeutin sagt, ich muss es allein schaffen!«

»Aber ich will Ihnen doch nur helfen«, beklagte sich die Frau.

»Hier in der Klinik hilft mir nur eine Person, und das ist meine Therapeutin Simone!«, antwortete Julia verärgert und zog sich mit einer Leichtigkeit aus dem Wasser, die sie selbst überraschte. Ihre Hoffnung, ihre Tischnachbarin könnte so gekränkt sein, dass sie nichts mehr zu ihr sagte, erfüllte sich leider nicht.

Als der letzte Tag in der Klinik gekommen war, wirkte Sophias Ankunft auf Julia wie das Erscheinen eines rettenden Engels. Sie hatte den Papierkram bereits hinter sich gebracht und sich von

Simone verabschiedet. Nun schnappte sie sich ihre Reisetasche, legte sie auf den Schoß und sauste mit dem Rollstuhl so schnell los, dass Sophia ihr kaum folgen konnte.

»Das sieht beinahe aus wie eine Flucht«, meinte Sophia kopfschüttelnd, als sie den Wagen erreichten.

»Es ist auch eine«, gab Julia zu. »Ich musste die letzte Woche eine doofe Kuh ertragen und wollte mich nicht auch noch von ihr verabschieden. Sie hätte uns mit ihrem Gequassel mindestens eine Stunde aufgehalten.«

Sie öffnete selbst den Kofferraum, wuchtete die Reisetasche trotz Lippens' missbilligendem Blick hinein und nahm ohne Hilfe im Fond des Wagens Platz.

»Simone hat mir einen Trick gezeigt, wie ich den Rollstuhl selbst zusammenlegen und ins Auto heben kann. Aber das will ich lieber zu Hause trainieren«, erklärte sie stolz.

»Und wohl auch noch selbst fahren?«, fragte Lippens leicht beleidigt.

»Ich werde es auf jeden Fall lernen!«

»Heißt das, ich muss mir dann einen neuen Job suchen?«

Lippens klang so entsetzt, dass Julia lachen musste. »Natürlich nicht! Ich sagte, ich will es lernen und gelegentlich fahren. Sie werden trotzdem gebraucht.«

»Da bin ich aber froh! Sonst hätte ich mich noch als Lastwagenfahrer bei Berke bewerben müssen.«

Lippens klang so säuerlich, dass Julia Sophia fragend ansah. »Gibt es etwas mit Berke?«

»Das kann man wohl sagen!«, erwiderte Sophia nicht gerade freundlich. »Er hat, ohne zu fragen, sein Gehalt ab dem letzten Ersten auf das Vierfache erhöht. Als ich ihn darauf angesprochen habe, erklärte er, dies sei die angemessene Vergütung für einen Mann seiner Stellung. Dabei hat dein Großvater niemals so viel beansprucht.«

»Schleimerix Schmalzlocke zeigt jetzt sein wahres Gesicht«, sagte Julia leise vor sich hin.

»Wer?«, fragte Sophia verblüfft.

»Schleimerix Schmalzlocke! Das ist der Spitzname, den Marcus Berke gegeben hat.«

»Irgendwie steigt dein Joker in meiner Achtung«, sagte Sophia mit einem leisen Schnauben. »Berke hat sich bei deinem Großvater eingeschleimt und schmalzt jetzt seine Locke. Er hat übrigens zwei schwere Lkws bestellt – und zwar ohne Rücksprache mit mir. Selbst dein Großvater, der ja wirklich jedes Recht dazu hatte, allein zu entscheiden, hat mit mir über größere Investitionen gesprochen. Er sagte immer, dass er eine zweite Meinung hören will, bevor er einen Entschluss fasste. Einer allein kann immer auf einem Auge blind sein. Auf diese Weise hat er die Spedition sehr erfolgreich geführt. Bei Simon Berke bin ich mir nicht sicher, ob er das auch kann!«

»Dann entlasse ihn doch!«, schlug Julia vor. »Als leitender Angestellter hat er kein Anrecht auf Kündigungsschutz.«

»Wenn das so einfach wäre!«, seufzte Sophia. »Er ist der Einzige, der die Spedition leiten kann. Ich bin von deinem Großvater zwar oberflächlich eingeweiht worden, habe aber von den internen Strukturen keine Ahnung. Berke weiß, dass er unverzichtbar ist, und nutzt das jetzt aus.«

»Aber es muss doch eine Möglichkeit geben! Können wir nicht jemanden einstellen, der ihn möglichst bald ersetzen kann?«

»Berke müsste ihn anlernen, und so dumm, dass er nicht merken würde, was wir vorhaben, ist er nicht. Er würde den Mann spätestens nach drei Tagen hinauswerfen, und wir würden noch schlechter dastehen als zuvor.«

Sophia klang zornig, aber auch mutlos. Nun ärgerte sie sich doch, dass sie sich nicht intensiv genug in die Abläufe der Spedition eingearbeitet hatte, um Berke ersetzen zu können.

»Berke soll nicht glauben, dass er mit uns Schlitten fahren kann!«

Sophia wunderte sich, wie energisch Julia werden konnte, machte sich aber wenig Hoffnung, dass es ihrem Schützling gelingen könnte, dem Geschäftsführer Zügel anzulegen. Daher kam sie auf Julias Mutter zu sprechen. »Der Bericht, den du mir über diesen Zwischenfall mit deiner Mutter und ihrem Ehemann gegeben hast, wird uns laut unserem Anwalt helfen, einige zusätzliche Monate herauszuschinden. Jeder Richter im Vormundschaftsgericht wird es sich zwei Mal überlegen, dich deiner Mutter auszuliefern, da Lars Palmer gegen dich gewalttätig geworden ist. Die Unterschriften deiner Pflegerin und von Marcus Kullmann als Zeugen sind daher Gold wert.«

»An der Stelle scheinen wir Erfolg zu haben, während es mit Schmalzlocke Ärger gibt.« Julia ärgerte sich darüber, dass Sophia und sie auf diesen Mann angewiesen waren.

4.

Julia wurde schneller mit Simon Berke konfrontiert, als sie es erwartet hatte. Kaum war sie zu Hause, da hielt auch schon sein Firmenwagen vor der Villa, und er trat mit einem riesigen Blumenstrauß in der Hand auf die Tür zu.

Fedosia machte ihm auf. »Guten Tag, Herr Berke! Sie wünschen?«

»Ich will Julia willkommen heißen! Eben habe ich gesehen, dass Lippens sie gebracht hat.«

»Es wäre vielleicht besser, wenn Sie später wiederkommen würden! Julia ist ja noch nicht einmal richtig angekommen.«

Wenn Fedosia angenommen hatte, sie könnte Berke abwimmeln, sah sie sich getäuscht. Der Speditionsleiter ging einfach an ihr vorbei in Richtung der Stimmen, die er am Ende des hallenartigen Hausflurs vernahm. Eben erklärte Sophia Julia einige weitere Umbauten. Dazu zählte auch ein kleines Fitnessstudio, in dem Julia ihre Arme und die Muskeln am Oberkörper trainieren konnte. Das war notwendig, wenn sie trotz ihrer lahmen Beine so beweglich wie möglich sein wollte.

In dem Augenblick steckte Berke den Kopf in den Raum. »Guten Tag, liebe Julia! Seien Sie mir herzlich willkommen. Es ist schön, dass Sie die Klinik wieder verlassen durften.«

Er musterte Julia und war angenehm überrascht. Aus dem Kind war eine schöne Frau geworden, bei der nur der Rollstuhl verriet, dass mit ihr nicht alles in Ordnung war. Zwar hätte er sie auch geheiratet, wenn sie bettlägerig gewesen wäre oder sogar entstellt. Aber so war es natürlich viel besser. Sie würden hier Gäste empfangen und sich auch da und dort sehen lassen können. So hübsch, wie Julia aussah, würden nur die schlimmsten Neider behaupten, er hätte sie nur wegen der Spedition geheiratet.

Während Berke bereits Zukunftspläne schmiedete, huschte ein verärgert wirkender Ausdruck über Julias Gesicht. Nach weniger als einer Viertelstunde nach ihrer Rückkehr zu kommen, war ihr zu aufdringlich. Außerdem hatte er sich schon im Vorfeld Sophia gegenüber unmöglich benommen.

»Ich danke Ihnen, Herr Berke!«, antwortete sie und winkte Fedosia, damit diese ihm den Blumenstrauß abnahm. Sie beugte sich leicht vor und fixierte den Mann mit einem scharfen Blick. »Ich habe gehört, dass Sie Entscheidungen über hohe Investitionen im Alleingang getroffen haben. Sie sollten im Gedächtnis behalten, dass dies in Zukunft nur in Absprache mit meiner Großmutter und mir als Eigentümerin und nur mit unserer Zustimmung zu geschehen hat.«

Es war wie ein Kübel eiskalten Wassers, das Julia über Berke ausgoss. Er biss sich auf die Lippen, um nicht unüberlegt darauf zu antworten. Sophia musste das Mädchen gegen ihn aufgehetzt haben. Da jedoch beide auf ihn angewiesen waren, dachte er nicht daran, klein beizugeben. Er würde allerdings seine Taktik ändern müssen, um Julia nicht zu verärgern.

»Der Kauf der beiden Lkws ist wichtig, um unser Geschäft ausbauen zu können. Allein im letzten Jahr hätten wir zwanzig Prozent mehr transportieren können, wenn wir die Kapazität dafür gehabt hätten.«

Es waren zwar nur fünf Prozent gewesen, doch zwanzig hört sich besser an, dachte Berke.

»Es geht auch um die Fahrer! Mein Großvater hat geklagt, dass die Spedition zu wenige finden würde und daher immer wieder einige Lkws stehen bleiben müssen«, wandte Julia ein.

»Ich habe eine Initiative gestartet, um neue Fahrer zu finden«, antwortete Berke mit einem überlegenen Lächeln.

»Sind diese Fahrer auch zuverlässig? Dies war für meinen Großvater das Hauptkriterium«, fuhr Julia unbeirrt fort.

Der Krüppel wird langsam lästig, dachte Berke, bemühte sich aber weiterhin, freundlich zu sein. »Ich stelle selbstverständlich nur Fahrer mit bestem Leumund ein«, versprach er und wechselte das Thema. »Wenn Sie irgendetwas benötigen, wenden Sie sich vertrauensvoll an mich!«

»Danke! Ich werde es mir merken«, antwortete Julia und setzte in Gedanken hinzu: Und es auf keinen Fall tun!

Sie lächelte auf eine Weise, die Sophia erstaunt die Augenbrauen heben ließ. Ihr Schützling mochte das Aussehen der Mutter geerbt haben, doch im Kern war sie eine Lensberg. Schon bald würde sie so energisch und durchsetzungsfähig wie ihr Großvater sein, dachte Sophia, schüttelte dann aber den Kopf. Das wohl leider nicht, denn dafür hätte Eduard seine Enkelin entsprechend erziehen müssen.

Unterdessen reichte Berke Julia die Hand. »Sie werden erlauben, dass ich in die Spedition zurückkehre. Es ist viel zu tun, und ich will, dass Sie mit meiner Arbeit als Ihr Geschäftsführer zufrieden sind.«

»Auf Wiedersehen, Herr Berke!« Julia lächelte erneut in jener Weise, wie auch ihr Großvater es getan hatte, wenn dieser jemanden nicht mochte, es aber nicht zeigen durfte.

Kaum hatte Berke das Haus verlassen, musste Julia lachen. »Das war Schmalzlocke, wie er leibt und lebt! Großvater muss blind gewesen sein, um seine Fehler nicht zu erkennen.«

»... oder Berke sehr geschickt darin, sie zu verbergen. Du solltest ihn nicht unterschätzen. Der Mann ist ehrgeizig und will mehr sein als nur ein bezahlter Geschäftsführer«, mahnte Sophia.

»Was kann er sonst wollen?«

»Dein Großvater sagte einmal zu mir, er würde es gerne sehen, wenn du Simon Berke später einmal heiraten würdest, damit die Spedition in sicheren Händen bleibt. Vielleicht hat er auch Berke gegenüber eine entsprechende Bemerkung gemacht, und dieser sieht jetzt seine Chance.«

»Mich heiraten? Einen Krüppel? Das kann auch nur Berke wollen!« Für einige Augenblicke fühlte Julia das ganze Elend ihrer Behinderung und dachte gleichzeitig daran, dass Marcus sich die ganze Woche über nicht gemeldet hatte.

»Das Leben schenkt einem selten das, was man sich von ganzem Herzen wünscht«, sagte Sophia traurig. »Man muss mit dem auskommen, was man hat, und daraus das Beste machen.«

»Etwas anderes bleibt uns nicht übrig!«, antwortete Julia leise und dachte an ihren Joker, der sich anscheinend aus dem Staub gemacht hatte.

5.

Marcus war näher, als Julia ahnte. Nur eine Stunde später parkte er seinen Kleinwagen vor dem Verwaltungsgebäude der Spedition und sah sich interessiert um. Das Gelände war größer, als er erwartet hatte. Dazu sahen die Gebäude gepflegt aus, und auch die Lkws, die auf ihren Plätzen standen, machten einen guten Eindruck. Die Lensberg-Villa befand sich etwa fünfhundert Meter entfernt auf einem kleinen Hügel, und bis zur Stadt waren es noch einmal drei Kilometer. Für die Spedition war dies günstig, da die Wohnbebauung niemals bis hierher ausgedehnt werden würde. Daher gab es keine Anwohner, die sich über die bis in die Nachtstunden losfahrenden und ankommenden Lkws beschweren konnten.

Das alles sollte Julia gehören? Marcus schluckte. Auch wenn er Lukas Kullmanns Bruder war und sicher nicht mit leeren Taschen würde gehen müssen, fragte er sich nun, ob er Julia nicht besser aus seinen Gedanken streichen sollte. Wenn aus ihnen wirklich ein Paar wurde, würden Paul, Mia und andere behaupten, dass er nur ihres Reichtums hinter Julia her wäre.

Er war kurz davor, wieder in den Wagen zu steigen und zu fahren, als er sich am Riemen riss. Es war sein Leben, und was andere dazu sagten, konnte ihm am Allerwertesten vorbeigehen. Mit diesen Gedanken trat er ein, entdeckte auf einem Schild, dass die Anmeldung im dritten Stock lag, und stieg die Treppe hinauf. Zwar gab es einen Lift, doch den ignorierte er und trat oben auf die Tür zu, über der »Empfang« stand.

Er klopfte und ging hinein. Eine ältere Frau saß hinter dem Schreibtisch und schaute angestrengt auf den Bildschirm.

»Guten Tag!«, grüßte Marcus.

Zunächst ignorierte sie ihn. Erst nach einer Weile schaute sie auf.

»Sie wünschen?«

»Ich habe einen Vorstellungstermin bei Herrn Berke«, antwortete Marcus.

»Wir suchen derzeit nur Lkw-Fahrer«, erklärte die Frau.

Marcus grinste angespannt. »Genau deswegen bin ich hier!«

Die Frau griff zum Telefon und drückte eine Ziffer. »Herr Berke, hier ist ein Mann, der behauptet, Sie hätten einen Termin mit ihm vereinbart.«

Was Berke antwortete, konnte Marcus nicht hören. Die Frau legte auf und zeigte durch ein Fenster nach draußen.

»Sie sollen auf dem Hof warten. Herr Berke kommt nach.«

»Danke!«, antwortete Marcus etwas bissig.

Er fand, dass die Bezeichnung Vorzimmerdrache bei dieser Frau berechtigt war. Ohne Abschiedsgruß verließ er das Zimmer, stieg die Treppe nach unten und musste sich dort erst orientieren, wo der genannte Hof sein sollte. Schließlich erreichte er eine große Betonfläche, auf der ein gutes Dutzend Lkws herumstand, und wartete.

Als er schon aufgeben wollte, trat Berke aus dem Gebäude und winkte ihn zu sich. »Sie haben in Ihrer E-Mail behauptet, den Lkw-Führerschein zu besitzen?«

Statt einer Antwort holte Marcus seinen Führerschein heraus und reichte ihn Berke. Dieser warf nur einen kurzen Blick darauf und gab ihn zurück. »Wann können Sie anfangen?«

»Während des Semesters geht es nur an den Wochenenden. In den Ferien kann ich dann ganztags arbeiten«, sagte Marcus.

»Wochenendarbeit bei unserem Sonntagsfahrverbot? Das würde Ihnen so passen«, antwortete Berke spöttisch. »Wenn, werden Sie nur für die Zeit bezahlt, in der Sie auch fahren. Verstanden?«

Marcus nickte. »Habe ich!«

»Ich möchte nur noch wissen, ob Sie auch wirklich fahren können!« Berke blickte sich um und sah Lippens, der die Limousine hierhergebracht hatte, um sie waschen zu lassen.

»Gut, dass Sie da sind, Lippens. Dieser junge Mann behauptet, Lkw-Fahrer zu sein. Testen Sie ihn! Wenn er taugt, soll er zu Frau Holtzing gehen und sie seine Daten aufnehmen.«

Lippens wollte Berke schon empört sagen, dass er als Chauffeur für die Villa und nicht als Lkw-Fahrer in der Spedition angestellt sei. Da erkannte er Marcus und kniff die Augen zusammen. Sollte sich hier tatsächlich etwas anbahnen?

»Da ich im Augenblick drüben nicht benötigt werde, kann ich es tun«, antwortete er daher und trat näher.

Berke wandte sich bereits zum Gehen, blieb dann aber noch einmal stehen. »Wenn die Damen Sie im Moment nicht brauchen, können Sie die Fuhre nach Olpe übernehmen. Sie muss heute noch hingebracht werden, und es ist kein anderer Fahrer verfügbar!«

Er ging und ließ Lippens nachdenklich zurück. Dieser wusste, dass Eduard Lensberg keine Aufträge angenommen hatte, bei denen es zweifelhaft war, ob sie termingerecht zugestellt werden konnten. Diesen Vorsatz schien Berke aufgegeben zu haben.

Nun blieb er vor Marcus stehen und streckte ihm die Hand entgegen. »Guten Tag, Herr Kullmann! Ich freue mich, Sie zu sehen, wobei ich mich wundere, dass Sie hier als Lkw-Fahrer anfangen wollen.«

»Ich habe mich mit meinem Bruder gestritten und will ihm beweisen, dass ich das Geld für mein weiteres Studium selbst verdienen kann.«

»Da gäbe es sicher leichtere Möglichkeiten als am Steuer eines Trucks. Aber da Sie nun einmal hier sind, wollen wir das ausnützen. Sie haben gehört, dass wir diesen Lkw nach Olpe bringen sollen. Sie setzen sich ans Steuer, und ich sehe zu, ob Sie es können.«

Marcus atmete tief durch, sagte sich dann aber, dass er die Sache angefangen hatte, und ging zu dem Wagen hin. Unterwegs blieb er stehen und drehte sich zu Lippens um. »Wie kommen wir an den Schlüssel?«

»Der soll angeblich stecken!«

So war es auch, was Lippens ärgerte. »Was für eine Sauerei! Bei Herrn Lensberg hätte es das nicht gegeben«, schimpfte er, als er einstieg.

Auch Marcus setzte sich, ließ aber den Motor noch nicht an, sondern ging alle Anzeigen und Schalter durch.

»Sind Sie sicher, dass Sie den Lkw-Führerschein gemacht haben, und nicht den Pilotenschein, weil Sie alles so genau checken, Herr Kullmann?«, fragte Lippens spöttisch.

»Ich sitze zum ersten Mal seit der Fahrschule wieder in so einem Ding und muss mir daher alles ansehen, um es richtig bedienen zu können.«

»Warum haben Sie den Lkw-Führerschein gemacht, wenn Sie ihn nicht brauchen?«

»Mein Bruder wollte es so, da unser Vater es von ihm verlangt hat. Damals war ich nicht gerade begeistert, bin jetzt aber ganz froh darüber.«

Marcus startete das Fahrzeug. Als er losfuhr, ruckte es ein wenig, doch sonst hatte er das Gefährt gut im Griff.

Nach einer Weile konnte Lippens sich unbesorgt zurücklehnen und musterte Marcus von der Seite. »Sie werden erlauben, dass ich etwas direkt werde.«

»Nur heraus damit!«, antwortete Marcus, ohne in seiner Aufmerksamkeit nachzulassen.

»Liegt Ihnen wirklich etwas an Julia Lensberg, oder ist es nur eine Laune, der Sie folgen?«

Auf die Frage war Marcus nicht vorbereitet. »Wenn ich das wüsste, wäre ich froh! Ich mag Julia, verstehen Sie? Es war schön mit ihr in der Klinik, auch wenn wir außerhalb der Mahlzeiten nur wenig Zeit miteinander verbringen konnten. Ich würde sie gerne wiedersehen.«

»Und prüfen, ob das Gefühl in der Klinik dem wirklichen Leben standhält, was?«, fragte Lippens.

Marcus nickte. »Das auch! Aber mehr interessiert mich, ob dieses Gefühl bei ihr geblieben ist.«

»Sie wissen, dass sie querschnittsgelähmt ist.«

»Ja! Aber sie war so munter und liebenswert, dass es mir überhaupt nichts ausgemacht hat. Ich …« Marcus brach ab, da sie sich einer Ortschaft näherten und er die volle Konzentration brauchte. Erst als sie wieder auf der Landstraße waren, sprach er weiter. »Es war einfach schön, mit ihr zusammen zu sein.«

Lippens überlegte. Marcus Kullmann galt als bunter Hund. Andererseits wusste er, in welchem seelischen Zustand Julia gewesen war, als er sie in die Rehaklinik gefahren hatte, und wie munter und fröhlich sie zurückgekommen war. Inzwischen hatte sich ihre Stimmung wieder verschlechtert, und er hatte das bestimmte Gefühl, dass es an dem jungen Mann neben ihm lag.

»Wissen Sie, Herr Kullmann, ich mag Julia sehr und sage offen, dass jeder, der ihr ein Leid zufügt, es mit mir zu tun bekommt. Ich war in meiner Jugend Niederrheinmeister im Mittelgewicht.«

»Boxen, Ringen oder Judo?«, fragte Marcus und brachte Kullmann damit zum Lachen.

»Boxen!«, erwiderte er. »Ich hatte einen verdammt harten rechten Punch.«

»Ich glaube nicht, dass Sie den verlernt haben! Aber danke, dass Sie mich gewarnt haben. Ich werde es nicht vergessen.«

»Dort vorne sollten Sie abbiegen«, riet Lippens. »Wir sparen durch diese Abkürzung mindestens zehn Minuten. Und noch etwas: Wann wollen Sie zu Julia gehen?«

»Sobald Sie meinen, dass das richtig wäre.«

Lippens wollte schon sagen, am besten noch heute, als ihm Simon Berke einfiel. Da er als Lensbergs Chauffeur einiges mitgekriegt hatte, wusste er, dass sein verstorbener Chef Berke gerne als Julias Ehemann gesehen hätte. Berke schien auch jetzt auf eine Heirat mit Julia hinzuarbeiten, um die Spedition in seinen Besitz zu bringen. Wenn der Kerl mitbekam, dass er in Marcus Kullmann einen Konkurrenten hatte, würde er alles daransetzen, diesen loszuwerden, und wenn er ihn mit einem Lkw direkt in das schlimmste Krisengebiet der Welt schickte.

»Vielleicht sollten Sie noch ein bisschen damit warten und so tun, als wären Sie derzeit nicht in der Lage dazu. Aber eines sollten Sie tun: Rufen Sie das Mädchen an, bevor die Enttäuschung, dass Sie sich nicht gemeldet haben, in Bitterkeit umschlägt.«

»Das werde ich tun«, versprach Marcus. »Reicht es Sonntag? Bis dahin muss ich noch einige Dinge erledigen und will mit Julia in aller Ruhe reden. Wenn ich mit dem Lkw auf einem Rastplatz hänge, hätte ich genug Zeit dafür.«

Lippens nickte. »Die paar Tage können Sie noch warten. Länger sollte es jedoch nicht dauern. Und noch etwas: Wenn Sie mit dem Lkw unterwegs sind, achten Sie darauf, dass man Ihnen in der Nacht nicht die Plane aufschneidet und den Wagen ausräumt. Bis jetzt hatten wir Glück, doch da Berke die Fahrer förmlich mit dem Lasso einfängt, könnte ein fauler Apfel darunter sein, der seinen Kumpels Tipps gibt. Ein unerfahrener Trucker wie Sie wäre für solche ein gefundenes Fressen.«

»Dann kann ich nur hoffen, dass ich ein zu harter Bissen bin«, antwortete Marcus.

Da sie sich nun Olpe näherten und er achtgeben musste, den richtigen Weg zu finden, erlahmte das Gespräch. Sie brachten die Ladung an ihren Bestimmungsort, luden sie dort ab und machten sich, nachdem die Frachtpapiere unterschrieben waren, auf den Rückweg. Dabei hing jeder von ihnen seinen Gedanken nach. Als sie den Lkw auf dem Speditionsgelände abstellten, hatten beide das Empfinden, als Freunde zu scheiden – und, wie Lippens hoffte, als Verbündete.

Während Marcus noch einmal das Verwaltungsgebäude betrat und Frau Holtzing seine persönlichen Daten aufnahm, stieg Lippens in die gewaschene und geputzte Limousine und legte den kurzen Weg zur Villa zurück.

Dort fuhr er den Wagen in die Garage und trat ins Haus. Sophia kam mit ärgerlicher Miene auf ihn zu. »Was ist denn mit Ihnen los, Herr Lippens? Als ich Sie vorhin anrufen wollte, ging einer der Mechaniker an den Apparat!«

»Ich hatte mein Handy im Wagen liegen lassen. Ich hoffe, Sie sehen es mir nach. Ich habe eine sehr interessante Neuigkeit für Sie. Sie muss aber unter uns bleiben!«

Lippens klang so verschwörerisch, dass Sophia ihren Unmut hinunterschluckte. »Also, was ist?«

»Sie werden nicht glauben, mit wem ich die letzten zwei Stunden zusammen war – nämlich mit Marcus Kullmann. Er hat sich von Berke als Aushilfsfahrer einstellen lassen.«

Es dauerte ein paar Augenblicke, bis Sophia antworten konnte. Ihr schossen einfach zu viele Gedanken durch den Kopf. Sie wollte Julia vor einer Enttäuschung bewahren, doch wenn Marcus es wirklich ernst mit dem Mädchen meinte, war er auf jeden Fall eine bessere Wahl als Simon Berke.

»Sie sollten mir alles berichten, was Sie über Marcus Kullmann wissen, aber unter vier Augen«, sagte sie.

Danach wollte sie entscheiden, ob sie einschreiten oder den Dingen ihren Lauf lassen sollte.

6.

In der schönen Villa am Tegernsee warf Claude Palmer den Brief ihres Anwalts mit einem ärgerlichen Laut auf den Tisch.

»Die Einwände der Gegenseite sind anerkannt worden! Das Gericht will erst prüfen, ob meine Vormundschaft über meine Tochter deren Wohl entspricht oder ob sie weiterhin mit körperlicher Gewalt rechnen muss. Wie konntest du nur so dumm sein, auf sie loszugehen? Wir hätten sie schon dazu gebracht, den Antrag auf meine Vormundschaft über sie zu unterschreiben. Nun stellt sie sich stur.«

»Verdammt! Jetzt gib nicht mir die Schuld. Was heißt hier außerdem körperliche Gewalt? Das Ganze wird von dieser Sophia Lensberg doch total aufgebauscht. Ich wollte deiner Tochter nur zum Tisch helfen, damit sie dort unterschreiben kann.« Lars Palmer war laut geworden und sah seine Frau wütend an. »Überhaupt bist du an dem ganzen Blödsinn schuld! Hättest du dich, als es Zeit war, um deine Tochter gekümmert, wäre die Vormundschaft längst in trockenen Tüchern. Das hättest du auch tun sollen, als sie im Krankenhaus und in der Rehaklinik lag. So bist du nur kurz zu ihr hin, hast ihr ein paar Geschenke aufs Bett gekippt und bist gleich wieder verschwunden. Du hättest in Köln bleiben, das Mädchen jeden Tag besuchen und ihm vorweinen müssen, wie sehr du es bedauerst. So aber hast du dieser angeheirateten Lensberg-Hexe freie Bahn gelassen.«

»Du weißt, dass ich in Krankenhäusern immer schreckliche Migräne bekomme«, rief Claude weinerlich.

»Gegen die Kopfschmerzen gibt es Tabletten!«, erklärte Palmer barsch. »Hier geht es um meinen nächsten Deal. Der wird richtig Geld bringen, aber nur, wenn ich genug Kapital einsetzen kann. Dafür brauche ich das Vermögen deiner Tochter und die Spedition!«

»Ich dachte, du arbeitest bereits mit der Spedition zusammen?«, fragte Claude verwirrt.

»Bei ein paar kleinen Geschäften, von denen jedes höchstens ein paar Hunderttausend Euro einbringt. Ich spreche hier von dem ganz großen Deal, nicht von der einen Lkw-Fuhre, die morgen Abend in Bari sein muss, um von dort aus weiterverschifft zu werden.«

Palmer schnaubte, denn die Geldsumme, die er für das Geschäft, das er angeleiert hatte, aufbringen musste, überstieg seine eigenen Reserven bei Weitem.

Unterdessen überlegte seine Frau, was sie tun konnte. Augenblicke später hellte sich ihre Miene auf. »Weißt du was? Ich werde morgen nach Paris fliegen, dort ein paar schöne Sachen einkaufen und sie Julia schenken. Sie wird sich sicher freuen, und ich kann ihr dann auch sagen, dass du eigentlich ein ganz lieber Mensch bist.«

Palmer schüttelte den Kopf. »Du wirst im Augenblick nirgendwohin fliegen und groß einkaufen.«

Das Leuchten in Claudes Augen erlosch. »Und warum nicht?«

»Weil ich jeden Hosenknopf, den ich zusammenraffen konnte, in meinen Deal gesteckt habe. Du kannst wegen mir eine Schachtel Pralinen besorgen und sie deiner Tochter mit der Post schicken. Sobald das Geld, das ich mit der für Bari bestimmten Ware einnehme, auf dem Konto ist, wirst du zu ihr fahren, dich bei ihr einnisten und die besorgte Mami spielen. Mach es aber gut, denn ich brauche dringend Cash!«

»Ich soll nicht nach Paris fliegen?«

Claude war so wütend, dass ihr die Tränen kamen. Seit Jahren hatte sie sich nicht mehr einschränken müssen und fand es daher gemein von ihrem Mann, ihr diesen Flug zu verbieten. Ich werde es trotzdem tun, dachte sie. Ein Blick in das hart wirkende Gesicht ihres Mannes brachte sie jedoch davon ab. Sie hatte erlebt, wie er Julia behandelt hatte, und bekam es mit der Angst zu tun, er könnte auch sie einmal so durch den Raum schleifen und womöglich sogar schlagen.

»Also gut! Ich bleibe hier und schicke Julia ein kleines Geschenk mit deiner Entschuldigung«, sagte sie und beschloss, ihren Einkaufsbummel dann eben in München zu machen. Gegen Paris und London war es zwar nur ein Provinznest, aber da es nicht anders ging, musste es reichen.

7.

Marcus war anstandslos eingestellt worden und stand nun vor dem Sattelzug, der ihm zugeteilt worden war. So einen großen Truck hatte er noch nie gefahren und bekam für einige Augenblicke Muffensausen. Dann aber sagte er sich, dass er schon andere Dinge bewältigt hatte, und direkt in die Walachei würde man ihn sicher nicht schicken.

Zu seiner Verwunderung kam Simon Berke persönlich auf ihn zu. »Pünktlich sind Sie ja! Dann kommen Sie mal mit«, sagte Berke anstelle eines Grußes.

»Guten Tag, Herr Berke!« Marcus sah zu, wie der Mann den Sattelschlepper aufschloss, sich auf den Beifahrersitz setzte und ihn anwies, auf dem Fahrersitz Platz zu nehmen.

»Das hier ist eine sehr wichtige Fracht«, begann Berke. »Der Container muss morgen vor Mitternacht in Bari sein. Da kein zweiter Fahrer zur Verfügung steht, müssen Sie die Strecke allein schaffen. Hier sind die Frachtpapiere! Sehen Sie diesen Stempel? Er besagt, dass der Container von den deutschen Zollbehörden überprüft und versiegelt worden ist. Sie können damit die Schweizer Grenzen und die von Italien passieren, ohne dass Sie kontrolliert werden. Sie müssen nur dieses Papier vorzeigen. Haben Sie verstanden?«

Marcus nickte. »Klar!«

»Hier ist der Begleitschein! Laut diesem werden Sie das Gespann in der Schweiz einem gewissen Giuseppe Matazzi übergeben. Der aber existiert nur auf diesem Papier! Verstanden?«

Marcus nickte, obwohl ihm etliche Einwände auf der Zunge lagen. Bis Bari waren es mehr als siebzehnhundert Kilometer. Er würde dafür mindestens einen ganzen Tag brauchen. Pausen konnte er sich dabei kaum erlauben.

»Wenn Sie den Auflieger mit dem Container in Bari übergeben haben, fahren Sie morgen Nacht so lange nach Norden, wie es nur möglich ist, und bleiben dann wegen des Sonntagsfahrverbotes auf einem Rastplatz stehen. Sobald Sie wieder aufbrechen dürfen, fahren Sie nach Bozen und holen die Gegenfracht ab.«

Da Berkes Anweisungen weder mit den Gesetzen noch mit dem Tarifvertrag vereinbar waren, ahnte Marcus, weshalb er diesen Auftrag bekam. Als Neuer hatte er kaum eine andere Wahl, als Berke zu gehorchen, während die etablierten Fahrer der Spedition sich weigern würden, diesen Auftrag durchzuführen.

»Ach ja, damit Sie nicht einschlafen, sollten Sie diese Pillen nehmen!« Berke streckte Marcus dabei einen Blister mit vier Tabletten hin. Dieser nahm sie, weil er wusste, dass er es anders nicht schaffen würde, und hörte sich die weiteren Verhaltensmaßregeln an, die Berke ihm erteilte.

Schließlich klopfte dieser ihm auf die Schulter. »Sie sollten aufbrechen, denn Sie haben einen weiten Weg vor sich.«

»Ich hole nur noch ein paar Sachen aus dem Auto und bin dann weg.«

Marcus stieg aus und schüttelte insgeheim den Kopf. Wie es aussah, brachte Berke ihn trotz der Namensgleichheit nicht mit Lukas Kullmanns Bruder in Verbindung. Bei dem Gedanken musste er lachen. Ein Mitbesitzer der Kullmann-Werke hatte es eben nicht nötig, sich aushilfsweise als Lkw-Fahrer zu verdingen. Gleichzeitig fragte er sich, auf welche Geschäfte Berke sich eingelassen hatte, um ihretwegen gegen alle Gesetze verstoßen zu müssen. Er überlegte, ob er die Fahrt ablehnen sollte. Jedenfalls war hier etwas faul, sonst hätte Berke ihm nicht diese Pillen gegeben. Marcus erinnerte sich daran, dass ihm der Mann bereits bei Lensbergs Geburtstagsfeier nicht gepasst hatte. Es geht um Julia, dachte er. Es war ihre Spedition, und wenn deren Geschäftsführer gegen Gesetze verstieß, würde es an ihr hängen bleiben. Da war es besser, erst einmal zu schauen, was dahintersteckte, und dabei die Augen offen zu halten.

Nachdem er seine Reisetasche aus dem Kofferraum seines Autos geholt hatte, stieg er in den Truck, verstaute sein Gepäck und startete den Sattelschlepper. Dieser ließ sich leichter steuern, als er befürchtet hatte, und so war er zuversichtlich, die Ladung heil ans Ziel bringen zu können.

Es gab im Grunde nichts Öderes, als in mäßigem Tempo die Autobahn entlangzuzuckeln. Marcus hatte früher schnelle Autos gefahren und sich bereits an seinen Kleinwagen gewöhnen müssen. Nun war es noch schlimmer. Die Kilometer schlichen förmlich an ihm vorbei, und Ausfahrten, die er früher rasch erreicht hatte, ließen jetzt auf sich warten. Die Nacht kam, und die Zahl der Lkws nahm ab. Er musste trotzdem mehrfach langsamere Lastwagen überholen und bemerkte, wie der Tacho über die rote Linie hinausging. War er zu Beginn rasch wieder langsamer geworden, fuhr er, je weiter die Nacht fortschritt, immer wieder über dem Limit.

Eines hatte Berke ihm unmissverständlich klargemacht: Auf der Fahrt nach Bari gab es keine Pause, außer zum Tanken und für einen Coffee to go, den er während des Fahrens trank.

Irgendwann nach Mitternacht beschloss er, die erste Tablette einzuwerfen, um nicht zu einer Gefahr für andere Verkehrsteilnehmer zu werden. Er fühlte sich rasch besser und wurde regelrecht euphorisch.

Was für ein Teufelszeug!, dachte die kluge Seite in ihm.

Er musste sich zusammennehmen, um nicht zu sehr aufs Gaspedal zu drücken. Obwohl er viel gegen Berke sagen konnte, hatte dieser die Frachtpapiere sehr gut vorbereitet. Zusammen mit den Plomben des deutschen Zolls, die bewiesen, dass der Container seitdem nicht geöffnet worden war, kam er problemlos durch die erste Grenzkontrolle. Bis Bari war es jedoch noch ein weiter Weg, und so ließ er seine Gedanken wandern.

Ob Julia ahnte, dass ihr Geschäftsführer nicht unbedingt gesetzeskonform arbeitete?, fragte er sich und verneinte es sofort. Soviel er von ihr erfahren hatte, wusste sie kaum etwas über den Ablauf in der Spedition. Marcus bedauerte es, dass der alte Lensberg so früh gestorben war, denn Julia hätte auch im Rollstuhl lernen können, wie die Spedition zu leiten war. Dann wäre sie nicht auf einen Menschen wie Simon Berke angewiesen. Als er sich daran erinnerte, wie dieser sich auf Lensbergs Geburtstagsfeier bei der noch recht kindlich erscheinenden Julia angebiedert hatte, spürte er eine mit Verachtung gepaarte Wut. Und in diesem Augenblick erahnte er Berkes Absicht, sie zu heiraten, um selbst Chef zu werden.

Für einen ehrgeizigen Mann wie Berke stellte sie wegen ihres Vermögens eine große Verlockung dar. Er würde sie heiraten und mit dem Hinweis auf ihre Behinderung unter einen Glassturz stellen, sodass das Leben an ihr vorbeiging. Das hatte Julia nicht verdient.

8.

Die Fahrt ging weiter. Marcus wusste zuletzt selbst nicht, wie er durchgehalten hatte. Er war schließlich nur noch erleichtert, als sein Navi ihn zum Hafen von Bari führte und er vor der Spedition anhalten konnte, die den Weitertransport des Auflegers übernehmen würde. Zu dem Zeitpunkt war er mehr als vierundzwanzig Stunden unterwegs gewesen und fühlte sich trotz der einen Tablette so todmüde, dass er am liebsten im Stehen eingeschlafen wäre. Irgendwie brachte er die Formalitäten hinter sich und erhielt nach der Kontrolle der Plomben am Container die Unterschrift, dass er die Ladung vollständig und unbeschadet übergeben habe.

»Du kannst jetzt fahren!«, sagte ein Arbeiter, dessen Deutsch ausreichte, um sich mit Truckern aus Deutschland auszutauschen.

»Nur zu gerne!«, antwortete Marcus und war froh, die Verantwortung für die Fracht los zu sein.

Laut Berke sollte er jetzt in Italien so weit nach Norden fahren, dass er Montag zu früher Stunde in Bozen auftauchen und die Gegenfracht übernehmen konnte. Da er nicht glaubte, es in seinem jetzigen Zustand ohne Hilfsmittel zu schaffen, schluckte er die nächste Pille und fühlte sich nach kurzer Zeit wieder frisch genug, um Bäume ausreißen zu können. Zügig, aber nicht übertrieben schnell fuhr er Richtung Norden.

Als es Zeit wurde, suchte Marcus einen Rasthof auf, stellte das Zugfahrzeug ab, verriegelte es und legte sich aufs Ohr. Er schlief tief und traumlos, wachte aber mit einem fürchterlichen Kater auf. Zuerst wusste er nicht einmal, wo er sich befand, und wunderte sich, in der engen Schlafkabine eines Lkws zu liegen. Er rieb sich den schmerzenden Kopf und fragte sich, warum er sich das überhaupt angetan hatte. Sofort stieg Julias Bild in seinen Gedanken auf. Ich tue es für sie, dachte er. Sie muss erfahren, auf welche Weise Berke ihre Fahrer ausbeutet und dabei gegen alle Gesetze und Regeln verstößt.

Er griff zu seinem Handy, um sie anzurufen, steckte es aber wieder weg. Erst musste er sich waschen, Zähne putzen und etwas in den Magen bekommen. Danach hatte er genug Zeit, um mit Julia zu plaudern. Außerdem fand er es besser, wenn er ihr die Umstände dieser Fahrt nicht am Telefon erzählte, sondern erst dann, wenn er sie das nächste Mal traf.

In der Raststation konnte er sogar duschen und gab die paar Euro gerne dafür aus. Ein kräftiges Frühstück und mehrere Tassen Espresso weckten seine Lebensgeister, und so setzte er sich in seinen Truck, nahm das Handy und wählte Julias gespeicherte Nummer an. Die Antwort kam so schnell, dass er beinahe überrascht worden wäre.

»Hier ist Julia Lensberg. Wer spricht?«

»Hi, Julia! Ich bin es, Marcus. Ich wollte mich doch mal melden«, begann Marcus und wurde sofort unterbrochen.

»Marcus? Wirklich?«

Es klang so glücklich, dass er sich schämte, nicht früher angerufen zu haben. »Wie geht es dir? Hast du die erste Woche nach der Reha gut hinter dich gebracht?«

»Mit geht es gut! Ich würde fast sagen, es geht mir ausgezeichnet. Und wie steht es mit dir?«, antwortete sie hörbar interessiert.

»Ich bin von zu Hause ausgezogen und muss jetzt das Geld für mein weiteres Studium verdienen. Der Schatten meines Bruders war einfach zu erdrückend.«

»Das kann ich mit vorstellen«, antwortete Julia. »Und wo bist du jetzt?«

»In Italien.«

»Was machst du dort?«

»Geld verdienen!«

»Aber du kommst wieder heim?« Julia klang auf einmal, als habe sie Angst, Marcus würde sie nur deshalb anrufen, um sich endgültig von ihr zu verabschieden.

»Natürlich komme ich zurück! Ich studiere schließlich in Köln und muss am Dienstag wieder in die Vorlesung.«

»Kommst du mich einmal besuchen?«

»Wenn du magst, gerne!«

»Und ob ich mag!«

Marcus begriff, dass er die Entscheidung nicht mehr hinausschieben konnte. Entweder akzeptierte er Julia so, wie sie war als Freundin und spätere Lebensgefährtin, oder aber er sagte »Tschüss«, und das war's.

Kurz dachte er an Mia, die so verführerisch war. An interessante Gespräche mit ihr konnte er sich jedoch nicht erinnern. Bei Julia hingegen war es völlig anders. Es war wunderschön gewesen, sich mit ihr zu unterhalten, und was das Weitere betraf, würden sie das auch schaffen.

»Was hältst du davon, wenn ich Mittwoch nach der Vorlesung komme?«, fragte er kurz entschlossen.

»Ich halte sehr viel davon! Ich habe dich vermisst, Marcus!« Das kam ungewollt aus Julias Mund, und sie hatte im ersten Augenblick Angst vor seiner Antwort.

»Ich habe dich auch vermisst, Julia!«, sagte er und begriff bei diesen Worten, dass sie aus seinem Herzen kamen.

Sie sprachen noch eine Weile miteinander, und erst lange nachdem sie das Telefonat beendet hatten, fiel Marcus auf, dass er vor einem Problem stand. Simon Berke kannte seinen Wagen und würde sich wundern, diesen bei der Villa zu sehen. Nach einer Weile nickte er lächelnd und wählte die Handynummer seiner Schwägerin.

»Hallo, Caren!«, sagte er. »Du könntest mir aus einer kleinen Verlegenheit heraushelfen, indem du mir am Mittwochabend deinen Wagen leihst.«

9.

Als Marcus am späten Mittwochnachmittag den Wagen vor der Lensberg-Villa parkte, kam Lippens wie zufällig aus der Garage und begrüßte ihn.

»Guten Tag, Herr Kullmann. Sind Sie gut von Ihrer Trucker-Tour zurück?«

»Das bin ich!«, berichtete Marcus, ohne zu wissen, dass er damit um die dreihunderttausend Euro in Lars Palmers Kasse gespült hatte. »Wir sollten später über diese Angelegenheit reden! Ein paar Dinge sind mir nämlich alles andere als koscher erschienen«, setzte er nachdenklich hinzu.

»Wenn Berke einen absoluten Frischling mit einer solchen Fuhre betraut, kann sie nicht koscher sein. Aber wie Sie schon sagten, darüber sollten wir später reden. Jetzt werden Sie erst einmal sehnsüchtig erwartet«, sagte Lippens lächelnd und führte Marcus zum Haus.

Fedosia stand bereit, um sie einzulassen, und beäugte Marcus genau. Auch sie hatte den violettroten Anzug noch gut in Erinnerung. Jetzt aber war er mit einer grauen Jeans und einem hellblauen T-Shirt bekleidet und wirkte wie ein ganz normaler junger Mann. Nein, korrigierte die Haushälterin sich. Marcus war ein sehr attraktiver junger Mann, wie es nur wenige gab.

»Guten Tag, Herr Kullmann! Treten Sie ein«, grüßte sie und ging voran.

Marcus kannte die Villa bereits von der Geburtstagsfeier und hätte damals nicht gedacht, so rasch wieder hierherzukommen.

Er wurde von Fedosia in ein kleines Erkerzimmer geführt, das mit den holzgetäfelten Wänden und der Kastendecke aus Holz einen malerischen Anblick bot. Julia saß hinter dem Tisch und sah ihm mit leuchtenden Augen entgegen. Der Blick ihrer Großmutter hingegen war kritischer, und Marcus begriff, dass er sich von ihr noch einige Fragen würde gefallen lassen müssen.

»Guten Tag, Frau Lensberg! Hi, Julia!«, sagte er und sah, wie Julia mit ihrem Rollstuhl geschickt den Tisch umkurvte und auf ihn zukam. Er beugte sich zu ihr nieder und küsste sie auf die Wange. Da drehte sie den Kopf so, dass ihre Lippen sich für einen Moment berührten.

»Es ist so schön, dass du gekommen bist«, sagte sie glücklich.

»Das ist es!«, antwortete er und hielt ihre Hände für einen Augenblick fest.

Marcus war vorher unsicher gewesen, wie es sein würde, Julia wiederzubegegnen, doch nun hatte er keinerlei Zweifel mehr, dass es richtig gewesen war, zu ihr zu kommen.

»Du siehst wunderschön aus!« Er lächelte so sanft, dass ein Teil von Sophias Misstrauen schwand.

Wie es aussieht, macht er sich wirklich etwas aus dem Mädchen, dachte sie. Er passt auch weitaus besser zu Julia als Berke. Doch würde die Beziehung von Dauer sein?

»Setzen Sie sich doch! Fedosia deckt gleich den Tisch. Wir essen meistens hier zu Abend, weil das Speisezimmer für uns beide zu groß ist.«

»Danke!« Marcus setzte sich und erhielt Glas, Teller und Besteck vorgelegt.

Julia wollte von ihm wissen, was er in den gut zwei Wochen, die sie sich nicht mehr gesehen hatten, gemacht hatte.

»Meine Schwägerin war der Meinung, dass es besser ist, wenn mein Bruder und ich uns eine gewisse Zeit aus dem Weg gehen, und hat mir ein Appartement in Köln besorgt«, sagte er.

»Und dafür musst du arbeiten!« Julia klang bedauernd, denn dies hieß, dass Marcus nicht so oft zu ihr kommen konnte, wie sie es sich wünschte.

»Man kann es so sagen«, meinte Marcus. »Ich tue es aber auch, um ein paar Zecken von mir fernzuhalten.«

»Zecken?«, fragte Julia verwundert.

»Ich weiß, es ist ein böser Ausdruck, aber ich kenne keinen besseren«, antwortete Marcus, und seine Miene wurde für einen Moment finster. Dann winkte er lachend ab. »Es geht um einen Ex-Freund und eine Ex-Freundin, mit denen ich die letzten drei, vier Jahre oft gemeinsam etwas unternommen habe. Im Nachhinein muss ich sagen, dass ich die beiden ausgehalten und wenig Dank dafür erhalten habe. Aber das ist vorbei!«

Es klang so abschließend, dass Sophia sich sagte, dass Marcus zwar ein junger Mann war, sich aber durch einen festen Willen von vielen seiner Altersgruppe unterschied.

Da Fedosia das Essen brachte, verstummte das Gespräch und

wurde erst später wiederaufgenommen. Nach einer Weile stand Sophia auf.

»Ich hoffe, du hast nichts dagegen, wenn ich dir Marcus für ein paar Minuten entführe. Aber ich würde gerne unter vier Augen mit ihm sprechen! Sie sind hoffentlich dazu bereit?«

Die Frage galt Marcus, der sie sofort bejahte.

Er folgte Sophia in einen Raum, der seiner Einrichtung nach Eduard Lensbergs Arbeitszimmer gewesen sein musste. Dort setzte sie sich in den Chefsessel und bot Marcus einen der beiden anderen Stühle an. Kaum hatte er Platz genommen, sah sie ihn durchdringend an.

»Und jetzt, Herr Kullmann, nennen Sie mir einen vernünftigen Grund, warum sich ein gutaussehender, sportlicher junger Mann wie Sie in eine junge Frau verlieben könnte, die zeit ihres Lebens im Rollstuhl sitzen wird?«

Marcus wirkte im ersten Moment hilflos. »Wenn ich Ihnen das sagen könnte, würde es mich freuen. Ich weiß es nicht. Es war so, dass ich von Julia fasziniert war, als ich sie das erste Mal im Rollstuhl gesehen habe. Und dieses Gefühl ist bis heute geblieben.«

»Julia ist gerade mal siebzehn Jahre alt. Wenn sie jetzt eine Enttäuschung erlebt, wird sie sich womöglich kein zweites Mal mehr verlieben. Sie wird vielleicht Berke heiraten, wenn es für die Spedition richtig ist, aber niemals glücklich werden.«

Sophia klang mahnend. »Enttäuschen Sie Julia nicht!«, sagte sie und schien dabei seltsam hilflos.

»Das werde ich nicht!«, versprach Marcus und rieb sich kurz über die Stirn. »Sie haben eben Simon Berke erwähnt. Da gibt es etwas, über das ich noch ausführlich mit Herrn Lippens sprechen wollte.«

Sophia horchte auf. »Sie können mit Lippens und mir darüber sprechen. Sagen wir am nächsten Sonntag?«

»Da bin ich wahrscheinlich wieder mit einem Truck unterwegs«, antwortete Marcus und bekannte, dass er von Berke als Aushilfsfahrer für die Spedition angestellt worden war.

»Dann würde ich sagen: Montagabend! Kommen Sie gegen zwanzig Uhr. Wir sollten auch Julia in das Gespräch miteinbeziehen. Immerhin ist sie die Erbin der Spedition und hat ein Recht darauf, alles zu erfahren, was damit zu tun hat.«

Als Marcus das hörte, zog er den Kopf ein. »Sie weiß nicht, dass ich hier arbeite.«

»Dann wird es Zeit, dass Sie es ihr beichten. Es wird ihr gefallen, denn es zeigt, dass Sie für sie da sein wollen!« Sophia lächelte und glaubte zum ersten Mal daran, dass alles doch gut gehen könnte.

10.

Es wurde ein schöner Abend, und Marcus freute sich auf das nächste Wiedersehen. Doch schon am Tag darauf wurde er mit seiner Vergangenheit konfrontiert. Er war gerade von der Uni gekommen und wollte eine Kleinigkeit essen, als es an der Tür schellte. Er machte auf und sah Paul vor sich.

»Hi, Marcus!«, sagte dieser mit einem angespannten Lächeln. »Ich wollte doch mal wieder bei dir vorbeischauen.«

»Das ist aber nett von dir«, antwortete Marcus mit spürbarer Ironie. Er trug Paul weniger nach, ihm Mia abspenstig gemacht zu haben, als seinen üblen Tritt bei der Mountainbike-Tour.

»Ich wäre schon früher gekommen, aber ich hatte etwas Trouble und habe es nicht geschafft. Von Jens habe ich dann erfahren, dass du dir eine eigene Wohnung zugelegt hast.« Noch während er es sagte, trat Paul ein. Er wirkte jedoch enttäuscht, als er das kleine Appartement sah.

»Du bist sicher am Wochenende zu Hause und hier nur unter der Woche, um zur Uni zu gehen.«

Unaufgefordert setzte er sich und bediente sich an der Wasserflasche, die Marcus auf den Tisch gestellt hatte.

»Hast du ein Kölsch da?«, fragte er hoffnungsvoll.

»Nein, nur Düsseldorfer Alt«, sagte Marcus, der noch unschlüssig war, ob er höflich bleiben oder seinen Schulfreund gleich hinauswerfen sollte.

»Was machen wir eigentlich heuer in den Semesterferien? Du hattest vor deinem Unfall angedeutet, dass du gerne nach Costa Rica fliegen würdest. Ich finde, das ist eine gute Sache für uns zwei!«

»Es wird heuer nichts mit Costa Rica«, antwortete Marcus lächelnd. »Da ich mich mit meinem Bruder verkracht habe, muss ich mir das Geld für mein Studium selbst verdienen. Das heißt, ich werde in den Semesterferien arbeiten.«

»Das kann doch nicht dein Ernst sein!«, platzte Paul heraus.

»Mein völliger Ernst! Ich habe auch schon einen Job und mache ihn bereits aushilfsweise am Wochenende.«

Marcus lächelte noch immer, doch seine Augen blickten kalt. Er ahnte, warum Paul gekommen war. Schon im Gymnasium hatte er sich ihm gegenüber großzügig gezeigt und ihn auf Reisen mitgenommen, ohne dass dieser auch nur einen einzigen Cent hatte hinzuzahlen müssen. Nun war Paul auf sich selbst angewiesen und konnte sich all das nicht mehr leisten.

»Wie geht es eigentlich Mia?«, fragte er spöttisch und freute sich, als Paul das Gesicht verzog.

»Bleib mir mit der vom Leib! Die hat mich ebenso kalt abserviert wie dich. Ich weiß nicht, mit wem sie jetzt zusammen ist. Eines ist aber klar: Er muss Geld haben, denn dieses Biest kommt einen verdammt teuer.«

Als Marcus sich zurückerinnerte, fand er das auch. Allerdings war Paul ihn nicht weniger teuer gekommen.

»So, Paul! Ich wäre jetzt froh, wenn du wieder gehen würdest. Ich muss für die Prüfungen lernen.«

Das war deutlich. Paul schluckte. »Bist du vielleicht sauer auf mich, weil ich dir Mia ausgespannt hatte?«

Marcus musste lachen. »Ganz im Gegenteil! Ich bin heilfroh, dass ich dieses Biest, wie du sie genannt hast, losgeworden bin.«

Noch während er es sagte, fand Marcus, dass er sich ohne Pauls Tritt nicht den Oberschenkel gebrochen und damit auch Julia nicht kennengelernt hätte. Aber um ihm dafür zu danken, hätte er schon ein Heiliger sein müssen, und das war er wirklich nicht.

Sechster Teil

Die Mutter

1.

Claude Palmer schob den Besuch bei ihrer Tochter so lange hinaus, wie es nur ging. Bei dem Gedanken an Julia hatte sie die düstere Krankenhausatmosphäre im Kopf und den Rollstuhl, der bei alten, gebrechlichen Leuten in Ordnung war. Junge Menschen wie Julia jedoch wirkten in einem solchen Gerät wie hoffnungslose Krüppel. Außerdem würde eine erwachsene Tochter sie älter erscheinen lassen, als sie aussah.

In heftige geschäftliche Aktionen verstrickt, ließ ihr Mann sie zunächst in Ruhe. Eine Woche später sah er sie beim Frühstück verärgert an. »Ich habe dir gesagt, du sollst zu deiner Tochter fahren und mit ihr reden. Bis jetzt hast du deinen Arsch aber nicht von hier wegbewegt!«

Es klang so derb, dass Claude schluckte. »Ich wollte ein wenig Wasser den Rhein hinunterlaufen lassen, damit Julia Abstand zu deinem Wutanfall bekommt.«

Sie klang beleidigt, doch ihr Mann nahm keine Rücksicht auf ihre Gefühle. »Du wirst noch heute fahren und alles daransetzen, dass sie mir umgehend die Verwaltung ihres Vermögens überlässt!«

»Der alte Drache würde sofort dazwischenfunken! Schließlich ist Julia noch nicht volljährig.«

»Wenn das Mädchen unterschreibt, können wir Druck auf den Drachen ausüben!« Lars Palmer lachte kurz auf, doch es klang alles andere als freundlich. »Du wirst deinen Wagen nehmen müssen! Auf die Schnelle bekomme ich keinen Businessplatz im Flieger für dich.«

Seit mehr als zehn Jahren war Claude keine längere Strecke mit dem Auto gefahren als vom Tegernsee bis München, denn sie hasste die Autobahn mit ihren langsamen Lkws, den verrückten Rasern und den Sonntagsfahrern, die so dahinzuckelten, als wären sie allein auf der Welt. Ein Blick in die verbissene Miene ihres Mannes ließ sie jedoch von einem Flug absehen.

Grummelnd beendete sie ihr Frühstück, wies ihre Haushälterin an, ihren Koffer zu packen, und suchte hastig ein paar Kleidungsstücke heraus, die sie gekauft, aber nie getragen hatte. Die würde sie als Geschenk für Julia mitnehmen.

Violet und Frederic hatten durchaus gemerkt, dass der Haussegen seit einiger Zeit schief hing, und folgten ihr bis zur Garage.

»Willst du wirklich bis Köln mit dem Auto fahren?«, fragte Violet, da die Mutter auf solchen Strecken sonst immer das Flugzeug vorgezogen hatte.

»Wollen ist zu viel gesagt! Dein Vater sagt, ich muss es tun.«

Claude haderte mit ihrem Mann, der seit ein paar Monaten zum Geizhals mutiert war und ihr bereits zweimal verboten hatte, herzhaft shoppen zu gehen.

Nachdem sie die Kinder umarmt hatte, stieg sie in den Wagen und fuhr los. Der Verkehr war genauso schlimm, wie sie es befürchtet hatte, wenn nicht sogar noch schlimmer. Baustelle war gleich Staustelle, und wenn sie wirklich einmal freie Bahn hatte und eine Lkw-Kolonne überholen konnte, fuhr mit Sicherheit ein Idiot auf sie auf und wollte sie unter energischem Einsatz der Lichthupe dazu bringen, ihm den Weg freizugeben.

Das Mittagessen in einer Raststätte war für Claude und ihren verwöhnten Magen eine Herausforderung. Als sie endlich auf ihr Ziel zusteuerte, war sie so weit, die Scheidung zu beantragen, sollte ihr Ehemann noch einmal auf einer solchen Fahrt bestehen.

2.

Julia saß gerade im Erkerzimmer und sah sich die Fotos an, die Marcus ihr geschickt hatte. Er war erneut auf Tour, diesmal, um eine Fracht nach Marseille zu bringen. Unterwegs hatte er die Lavendelfelder fotografiert und ihr die Bilder geschickt. Er hatte dabei auch ein Selfie mit sich vor dem Truck geschickt – und ein kleines Video, das sie eben abgespielt hatte. Es war ein Liebesgruß, und sie freute sich riesig darüber. Gleichzeitig musste sie an das denken, was er ihr über seine erste Fahrt berichtet hatte. Das ließ Berke in keinem guten Licht erscheinen, was ihr Sorgen bereitete. Doch gerade in der Zeit, in der ihre Mutter und deren Mann mit aller Gewalt versuchten, die Vormundschaft über sie zu erhalten, konnten Sophia und sie es sich nicht leisten, ihren Geschäftsführer zu entlassen. Noch brauchten sie Berke. Wenn diese Sache jedoch ausgestanden war, würde er ihnen erklären müssen, weshalb er von ihren Fahrern erwartete, Aufputschmittel zu nehmen, um die langen Fahrten ohne die vorgeschriebenen Pausen durchzustehen.

Noch während sie darüber nachdachte, klopfte es an der Tür, und Fedosia kam herein. »Eben ist ein Auto mit dem Kennzeichen ›MB‹ auf den Parkplatz gefahren, liebe Julia. Ich würde mich nicht wundern, wenn es Ihre Mutter wäre.«

»Oh nein!«, rief Julia entsetzt.

Sie hatte wochenlang nichts mehr von Claude Palmer gehört und gehofft, die Sache könnte mittlerweile ausgestanden sein.

»Wo ist Sophia?«, fragte sie.

»Frau Lensberg ist vorhin zum Einkaufen gefahren.«

»Ausgerechnet dann, wenn ich sie brauche, ist sie nicht da!« Noch während Julia es sagte, ertönte die Klingel.

»Machen Sie bitte auf!«

Fedosia nickte und verließ das Zimmer. Julia folgte ihr mit dem Rollstuhl, bog aber ins Wohnzimmer ab und blieb mit dem Rollstuhl neben dem Fenster stehen. Ihr Blick war nicht gerade freundlich, als ihre Mutter hereinschwebte und auf sie zukam.

»Oh, Julia! Wie freue ich mich, dich zu sehen!«, säuselte Claude, obwohl der Anblick der Tochter ihr einen Schock versetzte.

Aus dem Mädchen war eine äußerst attraktive Frau geworden, die selbst sie in den Schatten stellte. Da sie gewöhnt war, dort, wo sie auftrat, im Mittelpunkt zu stehen, gefiel ihr das ganz und gar nicht. Für Augenblicke war sie sogar froh, dass Julia auf den Rollstuhl angewiesen war und nicht zu den Festen und Partys gehen konnte, die sie so sehr liebte.

»Guten Tag, Frau Palmer!«, antwortete Julia, um von vorneherein klarzustellen, dass sie der Frau, die sie geboren hatte, nicht das geringste Recht einräumte, von ihr als Mutter akzeptiert zu werden.

»Ich habe dir etwas mitgebracht!«, sagte Claude in einem Tonfall, als hätte sie ein kleines Kind vor sich, das sich auf eine Tafel Schokolade freute.

»Das ist sehr freundlich von Ihnen, Frau Palmer, wäre aber absolut nicht nötig gewesen.« Julia klang um keinen Deut zugänglicher als vorhin.

»Es wird dir gefallen!«, erklärte Claude und breitete die Sachen aus, die sie eingepackt hatte.

Schon bei der ersten Bluse wurde Julia klar, dass diese Kleidungsstücke noch nicht einmal mit ein wenig Nachdenken ausgesucht worden waren.

Sie war etwas schlanker als die Mutter, und daher würde diese Bluse wie ein Sack an ihr hängen. Auch bei der anderen Kleidung hatte Claude nicht berücksichtigt, dass ihre Tochter eine andere Figur als sie haben könnte. Die mit Strass verzierten Jeans waren Julia jedenfalls zu kurz, und für ein oberhalb der Knie endendes Cocktailkleid hatte sie als Rollstuhlfahrerin kaum Verwendung.

»Ich kann doch sicher ein paar Tage bleiben?«, fragte Claude zuckersüß.

Julia lag schon auf der Zunge, dass es im nächsten Ort gewiss ein Hotel oder einen Gasthof gäbe, in dem ihre Mutter übernachten könnte. Schuldig war sie ihr nichts. Sie erinnerte sich noch zu gut daran, wie Lars Palmer sie grob gepackt hatte, ohne dass die Mutter auch nur einen Finger für sie gerührt hatte.

Andererseits setzte sie sich vor den Leuten in ein schlechtes Licht, wenn sie der Mutter nicht wenigstens für ein paar Tage Gastfreundschaft bot. Außerdem, fand sie, konnte sie auf diese Weise herausbringen, was ihre Mutter und dieser Lars Palmer als Nächstes planten, um an ihr Geld zu kommen.

»Ich werde Fedosia bitten, ein Gästezimmer herzurichten. Vorher soll sie aber noch eine kleine Erfrischung für Sie bringen!«, erklärte sie.

»Wenn Sie einen guten Rosé haben, würde ich mich freuen«, setzte Claude an die Haushälterin gewandt hinzu.

Fedosia zögerte einen Augenblick und überlegte, ob sie Julia mit deren Mutter allein lassen konnte. Als sie Julias ernste Miene sah, sagte sie sich jedoch, dass sich die junge Frau gewiss nicht überrumpeln lassen würde, und ging.

Wenig später kehrte sie mit einem Glas Rosé zurück und stellte es vor Claude hin. Diese nahm es und probierte.

»Ausgezeichnet! Einen besseren habe ich auch zu Hause nicht«, sagte sie anerkennend.

Um Fedosias Lippen trat ein spöttisches Lächeln. Sie hatte bewusst die billigste Flasche aus dem Weinkeller geholt. Für diese Frau, wie ihr verstorbener Arbeitgeber seine Ex-Schwiegertochter immer genannt hatte, war dieses Zeug gut genug.

Unterdessen hatte Julia ihre Ruhe wiedergefunden und betrachtete ihre Mutter mit dem Interesse, das man einer exotischen Erscheinung widmet. »Wenn Sie erneut auf die Angelegenheit mit der Vormundschaft zurückkommen wollen, können Sie Ihren Besuch morgen Vormittag beenden!«, sagte sie, um von vorneherein die Fronten zu klären.

»Warum sträubst du dich so sehr dagegen?«, fragte Claude. »Ich bin immerhin deine Mutter und habe dich neun Monate unter dem Herzen getragen.«

»Und danach sechzehn Jahre vergessen, dass es mich gibt«, konterte Julia gelassen.

»Aber nur, weil dein Großvater verhindert hat, dass ich Verbindung mit dir aufnehmen konnte!« Claude wurde theatralisch, da sie wusste, wie überzeugend sie dabei sein konnte.

»Ich habe in den letzten Wochen seinen Nachlass geordnet und dabei auch seine Tagebücher gelesen. Noch in den letzten Jahren waren mehrere Einträge über Sie darunter. So schrieb er, dass er sich – gleichgültig, wie er zu Ihnen stehe – doch gewünscht hätte, dass Sie mich wenigstens einmal im Jahr besuchen oder mir zumindest Glückwünsche zum Geburtstag und Weihnachten schicken. Von Ihnen kam aber rein gar nichts!« Julia klang bitter.

»Ich habe es nicht getan, weil ich dachte, dein Großvater würde dir meine Geschenke und Grußkarten vorenthalten«, verteidigte Claude sich schwächlich. Sie fand es schwerer, als sie es gehofft hatte, Zugang zu Julia zu bekommen. Wie es aussah, hatte das Mädchen den Sturkopf seines Großvaters geerbt.

»Dein Vater hätte länger leben sollen!«, rief sie aus.

Julia reagierte erneut harsch. »Soweit ich informiert bin, stand der Termin beim Scheidungsanwalt bereits fest! Da Vater vorher verunglückt ist, sind Sie eben Witwe geworden und keine geschiedene Frau.«

Bevor Claude antworten konnte, fuhr sie fort: »Für Sie war Vaters Tod ein gutes Geschäft. Sie haben trotz Ihrer Scheidungsabsichten eine schöne Summe Geldes als Erbe erhalten – und noch einmal die gleiche Summe dafür, dass Sie allen Rechten auf mich entsagt haben.«

»Aber ich … dein Großvater hat das von mir verlangt!«, stotterte Claude.

»Großvater schrieb in seinem Tagebuch, dass Sie gedroht hätten, mich mitzunehmen und dafür zu sorgen, dass ich ihn niemals sehen würde, wenn Sie dieses Geld nicht erhalten.«

So, wie Julia es sagte, klang es wie eine Eiswasser-Challenge.

Claude verfluchte ihren Ex-Schwiegervater, weil er dies alles hatte aufschreiben müssen. Nun würde es noch schwerer werden, die Göre zu beeinflussen. Wenn sie jedoch ohne Erfolg an den Tegernsee zurückkehrte, würde ihr Mann toben vor Wut.

»Ich hatte fürchterliche Angst vor deinem Großvater«, log sie, denn sie hatte all die Jahre kaum an ihren Schwiegervater oder an Julia gedacht. »Aber jetzt, da er tot ist, fühle ich mich für dich verantwortlich, und auch dafür, dass dein Vermögen erhalten bleibt und sich vermehrt. Mein Ehemann – ich weiß, er hat sich dir gegenüber dumm benommen – ist ein ausgezeichneter Geschäftsmann, der …«

»Dumm benommen ist gut! Laut den Aussagen der Ärzte hätte ich bleibende Schäden und noch schlimmere Lähmungen davontragen können«, antwortete Julia scharf.

Claude haderte mit ihrem Mann, der mit seiner rustikalen Art ihre Tochter erschreckt hatte. Trotzdem gab sie nicht auf. »Du hättest nicht viel mit Lars zu tun. Er würde sich nur um dein

Geld kümmern und es vermehren. In ein paar Jahren bist du dann doppelt oder dreifach so reich wie jetzt und kannst dir alles leisten, was du willst, auch einen Boyfriend, der nur für dich da ist!«

Julia musste an Marcus denken, der alles andere als ein »Boyfriend« war, sondern ein echter Freund und Geliebter. Ihn musste sie nicht mit Geld dafür bezahlen, dass er bei ihr blieb.

»Danke! Aber ich kann mir bereits jetzt alles leisten, was ich will. Weshalb sollte ich also das Risiko auf mich nehmen und mein Geld Händen anheimgeben, bei denen mein Vertrauen äußerst unterentwickelt ist?«

Claude brauchte einen Augenblick, um den Satz zu verstehen, der nichts anderes meinte, als dass Julia ihrem Ehemann misstraute.

»Lars ist ein ausgezeichneter Geschäftsmann! Etwas hemdsärmelig vielleicht, aber das ist in einem solchen Job kein Nachteil. Du solltest ihm wenigstens einen Teil deines Vermögens anvertrauen und würdest überrascht sein, wie …«

»… wie rasch es verschwindet!«, rief Julia.

Damit tat sie Lars Palmer unrecht, denn dieser war tatsächlich darauf aus, sehr viel Geld zu verdienen.

Bevor Claude etwas antworten konnte, drangen von draußen Geräusche herein. Augenblicke später trat Sophia ins Zimmer. Sie wirkte besorgt, atmete aber auf, als sie Julias seltsames Lächeln bemerkte und die offensichtliche Verzweiflung auf Claudes Gesicht.

»Hallo, Sophia! Wie du siehst, haben wir einen Gast«, begrüßte Julia sie.

»Das sehe ich!«, antwortete Sophia in einem Tonfall, der Claude deutlich verriet, wie wenig willkommen sie in diesem Hause war.

»Ich habe auch jemanden mitgebracht«, fuhr sie fort und trat beiseite, damit Dr. Labahn eintreten konnte.

»Hallo, Kleines!«, sagte dieser lächelnd zu Julia, so, wie er es seit ihrer Kindheit immer getan hatte. Claude hingegen gönnte er nicht einmal einen Blick. »Entschuldige, dass ich mich zwei Wochen nicht bei dir habe blicken lassen, doch ich war auf einem Ärztekongress in den USA. Als ich diesen hätte nutzen können, hatte ich nicht das Geld dafür, und jetzt, da ich es habe, bringt er mir kaum noch etwas. Aber vielleicht war meine Reise diesmal nicht ganz umsonst. Wenn du nichts dagegen hast, würde ich dich gerne untersuchen.«

»Wann soll ich in die Praxis kommen?«, fragte Julia.

»Wenn du willst, können wir gleich fahren«, schlug der Arzt vor, um sie aus der Reichweite ihrer Mutter zu bringen.

3.

Dr. Labahn untersuchte Julia gründlich, behielt aber das Ergebnis für sich. Danach brachte er sie in die Villa zurück, in der Sophia und Claude sich in der Zwischenzeit eine Art kalten Krieg lieferten. Sophia sah in Julias Mutter einen Eindringling, der sich Rechte anmaßte, welche Claude längst aufgegeben und verloren hatte. Sie selbst aber war für ihre Kontrahentin der Grund, welcher verhinderte, dass ihr Mann und sie Julias Vormundschaft an sich bringen konnten.

Julia sah daher, als sie zurückkam, förmlich die Eiszapfen von der Decke hängen. Doch kaum hatte sie mit dem Rollstuhl ihre Zimmertür erreicht, eilte die Mutter auch schon auf sie zu.

»Ist so weit alles in Ordnung?«, fragte sie in einer Art, als hätte Julia mit weiteren Beschwerden zu kämpfen.

Sophia wechselte einen Blick mit Dr. Labahn. Dieser hob lächelnd die Hand. »Mit unserer jungen Dame ist bis auf die eine Sache alles in bester Ordnung. Ich muss sie sogar loben, denn sie ist in ausgezeichneter Verfassung. Der Fitnessraum macht sich bezahlt. Wenn ihr jemand zu nahe tritt, würde er sich über die Ohrfeige wundern, die er bekommt. Da wäre eine Menge Power dahinter!«

Er zwinkerte Julia zu und blickte dann auf den kleinen Wandschrank, in dem Eduard Lensberg einige Köstlichkeiten alkoholischer Art verwahrt hatte.

Seit dem Tod des Hausherrn war der Schrank nicht mehr geöffnet worden. Nun aber eilte Fedosia hin, füllte ein Gläschen mit Labahns Lieblingstrunk und reichte es ihm. Der Arzt nahm es entgegen und hob es in die Richtung des Gemäldes, das Lensberg vor etlichen Jahren von sich hatte anfertigen lassen.

»Prost, alter Freund! Ich wollte, wir könnten noch miteinander anstoßen.« Dann trank er und sagte zu Julia, er würde gerne sehen, wie sie ihre Fitnessgeräte benützte.

»Ich ziehe mich gleich um«, sagte Julia und fuhr mit dem Rollstuhl zur Tür.

»Ich helfe dir«, bot ihr die Mutter an.

Sofort schüttelte Julia den Kopf. »Ich komme allein zurecht!«

»Aber …«, begann Claude, doch da legte Dr. Labahn ihr die Hand auf die Schulter.

»Sie sollten sich von dem Gedanken verabschieden, Julia könnte eine schwache, hilflose Person sein, die rund um die Uhr Betreuung braucht. Sie ist nun weitaus selbstständiger, als sie es vor dem Unglück jemals war!«

»Sie ist doch …«

»Körperbehindert, meinen Sie? Julia hat gelernt, damit umzugehen und das Beste daraus zu machen.«

Dr. Labahn lächelte zwar, doch Sophia glaubte, einen Hauch Verachtung auf seinem Gesicht zu erkennen. Im Gegensatz zu ihr kannte er Julias Mutter von früher und schien nun ebenso wenig von »dieser Frau« zu halten wie damals.

»Aber ihr könnt das arme Mädchen doch nicht allein lassen!«, rief Claude, die sich nicht vorzustellen vermochte, dass Julia sich allein aus- und wieder anziehen konnte.

»Wenn es darauf ankommt, lassen wir Julia niemals allein«, erklärte Sophia, und es lag eine deutliche Warnung in ihren Worten. »Ach ja, zu Ihrer Information: Wir haben ein gerichtliches Annäherungsverbot für Ihren Ehemann erwirkt. Er darf sich Julia bis auf Weiteres nicht auf weniger als einhundert Meter nähern. Sonst muss er damit rechnen, festgenommen zu werden.«

Lars Palmers Wutausbruch in der Rehaklinik hatte Sophia die Munition für diesen Schritt geliefert. Nun konnte sie damit rechnen, dass das Vormundschaftsgericht die Sache entweder so weit hinauszog, bis sich die Angelegenheit durch Julias Volljährigkeit erledigt hatte, oder sie zu ihren Gunsten entschied. Claudes Versuch, doch noch alles zu ihrem Vorteil drehen zu können, war daher ohne jede Aussicht auf Erfolg. Die Art, wie sie auftrat, brachte Julia zudem dazu, sich weiter von ihr zu entfremden. Sophia hatte sich die Kleidungsstücke angesehen, die Claude mitgebracht hatte, und sich gefragt, wo diese Frau bei der Auswahl ihren Verstand gelassen hatte.

Wenig später kam Julia in Sportkleidung zurück und funkelte Dr. Labahn auffordernd an. »Wir können, Herr Doktor!«

Labahn folgte ihr in den Fitnessraum. Da Claude mitkam, tat es auch Sophia. Julia fuhr den Rollstuhl neben die Drückbank, stemmte sich hoch und schwang sich geschmeidig hinauf. Sie musste zwar die Beine mit den Händen in Position bringen, begann dann aber, die Hantel zu stemmen.

»Ist das nicht viel zu schwer für dich?«, rief Claude erschrocken. Sie hatte kurz eine Einarmhantel hochgehoben und war über deren Gewicht erschrocken.

»Zu schwer?«, antwortete Julia lachend. »Ich könnte noch zehn Kilo mehr vertragen, doch unser strenger Herr Doktor hat es mir verboten, als ich das Gewicht steigern wollte! Vielleicht ist er jetzt nach seiner Rückkehr aus den USA dazu bereit?«

Ein fragender Blick traf Labahn, doch dieser schüttelte den Kopf. »Mach ruhig so weiter wie bisher. So ist es für dich am besten«, sagte er lächelnd.

Während Julia ihr Trainingsprogramm fortsetzte, wanderte Claudes Blick anklagend zu Dr. Labahn. »Aber wie können Sie das verantworten?«

»Julia muss in der Lage sein, viele Dinge, die sie früher mit den Beinen tun konnte, mit den Armen zu erledigen«, erklärte ihr der Arzt. »Sie muss ihr eigenes Gewicht mit einer gewissen Leichtigkeit aus dem Rollstuhl heben und woanders Platz nehmen können. Auch braucht sie Kraft, um mit dem Rollstuhl vorwärtszukommen. Ich habe schon überlegt, ihr vorzuschlagen, sich ein Rennmodell zuzulegen, mit dem sie auch mal zehn oder zwanzig Kilometer zurücklegen kann.«

»Zwanzig Kilometer?«, keuchte Claude, deren sportliche Betätigung sich auf ein morgendliches Joggen am Ufer des Tegernsees beschränkte. Mehr als drei Kilometer war sie dabei nicht unterwegs.

»Julias Training müsste natürlich gesteigert werden, wenn sie ernsthaft Sport treiben will. Aber bis jetzt macht sie noch keine Anstalten dazu«, fuhr Dr. Labahn unbeirrt fort.

»Ich habe jedenfalls keinen Ehrgeiz, mich sportlich mit anderen zu messen«, erklärte Julia. »Ich möchte die Schule abschließen und danach studieren, um später die Spedition so leiten zu können, wie mein Opa es getan hat.«

Sophia klatschte ihrem Schützling in Gedanken Beifall und sagte sich, dass Julias Pläne sich mit Sicherheit nicht mit denen von Simon Berke deckten. Dieser schien Julia ähnlich wie Claude für ein hilfloses Ding zu halten, das sich glücklich schätzen musste, wenn man ihm ein wenig Aufmerksamkeit schenkte.

Unterdessen wechselte Julia zum nächsten Gerät, und Claude stellte fest, dass ihre Tochter sichtlich Muskeln an den Armen angesetzt hatte. Dieses Gerät wunderte sie noch mehr, denn Julia schnallte die Füße fest und ergriff dann mit den Händen zwei Holme. Als sie diese betätigte, bewegten sich die Beine im selben Takt.

»Das verhindert den Muskelabbau«, berichtete Dr. Labahn zufrieden mit den Fortschritten, die Julia gemacht hatte. Für einen Augenblick wirkte er nachdenklich, sprach Julia dann aber direkt an. »Du solltest diese Übung mindestens einmal am Tag für gut zehn Minuten machen. Wenn es geht, auch ein zweites Mal. Es ist für die Beine gut, wenn sie etwas tun müssen. Ich habe Patienten und Patientinnen erlebt, die auf den Rollstuhl angewiesen waren und zuletzt nur noch dünne Beinchen hatten. Dafür bist du viel zu jung. Du sollst ja schließlich attraktiv bleiben.«

Claude schnaubte leise, denn für sie war Julia so oder so ein Krüppel, ob sie nun dürre Beine hatte oder nicht. Anders als sie hörte Sophia einen gewissen Unterton aus Labahns Erklärung heraus, der sie aufmerken ließ. Da war die Erwähnung seines Aufenthalts in den USA bei einem medizinischen Kongress und auch von Julias Untersuchung. Nun forderte er sie auf, die Beine zu trainieren, obwohl diese gelähmt waren. Sie fand dies bemerkenswert, wollte aber mit Labahn unter vier Augen darüber sprechen. Claude ging es ihrer Ansicht nach nichts an, und bei Julia wollte sie nicht zu viele Erwartungen wecken. Sie selbst empfand jedoch einen Hoffnungsschimmer und betete, dass dieser sich auch erfüllte.

4.

Claude Palmer blieb nichts anderes übrig, als unverrichteter Dinge wieder abzuziehen. Ihr Verhältnis zu Julia blieb distanziert, Sophia zeigte deutlich, dass sie ihr nicht willkommen war, und Dr. Labahn erinnerte sie an eine Zeit, in der sie jünger gewesen war und das Leben in diesem Ort als schrecklich öde empfunden hatte. Es war ihr eine grauenhafte Vorstellung gewesen, auf Dauer Erwin Lensbergs Frau zu bleiben.

Da der Besuch Julia nervlich zugesetzt hatte, beschloss Sophia, sie auf andere Gedanken zu bringen. Sie telefonierte mit Marcus, der nach seiner Rückkehr aus Marseille die Zwischenprüfungen mit Ach und Krach geschafft hatte und damit das Semester nicht wiederholen musste. Nachdem sie zuerst über Claude Palmers Besuch gesprochen hatte, fragte sie ihn, ob er zwei Wochen Zeit habe, um sie und Julia zu begleiten.

»Das mache ich gerne! Ich teile Berke mit, dass ich in der Zeit keine Tour übernehmen kann«, antwortete Marcus erfreut.

»Dann kommen Sie heute Abend zu uns! Bis dann habe ich sicher ein passendes Reiseziel gefunden«, antwortete Sophia.

»Darf ich Ihnen einen Rat geben?«, fragte Marcus.

»Gerne!«

»Es sollte eine normale Urlaubsreise sein und kein Wattebausch, in den Julia gehüllt wird. Sie muss mit den normalen Begebenheiten zurechtkommen, damit ihr Selbstvertrauen gestärkt wird.«

Sophia dachte nach und nickte, obwohl Marcus es nicht sehen konnte. »Ich glaube, Sie haben recht! Eigentlich wollte ich, dass Lippens uns in kurzen Etappen an die See fährt, aber jetzt halte ich es für besser, wenn wir fliegen. Oder leiden Sie an Flugscham?«

»Natürlich versuche ich, überflüssige Flüge zu vermeiden, aber diesen halte ich für notwendig«, erwiderte Marcus. Bei den Worten verdrängte er, dass er zusammen mit Mia und Paul sehr oft das Flugzeug benutzt hatte, um zu weit entfernten Zielen zu reisen. So wären sie heuer, wenn er sich nicht das Bein gebrochen hätte, nach Costa Rica geflogen.

»Das heißt, wir sollten auch kein abgeschlossenes Resort wählen, sondern eine Gegend, in der Trubel herrscht«, überlegte Sophia laut. Auf diese Weise, dachte sie, würde Julia ihre Mutter am ehesten vergessen.

»Also bis heute Abend«, sagte sie und verabschiedete sich.

»Auf Wiedersehen!« Marcus jubelte innerlich. Seine Semesterferien konnten nicht besser beginnen als mit einem gemeinsamen Urlaub mit Julia. Ihn störte auch nicht, dass Sophia mitkommen wollte. Er kam gut mit ihr aus und würde ihr zudem zeigen können, dass Julia und er wirklich zusammenpassten.

Mit diesem Gedanken machte er sich am Abend auf den Weg und fand, als er in der Lensberg-Villa ankam, Julia und Sophia umgeben von einem Wall aus Urlaubskatalogen vor.

»Hallo, da bin ich«, grüßte er und küsste Julia.

Sie klammerte sich für einen Augenblick an ihn. »Denk dir, wir werden gemeinsam verreisen!«

Sie verspürte bei dieser Vorstellung eine gewisse Angst, dass Marcus es danach womöglich leid sein würde, sich mit ihr abzugeben, und seiner eigenen Wege ging.

»Ich habe ein passendes Hotel auf Madeira ausgewählt. Unser Flug geht in zwei Tagen. Am besten, Sie kommen zu uns, dann können wir gemeinsam von hier losfahren!«, erklärte Sophia.

»Ich werde rechtzeitig bei euch sein!«

»Sehr schön!«, sagte Sophia. »Ich habe ein Doppel- und ein Einzelzimmer gebucht. Das Doppelzimmer ist für Julia und mich.«

Ein leises Schnauben von Julia kommentierte diese Ansage. Offensichtlich hatte sie trotz ihrer Behinderung Interesse daran, mit einem Mann zusammen zu sein und zu erfahren, wie es war, sich als Frau zu fühlen. Sophia war mit dieser Feststellung sehr zufrieden. Zwar wollte sie dafür sorgen, dass es erst zu mehr kam, wenn sie sicher war, dass Marcus dauerhaft in ihren Schützling verliebt war. Doch das mochte schneller der Fall sein, als sie angenommen hatte.

»Dann ist alles gesagt«, fügte sie hinzu und bot Marcus an, bereits am nächsten Tag zu kommen und hier zu übernachten.

»Lippens wird uns übermorgen zum Flughafen bringen. Ich hoffe, Sie erweisen sich als guter Reisemarschall!«

Sophias letzte Bemerkung galt Marcus und war nicht ganz ernst gemeint, da sie sicher war, selbst mit allen möglichen Widrigkeiten fertigzuwerden.

Marcus hatte genug Erfahrung mit Reisen, um den zu erwartenden Ablauf nachvollziehen zu können. Eines stand für ihn felsenfest: Er würde Julia nicht irgendwelchen Flughafenmitarbeitern überlassen, die sie zum Flugzeug und zu ihrem Platz brachten, sondern es selbst in die Hand nehmen.

5.

Am nächsten Tag rief Marcus Simon Berke an und erklärte, in den nächstens zwei Wochen keinen Truck übernehmen zu können, und erschien um sechzehn Uhr in der Lensberg-Villa. Er kam mit dem eigenen Auto, da er Caren nicht zumuten wollte, fast zwei Wochen auf ihren bequemeren Wagen zu verzichten.

Lippens trat aus dem Haus, um ihn zu begrüßen, und warf einen kurzen Blick zum Speditionsgelände hinüber. »Ich schätze, wir sollten Ihren Rolls-Royce besser in einer der Garagen unterbringen, damit Berke ihn nicht sieht«, sagte er und öffnete das Tor. Marcus fuhr den Kleinwagen hinein, holte seinen Koffer vom Rücksitz und sah nun selbst zur Spedition hinüber.

»Haben Sie schon mehr über Berke herausgefunden?«, fragte er Lippens.

Er hatte über seine bisherigen Fahrten Protokoll geführt und dabei mehr als ein Dutzend Verstöße aufgelistet, die Berke angeordnet hatte.

»Leider nicht. Berke kommt zwar einmal in der Woche in die Villa, um Bericht zu erstatten, doch diese Unterlagen sind astrein. Selbst bei Ihren Fahrten stehen brav ablösende Trucker und ausreichend Pausen verzeichnet. Wenn Sie nicht gesagt hätten, dass dies nicht stimmt, hätten wir Berke alles geglaubt.«

»Was wird Frau Lensberg unternehmen?«

»Das wird sie Ihnen unterwegs sicher selbst erzählen. Ich weiß nur, dass sie ihn längst hätte loswerden wollen, doch ihr liegt die ganze Sache mit der Vormundschaft quer im Magen. Sie kann ihn nicht einfach an die frische Luft setzen, da er behaupten könnte, dass sie damit die Spedition in Schwierigkeiten bringt und Julias Erbe schmälert. Wir leben nun einmal in der PRD!«

»PRD?«, fragte Marcus verdattert.

»Paragrafenrepublik Deutschland. Um Berke loszuwerden, braucht es stärkere Beweise als eine oder zwei Fahrten, bei denen der Trucker die Ruhezeiten überziehen muss.«

»Ich hoffe trotzdem, dass bald etwas geschieht«, sagte Marcus. »Bei den bisherigen Fahrten kann ich mich immer noch herausreden, dass ich Beweise gegen Berke sammeln wollte. Langsam aber kommt die Zeit, in der ich diese an Sophia und weiter an die Polizei übergeben müsste. Sonst hält man mich noch für einen Komplizen Berkes!«

Lippens lachte kurz. »Keine Sorge, Frau Lensberg weiß, was zu tun ist. Aber kommen Sie herein. Sie werden bereits erwartet.«

Lippens lächelte, denn er fand, dass Julia und Marcus gut zueinander passten. Seine junge Chefin brauchte jemanden, der sie aufmunterte, und Marcus trug nun eine Verantwortung, die ihm sein Bruder niemals zugestanden hatte. Wenn aus den beiden etwas würde, konnte die Personalie Berke erfolgreich angegangen werden.

»Wenn Sie zurückkommen, sollten Sie weiter für die Spedition fahren und Fakten sammeln«, sagte er noch, als sie das Haus betraten. Dann führte er Marcus in das Erkerzimmer, wo Julia und Sophia bereits warteten.

Julias Augen leuchteten auf. »Schön, dass du da bist!«

Er beugte sich zu ihr, um sie zu küssen, und begrüßte dann Sophia. »Guten Tag! Ich hoffe, ich bin für Sie nicht zu früh gekommen?«

»Sicher nicht! Und für Julia hätte es noch früher sein können.«

Sophia lächelte nachsichtig, denn Julia hatte bereits zwei Stunden früher immer wieder zum Fenster hinausgeschaut. Jetzt wies sie Fedosia an, Kaffee und Kuchen zu servieren, und reichte Marcus einen Reiseführer über Madeira. »Sie können zusammen mit Julia ein paar Orte aussuchen, die Sie gerne besuchen wollen. Wir wollen ja nicht nur im Hotel bleiben. Geben Sie aber acht. Die Insel ist gebirgig, und nicht jeder Weg ist bequem zu gehen!«

»Wenn Marcus mir hilft, schaffe ich das schon«, antwortete Julia resolut.

»Er kann dich aber schlecht die hunderttausend Stufen zur Kirche Nossa Senhora do Monte hochtragen, obwohl sie sicher interessant wäre. Immerhin ist dort der letzte Kaiser von Österreich beigesetzt worden.«

»Was? Auf Madeira und nicht in der Kapuzinergruft in Wien?«, fragte Julia erstaunt.

»Im Reiseführer steht es so, und daher wird es wohl stimmen«, antwortete Sophia und lachte. »Außerdem war ich vor zwanzig Jahren bereits einmal auf Madeira und habe den Sarkophag gesehen. Waren Sie schon einmal dort?« Die Frage galt Marcus, der den Kopf schüttelte.

»Tut mir leid, nein, und auch nicht auf Teneriffa oder Gran Canaria. Nach dem Tod meines Vaters hatte mein Bruder wenig Zeit für Urlaub. Ich bin dann ab sechzehn auf eigene Faust losgezogen. Da musste es dann schon etwas wie Südafrika sein, Vietnam oder Peru. Madeira wäre Paul und mir damals zu popelig erschienen.«

»Wer ist Paul?«, fragte Julia neugierig.

Marcus winkte ab. »Ein früherer Freund! Ich werde dir irgendwann einmal von ihm erzählen. Jetzt ist er nicht mehr wichtig.«

Mit feinem Gespür erkannte Julia, dass mehr hinter der Sache stecken musste. Sie akzeptierte jedoch, dass Marcus noch nicht darüber sprechen wollte, und schob ihm das Tablet hin, auf dem sie die Hotelhomepage aufgerufen hatte.

»Hier werden wir wohnen! Ich hätte ja gerne in *Reid's Palace Hotel* übernachtet, aber Sophia meint, wir können das Geld auch auf vergnüglichere Weise zum Fenster hinauswerfen.«

»Wenn ich gewusst hätte, dass du unbedingt dorthin willst, hätte ich mich bemüht, in diesem Hotel zwei Zimmer zu bekommen!«, sagte Sophia.

Doch da schüttelte Julia lachend den Kopf. »Gott bewahre! Dieser Übernachtungstempel ist zu fein für uns. Mir reicht es, wenn wir einmal den Tee dort einnehmen. So ein Angebot gibt es. Außerdem ist bei unserem Hotel ein kleiner Strand, zwar mit Steinen und nicht mit Sand, aber vielleicht kann ich dort ins Wasser.« Ihr Blick traf Marcus, der ihr dabei helfen musste.

»Ich hätte nichts dagegen«, sagte er und schlug voller Vorfreude den Reiseführer auf.

6.

Am Flughafen war einiges los. Marcus machte jedoch nicht den Fehler, die Griffe des Rollstuhls zu nehmen und Julia zu schieben. Sie hatte dies bereits in der Klinik gehasst und war froh, selbst entscheiden zu können, ob sie an einem Hindernis links oder rechts vorbeifahren wollte. Marcus blieb an ihrer Seite, während Lippens ihnen mit dem Kofferwagen folgte. Der Chauffeur hatte den Vorschlag gemacht, vorauszugehen und damit für den Rollstuhl Bahn zu schaffen. Das aber hatte Julia abgelehnt.

Ein eiliger Passagier streifte mit seinem Koffer den Rollstuhl und wandte sich um. Angesichts der jungen Frau darauf murmelte er eine Entschuldigung und hastete weiter.

»Hat es wehgetan?«, fragte Marcus besorgt.

Julia lachte. »Mir nicht, aber ihm! Er bekam den Koffer gegen das Knie. Aber das schadet ihm nichts. Das nächste Mal wird er besser achtgeben.«

»Mir wäre es lieber, er hätte es jetzt getan!« Marcus warf dem Mann einen ärgerlichen Blick hinterher und wies auf einen Schalter, vor dem nur wenige Leute anstanden.

»Ich glaube, das ist der unsere. Laut der Bordkarte, die Frau Lensberg gestern Abend noch ausgedruckt hat, fliegen wir Business.« Er erinnerte sich an seine Flüge mit Paul und später mit diesem und Mia, in denen sie ebenfalls die »Holzklasse« gemieden hatten. Dank hatte er wenig dafür erhalten.

Er verscheuchte diesen Gedanken und lotste Lippens zum Schalter. Es waren nur drei Leute vor ihnen. Danach kamen sie an die Reihe. Die Frau am Schalter nahm Tickets und Pässe entgegen, checkte die Koffer ein und sah dann Julia an.

»Ich rufe gleich an und lasse Sie zur Businesslounge bringen. Dort wird man dafür sorgen, dass Sie rechtzeitig beim Gate sind.«

»Das würde ich gerne selbst übernehmen. Ich bräuchte nur einen anderen Rollstuhl, da dieser mitgenommen werden muss«, sagte Marcus rasch.

»Sie bekommen einen Rollstuhl, mit dem Sie ins Flugzeug gebracht werden«, antwortete die Frau freundlich und sagte etwas in einen Telefonhörer.

Kurz darauf kam ein Mann und blieb vor Julia stehen. »Ich bringe Sie mit dem Elektrowagen zur Lounge. Dort wartet dann ein Kollege mit einem Rollstuhl auf Sie.«

»Können wir mit?«, fragte Sophia.

»Einen Platz habe ich noch«, meinte der Mann.

»Dann bleiben Sie bei Julia«, forderte Marcus Sophia auf. Diese schüttelte den Kopf. »Übernehmen Sie das. Ich kann unser Mädchen nämlich nicht tragen.«

Da Julia ihn am Ärmel zupfte, gab Marcus nach und hob sie aus dem Rollstuhl. Lippens klappte diesen zusammen und übergab ihn der Angestellten. Er reichte Sophia die Hand. »Guten Flug und glückliche Heimkehr!«

»Danke!«

Auch Julia und Marcus verabschiedeten sich von Lippens, dann ging es los. Bevor sie jedoch zum Gate kamen, mussten sie durch die Sicherheitskontrollen. Dort stand ein Rollstuhl für Julia bereit. Sie fuhr selbst durch den Scanner und wurde dann von einer Sicherheitsbeamtin abgetastet.

Da der Scanner auf das Metallteil in Marcus' Oberschenkel anschlug, musste auch er diese Prozedur über sich ergehen lassen. Wenig später hatte Sophia sie eingeholt und sah lächelnd zu, wie Marcus sich zu Julia hinabbeugte und ihr beruhigend über die Wange strich.

Noch jemand sah es und konnte es kaum glauben. Es war Mia, die mit ihrem neuen Freund nach Ägypten fliegen wollte. Sie starrte verwirrt auf das so vertraut miteinander umgehende Paar.

»Dieser Schuft!«, zischte sie. »Zu mir sagte er, er muss in den Ferien arbeiten, um sich das Studium zu verdienen. Stattdessen fliegt er mit dieser … dieser dummen Kuh in Urlaub!«

»Ist etwas, Mausi?«, fragte ihr neuer Freund.

»Nein, gar nichts! Mich nervt nur das ganze Getue im Flughafen.«

Mia klang gereizt, denn gegen Marcus war ihr Neuer nur ein Trostpreis. Während sie in Richtung ihres Gates ging, drehte sie sich mehrmals nach Julia und Marcus um. Eines war nicht zu übersehen: Auch wenn die junge Frau im Rollstuhl saß, sah sie blendend aus, und sie hatte bei ihrer Kleidung mit Sicherheit nicht auf einen Billiganbieter zurückgreifen müssen. Die Dame im mittleren Alter, die bei den beiden war, stufte sie als Mutter der Jüngeren ein.

Mia wusste, dass Marcus' Bruder und dessen Frau alles andere als begeistert von ihr gewesen waren. Wie es aussah, hatten sie Marcus dazu gebracht, sich mit dieser Rollstuhlfahrerin abzugeben. Was sie am meisten ärgerte, war die Tatsache, dass er es anscheinend gern tat.

»Ich hätte das mit Paul nicht anfangen sollen. Dann würde ich jetzt mit Marcus fliegen«, fauchte sie. Sie musste jedoch weiter, und so waren ihr Ex-Freund und dessen Begleiterinnen bald außer Sicht.

7.

Julia, Sophia und Marcus blieben bis kurz vor dem Boarding in der Businesslounge und durften als Erste an Bord. Marcus ließ es sich nicht nehmen, Julia selbst ins Flugzeug zu bringen. Als eine der Flugbegleiterinnen es sah, drehte sie sich seufzend zu ihrer Kollegin um. »So einen liebevollen Freund hätte ich auch gerne!«

Julia hörte es und strahlte Marcus an. Er war der Partner, den sie sich erträumt hatte, und zwar schon vor ihrem Unfall. Dass er trotz ihrer Behinderung zu ihr stand, machte ihn für sie beinahe zum Helden.

Auch Sophia war mit der Fürsorge zufrieden, die Marcus ihrem Schützling angedeihen ließ. Zwar war Sex für eine Ehe wichtig, doch noch wichtiger waren gemeinsame Interessen und der Wille, miteinander durch dick und dünn zu gehen. Nun bereute sie es, den Platz neben Julia für sich reserviert zu haben. Dann aber sagte sie sich, dass die beiden auf Madeira Zeit genug haben würden, um miteinander zu reden und sich noch besser kennenzulernen. Außerdem wollte sie mit ihnen besprechen, wie es mit der Spedition weitergehen sollte. Trotz seiner Zusage, sich bei wichtigen Angelegenheiten mit ihr abzusprechen, agierte Simon Berke zunehmend selbstherrlich und hielt ihr und Julia gegenüber wichtige Informationen zurück.

Sie beugte sich zu Julia hinab und sah nach, ob deren Gurt auch geschlossen war.

Julia lächelte ein wenig über ihren Eifer, genoss aber durchaus das Gefühl der Geborgenheit, das Sophia und Marcus ihr vermittelten. Bei aller Vorfreude hatte sie zunächst ein wenig Bammel vor der Reise gehabt. Nun erklärte ihr die Flugbegleiterin, dass ihre Kollegin und sie ihr auch zur Toilette helfen würden. Dazu, so hoffte Julia, sollte es aber nicht kommen. So lang war der Flug nicht.

Nachdem das Boarding abgeschlossen war, rollte die Maschine zur Startbahn, und schon bald waren sie in der Luft. Für Julia war es ein Symbol, dass sie am Leben teilhaben konnte. Sie musste nicht, wie ihre Mutter und auch Simon Berke es anzunehmen schienen, wie eine Gefangene in ihrer Villa dahinvegetieren. Wenn es nach den beiden ginge, sollte sie dankbar sein für jedes Fitzelchen Aufmerksamkeit, welches man ihr zukommen ließ.

Der Flug verlief ohne Probleme, und selbst die Landung auf dem nicht gerade einfach anzusteuernden Flughafen von Funchal klappte vorbildlich. Nachdem sie ihre Koffer bekommen hatten, wartete bereits ein Wagen auf sie, um sie in ihr Hotel etwas außerhalb der Stadt zu bringen. Julia fühlte sich beim Anblick der Berge und der steilen Anstiege arg beklommen. Um sich hier bewegen zu können, würde sie Hilfe brauchen. Dann aber lächelte sie. Sie wusste Marcus an ihrer Seite, und auf ihn konnte sie sich hundertprozentig verlassen.

»Es sieht so aus, als würdest du mich hier gelegentlich eine Anhöhe hinaufschieben müssen«, meinte sie zu ihm.

»Das wird sich machen lassen. Notfalls muss Frau Lensberg mich schieben, wenn es zu schwer wird«, antwortete er grinsend.

»Ich glaube, es ist an der Zeit, das steife Sie fallen zu lassen. Ich bin Sophia!« Sophia streckte Marcus lächelnd die Hand entgegen.

»Ich bin Marcus, aber das wissen Sie …«

»Weißt du!«, korrigierte Sophia ihn.

»Aber das weißt du ja schon!« Marcus lachte und legte dann die Hand an Julias Wange. »Ich glaube, hier wird es uns gefallen!«

»Das wird es«, stimmte Julia ihm zu und sah sich staunend um. »Seht ihr diese Blumenpracht?«

»Man nennt Madeira nicht umsonst die Blumeninsel«, erklärte Sophia, während der Wagen vor dem Hotel hielt. »Ich glaube, wir sollten uns ein paarmal auf diese Weise über die Insel fahren lassen«, sagte sie zu Julia.

Der Fahrer verstand ein wenig Deutsch und strahlte übers ganze Gesicht. »Ich gebe Ihnen unsere Karte! Sie können sich den Wagen aber auch von der Hotelrezeption besorgen lassen. Die geben Ihnen Auskunft, wann Sie die schönsten Stellen unserer Insel besuchen können, also zu Zeiten, an denen Sie möglichst wenig von den Kreuzfahrttouristen gestört werden.«

»Danke schön! So machen wir es«, sagte Marcus zu ihm und erhöhte das Trinkgeld, das er hatte geben wollen, auf das Doppelte. »Können wir vielleicht Sie als Fahrer bekommen?«, fragte er noch.

Der Fahrer nickte. »Sehr gern! Madeira ist eine wunderschöne Insel, aber sie ist noch schöner, wenn man weiß, wann man was am besten ansehen kann.«

Unterdessen waren zwei Hotelangestellte herausgekommen und luden die Koffer auf ein Wägelchen. Beim Anblick des Rollstuhls wirkten sie jedoch verwirrt. Marcus reichte dem Fahrer rasch das Trinkgeld, stieg aus und nahm den Rollstuhl an sich. Wenig später hatte er ihn auseinandergeklappt und Julia hineingesetzt. Sie sah mit einem verlegenen Lächeln zu ihm und Sophia auf.

»Ich hoffe, das Einchecken dauert nicht zu lange. Ich müsste nun doch langsam … Du hast gesagt, du hättest ein Zimmer mit Behindertentoilette gebucht?«

Sophia nickte. »Das habe ich! Wehe, es ist nicht so.«

Ihre Besorgnis war jedoch unbegründet. Die Damen an der Rezeption kümmerten sich sofort um die neuen Gäste, und sie erhielten sehr bald ihre Zimmerkarten. Danach fuhr Julia mit ihrem Rollstuhl so rasch los, dass Sophia und Marcus ihr kaum folgen konnten.

»Wenn jetzt die Karte nicht geht, gibt es ein Unglück«, stöhnte sie, als es nicht auf Anhieb klappte.

»Du darfst nicht so hastig sein«, erklärte Sophia, nahm ihr die Karte aus der Hand und legte sie selbst auf das Lesegerät. Nun funktionierte es. Julia stieß die Tür auf, sauste hinein und war auf der Toilette verschwunden.

»Ist das Badezimmer behindertengerecht?«, rief ihr Sophia durch die rasch geschlossene Badezimmertür nach.

»Das ist es!«, kam es erleichtert zurück.

Sophia wandte sich zu Marcus um. »Das sind leider Probleme, mit denen Julia fertigwerden muss.«

»Was ihr offenbar ausgezeichnet gelingt!«, erwiderte Marcus lächelnd. Er erinnerte sich an einige Reisen mit Mia, die sich jedes Mal wie die Prinzessin auf der Erbse aufgeführt hatte. Gerade im Vergleich mit seiner Ex-Freundin war Julia eine so angenehme Reisegefährtin, dass er sich auf weitere Reisen mit ihr freute.

Kurz darauf kam Julia fröhlich zu ihnen zurück. »Es hat alles geklappt! Ich glaube, ich werde hier sehr gut zurechtkommen.«

»Das ist die Hauptsache«, sagte Marcus.

»Es muss Sophia und dir aber auch gefallen!«

»Das tut es! Wir sollten jetzt unser Gepäck einräumen und uns dann in einer Stunde in der Hotelbar treffen. Ich habe große Lust auf ein Gläschen Wein!« Sophia fand, dass sie mit dieser so kurzfristig geplanten Reise das Richtige getan hatte.

8.

Claude Palmer war verärgert, weil auch ihr letzter Versuch, Julia dazu zu bewegen, ihr Vermögen ihrem Ehemann anzuvertrauen, ins Leere gelaufen war. Dabei hatte Lars es sehr dringend gemacht. Seinen Worten zufolge benötigte er das Geld für seinen größten Deal. Er hätte damals nicht gewalttätig werden dürfen, sagte sie sich. Damit hatte er der alten Hexe, wie sie Sophia insgeheim getauft hatte, die Munition geliefert, mit der diese jeden Versuch abblocken konnte, ihr die Vormundschaft über Julia abzusprechen. Dies erklärte sie ihrem Mann auch, als sie ihn anrief.

»Hättest du dich in der Vergangenheit mehr um deine Tochter gekümmert, hätte sie sich gefreut, unter deine Vormundschaft zu kommen, und den Vertrag freiwillig unterschrieben«, antwortete

Lars Palmer mit einem Gegenvorwurf und fluchte. »Verdammt, ich brauche dringend Cash! Jetzt muss ich sehen, wie ich anders daran komme.« Grußlos beendete er die Verbindung.

Claude starrte empört auf ihr Handy, so als wäre es schuld an dem Ärger mit ihrem Mann. Dann aber beschloss sie, dass sie sich ein paar angenehme Tage in Köln verdient hatte. Sie fuhr hin und checkte im *Excelsior* ein, um einen Einkaufsbummel in einigen hochpreisigen Läden um den Neumarkt herum zu machen. Beim ersten Mal ging noch alles gut, doch im zweiten Geschäft schüttelte die Frau an der Kasse den Kopf.

»Es tut mir leid, die Zahlung wird verweigert.«

»Das kann nicht sein!«, antwortete Claude perplex. »Ich weiß doch genau, wie viel Geld vor diesem Einkauf noch auf meinem Konto war.«

»Jetzt ist es jedenfalls nicht mehr drauf«, erklärte die Frau und wies eine Kollegin an, die Kleidungsstücke, die Claude ausgesucht hatte, wieder in die Regale einzuräumen.

»Halt, ich habe hier noch eine andere Kreditkarte!«, rief Claude und holte diese hervor. Doch als die Kassiererin diese ausprobierte, schüttelte sie erneut den Kopf. »Diese Karte ist gesperrt!«

Claude fühlte den Boden unter sich schwanken. »Das kann doch nicht sein!«, sagte sie entsetzt.

»Ist aber so.« Die Kassiererin zeigte deutlich, dass sie von Leuten, die hier einkaufen wollten, ohne das nötige Kleingeld dafür zu haben, nicht sehr viel hielt.

Claude verließ das Geschäft und kehrte ins Hotel zurück. Dort fiel ihr ein, dass sie, da ihr Konto abgeräumt und ihre Kreditkarte gesperrt war, ihr Zimmer nicht bezahlen konnte. Das war hier, wo eine ehemalige Klassenkameradin im Management tätig war, doppelt peinlich. Immerhin hatte sie dieser bei mehreren Aufenthalten in diesem Hotel deutlich gezeigt, dass sie es sich leisten konnte, auf sehr großem Fuß zu leben. Ebenso wenig konnte sie das Hotel heimlich verlassen und den Preis für die Übernachtung schuldig bleiben. Wenn sie das tat, war sie bei den Hotels der oberen Preisklasse unten durch und würde nur noch gegen Vorkasse einchecken können.

Sie fragte sich, wer ihr Konto zwischen dem ersten Einkauf, bei dem ihr Konto noch gedeckt gewesen war, bis zu dem nur eine halbe Stunde später gescheiterten Versuch, einzukaufen, abgeräumt hatte. Am wahrscheinlichsten hielt sie eine Hackerattacke und wollte ihren Ehemann darüber informieren. Als sie ihn jedoch anzurufen versuchte, war sein Handy ausgeschaltet. In der Villa ging nur Violet ans Telefon und erklärte, dass der Vater das Haus früh am Morgen verlassen habe und sie nicht wisse, wann er zurückkäme.

»Sage ihm, dass etwas mit meinem Konto nicht stimmt. Es ist vollkommen leer! Ich weiß nicht einmal, wie ich mein Zimmer bezahlen soll.« Claude hatte eine fürchterliche Angst davor, als Betrügerin bezeichnet und aus den Kreisen ausgeschlossen zu werden, in denen sie sich seit mehr als zehn Jahren bewegte.

»Warum rufst du Vater nicht einfach an?«, fragte Violet verwundert.

»Ich habe es ja versucht, aber sein Handy ist ausgeschaltet«, antwortete Claude und beendete das Gespräch mit einem kurzen Gruß.

Verzweifelt überlegte sie, wie sie sich aus dieser Klemme befreien konnte. Es gab nur einen Ausweg: Sie musste eines ihrer Schmuckstücke versetzen, um die Hotelrechnung und das Benzin für die Heimfahrt zahlen zu können. Daher suchte sie mit ihrem Smartphone nach einem Leihhaus in Köln und hoffte, dass niemand sie dort sah, der sie kannte.

Die Sache klappte, und danach hielt Claude genug Geld in der Hand, um das Hotel bezahlen und nach Hause fahren zu können.

Unterwegs versuchte mehrmals, mit ihrem Mann telefonisch und mit SMS Kontakt aufzunehmen. Sein Handy war jedoch noch immer ausgeschaltet. Claude erinnerte sich daran, dass er zwei weitere teure Geräte besaß, die er für seine Geschäfte benutzte. Deren Nummern kannte sie jedoch nicht.

Da sie erst am späten Nachmittag aufgebrochen war, fuhr sie bis tief in die Nacht hinein, bis sie die Villa am Tegernsee erreichte. Violet und Frederic schliefen bereits, und das tat auch ihre Haushälterin. Ihr Mann war nicht da. Da auch ein erneuter Anruf ins Leere ging, setzte Claude sich an ihren Laptop und rief ihre Konten auf. Das Ergebnis war erschreckend. Die beiden Konten, über die sie verfügte, waren nicht nur vollständig abgeräumt, sondern auch noch bis zur äußersten Kreditgrenze belastet. Ebenso war es bei den Konten der Kinder, die bislang ebenfalls gut gefüllt gewesen waren. An die Geschäftskonten ihres Mannes kam sie nicht heran. Da sie ihn telefonisch nicht erreichte, schrieb sie ihm eine E-Mail und betete, rasch eine Antwort zu bekommen.

Bis zu dem Zeitpunkt, als sie zu Bett ging, hatte Lars sich noch nicht gemeldet. Auch als sie am nächsten Vormittag aufwachte und als Erstes zu Smartphone und Laptop griff, war weder eine E-Mail noch ein Anruf ihres Mannes eingegangen.

Claude wusste, dass er teilweise mit Leuten Geschäfte machte, deren Sinn für Gesetz und Recht sich von dem hier gewohnten Standard unterschied. Sie bekam es mit der Angst zu tun, Lars könnte mit einem von ihnen Probleme bekommen haben, und betete händeringend, dass er so bald wie möglich nach Hause kam oder wenigstens etwas von sich hören ließ.

9.

Lars Palmer blieb drei Tage aus. Als er zurückkehrte, waren seine Augen rot umrandet, und auf seinem Gesicht zuckte unkontrolliert ein Muskel. Erleichtert eilte Claude ihm entgegen.

»Endlich bist du da! Ich bin halb vergangen vor Angst!«, begrüßte sie ihn.

Ihr Mann sah sie mit verzerrter Miene an. »Was ist? Hast du noch einmal mit deiner Tochter gesprochen und sie endlich weichgeknetet?«

Claude schüttelte verwirrt den Kopf. »Nein, ich war in Köln. Ich …«

»Du bist wirklich zu nichts zu gebrauchen!«, schrie Lars Palmer unbeherrscht. »Verdammt, ich brauche das Geld!«

»Ich kann Julia nicht zwingen, es dir zu überlassen. Du hättest …«

Lars Palmer hatte sich auf einen Deal eingelassen, der ihm, wenn er funktionierte, viele Millionen einbringen würde oder ihn ruinierte, wenn es schiefging. Bereits jetzt hatte er alle Konten bis zur Belastungsgrenze überzogen und selbst die Villa in diesem Spiel um Geld und Macht mit eingesetzt. Ohne das Geld seiner Stieftochter würde dieser Coup platzen, und die Männer, mit denen er es zu tun hatte, zählten nicht gerade zur Heilsarmee.

Da sah Lars Palmer rot. »Du bist schuld!«, schrie er Claude an. »Ich habe die Chance, den Deal meines Lebens zu machen, und du schaffst es nicht, der Vormund deiner leiblichen Tochter zu werden. Du hättest dich schon früher um sie kümmern und ihr um den Bart gehen müssen. Aber du bist zu allem zu dumm – außer zum Geldausgeben!«

Noch während er es sagte, schlug er zu.

Claude flog durch den halben Raum und prallte hart auf dem

Boden auf. Noch überwog die Empörung den Schmerz. »Bist du verrückt geworden?«, schrie sie ihnen Mann an.

Dieser kam hinter ihr her und versetzte ihr einen heftigen Fußtritt. Als er erneut zutreten wollte, stürzte Violet herein und packte ihn am Ärmel.

»Papa, du darfst die Mama nicht schlagen!«, schrie das Mädchen entsetzt.

Gereizt fuhr Palmer herum und traf sie mit einem harten Faustschlag ins Gesicht. Violet stürzte und heulte Rotz und Wasser vor Schmerz, während ihr das Blut aus der Nase schoss.

»Bist du nun vollends wahnsinnig geworden?«, kreischte Claude und humpelte zu ihrer Tochter.

»Violet, Liebes, was ist mit dir?«

Die Antwort bestand aus hemmungslosem Schluchzen.

Bis dahin hatte Lars Palmer seiner Wut die Zügel schießen lassen. Das Blut, das das Gesicht und die Kleidung seiner Tochter und auch die weiße Bluse seiner Frau verschmierte, ernüchterte ihn jedoch, und er verließ türenknallend den Raum.

Claude versuchte, das Blut zu stillen, doch selbst Pfropfen aus Watte halfen zunächst nicht. Sie holte schließlich das für gekühlte Getränke gedachte Eis aus dem Kühlschrank, füllte eine Handvoll davon in einen Plastikbeutel und legte diesen ihrer Tochter aufs Gesicht. Damit er hielt, wand sie ein Handtuch darum.

Gleichzeitig überlegte sie, was sie tun sollte. Hierbleiben und auf einen weiteren Wutausbruch ihres Ehemannes warten, wollte sie keinesfalls. Ihre Konten waren jedoch bis an die Grenzen überzogen, und das wenige Geld, das sie noch von dem Verkauf des Schmuckstücks übrig hatte, reichte nicht einmal für eine Nacht in einem einfachen Hotel.

Rasch ging Claude die Reihe ihrer Freunde und Bekannten durch. Eine Frau, von der sie sich Hilfe erhoffte, rief sie sogar an.

Doch kaum hatte diese gehört, dass es Streit zwischen Claude und ihrem Mann gegeben hatte und dieser gewalttätig geworden war, unterbrach sie die Verbindung.

Mit Tränen in den Augen steckte Claude ihr Smartphone wieder ein. Sie kannte zwar irrsinnig viele Leute, aber niemanden so gut, um Unterstützung erwarten zu können. Es waren Partyfreunde, mit denen man sich bei entsprechenden Anlässen traf, ein Glas miteinander trank und Small Talk hielt, um hinterher wieder seiner eigenen Wege zu gehen.

Da fiel ihr ein, dass sie einmal gelesen hatte, es gäbe Häuser, in denen von ihren Männern misshandelte Frauen Zuflucht suchen konnten. Sie schüttelte sich jedoch bei dem Gedanken. Da war es noch besser, ihr teures Auto zu Geld zu machen und vorerst davon zu leben.

»Mama, es tut so weh!«, wimmerte Violet.

Claude schleppte sie ins Bad und wusch das Blut so gut ab, wie es nur ging. Zum Glück hörte das Nasenbluten endlich auf. Violet sah schlimm aus. Die ganze Wangenpartie verfärbte sich, und eines ihrer Augen begann, sich zu schließen.

»Dein Vater hätte dich niemals schlagen dürfen!«, jammerte Claude. Sie ärgerte sich, weil die Haushälterin sich nicht sehen ließ. Suchen nach ihr wollte sie jedoch nicht, da sie Angst hatte, dabei ihrem Ehemann zu begegnen. Bei Geschäftsverhandlungen war er zwar immer aggressiv aufgetreten. Sie hätte jedoch niemals gedacht, dass er gegen Violet und sie so brutal vorgehen könnte.

»Wir müssen fort!«, sagte sie leise zu ihrer Tochter und stellte sich wieder die Frage, wohin sie gehen sollten.

Da tauchte plötzlich ein Name in ihrem Kopf auf. Julia! Auch wenn ihre älteste Tochter sie nicht mochte, würde diese sie und Violet nicht hilflos auf der Straße stehen lassen. Rasch fasste sie Violet unter und brachte sie nach draußen. Wenig später hatte sie das Mädchen im Auto verstaut und wollte noch einmal ins Haus zurück, um Frederic zu holen. Da kam dieser ihr schon entgegen.

»Mama, nimm mich mit. Ich will nicht hierbleiben, sonst schlägt der Vater mich auch noch!«, rief er voller Angst.

Claude wartete, bis der Junge im Wagen saß, setzte sich hinter das Steuer und startete den Wagen.

Unterdessen beugte Frederic sich zu Violet vor und fasste sie vorsichtig am Arm. »Tut es sehr weh?«

Das Mädchen nickte und weinte, während Claude sich zum zweiten Mal innerhalb kurzer Zeit auf den Weg zu dem Städtchen machte, bei dem ihre älteste Tochter lebte.

10.

Fedosia nützte Julias und Sophias Abwesenheit aus, um deren Zimmer gründlich zu reinigen, als draußen auf einmal Sturm geläutet wurde. Verärgert legte sie das Staubtuch weg und ging zur Tür. Als sie diese öffnete, trat sie erschrocken einen Schritt rückwärts. Vor ihr stand Claude Palmer mit blutiger Bluse und einem riesigen Veilchen um das rechte Auge. Schlimmer noch war das Mädchen zugerichtet, das Claude mit sich schleppte. Das Gesicht war blutig, die Nase grotesk angeschwollen und stand schief, und beide Augen waren blau geschlagen.

»Sage Julia, wenn sie uns nicht hilft, müssen wir alle drei in den Rhein springen!«, stieß Claude erregt hervor.

Jetzt sah Fedosia auch den Jungen, der hinter der Frau und dem Mädchen stand. Ihm schien zwar nichts zu fehlen, doch in seiner Miene stand die Angst. Fedosia stand vor einem Dilemma. Da Julia und Sophia auf Madeira waren, musste sie entscheiden, was sie mit dem so unerwartet aufgetauchten Besuch anfangen sollten. Sie hielt zwar nicht viel von Julias Mutter, aber diese sah ebenso wie das Mädchen schrecklich zugerichtet aus. Einen Augenblick lang zögerte sie noch, dann siegte das Mitleid.

»Kommen Sie herein! Sie können sich im vorderen Badezimmer waschen und ein wenig frisch machen. Ich rufe Dr. Labahn an, damit er sich um Sie kümmert.«

Nicht Labahn!, wollte Claude sagen, denn sie wusste, wie sehr dieser sie wegen ihrer geplanten Scheidung von Erwin Lensberg verachtete. Der Gedanke an ihre Tochter ließ sie jedoch schweigen. Violet war unterwegs mehrfach übel geworden, und sie war mittlerweile kaum noch ansprechbar.

Fedosia wählte Labahns Nummer und erklärte ihm in hastigen Worten, dass Julias Mutter und deren Tochter in einem sehr schlechten Zustand in die Villa gekommen seien und er doch bitte so rasch wie möglich kommen solle.

»Julias Mutter, sagst du – und eine Tochter? Nun gut, ich komme!«, antwortete Labahn.

Keine zehn Minuten später betrat er die Villa. Was auch immer er sich vorgestellt hatte, wurde von der Wirklichkeit in den Schatten gestellt. Er musterte Claude, deren Gesicht mittlerweile grün und blau schimmerte, und widmete sich dann Violet. Seine Miene wurde immer besorgter. Nachdem er das Mädchen untersucht hatte, zog er sein Handy hervor.

»Ich brauche einen Notarztwagen, und zwar rasch! Auch muss ein Ärzteteam bereitstehen, wenn die Verletzte gebracht wird«, sagte er und nannte die Adresse.

»Das sieht nicht gut aus!«, erklärte er Claude und Fedosia, nachdem er das Handy wieder weggesteckt hatte.

»Was ist mit meiner Tochter?«, fragte Claude erschrocken.

»Das muss eine genauere Untersuchung ergeben. Jedenfalls ist Violet jetzt in den besten Händen.«

Labahn verschwieg, dass Violet sofort in die Klinik gehört hätte. Stattdessen hatte die Mutter sie mehr als sechshundert Kilometer weit durch die Republik geschleppt. Ihr deswegen Vorhaltungen zu machen, verboten deren eigene Verletzungen.

Während sie auf den Notarzt warteten, fragte er Claude, was passiert sei, und erfuhr, dass deren Mann sie verprügelt hatte, weil es ihr nicht gelungen war, Julias Vormund zu werden.

»Violet wollte mir helfen, da hat er auch sie geschlagen«, beendete Claude ihren Bericht unter Tränen, während von draußen bereits das Martinshorn zu hören war.

Labahn wandte sich an Fedosia. »Lassen Sie den Notarzt und seine Helfer herein. Später richten Sie ein paar Gästezimmer her. Ich nehme es auf meine Kappe!«

»Aber dann rufen Sie Frau Lensberg und Julia an und sagen ihnen, dass ihre Mutter hier ist – und auch die beiden Kinder«, antwortete Fedosia alles andere als begeistert.

»Das tue ich! Doch jetzt geht es erst einmal um dieses junge Leben«, antwortete er mit einem Blick auf Violet, die während der kurzen Zeit noch schwächer geworden war.

Augenblicke später stürmte der Notarzt herein und ließ sich von Labahn berichten, was dieser diagnostiziert hatte. Er untersuchte das Mädchen selbst, setzte ihr eine Spritze, um es zu stabilisieren, und wies seine Helfer an, Violet in den Wagen zu bringen. Labahn sorgte dafür, dass auch Claude mitgenommen wurde, um in der Klinik verarztet zu werden, und versprach nachzukommen.

Als der Notarztwagen verschwunden war, wandte er sich mit trauriger Miene an Fedosia. »Ich habe Julias Mutter damals, als ihr Mann verunglückt ist, alles Negative gewünscht. Aber sie und ihre Tochter in einem solchen Zustand zu sehen, macht mir ein schlechtes Gewissen. Irgendwie fühle ich mich schuldig.«

»Ein Mann, der eine Frau und ein Kind so zurichtet, ist ein Ungeheuer!«, rief Fedosia zornig. Sie wandte sich an Frederic. »Du siehst aus, als könntest du einen Bissen vertragen. Ich werde dir gleich etwas zu essen machen. Danach überziehe ich die Betten, damit du dich hinlegen kannst. Du wirst sicher müde sein.«

Der Junge nickte bedrückt. »Was ist mit Violet? Wird sie wieder gesund?«

»Ich glaube schon«, antwortete Dr. Labahn und hoffte, nicht gelogen zu haben. Wenn die Vermutung, die er hatte, stimmte, würde Julias Halbschwester sehr viel Glück brauchen, um wieder auf die Beine zu kommen.

11.

Als Dr. Labahn in die Klinik kam, wurde Claude gerade verbunden. Der Arzt begrüßte ihn mit besorgter Miene.

»Wir mussten ihr eine Beruhigungsspritze geben. Sie sollten Sie bald nach Hause bringen, damit sie ins Bett kommt. Sie braucht sehr viel Ruhe.«

»Was ist mit dem Mädchen?«, fragte Labahn, da ihn Violets Zustand mehr interessierte.

»Sie wird gerade operiert! Meine Kollegen sind zuversichtlich, sie durchzubringen. Sie wird aber einige Tage auf der Intensivstation verbringen müssen. Dabei wird sich zeigen, ob bleibende Schäden zu befürchten sind.«

»Mein Gott! Musste das sein?« Labahn dachte daran, wie er und Eduard Lensberg an der Bahre dessen Sohnes gestanden und beide Claudia Lensberg, wie sie damals noch hieß, verflucht hatten. Doch das, was geschehen war, hätte auch sein Freund nicht gewollt.

»Wir geben Ihnen Bescheid, wie die Operation verlaufen ist. Wenn es keine Komplikationen gibt, können Sie die Mutter des Mädchens übermorgen für ein paar Minuten herbringen. Sie sollten aber dabei sein, falls die Frau wieder so hysterisch wird«, erklärte der Arzt.

»Danke! Ich werde sie begleiten.«

Hoffentlich geht es gut, setzte Labahn für sich hinzu. Wenn das Mädchen einen Schaden davontrug oder gar starb, würde er sich wegen seiner unbedachten Worte an Erwin Lensbergs Bahre für den Rest seines Lebens schuldig fühlen.

Er wartete, bis Claude verarztet war, und fasste die Halbbetäubte unter. »Kommen Sie, ich bringe Sie nach Hause. Sie müssen sich hinlegen und schlafen.«

»Violet, was ist mit Violet?«, wimmerte sie, und ihr kamen die Tränen.

»Die ist in den besten Händen! Übermorgen können Sie zu ihr«, versprach Labahn und führte sie zur Tür.

Da wandte sich der Kliniker noch mal an ihn. »Für den Fall, dass es nötig sein sollte, haben wir Frau Palmers Verletzungen und die ihrer Tochter dokumentiert und auf Fotos festgehalten.«

»Danke, das war sehr vorausschauend! Ich schätze, die Informationen werden bald benötigt werden.«

Labahn winkte ihm kurz zu und brachte Claude zu seinem Wagen. Während er zur Villa fuhr, fragte er sich, was nun werden sollte. Zu ihrem Ehemann konnte Julias Mutter nicht zurück. Doch wie würde Julia reagieren, wenn sie nicht nur die Mutter, sondern auch noch zwei Halbgeschwister am Hals hatte? Er überlegte schon, sie und Sophia auf Madeira anzurufen, sobald er Claude abgeliefert hatte. Dann aber beschloss er, damit zu warten. Zunächst sollte Julia ihren Urlaub noch genießen, bevor er sie mit diesem tragischen Ereignis konfrontierte.

12.

Julia war selig. Der Taxifahrer João hatte sein Versprechen gehalten und sie zu den interessantesten Stellen der Insel gebracht. Am Vortag waren sie in der wunderschönen Bucht von Câmara de Lobos gewesen und hatten auf der Klippe des Cabo Girão ungestört von Touristenscharen den Sonnenuntergang erleben dürfen.

An diesem Tag waren sie mit der Seilbahn nach Monte hochgefahren, um die Kirche Nossa Senhora do Monte anzuschauen. An diesem Ort erwies Sophia sich als ausgezeichnete Fremdenführerin und berichtete, wie der letzte österreichische Kaiser nach seiner Absetzung auf Madeira Zuflucht gefunden hatte. Er war hier auch gestorben und lag oben in der Kirche begraben.

»Es ist nur ein einfacher Sarkophag, doch noch immer legen Österreicher und vor allem viele Ungarn dort Blumen nieder«, setzte sie hinzu.

»Ich würde ihn gerne sehen«, entfuhr es Julia.

»Pass bitte auf den Rollstuhl auf«, bat Marcus Sophia, hob Julia auf, um sie die zweiundfünfzig Stufen hochzutragen.

»Aber ich bin doch zu schwer«, wandte diese ein.

Marcus lachte. »Wenn ein Wunsch von dir so leicht zu erfüllen ist wie dieser, tue ich es gerne.«

»Du bist so lieb zu mir!«, flüsterte sie und fragte sich, ob ihr Leben ebenso schön geworden wäre, wenn sie Marcus nicht kennengelernt hätte.

Oben in der Kirche betrachtete Julia ehrfürchtig die kleine Seitenkapelle mit dem Sarkophag des Kaisers. Er war mit einer ungarischen Fahne geschmückt, und mehrere frische Kränze verrieten, dass erst vor Kurzem Besucher hier gewesen sein mussten, um seiner zu gedenken.

»Ich danke dir, dass ich das sehen durfte«, flüsterte sie Marcus zu, als dieser sie wieder nach draußen trug. Dann aber schlug die Aussicht auf die Stadt und das Meer sie in ihren Bann.

»Es ist wunderschön!«

»Das ist es!«, sagte Marcus und drückte sie sanft an sich.

Solche Augenblicke hatte er mit Mia niemals teilen können, fuhr es ihm durch den Kopf. Als er Julia wieder nach unten trug, hatte sich dort eine Hochzeitsgesellschaft eingefunden und ließ sich fotografieren.

Sie sahen interessiert zu, wie Marcus Julia zu ihrem Rollstuhl brachte und sie vorsichtig hineinsetzte. Die weiß gekleidete Braut sagte etwas zu ihrem Bräutigam, eilte dann auf Julia zu und umarmte sie. Als sie wieder gehen wollte, drehte sie sich noch einmal zu ihr um und drückte ihr den Brautstrauß in die Hand, während die Hochzeitsgäste applaudierten.

»Ich glaube, denen habt ihr etwas zu denken gegeben«, meinte Sophia lächelnd.

Julia betrachtete den Brautstrauß und winkte der Braut zu. Diese erwiderte das Winken, und die Gesellschaft zog weiter.

»Wir sollten wieder mit der Seilbahn nach unten fahren«, schlug Sophia vor.

Julia schüttelte den Kopf. »Ich will so gerne einen Korbschlitten ausprobieren.«

»Das ist doch zu gefährlich!«, rief Sophia besorgt.

»Ich passe auf Julia auf!«, versprach Marcus und trat auf einen der Korbschlittenfahrer zu. Nach einem kurzen Gespräch auf Englisch wurden sie handelseinig, sodass Julia und er in einem und Sophia und der Rollstuhl in einem zweiten Korbschlitten zu Tal gebracht wurden.

Es ging alles gut. Die Korbschlittenfahrer, die sich sonst einen gewissen Spaß daraus machten, ihre Passagiere zu erschrecken, fuhren vorsichtig, und ein Anruf führte dazu, dass João sie am

Endpunkt der Schlittenfahrt abholte und zu ihrem Hotel zurückbrachte.

»Das war großartig!« Julia war immer noch begeistert, als sie später in der Lobby zusammensaßen und bei Tee und einem Glas Wein den Tag Revue passieren ließen.

»Es freut mich, dass es dir gefallen hat«, sagte Marcus lächelnd.

»Und dir? Hat es dir nicht gefallen?«

»Doch, sehr!« Marcus hob Julia aus dem Rollstuhl und nahm sie auf den Schoß. »Es hat mir ganz ausgezeichnet gefallen!«

Sie schmiegte sich an ihn, und Sophia fand, dass die beiden genauso aussahen, wie sie sich ein verliebtes Paar vorstellte. Wer hätte das vor ein paar Monaten noch gedacht?, fragte sie sich. Marcus war der beste Partner, den sie ihrem Schützling wünschen konnte. Außerdem hatte sie das Gefühl, als wäre er seinem Bruder Lukas ähnlicher, als er selbst ahnte. Daher würde er einmal ein ausgezeichneter Geschäftsmann werden. Zwar verbrachten sie hier einen unbeschwerten Urlaub, unterhielten sich dabei aber auch über die Spedition, deren Führung Berke sich mittlerweile völlig unter den Nagel gerissen hatte.

Bei dem Gedanken sagte Sophia sich, dass es, wenn Berke von Julias Beziehung zu Marcus erfuhr, noch eine Menge Ärger geben würde. Eines aber war sonnenklar: Sie selbst, aber auch Marcus und Julia würden alles tun müssen, damit die Spedition nicht durch Berkes Machenschaften ins Schlingern geriet.

Noch während sie überlegte, wie sie sich vorsehen konnten, klingelte ihr Handy. »Sophia Lensberg am Apparat! Guten Tag!«

»Hier, Labahn! Tag, Sophia! Bist du allein?«

Sophia stand auf und sah kurz auf das Paar, das die Welt um sich vergessen hatte. »Entschuldigt mich bitte«, sagte sie, ohne dass die beiden reagierten.

Augenblicke später stand sie auf der Hotelterrasse und hörte zu, wie Labahn ihr berichtete, was in der Zwischenzeit in der

Heimat geschehen war. Sophia stellte nur wenige Fragen. Als das Gespräch zu Ende war, setzte sie sich auf einen einzeln stehenden Stuhl und überlegte. Ihr verstorbener Ehemann hatte nur selten über seine einstige Schwiegertochter gesprochen. Sie wusste jedoch, dass er diese mit einem recht hohen Betrag abgefunden hatte und deshalb mehrere Jahre lang auf wichtige Investitionen in der Spedition verzichten musste. Diese Delle war mittlerweile ausgebügelt. Hätten Julia und sie statt Simon Berke einen zuverlässigen Geschäftsführer, würden sie sich keine Sorgen machen müssen.

Sophia fand es vom Leben unfair, dass ihr Schützling auf einmal mit einer Mutter belastet wurde, die sich mehr als fünfzehn Jahre lang nicht um sie gekümmert hatte. Zudem sollte sie auch noch für zwei Halbgeschwister sorgen, die sonst auf der Straße stünden. Es war jedoch unmöglich, Claude und ihre Kinder von ihrer Schwelle zu weisen. Julias und auch ihr Ruf würden darunter leiden und sie als herzlose Personen erscheinen, die ihre engsten Verwandten im Elend versinken ließen.

»Der Teufel soll Lars Palmer, seine Frau und die Kinder holen!«, zischte sie verärgert und stand auf.

Sie würde es Julia sagen müssen, aber nicht heute und nicht morgen. Am letzten Abend auf Madeira, bevor es zurückging, war es früh genug. Bis dorthin sollten Julia und Marcus den Aufenthalt genießen und sich des Lebens freuen.

13.

Julia hätte sich ein schöneres Nachhausekommen gewünscht. Nun aber drehten sich ihre Gedanken ständig um das, was Sophia ihr erzählt hatte. Es war kaum zu glauben, doch ihre Mutter hatte sich bei ihr mit der Behauptung eingenistet, mittellos zu sein. Ihre Gefühle schwankten von totaler Ablehnung bis zu Mitleid, da sowohl die Mutter wie auch ihre Halbschwester übel zugerichtet sein sollten.

Umso froher war sie um Marcus, der auf dem Rückflug neben ihr saß und ihre Hand hielt. Sein Lächeln dämpfte ihren Ärger, und sie war froh, dass sie mit ihm über alles reden konnte, was ihr Herz beschwerte.

»Sollte sie versuchen, mir Vorschriften machen zu wollen, fliegt sie hochkant wieder hinaus«, sagte sie drohend.

»Ich werde dir dabei helfen!« Marcus lachte leise, war aber selbst gespannt auf Claude Palmer und deren Nachkommenschaft, die sich, wie es aussah, als Kuckucke in Julias Villa eingenistet hatten. Eines war für ihn klar: Er würde zusammen mit Sophia alles daransetzen, dass sich die Angelegenheit nicht zu Julias Schaden entwickelte.

»Sobald du deinen achtzehnten Geburtstag hinter dir hast, sollten wir heiraten«, sagte er.

»Vorher würde ich aber gerne mit dir ganz alleine für ein paar Tage verreisen«, erklärte sie mit Nachdruck.

»Das werden wir«, versprach Marcus und schlug ein geeignetes Ziel vor.

Nach der Landung wurde bereits ein Rollstuhl für Julia bereitgehalten. Wenig später hatten sie auch ihr Gepäck wieder, und sie konnte in ihren eigenen Rollstuhl wechseln.

In der Ankunftshalle wartete Lippens auf sie. Ihr erster Weg würde jedoch nicht nach Hause führen, sondern in die Klinik. Während der Fahrt herrschte Schweigen. Julia wollte den Chauffeur nicht nach ihrer Mutter fragen, sondern sich selbst ein Bild machen. Auch Marcus war gespannt auf Claude. Laut dem, was er aus Julias und Sophias Worten geschlossen hatte, sollte es sich um eine sehr schöne, aber auch sehr oberflächliche Frau handeln.

Als sie das Zimmer betraten, in dem Violet lag, wurden sie alle überrascht. Claude saß neben dem Bett ihrer Tochter, ihre Hämatome waren zwar etwas abgeklungen, doch sah man ihr an, dass sie übel zusammengeschlagen worden war. Bei Violet war fast der ganze Kopf verbunden. Außerdem waren an ihr Infusionsschläuche und Kabel angebracht, die Julia fatal an die Zeit erinnerten, als sie aus dem Koma geholt worden war.

Hatte sie bis jetzt mit einem gewissen Neid an ihre Halbschwester gedacht, die von der Mutter, die sie selbst so sehr vermisst hatte, stets umsorgt worden war, so fühlte sie jetzt nur noch Mitleid.

»Wie geht es ihr?«, fragte sie Claude.

Diese erhob sich von dem Stuhl, auf dem sie gesessen hatte, kam auf sie zu und schloss sie schluchzend in die Arme. »Es war entsetzlich! Dieser Mann hat sie fast umgebracht. Wir wussten drei Tage lang nicht, ob wir sie behalten würden.«

Dieser Mann! Sophia erinnerte sich daran, wie ihr Lebensgefährte seine frühere Schwiegertochter nie anders als »diese Frau« bezeichnet hatte. Claude Palmer mochte früher einmal leichtfertig gewesen sein, doch jetzt sah sie eine Frau vor sich, die in den letzten Tagen mehr Schmerz und Angst hatte durchleben müssen als andere in einem halben Leben.

»Wir werden uns um alles kümmern! Seien Sie versichert, Lars Palmer wird nicht so einfach davonkommen. Und was Sie und Ihre Kinder betrifft, so ist die Villa groß genug, sodass Sie vorerst darin wohnen können. Das heißt, wenn Julia damit einverstanden ist?« Sophia sah diese fragend an und atmete auf, als diese nickte.

»Dann soll es so sein«, setzte sie leise hinzu und legte die Hand auf Julias Schulter, um dieser zu zeigen, dass sie stets auf sie vertrauen konnte.

Siebter Teil

Krumme Geschäfte

1.

So groß der Schock über Violets schwere Verletzung auch war – das Leben ging weiter. Während das Mädchen langsam im Krankenhaus genas, übernahm Marcus wieder seinen Job als Aushilfsfahrer bei der Spedition. Dort hatte sich in der Zwischenzeit einiges getan. Die etwas hochnäsige, aber fähige Chefsekretärin Holtzing hatte nach einem heftigen Streit mit Simon Berke gekündigt und war durch eine jüngere Frau ersetzt worden, die Berke nach dem Mund redete.

Mehrere Lkw-Fahrer hatten die Spedition aus Protest gegen Berkes Anweisungen ebenfalls verlassen. Zwei von ihnen hatten viele Jahre für Eduard Lensberg gearbeitet und waren nur schwer zu ersetzen.

Simon Berke hatte daher schon mehrere Transporte nicht fristgerecht durchführen lassen und deshalb Strafzahlungen leisten müssen. Da diese Probleme ihm auf Dauer auch selbst schadeten, war er froh, als Marcus wieder zur Verfügung stand. Dieser war jung, ohne Anhang und vor allem ohne Verbindungen zu den anderen Fahrern der Spedition. Berke konnte ihm daher Transporte zuweisen, gegen die andere Fahrer sich mit Händen und Füßen gewehrt hätten.

Marcus war dies recht, denn auf diese Weise konnte er Beweise sammeln, wie massiv Berke gegen die Vorschriften verstieß. Sein erster Transport nach dem Urlaub mit Julia führte ihn bis in den asiatischen Teil der Türkei. Der Container war versiegelt und elektronisch gesichert, außerdem riet Berke ihm, mehrere Dosen Pfefferspray und einen Baseballschläger mitzunehmen.

»Glauben Sie, dass es gefährlich werden könnte?«, fragte Marcus.

»Natürlich nicht! Aber man sollte auf alles vorbereitet sein«, antwortete Berke. »Eigentlich müssten es zwei Fahrer sein, aber ich habe nur Sie zur Verfügung. Wenn Sie einen Freund haben, der mitfahren will, wäre es von Vorteil. Ihre Spesen sind hoch genug dafür!«

Aus dieser Bemerkung schloss Marcus zweierlei: Zum einen hatte der Mann tatsächlich Angst, es könnte zu Problemen kommen, zum anderen würde ein möglicher Beifahrer nicht nur keinen Lohn bekommen, sondern auch noch von ihm selbst verköstigt werden müssen.

»Wenn Sie ein paar Euro lockermachen, kriege ich sicher einen meiner Kumpel dazu, mitzufahren. Als Student kann man immer Geld brauchen.«

»Zweihundert Euro auf die Hand!« Mehr war Berke nicht bereit, auszugeben.

Marcus nickte und erklärte, dass er noch mal nach Hause fahren und mit seinen Freunden reden würde.

»Beeilen Sie sich, der Transport muss spätestens um Mitternacht auf der Straße sein. Und sehen Sie zu, dass Sie den Zeitplan einhalten. Die Fracht ist eilig!«

Marcus blickte auf den Begleitzettel und fragte sich, was von den dort aufgeführten Haushaltsgeräten so eilig sein sollte. Es juckte ihm in den Fingern, einmal nachzusehen, was er geladen hatte. Dafür aber hätte er die Plomben beschädigen müssen, und das würde auffallen.

»Ich bin schon weg!«, erklärte er und lief zu seinem Wagen. Am liebsten hätte er einen Zwischentopp bei der Villa eingelegt, um mit Julia und Sophia über seinen neuesten Auftrag zu sprechen. Doch solange Berke neben dem Verwaltungsgebäude stand, war das zu riskant. Noch wusste der Mann nicht, dass Julia und er ein Paar geworden waren, und sollte es Sophias Meinung nach auch so schnell nicht erfahren.

Er überlegte, wer aus seinem Freundeskreis bereit sein könnte, mit ihm zu fahren. Bis vor einigen Monaten hätte er Paul gefragt. Nun aber war das unmöglich. Zurück in seiner Wohnung, rief er kurz entschlossen Jens an.

»Hallo, Jens, hast du Lust auf einen Roadtrip in die Türkei? Wir wären eine gute Woche unterwegs, und du würdest die grandiose Summe von zweihundert Euro bar auf die Hand verdienen«, fragte er, kaum dass Jens sich gemeldet hatte.

»Spotte nur, aber für jemanden wie mich sind zweihundert Mäuse durchaus interessant.« Jens lachte. »Worum geht es eigentlich?«

»Ich soll einen Truck nach Kütahya oder so ähnlich bringen! Oder, besser gesagt: die Ladung des Trucks, und dafür brauche ich einen Beifahrer.«

»Ich habe aber keinen Führerschein für schwere Lastwagen«, antwortete Jens.

»Das ist nicht nötig! Du sollst nur neben mir sitzen und mir eine knallen, wenn ich am Steuer einschlafen sollte«, erklärte Marcus fröhlich.

»Eigentlich wollte ich ja mit Susi … Kann sie nicht auch mitkommen? Sie würde sich darüber freuen. Es wird sicher ein Spaß«, fragte Jens.

»Eher eine saumäßige Anstrengung – und das mit unzureichenden sanitären Möglichkeiten und nur einer Schlafkabine im Truck«, gab Marcus zu bedenken.

Jens lachte jedoch nur. »Wir können ja abwechselnd schlafen! Dann hättest du zwei, die dir eine knallen können.«

Da Marcus begriff, dass Jens ohne seine Freundin nicht mitkommen würde, gab er nach. »Also gut! Ich hole euch allerdings schon in einer Stunde ab. Um Mitternacht müssen wir nämlich schon *on the road* sein!«

»In einer Stunde?« Jens stieß hart die Luft aus. »Okay, wir werden es schaffen!«

»Ehe ich es vergesse: Ich bekomme nur Geld für einen Beifahrer! Nicht, dass du denkst, es könnten vierhundert Euro werden.« Marcus lachte, denn ihm war klar, dass er selbst ein wenig Geld ausgeben musste, damit die beiden etwas von der Fahrt hatten.

Auch Jens lachte und verabschiedete sich dann mit dem Hinweis, dass er Susi informieren müsse.

»Also bis gleich«, sagte Marcus noch, dann machte er sich daran, seine Reisetasche für die lange Fahrt zu packen.

2.

Zu Marcus' Verblüffung waren Jens und Susi bereits fertig, als er vor ihrem Wohnblock anhielt. Sie hatten zwei nebeneinanderliegende, kleine Appartements billig anmieten können. Auch wenn sie immer über den Flur gehen mussten, um von einem Appartement ins andere zu kommen, ersetzten diese ihnen eine Zweizimmerwohnung. Ein Appartement war als Schlafzimmer, das andere als Wohnzimmer und Küche eingerichtet, und sie besaßen, wie Susi stolz bemerkte, zwei Badezimmer.

Marcus, der sich bis jetzt nie hatte einschränken müssen, begriff erst jetzt so richtig, dass die beiden aus anderen Kreisen stammten als er und sich über eine Fahrt in die Türkei freuten, auch wenn es im Führerhaus eines Lkw dorthin ging. Ihr Gepäck war klein, die Laune aber groß, und er war zuversichtlich, dass es eine fröhliche Fahrt werden würde.

»Hi! Schön, dass ihr mitkommt«, grüßte er und wollte Susi die kleine Reisetasche abnehmen.

»Ganz der Kavalier, was?«, meinte sie und hielt ihre Tasche fest. »Bei mir brauchst du dich nicht anzustrengen. Ich trage meine Sachen selbst.«

»Entschuldige, ich wusste nicht, dass du so emanzipiert bist«, antwortete Marcus und lachte.

Während sie in Richtung Spedition fuhren, sah Susi ihn neugierig an. »Stimmt es, dass dein Bruder dich am Wickel genommen hat und du eine Frau im Rollstuhl heiraten musst, nur weil sie Geld hat?«

Marcus schüttelte irritiert den Kopf. »Wie kommst du denn auf diesen Blödsinn?«

»Mia hat mich vor ein paar Tagen angerufen. Sie ist mit ihrem neuesten Lover in Ägypten. Mir hat sie erzählt, sie hätte dich am Flughafen mit dieser Tussi gesehen. Die wäre überhaupt nicht dein Typ, sagte sie, dürr, unscheinbar und auf einen Rollstuhl angewiesen.«

Wäre Marcus nicht am Steuer gesessen, hätte er lauthals gelacht. So begnügte er sich mit einem leichten Kopfschütteln. »Mia hat Julia und mich also gesehen. Schadet ihr nichts! Aber wie kommt sie auf so einen Schwachsinn? Mein Bruder hat überhaupt nichts damit zu tun. Der weiß nicht einmal, dass Julia und ich zusammen sind.«

»Du bist von selbst auf eine dürre, unscheinbare Rollstuhlfahrerin abgefahren?«, fragte Susi perplex.

»Wenn wir zurück sind, treffen wir uns mal mit ihr. Dann kannst du dir dein eigenes Urteil bilden«, erklärte Marcus und spottete in Gedanken über seine Ex-Freundin, für die es ein Schock gewesen sein musste, zu sehen, dass er eine neue, äußerst attraktive Freundin gefunden hatte.

Es wurde langsam Nacht, doch bei der Spedition wartete einer der Mechaniker auf sie. Nach einem kurzen Blick auf seine Uhr lächelte er. »Du bist schneller hier, als ich es erwartet habe, Marcus. Dann kannst du gleich losfahren. Der Tank ist voll, Öl und alles nachgesehen, und ich habe ein paar Flaschen Wasser hineingestellt, damit ihr was zu trinken habt.« Noch während er es sagte, kniff der Mann die Augen zusammen. Berke hatte ihm erklärt, dass Marcus einen Beifahrer mitbringen würde. Doch nun schälten sich ein junger Mann und ein hübsches Mädchen aus dem kleinen Wagen.

»Wir sind zu dritt! Susi wollte ihren Freund nicht allein auf die lange Strecke gehen lassen.«

»Genauso ist es! Marcus ist nämlich dafür berüchtigt, es so richtig krachen zu lassen«, stimmte Jens ihm feixend zu.

»He, ihr zwei, wenn ihr mir so kommt, werde ich …«, begann Susi, brach dann ab und musste lachen. »Wenn ihr meint, dass ihr eine Aufsicht braucht, dann mache ich es eben.«

Marcus öffnete die Türen des Fahrerhauses, stieg hinaus und warf seine Reisetasche nach hinten. Die Reisetaschen der beiden anderen folgten. Nachdem alle angeschnallt waren, startete Marcus den Motor. Der Truck rollte an, und die mehrere Tausend Kilometer lange Fahrt hatte begonnen.

Zunächst war Susi noch aufgedreht und wollte mehr über die geheimnisvolle Julia wissen. Marcus berichtete, dass er sie in der Rehaklinik kennen- und lieben gelernt und mit ihr zusammen eine wunderbare Woche auf Madeira verbracht habe.

Susi wunderte sich, denn sie hätte niemals erwartet, dass Marcus als sportlicher Typ sich in ein Mädchen verlieben könnte, das ihn beim Joggen höchstens im Rollstuhl begleiten konnte.

Später wurde sie müde und verzog sich nach hinten in die Schlafkabine, während Jens noch eine Weile wach blieb, dann aber auf dem Sitz einschlief. Marcus steuerte den Truck durch die

Nacht und fragte sich, weshalb Berke eine solche Fracht übernommen hatte, wenn er nicht genug Fahrer aufbieten konnte, um diesen Transport so durchzuführen, wie es gesetzlich geregelt war. Auf die Dauer konnten solche Aktionen die Spedition in ein schlechtes Licht setzen und ihr schaden. Daher erschien es ihm dringend nötig, den sich unersetzbar fühlenden Berke so bald wie möglich vor die Tür zu setzen.

Als Jens und Susi die Augen öffneten, war es bereits heller Tag. Marcus hatte den Truck zu einem Autohof gesteuert und tankte.

»Wir sollten hier frühstücken und uns ein bisschen frisch machen, bevor es weitergeht«, schlug er vor.

»Gegen einen Kaffee und ein Sandwich hätte ich nichts einzuwenden«, erklärte Susi.

Jens nickte und fragte dann verwundert. »Musst du jetzt nicht deine Ruhepause einhalten?«

»Das tue ich ja.«

»Ich meine schlafen«, erwiderte Jens drängend, da Marcus bereits die ganze Nacht gefahren war.

»Ich werde mich nach dem Frühstück für eine oder zwei Stunden hinlegen«, versprach Marcus. Er wusste genau, dass er bis Kütahya nur wenig zum Schlafen kommen würde. Dafür war Berkes Zeitplan einfach zu knapp bemessen. Er fuhr den Truck auf den Parkplatz und stieg mit steifen Beinen aus.

Seine Mitfahrer waren munter und fidel und teilten sich im Rasthof eine Duschkabine. Auch Marcus duschte, zuletzt aber so kalt, wie er es gerade noch aushielt, um wach zu bleiben. Er würde sich trotzdem kurz hinlegen müssen, bevor es weiterging.

Sie frühstückten und kehrten danach zum Truck zurück. Marcus ging einmal um ihn herum, fand die Plomben des Containers unversehrt und zog sich in die Schlafkabine zurück. Dort stellte er die Weckfunktion des Handys auf zwei Stunden und dämmerte anschließend sofort weg.

Als sein Handy ihn weckte, hatten Jens und Susi sich in der Zwischenzeit nicht nur ausgezeichnet mit einigen anderen Truckern unterhalten, sondern ihm einen großen Becher Kaffee und ein paar Powerriegel besorgt.

»Damit du wieder auf die Beine kommst«, erklärte Susi.

Diesmal kroch Jens in die Schlafkoje. Er hatte in der Nacht zwar auf dem Beifahrersitz geschlafen, war aber immer noch müde und wollte zudem fit sein, falls Marcus ihn brauchte.

Weiter ging die Fahrt. Marcus schlug ein mittleres Tempo an, da er dieses länger durchhielt, als wenn er versuchen würde, mit Gewalt Rekorde zu brechen.

Nach einem Nickerchen kletterte Jens wieder nach vorne und fragte nach der Funktion einiger Hebel. »Ist der Kasten schwer zu lenken?«, wollte er wissen.

»Man muss halt aufpassen«, erklärte Marcus.

»Ich meine, vielleicht kann ich dich auf leichteren Strecken ablösen. Ich habe zwar keinen Führerschein für so schwere Trucks, aber wegen einer Studentenkooperative, die dann doch nicht zustande gekommen ist, habe ich damals den C1 gemacht. Daher kann ich in den Semesterferien bei Umzügen helfen und den Umzugswagen fahren. Also müsste ich es doch eigentlich schaffen.«

Marcus wollte zuerst ablehnen, sagte sich dann aber, dass ein paar Hundert Kilometer, die Jens während seiner Ruhepause zurücklegen konnte, ihren Zeitplan entzerren würden.

»Wir können es ja versuchen. Beim ersten Mal bleibe ich wach, um dir helfen zu können«, sagte er schließlich.

Dabei kam ihm der Gedanke, dass Paul ihm dieses Angebot niemals gemacht hätte.

3.

Julia blickte auf die schmale Gestalt im Bett und bemerkte erleichtert, dass Violet die Augen öffnete und sie ansah.

»Bist du Julia?«, fragte das Mädchen.

»Das bin ich.«

»Du bist meine Schwester.« Violet musterte Julia und fand, dass diese ihrer gemeinsamen Mutter sehr ähnlich sah. Das hatte sie nicht erwartet, und irgendwie war sie froh darüber.

»Wo ist Mama?«

»Sie war jeden Tag an deinem Bett. Sie ist vorhin nach Hause gefahren, um zu schlafen. An ihrer Stelle bin ich jetzt hier«, antwortete Julia.

»Jeden Tag? Aber …«, rief Violet und blickte Julia erschrocken an. »Aber davon weiß ich nichts!«

»Du bist schwer verletzt gewesen! Mehrere Tage lang hatten wir Angst, du würdest nicht durchkommen. Aber jetzt bist du wieder da.«

Julia verschwieg, dass ein Blutgerinnsel im Gehirn ihrer Schwester hatte entfernt werden müssen. Die Operation war riskant gewesen, weil Lähmungen oder ein geistiger Schaden hätten zurückbleiben können. Letzteres schien zum Glück nicht der Fall zu sein, dachte Julia erleichtert und forderte Violet auf, die Arme zu bewegen. Dies ging. Nun kam es auf die Beine an.

»Hebe das rechte Bein«, erklärte Julia.

Zuerst zuckte Violets linker Fuß, aber dann bewegte sie den rechten.

»Sehr gut! Nun den anderen«, wies Julia sie an.

Als Violet auch diesen heben konnte, atmete Julia auf. »Sehr gut! Die Ärzte haben ausgezeichnete Arbeit geleistet. Wie es aussieht, kommst du wieder so auf die Beine, wie es sich gehört.«

Violet entdeckte erst jetzt, dass ihre Schwester in einem Rollstuhl saß. »Was ist mit dir passiert?«, fragte sie erschrocken.

»Ein Unfall«, antwortete Julia knapp. Dabei horchte sie in sich hinein. Als Violet die Beine bewegt hatte, hatte sie den Eindruck gehabt, ihr eigener rechter Fuß würde zucken. Zwar hatte sie dieses Gefühl schon mehrmals gehabt, doch niemals so stark wie diesmal.

»Zieh mal die Beine an und strecke sie wieder«, bat sie Violet.

Das Mädchen tat es. Julia sah jedoch nicht sie an, sondern ihre eigenen Füße. Erneut spürte sie dieses seltsame Zucken, konnte aber nichts erkennen. Ich hätte die Schuhe vorher ausziehen müssen, dachte sie, kam aber nicht dazu, länger darüber nachzudenken, da es an der Tür klopfte und Dr. Labahn hereinkam.

Als er sah, wie Violet die Beine bewegte, lächelte er. »Es scheint dir schon wieder recht gut zu gehen!«

»Julia hat gesagt, ich soll es tun«, gab das Mädchen zurück.

Labahn musterte Julia mit einem eigenartigen Blick. »Da du deine Beine nicht bewegen kannst, hattest du anscheinend Angst, es könnte bei deiner Schwester ähnlich sein.«

»Ein bisschen Angst hatte ich schon«, gab Julia zu.

Violet sah Julia fragend an. »Wer ist dieser Mann?«

»Ich bin Dr. Labahn, Julias Leibarzt, wenn man so sagen will«, antwortete der alte Herr freundlich.

»Du verdankst ihm dein Leben! Hätte er nicht so rasch gehandelt, hätte es schlimm ausgehen können«, erklärte ihr Julia.

Violet sah den Arzt mit großen Augen an. »Danke schön!«

»Das war doch selbstverständlich! Wenn du nach deiner Mutter fragen willst: Der geht es inzwischen auch wieder besser. Sie war zwar ebenfalls übel zugerichtet, aber nicht so schlimm wie du.« Zwar lächelte Dr. Labahn bei seinen Worten, doch in seinen Augen lag ein kalter Glanz.

Violets Blick verriet ihren Kummer und ihr Entsetzen über das, was ihr zugestoßen war. »Das hat Papa getan! Er hat zuerst Mama verprügelt und dann mich.«

»Du brauchst keine Angst zu haben, dass er es wieder tut«, sagte Labahn beruhigend. Sein Gesichtsausdruck verwunderte Julia jedoch, und so folgte sie ihm, als er nach einigen Minuten das Zimmer verließ, auf den Flur.

»Gibt es etwas Besonderes?«, fragte sie Labahn.

Dieser drehte sich zu ihr um. »Lars Palmer wurde heute Morgen tot aus dem Tegernsee geborgen. Man weiß nicht, ob er wegen dieser Sache und einigen schiefgegangenen Geschäften Selbstmord begangen hat oder umgebracht wurde. Jedenfalls ermittelt die Staatsanwaltschaft. Es wird vermutet, dass er in größere Geschäfte mit Waffenschmuggel verwickelt war.«

»Palmer ist tot?« Julia war zunächst schockiert, sagte sich dann aber, dass das Leben ihrer Mutter und ihrer Geschwister auf jeden Fall leichter sein würde, als wenn sie weiterhin unter dem Schatten eines gewalttätigen Ehemanns und Vaters würden leben müssen.

4.

Julia wusste ebenso wenig wie Marcus, dass dieser mit einer der letzten von Lars Palmer angeleierten Fuhren unterwegs war, bevor der Mann sich nur noch mit dem ganz großen Deal beschäftigt hatte. Anstelle der Haushaltsgeräte, die auf der Frachtliste standen, war der Aufleger des Trucks mit genug Waffen und Munition beladen, um in einem kleineren bis mittleren Land eine Revolution beginnen zu können. Lars Palmer hatte die Spedition Lensberg nicht zuletzt deswegen für diese Transporte ausgewählt, weil sie als integer galt.

Auf der weiteren Fahrt übernahm Jens immer wieder für eine gewisse Zeit das Steuer. Die Grenzen nach Österreich, Slowenien, Kroatien und Serbien überquerte jedoch Marcus selbst. Die deutschen Zollpapiere und der verplombte Container verschafften ihnen einen halbwegs leichten Grenzübertritt. Zwar ließ man sie einmal sechs Stunden schmoren, bevor sie weiterfahren durften. Trotzdem lagen sie noch immer gut in der Zeit.

Als sie Bulgarien erreichten, forderte Susi, auch einmal ans Steuer zu dürfen. Nach einer Weile gab Marcus nach, blieb aber neben ihr sitzen, um im Notfall eingreifen zu können. Es war unnötig, denn Susi hatte ebenso wie Jens den C1-Führerschein gemacht und Lieferwagen gefahren. Zudem war sie eine aufmerksame Fahrerin.

Als sie das Steuer nach einer Weile wieder abgab, blitzte sie Marcus herausfordernd an. »Jetzt sag noch einmal, dass Frauen nicht alles genauso gut können wie Männer!«

Marcus hob lachend die Hände. »Ich sage doch gar nichts – außer, dass du es super gemacht hast! Ohne euch wäre ich auf der Tour verraten und verkauft gewesen, denn ich hätte es niemals rechtzeitig geschafft.«

»Noch sind wir nicht angekommen«, mahnte Jens und fragte, ob er übernehmen solle.

»Vielleicht so hundert Kilometer«, antwortete Marcus, der mit seinem Smartphone die restliche Strecke checkte.

»Wenn nicht etwas Unvorhergesehenes dazwischenkommt, können wir auf dem Rückweg ein oder zwei Tage Pause einlegen. Dann hättet ihr mehr davon, als nur den Staub der Landstraße zu atmen.«

»Wir atmen derzeit eher den Gummiabrieb auf der Autobahn«, antwortete Jens und fuhr an.

»Was meinst du, wie viele Punkte in Flensburg hätten wir uns bis jetzt schon eingehandelt?«, fragte er grinsend.

»Auf jeden Fall genug, um so etwas kein zweites Mal mehr machen zu wollen«, erklärte Marcus.

»Also, mir gefällt es!«, antwortete Susi, die diese Fahrt ebenso aufregend wie interessant fand.

»Ich wusste gar nicht, dass du so scharf darauf bist, jenseits des Gesetzes zu stehen«, stichelte Jens.

Susi ballte die Faust und ließ sie wieder sinken. »Dich rettet nur, dass du am Steuer sitzt. Wenn wir die Sache hinter uns haben, kannst du mir als Wiedergutmachung einen Drink spendieren.«

»Ihr bekommt so viel zu trinken, dass es euch zu den Ohren herausquillt«, versprach Marcus.

Ohne die beiden wäre die Fahrt ein einziger Stress geworden, und er hätte etliche von Simon Berkes speziellen Pillen schlucken müssen, um die Strecke in der vorgegebenen Zeit zu schaffen. Mittlerweile wusste er, dass eine Einnahme über mehr als eine Woche Nachwirkungen mit sich brachte, gegen die selbst der übelste Kater harmlos war.

Sie hatten nur noch eine letzte Grenze zu passieren, dann konnten sie den Auflieger abhängen und wieder in Richtung Heimat fahren. Zunächst schien es, als würde auch bei Edirne alles gut gehen. Der Zöllner kontrollierte die Frachtpapiere und ein Polizist die Reisedokumente. Dieser reichte die Pässe bereits zurück, und auch der Zöllner sah so aus, als wolle er sie passieren lassen.

Da stürmte ein Mann in der Uniform eines höheren Offiziers heran, entriss dem Zöllner die Papiere und schrie den Mann an, als wäre er der letzte Dreck. Er sagte etwas auf Türkisch zu Marcus, doch der hob bedauernd die Hände. »Sorry, no understand!«

Der Uniformierte redete einfach weiter und wurde immer lauter, ohne dass Marcus sich einen Reim darauf machen konnte. Da der Zöllner aber zu seinem Unterstand eilte und mit einer Zange zurückkam, schien der Offizier die Ladung kontrollieren zu wollen.

Da tauchte ein zweiter Offizier auf, fuhr seinen Kollegen barsch an und entriss ihm die Frachtpapiere. Er wies auf eines der Blätter. In der Folge entspann sich eine heftige Diskussion, von der Susi, Marcus und Jens nicht das Geringste verstanden.

Schließlich packte der erste Offizier die Zange und schleuderte sie zornig zu Boden. Der zweite drehte sich zu Marcus um und erklärte diesem mit einem durch Handzeichen unterstützten Englisch, dass sie weiterfahren könnten.

»Endlich!«, stöhnte Jens und half Susi wieder in die Fahrerkabine.

Auch Marcus stieg ein, wartete, bis seine Mitfahrer sich festgeschnallt hatten, und startete den Motor. Beim Losfahren sah er im Außenspiegel, dass ihnen im Abstand von etwa hundert Metern ein Militärjeep folgte.

»Kannst du mir sagen, was das eben sollte?«, fragte Jens.

Marcus wusste keine Antwort darauf. Mit zusammengebissenen Zähnen folgte er seinem Navi, das in Richtung Istanbul wies, und konzentrierte sich dann nur noch aufs Fahren. Unterwegs sah er mehrfach in den Spiegel. Das Militärfahrzeug folgte ihnen weiterhin.

Auch Susi sah sich gelegentlich um und schüttelte den Kopf. »Irgendwie ist das unheimlich.«

»Wenigstens lassen sie uns in Ruhe. Mehr wollen wir nicht«, sagte Jens, obwohl seine Nerven ebenfalls angespannt waren.

Marcus erging es nicht anders. Er wollte nur noch seine Fracht übergeben und danach in Richtung Heimat aufbrechen. In wenigen Stunden ist es so weit, dachte er, als sie Istanbul erreichten und über eine der Bosporusbrücken nach Asien überwechselten. Der Militärjeep folgte ihnen unbeirrt.

So ging es über eine sich schier endlos dehnende Zeit. Kurz bevor sie Kütahya erreichten, überholte das Fahrzeug sie, und der Mann auf dem Beifahrersitz winkte ihnen, dem Wagen zu folgen. Kurz darauf bogen sie auf eine neu gebaute Straße ab und erreichten nach mehreren Kilometern ein Kasernengelände.

Der Posten gab den Weg frei, als er den Offizier auf dem Rücksitz des Jeeps entdeckte, und so konnte Marcus seinen Truck abstellen. Der Offizier forderte sie auf Englisch auf, auszusteigen. Als Marcus und seine Mitfahrer gehorchten, kamen mehrere Soldaten hinzu und führten sie in eine Baracke. Zwei Soldaten blieben als Wache vor der Tür stehen, während sich die anderen daranmachten, die Plomben des Containers zu entfernen.

»Wenn das koscher ist, könnt ihr mich ab sofort Susanne Mathilde Erika nennen«, rief Susi aus.

»Aber so heißt du doch«, antwortete Jens, um die Spannung ein bisschen abzubauen.

»Ja, im Pass! Ich kann doch nichts dafür, dass ich nach meinen drei Großmüttern getauft worden bin«, gab Susi fauchend zurück.

»Drei Großmütter? Wie geht das?«, fragte Marcus verwundert.

»Eine ist die zweite Frau meines Großvaters, die er nach dem Tod meiner leiblichen Großmutter geheiratet hat«, erklärte Susi.

Marcus dachte an Julia, die, wenn man es so nahm, auch drei Großmütter hatte, und lenkte sich damit von der schwerwiegenden Frage ab, auf welche seltsamen Geschäfte sich Simon Berke eingelassen hatte. Das hier war, wie Susi es ausgedrückt hatte, auf jeden Fall nicht koscher.

»Was ist, wenn einer von uns muss?«, fragte Susi, da die Baracke nur aus einem Raum bestand.

»Ich hätte da so einige Ideen …«, begann Jens, wurde aber von Marcus unterbrochen.

»Wenn es so weit ist, klopfen wir an die Tür und erklären den Männern draußen, was wir wollen.«

»So kann man es auch machen«, erwiderte Jens mit einem schiefen Grinsen.

Susi hatte den Lkw nicht aus den Augen gelassen. »Es sieht so aus, als wären sie fertig. Die Kerle steigen ab.«

Jetzt sah Marcus es auch. Einer der Männer erstattete dem Offizier Bericht, dann verschwand dieser in einer größeren Baracke und kam nach mehreren Minuten wieder heraus. In der Hand hielt er die Frachtpapiere. Auf sein Zeichen öffnete einer der Wachtposten die Tür, und der Offizier kam herein.

»Die Fracht ist vollständig und unbeschädigt. Hier haben Sie Ihre Papiere. Sie können fahren!«, erklärte er erneut auf Englisch.

Marcus nahm die Frachtpapiere und warf einen Blick hinein. »Haben Sie unterschrieben, dass wir alles fristgerecht abgeliefert haben?«

Der Offizier wies auf einen Stempel und zwei Unterschriften. »Wie Sie sehen können, ist es das. Leben Sie wohl und gute Fahrt.«

»So etwas nennt man einen Rauswurf mit Schmackes!«, frotzelte Jens, war aber ebenso wie Susi und Marcus froh, als sie wieder in die Zugmaschine einsteigen und losfahren konnten. Wenig später lag die Kaserne hinter ihnen, und sie fuhren Richtung Heimat.

»Ich frage mich, weshalb die Kerle ein so großes Interesse an Bügeleisen, Waschmaschinen und Wasserkochern haben«, sagte Jens, da dies die häufigsten Posten auf der Frachtliste waren.

Marcus stieß ein misslungenes Lachen aus. »Das frage ich mich auch! Allerdings glaube ich, dass Papiere und Fracht sehr wenig miteinander zu tun haben. Ich weiß zwar nicht, was wir transportiert haben, aber einige Männer der türkischen Armee waren offenbar sehr scharf darauf, die Sachen zu bekommen.«

»Du denkst an Waffenschmuggel?«, fragte Susi. »Die Armee kann diese Sachen doch offen kaufen.«

»Es kommt darauf an, wofür man sie verwendet. Wenn sie zum Beispiel für gute Freunde gedacht sind und man selbst nicht damit in Verbindung gebracht werden darf, könnte das schwierig sein. Aber ehrlich gesagt ist mir das egal. Ich bin ein einfacher Trucker und kein Geheimagent!«

»Marcus Bond klingt auch nicht so gut wie James Bond«, spottete Susi. Marcus und Jens mussten lachen, und ihre Anspannung wich ein wenig.

Da sie gut in der Zeit lagen, hätten sie an einem Rastplatz anhalten und übernachten können. Marcus wollte jedoch so rasch wie möglich die Grenze nach Griechenland überqueren und hielt nur zum Tanken an und – wie Susi es nannte – für Pinkelpausen. Nun war er fast so weit, eine von Berkes Pillen zu nehmen. Er beherrschte sich jedoch und überließ Jens für ein paar Stunden das Steuer.

Über die Bosporusbrücke fuhr Marcus selbst. Vor ihm lag die Stadt, die in der Nacht wie ein sich endlos erstreckender Moloch aus Licht wirkte, in den einzelne dunkle Flecken eingesät waren. Susi deutete mit Begeisterung auf einige besonders helle Stellen. »Das muss der Topkapı-Palast sein und das dort die Hagia Sophia! Und was ist das da auf der anderen Seite der Brücke?«

»Das ist der Dolmabahçe-Palast«, erklärte Marcus, der vor einigen Jahren mit seiner Abiturklasse in Istanbul gewesen war. Damals war die Zeit zu kurz gewesen, um alles ansehen zu können. Diesmal hingegen wollte er so rasch wie möglich fort.

5.

Laut seinen Frachtpapieren musste Marcus in Ungarn eine Gegenfracht aufnehmen. Da sie dort früh genug ankamen, gönnte er Susi, Jens und sich zwei freie Tage, an denen sie es sich in einem Thermalbad und auf der Hotelterrasse gut gehen ließen. Hier vergaßen sie ein wenig die Anspannung wegen des seltsamen Empfangs in der Türkei, und als sie das letzte Stück der Strecke in Angriff nahmen, behauptete Susi, dass es ein tolles Abenteuer gewesen sei.

Marcus sagte sich, dass diese Sache nicht ohne Folgen bleiben durfte. Die Spedition Lensberg war für ihre Zuverlässigkeit bekannt, und dabei sollte es bleiben. So krumme Geschäfte, so wie Berke sie betrieb, mussten auf jeden Fall unterbunden werden.

Als er mit dem Truck auf das Speditionsgelände einbog, beschloss er, noch an diesem Tag mit Julia und Sophia darüber zu reden. Erst aber stellte er den Lkw ab, meldete sich bei Berke und übergab ihm die Frachtpapiere. Unterwegs hatte er diese abfotografiert, um sie als Beweisstücke verwenden zu können.

»Sie werden sich sicher ein paar Tage ausruhen wollen. Vielleicht habe ich nächstes Wochenende wieder eine Fuhre für Sie«, erklärte Berke und wollte sich den Papieren widmen.

Marcus räusperte sich hörbar. Verwundert blickte Berke auf. »Ist noch etwas?«

»Sie hatten mir zweihundert Euro für meinen Freund versprochen, damit wir zu zweit fahren können!«

»Ach so! Hatte ich die vergessen?« Berke schob ihm zwei Hunderteuroscheine hin und zeigte deutlich, dass Marcus jetzt gehen konnte.

Dieser stand vor einem kleinen Problem. Eigentlich wollte er unbedingt zu Julia und Sophia, stand andererseits aber in der Pflicht, Susi und Jens nach Köln zu bringen. Der Gedanke, dass er seinen Wagen nicht bei der Villa stehen lassen sollte, bevor die Personalie Berke gelöst war, brachte ihn auf eine Idee.

»Du wolltest doch unbedingt Julia kennenlernen, Susi«, meinte er, als er losfuhr.

»Natürlich interessiert sie mich.«

»Dann hast du sicher nichts dagegen, wenn wir sie besuchen. Ich muss vorher nur noch eine Kleinigkeit erledigen.«

»Und die wäre?«, fragte Susi neugierig.

»Mir von meiner Schwägerin deren Auto ausleihen!« Marcus grinste und blieb für Nachfragen taub.

Da Lukas' und Carens Heim nur wenige Kilometer entfernt lag, erreichten sie die Kullmann-Villa nach kurzer Zeit.

»Nicht übel, die Hütte!«, entfuhr es Jens.

»Aber teuer im Unterhalt«, erklärte Susi pragmatisch.

Marcus' Neffen stürmten heraus und umringten ihn fröhlich. »Endlich lässt du dich mal wieder sehen. Hast du uns was mitgebracht?«

Marcus reichte ihnen lächelnd zwei Tüten mit je einer Kleinigkeit, die er unterwegs erstanden hatte, und sah dann seinen Bruder vor sich. »Hallo, Lukas, wie geht es dir und deinen Geschäften? Oder soll ich deine Geschäfte zuerst nennen?«

Lukas sah ihn kopfschüttelnd und. »Du und deine Sprüche! Du solltest zuerst nach Caren fragen …«

»Mir geht es ausgezeichnet«, rief diese von der Tür her.

»Dann nach Johannes und Matthäus, anschließend nach mir und ganz zuletzt nach den Geschäften«, setzte Lukas seine Rede fort, ohne sich durch den Zwischenruf seiner Ehefrau stören zu lassen.

»Und wie geht es Johannes, Matthäus, dir und den Geschäften?«, fragte Marcus mit einem noch breiteren Grinsen als vorher.

»Mir geht es ausgezeichnet!«, meldete Matthäus, während Johannes eine krause Miene zog.

»Ich habe die letzte Matheübung verhauen. Jetzt gibt es deswegen dicke Luft.«

»Da hilft nur eines, sich hinsetzen und lernen!«, riet ihm sein Vater. »Aber wenn du es wissen willst, mir geht es auch gut, ebenso unseren Geschäften. Allerdings bin ich mit der Spedition Lensberg nicht mehr so zufrieden wie zu Lebzeiten des alten Herrn! Dieser Berke, der die Sache jetzt managt, hat mich schon zweimal auflaufen lassen. Das hätte es bei Eduard Lensberg nicht gegeben.«

»Du solltest das aufschreiben und an die Privatadresse der Besitzerinnen der Spedition schicken, keinesfalls aber an die Geschäftsadresse. Da bekommt es höchstens Simon Berke in die Hand.«

»Du kennst dich ja gut aus!«, rief Lukas verwundert und sah dann Susi und Jens an.

Bis zu Marcus' Unfall war er gewöhnt gewesen, dass dieser mit Mia und Paul aufgetaucht war. Er hatte von beiden nicht viel gehalten, sie aber toleriert. Hier sah er eine hübsche, fröhliche junge Frau vor sich und einen verlegenen jungen Mann, die beide von einer Art waren, wie er sie gerne in seiner Firma angestellt hätte.

»Bleibt ihr zum Abendessen?«, fragte er. Es war gleichzeitig ein Friedensangebot an seinen Bruder.

Marcus schüttelte den Kopf. »Ein andermal gerne, aber heute haben wir noch etwas vor.«

»Und dafür brauchst du meinen Wagen.« Caren zwinkerte Marcus zu und reichte ihm den Autoschlüssel.

»Das verstehe ich nicht«, meinte Lukas.

Seine Frau küsste ihn auf die Wange. »Nun ja, mein Lieber, es gibt eben Dinge, die du nicht weißt«, sagte sie und winkte Marcus zu, der eben in ihren Wagen stieg.

»Ein feudaler Schlitten!«, sagte Jens anerkennend, als er sich anschnallte.

»Auch nur gehobene Mittelklasse«, schränkte Marcus ein.

Jens winkte ab. »Du hast gut reden! Aber für jemanden, der gerade mal einen koreanischen Winzzwerg in der Garage stehen hat, ist das hier ein Luxusschlitten.«

»Jetzt tu nicht so, als wenn wir eine Garage hätten. Unser Fröschchen steht brav an der Straße und ist sehr traurig, dass wir ihn schon über eine Woche nicht mehr gestreichelt haben«, wandte Susi fröhlich ein.

Jens lachte. Auch Marcus musste schmunzeln, während er den Wagen zur Lensberg-Villa lenkte. Ein kurzer Blick zur Spedition zeigte, dass der Truck, den er gefahren hatte, noch an derselben Stelle stand. Entweder war die Fracht nicht eilig, oder Berke hatte sich wieder einmal in seinen Plänen verheddert.

Julia hatte den Wagen heranfahren sehen und war selbst zur Tür geeilt. Nun öffnete sie und strahlte Marcus glücklich an. »Du bist wieder zurück!«

»Das bin ich«, antwortete Marcus und beugte sich zu ihr, um sie zu küssen. Dann wies er auf Susi und Jens. »Ich wollte dir die beiden vorstellen. Sie sind mit mir bis in die Türkei gefahren. Das ist Susi und das ihr Freund Jens.«

Susi war neugierig näher getreten und musterte Julia mit großen Augen. »Mia ist ein elendes Biest! Mir solche Märchen zu erzählen«, stieß sie empört hervor.

»Wer ist Mia und welche Märchen?«, fragte Julia verwirrt.

Susi sah Marcus an. »Darf ich es sagen?«

»Tu dir keinen Zwang an!«

»Mia ist Marcus' Ex und eine doofe Kuh. Jens und ich haben es nie begriffen, was er an ihr gefunden hat …«

»Ich schon!«, meinte Jens grinsend.

»Ja, sexy und mit einem ausgezeichneten Blick für Idioten, die ihr einen extravaganten Lebensstil ermöglichen können. Übrigens hatte Marcus ihr bereits den Laufpass gegeben, bevor er dich kennengelernt hat«, setzte Susi hinzu und beugte sich ebenfalls zu Julia, um sie auf die Wange zu küssen.

»Wenn ich dich so ansehe, hat sich sein Geschmack grundlegend verbessert!«, meinte sie noch und deutete dann auf ihren Bauch.

»Ich kenne jemanden, der uns ein Abendessen versprochen hat!«

Marcus hob lachend die Hände. »Ich hoffe, Julia lädt uns zu einem kleinen Imbiss ein. Sonst müssen wir ins nächste Gasthaus, damit du nicht verhungerst.«

»Ich glaube nicht, dass das nötig ist. Kommt herein!«, sagte Julia, drehte ihren Rollstuhl und kehrte in das Haus zurück. Die anderen folgten ihr.

Als sie das Speisezimmer betraten, schloss Sophia sich ihnen an. Hinter ihr bemerkte Marcus eine Frau, die eine große Ähnlichkeit mit Julia aufwies, aber sehr ernst und bedrückt aussah.

»Das ist meine Mutter!«, stellte Julia sie vor. »Ihr könnt Claude zu ihr sagen.«

Viel Wärme schwang in ihrer Stimme nicht mit, doch mittlerweile hatte Julia sich daran gewöhnt, dass sie für ihre Mutter und ihre Halbgeschwister sorgen musste. Ein wenig hoffte sie, dass ihr Verhältnis zu ihnen im Lauf der Zeit herzlicher werden würde. Derzeit war bei Claude, Frederic und vor allem bei Violet der Schock über das Geschehene noch groß. Zudem wussten die Mutter und ihr Halbbruder mittlerweile, dass Lars Palmer im Tegernsee ums Leben gekommen war.

Da Beamte der Kriminalpolizei ins Haus gekommen waren und längere Gespräche mit Claude geführt hatten, schien man nicht von einer natürlichen Todesursache und auch nicht von einem Selbstmord auszugehen. Julia fand die Angelegenheit gruselig und war auch daher froh, dass Marcus wieder zurückgekehrt war. Nun sorgte sie dafür, dass Fedosia einen ausgiebigen Imbiss auf den Tisch brachte. Da sie unterwegs nicht gerade geschlemmt hatten, langten Susi und die beiden Männer kräftig zu.

Nach dem Essen wies Marcus zur Spedition hinüber. »Gibt es Neuigkeiten von oder über Berke?«

Julia und Sophia schüttelten den Kopf. »Nicht das Geringste. Berke war in den letzten zwei Wochen genau ein Mal hier und hat erklärt, dass in der Spedition alles bestens laufe«, berichtete Julia.

»Von Lippens habe ich gehört, dass zwei unserer langjährigen Fahrer gekündigt haben. Es war die Rede davon, dass Berke von ihnen längere Fahr- und kürzere Pausenzeiten verlangt haben soll«, ergänzte Sophia diesen Bericht.

»Das kann ich bestätigen«, sagte Marcus und berichtete von ihrer Fahrt in die Türkei.

Julia und Sophia hörten ihm aufmerksam zu und schüttelten ungläubig den Kopf.

»Uns ist ganz schön die Düse gegangen, als man uns in diese Baracke eingesperrt hat«, sagte Susi. »Wir sahen uns schon in irgendeinem Straflager verschwinden.«

»War es wirklich so schlimm?«, fragte Julia erschrocken, da Marcus es ihr am Handy harmloser geschildert hatte.

»Susi übertreibt ein wenig. Ganz so schlimm war es nun auch wieder nicht«, redete Jens den Vorfall klein.

»Auf jeden Fall war es nicht das, was ich erwartet habe, und sicher auch nicht das, was die Spedition tun sollte. Entweder ist Berke überfordert oder kriminell«, erklärte Marcus.

Da meldete sich überraschend Claude zu Wort. »Das könnte zu dem Gespräch mit den Kriminalbeamten passen. Die haben mich nämlich über die Geschäfte meines Mannes ausgefragt und auch über die Vertriebswege, die er benützt hat. Er – also mein Mann – hat mir mehrfach gesagt, dass er die Spedition Lensberg gut brauchen könne.«

»Sollten diese seltsamen Transporte in Palmers Auftrag geschehen sein?«, fragte Julia.

Statt einer Antwort zog Marcus sein Smartphone aus der Tasche und rief die Bilder auf, die er von den Frachtpapieren gemacht hatte. Der Name Palmer war dort nicht verzeichnet. Stattdessen war das Geschäft über eine Firma auf den Cayman Islands in der Karibik gelaufen.

»Kann ich deinen Laptop benutzen?«, bat Marcus Julia.

Sofort eilte Fedosia los, um diesen zu holen. Nachdem Julia sich eingeloggt hatte, reichte sie das Gerät an Marcus weiter. Dieser spürte der angegebenen Firma nach. Zwar stimmte deren Adresse, doch unter derselben Hausnummer waren mehr als hundert weitere Firmen verzeichnet.

»Ich würde sagen, das ist eine Briefkastenfirma. Leider kann ich nicht herausfinden, wer die Verantwortlichen sind. Wir sollten die ganzen Beweise, die ich zusammengetragen habe, an die Polizei weitergeben. So kann es nicht weitergehen«, sagte er enttäuscht, als er den Laptop zurückreichte.

»Glaubst du wirklich, sie reichen bereits aus, um Berke vom Schreibtisch weg verhaften lassen zu können?«, fragte Sophia. »Wenn er auf seinem Posten bleibt, kann er der Spedition schweren Schaden zufügen.«

»Kaum noch schwereren, als er es bereits getan hat«, fauchte Julia. Doch auch sie wusste nicht, was getan werden sollte.

»Ich frage mich nur, wie Eduard sich so in Berkes Charakter geirrt haben kann!« Sophia schüttelte den Kopf, denn Lensberg war ein guter Menschenkenner gewesen.

»Berke war so lange gut, wie Herr Lensberg ihn kontrollieren konnte. Nach dessen Tod hat ihn anscheinend der Größenwahn gepackt.«

»Marcus hat recht!«, stimmte Julia ihm zu. »Bei den wenigen Besuchen hier in der Villa hat er immer angegeben, dass er die

Spedition bestens vorwärtsbringen und sie in den nächsten Jahren zu einem Global Player machen würde.«

»Außerdem hat er so getan, als sei seine Heirat mit Julia bereits beschlossene Sache«, erklärte Claude. »Er sagte mir nämlich, dass er stolz sei, eine so attraktive Schwiegermutter wie mich zu bekommen.«

»Bei dem sind im Oberstübchen anscheinend ein paar Dioden durchgebrannt«, spottete Susi, während sie sich an Jens schmiegte.

Julia sah es, lenkte Marcus' Aufmerksamkeit auf das Paar und lächelte zufrieden, als er sie an sich zog und auf seinen Schoß setzte.

6.

Nachdem die Gedanken aller Bewohner der Lensberg-Villa tagelang zumeist Violet und deren Zustand gegolten hatten, war das Mädchen nun auf dem Weg zur Genesung. Daher konnte Julia sich endlich auf die Probleme in der Spedition konzentrieren. Sie sah sich die Berichte an, die noch von ihrem Großvater stammten, und verglich sie mit den dürren Blättern, die Simon Berke Sophia und ihr zukommen ließ. Wie es intern in der Spedition aussah, verschwieg dieser ihnen. Würde Fedosia nicht die Ehefrau eines langjährigen Lkw-Fahrers kennen und im gleichen Geschäft wie diese einkaufen, hätte sie nicht einmal von dessen Kündigung erfahren. Da ihr Großvater viel von dem Mann gehalten hatte, suchte sie dessen Telefonnummer heraus und bat ihn, zu ihr in die Villa zu kommen.

»Wenn Sie meinen, Frau Lensberg«, sagte der zögernd.

»Allerdings, Herr Jütt! Sie sind länger als zwanzig Jahren in der Firma gewesen und waren unser bester Fahrer. Daher interessiert es mich, weshalb Sie mich nach dem Tod meines Großvaters im Stich lassen!« Julia klang traurig und gekränkt zugleich.

Jütt mochte diesen Vorwurf nicht auf sich sitzen lassen. »Eines will ich offen sagen: Ich bin nicht wegen Ihnen oder Frau Sophia gegangen. Bei Gott, so ein Lump bin ich nicht! Ihr Großvater hat mir und meiner Frau sehr geholfen. Wenn ich daran denke, wie er für mich beim Hausbau bei der Bank gebürgt hat! Ich wäre wirklich gerne weiter für die Spedition gefahren, aber mit Berke ist das unmöglich.«

Nun wurde Julia energisch. »Ich will von Ihnen wissen, weshalb genau das unmöglich ist. Auch wenn Herr Berke derzeit noch der Geschäftsführer ist, bin ich laut dem Testament meines Großvaters die Besitzerin der Spedition. Wenn also Dinge geschehen, die unseren zuverlässigsten Mann dazu bringen, alles hinzuwerfen, muss ich wissen, warum dies so ist.«

Sie spürte, dass Jütt ungern darüber redete, aber nach Marcus' Erfahrungen mit Berke konnte das, was sich drüben abspielte, nicht mit rechten Dingen zugehen.

»Wenn Sie meinen, dann komme ich eben«, sagte Jütt zögerlich.

»Ich erwarte Sie heute Abend um achtzehn Uhr«, antwortete Julia freundlich und beschloss, den Mann zum Abendessen einzuladen. Julia verabschiedete sich freundlich und widmete sich wieder den Unterlagen der Spedition. Mehrfach musste sie sich zurückhalten, um nicht Berke anzurufen und ihm deutlich zu sagen, dass sie mit seinen mageren Berichten alles andere als zufrieden war.

»Ich muss kühl bleiben und mit Verstand vorgehen«, mahnte sie sich. Auch wenn Berke zu glauben schien, dass ihr als »Krüppel« nichts anderes übrig bliebe, als ihn zu heiraten, durfte sie das nicht zu übereilten Schritten verleiten.

Sophias Erscheinen beendete ihr Grübeln. Ihre Stiefgroßmutter sah auf die Aktenordner, die um Julia herum lagen, und schüttelte den Kopf. »Willst du alles, was mit der Spedition zu tun hat, auf einmal lernen?«

»Ich wünschte, ich hätte mehr Interesse daran gezeigt, als Großvater noch lebte«, antwortete Julia. »Übrigens habe ich Jütt für heute Abend eingeladen. Kannst du Fedosia bitten, ein Gedeck mehr aufzulegen?«

»Das wird Susi übernehmen! Sie hat einen Job für die restlichen Semesterferien gesucht, und ich dachte mir, dass es für sie angenehmer ist, Fedosia zur Hand zu gehen, als Möbel zu schleppen.«

»Susi hilft hier aus? Das freut mich.« Julia hatte sich jahrelang eine Freundin gewünscht und hoffte, eine solche in Susi zu finden. Auch konnte sie von dieser vielleicht mehr über Marcus und auch über die ominöse Mia erfahren.

»Ihr Freund Jens hat einen Job in der Spedition übernommen. Er hat ja ebenso wie Susi den Führerschein für Lieferwagen bis 7,5 Tonnen gemacht, um solche Jobs annehmen zu können. Jetzt ist er unser zweiter Spion in der Spedition.«

»Der erste ist Marcus. Aber gerade das macht mir Sorgen! Die Fernfahrerei ist ein harter Job, und wir wissen nicht, welche Leute hinter mancher Fracht stehen. Erinnere dich an Lars Palmer! Ich will nicht, dass Marcus oder auch Jens etwas zustößt.«

Julia war umso mehr um die Sicherheit ihres Freundes besorgt, da die Kriminalpolizei bei Claudes Ehemann nicht von einem Unfall oder einem Selbstmord auszugehen schien.

»Wenn es so ist, ist es Berkes Schuld! Am liebsten würde ich ihn auf der Stelle entlassen!« Sophia fauchte wie eine wütende Katze und schüttelte dann erneut den Kopf. »Noch traue ich mich nicht! Allerdings muss ich mir den gleichen Vorwurf machen wie du, denn ich habe mich ebenfalls zu wenig um die Spedition gekümmert. Vielleicht hätte ich Berkes Charakterdefizite bemerkt und Eduard darauf aufmerksam machen können.«

»Mit wenn und hätte kommen wir nicht weiter! Darum habe ich Jütt gebeten, zu uns zu kommen. Er kann uns vielleicht mehr sagen.« Julia konnte es nur hoffen, denn jede Woche, die Berke länger an der Spitze der Spedition blieb, brachte nicht nur die Gefahr weiterer krummer Geschäfte mit sich, sondern würde es erschweren, seine Machenschaften aufzuklären.

7.

Für Susi war der Job in der Villa etwas anderes, als mit Jens zusammen schwere Möbelstücke zu schleppen, so, wie sie es früher gemacht hatten. Es hatte zwar gutes Geld gebracht, doch freute sie sich nun über die deutlich leichtere Arbeit. Allerdings wunderte sie sich, weil sie nicht, wie sie es aus Fernsehserien kannte, in einem adretten schwarzen Kleid, Schürzchen und einem Schleifchen im Haar arbeiten sollte, sondern Jeans und T-Shirt anbehalten konnte.

Fedosia machte ihr als Erstes klar, dass sie Anweisungen nur von ihr, Sophia und Julia anzunehmen habe, da Claude, obwohl sie Julias Mutter war, und auch Frederic und Violet nur Gäste seien.

»Ich will nicht, dass diese Leute dich herumscheuchen und Dinge tun lassen, die sie selbst erledigen könnten«, setzte Fedosia mit Nachdruck hinzu.

Susi nickte und fragte, was sie als Erstes tun solle.

»Soviel ich weiß, will Julia, dass du ihr hilfst, einige Unterlagen zu sortieren«, erklärte Fedosia.

»Ich dachte, ich soll hier im Haushalt mithelfen?«

»Wir haben einen Putzdienst, der Montag, Mittwoch und Freitag kommt. Außerdem helfen Frauen aus dem Ort bei uns aus. Du sollst nach Julias Anweisung vor allem ihr zur Verfügung stehen. Aber eines musst du dir merken: Behandele Julia nicht wie eine Kranke und dränge ihr nie deine Hilfe auf. Wenn sie welche braucht, wird sie es sagen. Vor ein paar Tagen gab es eine gepfefferte Unterhaltung mit ihrer Mutter, aber da Violet bald aus dem Krankenhaus kommt, kann Frau Palmer ihren Fürsorgetrieb demnächst an ihrer jüngeren Tochter austoben.«

Susi begriff, dass die Haushälterin wenig von Julias Mutter hielt und sie am liebsten losgeworden wäre. Da die Situation in diesem Haus sie als Außenstehende nichts anging, fragte sie Fedosia, wo sie Julia fände, und machte sich auf den Weg.

Julia saß vor dem großen Bildschirm des Computers ihres Großvaters. Auf dem Schreibtisch standen zudem ein gutes Dutzend Aktenordner sowie ihr eigener Laptop.

Sie zwinkerte ihr fröhlich zu. »Hi! Ich habe Sophia gebeten, noch eine Haushaltshilfe einzustellen, da ich dich die meiste Zeit für mich in Anspruch nehmen werde.«

»Natürlich!«, antwortete Susi. »Wann will eigentlich dein Romeo – ich meine Marcus – wieder kommen?«

»Übermorgen«, antwortete Julia. »Für heute haben ihn sein Bruder und seine Schwägerin dazu verdonnert, bei ihnen zu Abend zu essen.«

»Dann wollen wir mal!« Susi zwinkerte Julia zu und fragte, womit sie anfangen solle.

»Ich bin dabei, die Geschäftsunterlagen meines Großvaters durchzugehen und dabei ein paar Listen anzulegen. Zum Glück hat mein Großvater alle Passwörter aufgeschrieben und das Blatt unauffällig in einem Ordner verstaut. Ich habe es gefunden, als ich seine Unterlagen durchging, und kann jetzt alle Geschäftsbeziehungen der Spedition bis kurz vor dem Tod meines Großvaters nachvollziehen. Es wird uns daher leichter fallen, sie weiterzuführen, wenn Berke endlich weg ist.«

»Jens befürchtet, dass Berke, wenn er Wind von der Sache bekommt, seine eigenen Unterlagen vernichten könnte, um die Spedition zu sabotieren«, gab Susi zu bedenken.

Julia wurde blass und wies auf die Aktenordner. »Wir werden jetzt einen nach dem anderen durchgehen. Ich mache mir auf meinem Laptop Notizen, da ich mit dem besser zurechtkomme als mit diesem großen Kasten. Allerdings muss ich sagen, dass so ein großer Bildschirm wirklich etwas für sich hat. Nimm den Stuhl dort! Die abgearbeiteten Ordner kannst du danach ihren Nummern nach einordnen. Für mich ist das ein wenig schwierig.«

Da der Schrank für die Aktenordner so gebaut war, dass man gut die Hälfte der Ordner nur stehend herausnehmen und wieder hineinstellen konnte, erklärte sich das eigentlich von selbst. Susi musterte die Ordner, die noch im Schrank standen. Den Nummern nach waren es die älteren.

»Wie fangen wir an, chronologisch oder …?«

»Wir nehmen die neuesten zuerst, da sie die wichtigsten sind. Wenn wir uns dann in der Zeit zurückarbeiten, sehen wir, wie oft die entsprechenden Kunden unsere Spedition in Anspruch genommen haben. Großvater bezeichnete einige, darunter auch Marcus' Bruder Lukas, als Premiumkunden. Diese zu halten wird unsere erste Aufgabe sein, sowie Berke weg ist.«

Susi nickte und nahm den ersten Ordner zur Hand. Konzentriert ging sie Blatt für Blatt durch, nannte Julia die Namen des Kunden, das Datum des Transports und die Ladung. Julia überprüfte die Daten im großen Computer und machte sich Notizen auf ihrem Laptop.

Irgendwann kam Sophia herein und sah ihnen eine Weile zu. »Glaubst du wirklich, dass es nötig ist?«, fragte sie. »Wir können doch drüben auf den Firmencomputer zurückgreifen.«

»Aber nur, wenn Berke die Daten nicht löscht oder sie durch

ein Passwort sichert«, erklärte Julia und trug die nächste Adresse in ihren Laptop ein.

»Diese Firma hat bis jetzt jede Woche zwei Transporte von uns durchführen lassen. Wir werden uns, wenn Berke weg ist, intensiv um sie kümmern müssen, damit sie uns als Kunde erhalten bleibt!«, sagte sie.

»Was ist eigentlich mit der Schule? Du solltest zusehen, dass du dein Abitur machst«, sagte Sophia, da ihr Julia zu verbissen schien.

»Ich werde das letzte Jahr nachholen und mich entsprechend darauf vorbereiten. Jetzt ist es aber wichtiger, dafür zu sorgen, dass Berke die Spedition nicht in Turbulenzen bringt«, antwortete Julia und forderte Susi auf, die bereits durchgearbeiteten Ordner wieder einzuräumen und die nächsten aus dem Schrank zu holen.

8.

Julia und Susi arbeiteten bis kurz vor dem Abendessen. Claude war gerade aus dem Krankenhaus zurückgekommen und konnte vermelden, dass Violet nächste Woche entlassen würde.

»Sorgst du dafür, dass ein Zimmer für sie bereitsteht?«, sagte Julia zu Fedosia.

Ihre Haushälterin lächelte. »Es ist alles vorbereitet, liebe Julia! Dr. Labahn hat sogar eine Physiotherapeutin engagiert, die sich um Violet kümmern soll. Das Mädchen hat, wie er es nannte, noch leichte Koordinierungsschwierigkeiten.«

»Die Ärzte sagen, Violet muss wieder richtig gehen lernen. Die Therapeutin soll ihr Training übernehmen«, sagte Claude.

»Gut, dann sorge dafür, dass es auch geschieht«, sagte Julia mit einer gewissen Schärfe.

Sie musste sich jetzt allerdings um die Spedition kümmern, daher wartete sie gespannt auf Jütt, der Punkt achtzehn Uhr an der Tür klingelte.

Fedosia ließ ihn ein und führte ihn ins Speisezimmer. Erstaunt sah er, dass dort bereits gedeckt war, und wollte das Zimmer wieder verlassen. Das aber ließ Julia nicht zu. »Setzen Sie sich doch zu uns, Herr Jütt! Nach dem Essen können wir uns in meinem Arbeitszimmer unterhalten.«

Der Mann wand sich ein wenig. »Meine Frau hat für heute Abend gekocht.«

»Das kann sie sicher bis morgen aufheben«, sagte Julia lächelnd. »Machen Sie mir doch die Freude und essen mit uns. Immerhin waren Sie der zuverlässigste Fahrer unserer Spedition. Mein Großvater hat große Stücke auf Sie gehalten.«

Jütts Gesicht nahm einen nachdenklichen Ausdruck an. »Der Herr Lensberg, der war schon recht. Auf den konnten wir uns verlassen.«

Julia wurde klar, dass ihm einiges auf dem Herzen lag, und bedauerte, dass Marcus nicht anwesend war. Ihr Freund hätte Jütt noch konkretere Fragen stellen können. Doch vielleicht ließe sich das auch nachholen. Der erste Erfolg zeigte sich bereits beim Essen. Jütt berichtete von einigen Gelegenheiten, in denen Julias Großvater ihm geholfen hatte. Zuletzt wurden ihm sogar die Augen feucht, und er wischte sie unbeholfen mit der Serviette trocken.

Als Julia ihn schließlich bat, ihr zu folgen, wählte sie nicht das kleine Kämmerchen, in dem sie ihre Schulaufgaben gemacht hatte, sondern das Arbeitszimmer ihres Großvaters. Dort lagen noch einige Ordner herum und zeigten an, dass der Raum genutzt wurde.

»Setzen Sie sich bitte«, forderte Julia den Fernfahrer auf und wies auf den Schreibtischsessel ihres Großvaters. Kaum hatte Jütt Platz genommen, sah sie ihn durchdringend an.

»Und nun sagen Sie, weshalb Sie unsere Firma so plötzlich verlassen haben.«

Das gute Essen und die entspannte Atmosphäre hatten Jütts Anspannung gelöst. Als er jetzt Julia betrachtete, sah er nicht mehr das Kind vor sich, das er von früher kannte, sondern eine gutaussehende junge Frau, die recht energisch werden konnte.

»Es ist wegen Berke!«, begann er vorsichtig. »Mit Herrn Lensberg waren wir Fahrer alle zufrieden. Der war fair zu uns und hat dem einen oder anderen über die Runden geholfen, auch wenn er es eigentlich nicht verdient hatte. So hat er den Schulz ein halbes Jahr als Lagerist beschäftigt, als dieser wegen einer Privatfahrt im betrunkenen Zustand seinen Führerschein abgeben musste, um ihm danach wieder einen Lkw anzuvertrauen.«

»Soviel ich gehört habe, hat auch Schulz gekündigt. Das war der Dank für die Großzügigkeit, die mein Großvater ihm gegenüber gezeigt hat!« Julia machte aus ihrer Enttäuschung keinen Hehl. Gerade diese Fernfahrer mit langjähriger Erfahrung wären für die Spedition wichtig gewesen.

»Wir haben es nicht gerne getan!«, sagte Jütt zerknirscht. »Aber es ging nicht mehr. Berke wollte nicht nur unseren Lohn kürzen, sondern uns auch noch längere Fahrzeiten zumuten. Dafür hat er uns Pillen angeboten, die uns wach halten sollten. Um das alles zu verschleiern, lässt er die automatischen Aufzeichnungen der Bordcomputer mit einer Software überspielen, sodass es so aussieht, als würden die Fahrer vorgeschriebene Ruhepausen einhalten! Wissen Sie, Frau Lensberg, ich habe nichts dagegen, auch mal eine oder zwei Stunden länger am Steuer zu sitzen, wenn es nötig sein sollte. Berke aber wollte, dass wir es andauernd tun. Das hält der stärkste Ochse nicht aus!«

»Sind Sie bereit, diese Punkte zu Papier zu bringen und sie notfalls bei einem Gerichtsprozess zu bezeugen?«, fragte Julia.

Jütt starrte sie verwundert an. »Sie wollen Berke doch nicht anzeigen? Schließlich hieß es …«

»Was hieß es?«, bohrte Julia nach, da Jütt mitten im Satz abbrach.

»Alle sagen, dass Sie Berke heiraten würden. Er gab auch ein paarmal damit an, dass er bald nicht mehr nur Geschäftsführer, sondern auch der Besitzer der Spedition sein würde.«

»Und wer sind alle, die das sagen?«

»Einige, die neue Sekretärin zum Beispiel, Berke selbst, und irgendwann haben es alle geglaubt. Darum sind Schulz und ich auch gegangen, da wir überzeugt waren, dass das, was Berke macht, auch in Ihrem Sinn wäre.«

»Ich kann Ihnen versichern, dass verkürzte Pausenzeiten, geringerer Lohn und diese seltsamen Pillen eben nicht in meinem Sinn sind!«, erklärte Julia mit steigendem Zorn.

»Das haben wir nicht gewusst, sonst wären wir zu Ihnen gekommen.« Jütt sah die junge Frau an und fand, dass sie trotz ihres Rollstuhls damit begann, den Platz ihres Großvaters auszufüllen. Offenbar hatten sie sich alle in ihr getäuscht. Oder war die Energie, die sie in die Spedition setzte, ein Ausgleich dazu, im Rollstuhl sitzen zu müssen?

»Da ist noch etwas!«, sagte er. »Berke setzt immer mehr auf Aushilfsfahrer. Einen Studenten – ich kenne nur den Vornamen, Marcus – hat er bis nach Bari und Marseille geschickt, und zwar allein und ohne Ablöse. Diese jungen Burschen brauchen Geld und machen keinen Aufstand, wenn sie so schamlos ausgenützt werden.«

»Ich danke Ihnen für diese Information, Herr Jütt! Noch eine Frage: Würden Sie wieder für meine Spedition fahren, wenn Berke weg ist?«

»Sofort!« Jütt atmete auf, denn einen ähnlich guten Job wie bei Lensberg würde er bei anderen Speditionen nicht bekommen.

»Ich werde mich bei Ihnen melden, wenn es so weit ist. Jetzt müssen wir nur noch Berke loswerden. Mit Ihrer Aussage und der von ein paar Ihrer Kollegen werden wir das schaffen.«

»Das würde mich sehr freuen«, sagte Jütt und sah Julia treuherzig an. »Könnten Sie vielleicht auch Frau Holtzing wieder einstellen? Sie ist eine sehr gute Disponentin, doch Berke hat sie zuletzt nur noch als Tippse arbeiten lassen. Schließlich hat er sie rausgeworfen, weil sie ein paar ehrliche Worte gesagt hat.«

»Ich werde mich darum kümmern!«, versprach Julia und verabschiedete sich freundlich von Jütt.

9.

Als Julia in das Erkerzimmer kam, in dem ihre Mutter und Sophia saßen, wirkte Claude gekränkt. Sie konnte nicht begreifen, dass ihre Tochter nicht das Geringste auf ihre Ratschläge gab. Da sie sich selbst nie um die Geschäfte ihres Mannes gekümmert hatte, brauchte es ihrer Meinung nach auch Julia nicht zu tun. Berke war ein fähiger Geschäftsführer, der zudem ihr gegenüber sehr aufmerksam war.

»Hast du mit diesem Lkw-Fahrer geredet?«, fragte sie.

Julia nickte. »Das habe ich!«

»Und was hat er gesagt?«

Nichts, was dich etwas anginge, dachte Julia. Sie war nicht bereit, das, was sie von Jütt erfahren hatte, ihrer Mutter preiszugeben. Diese hatte Berke schon einmal gelobt, und sie wollte verhindern, dass diese absichtlich oder unabsichtlich etwas an ihn weitertrug.

»Nichts Wichtiges! Er sagte nur, dass er sich verändern wolle, um keine so langen Touren mehr machen zu müssen«, sagte sie daher.

Sophia klatschte Julia insgeheim Beifall. Sie hörte den Unterton heraus und wusste, dass sie an diesem Abend noch mit Julia über dieses Gespräch reden würde. Sie wäre gerne dabei gewesen, aber dann hätte Claude sich nicht ausschließen lassen. Julias Mutter aber war eine Frau, die auf Typen wie Berke oder Lars Palmer hereinfiel. Erwin Lensberg war von anderem Kaliber gewesen, daher hatte die Ehe auch keinen Bestand gehabt.

Sophia fragte sich schon geraume Zeit, wie es mit Claude und ihren Kindern weitergehen sollte. Auf Dauer würde es zwischen ihr und Julia zum Streit kommen. In Claudes Augen war Julia trotz ihrer Jugend und ihrer Behinderung viel zu selbstständig. Sie hingegen langweilte sich und drängte daher Julia, ihr Geld zu geben, damit sie auf Reisen gehen könne. Violet und Frederic wären hier in der Villa in guter Obhut.

Julia aber war in der schwierigen Phase, in der sich die Spedition befand, nicht bereit, die Mutter auf ihre Kosten nach London, Paris oder New York zum Shoppen fliegen zu lassen.

Als Claude das Zimmer kurz verließ, sagte Sophia daher zu Julia, auch wenn Lars Palmers Tod noch nicht lange zurückliege, wäre es wohl das Beste, Claude träfe bald einen Mann, der ihr das, was sie so sehr vermisste, auch geben konnte. Mit ihren knapp vierzig Jahren war sie noch sehr attraktiv.

»Ich glaube, das hat noch Zeit«, antwortete ihr Julia. »Claude sollte sich erst einmal ihrer Verantwortung für Violet und Frederic bewusst werden. Violet ist noch immer schwach, und Frederic müsste längst zur Schule. Außerdem sollte sie sich um den Nachlass Lars Palmers kümmern. Wenn es noch irgendwelche Aktivposten gibt, so könnte sie das Geld gut gebrauchen und meinetwegen davon durch die Welt jetten!«

Bevor Sophia das kommentieren konnte, klingelte es.

Fedosia ging zur Tür und kehrte mit zwei Herren in unauffälligen dunklen Anzügen zurück. Julia und Sophia erkannten in dem einen den Kriminalbeamten Penz, der mit Claude wegen ihres Ehemanns gesprochen hatte, und wechselten einen kurzen Blick.

»Vielleicht sollten wir uns zurückziehen«, schlug Julia vor, die mit Lars Palmer und dessen Geschäften nichts zu tun haben wollte.

»Wir hätten gerne mit Ihnen gesprochen«, sagte der zweite Mann, der sogar eine Krawatte trug, während sein Blick Julia traf. »Zuerst mit Ihnen und dann mit Ihnen, Frau Lensberg.«

»Meine Tochter ist noch nicht volljährig. Ich möchte dabei sein«, meldete sich Claude.

»Mutter, bitte!« Julia klang scharf. Nachdem ihre Mutter fast siebzehn Jahre nichts von ihr hatte wissen wollen, sprach sie ihr das Recht ab, sich jetzt in ihr Leben einzumischen.

»Wir können gehen! Ist es Ihnen in meinem Arbeitszimmer recht?«

Penz hüstelte, als Julia mit dem Rollstuhl losfuhr, verkniff sich aber zu sagen, dass es bei ihr mit dem Gehen nicht so weit her war. Sein Begleiter und er folgten Julia, schlossen die Tür des Büros hinter sich und sahen sich um.

»Sind das hier die Unterlagen der Spedition Lensberg?«, fragte der Mann mit Krawatte.

»Das sind sie, aber nur bis wenige Tage vor dem Tod meines Großvaters«, antwortete Julia.

»Herr Lensberg hat, soviel wir wissen, die Spedition selbst geführt.«

Julia nickte. »Das ist richtig.«

»Würden Sie uns die Unterlagen zur Verfügung stellen?«

»Wenn Sie einen entsprechenden Durchsuchungsbefehl vorweisen können, müsste ich es wohl tun. Recht wäre es mir allerdings nicht, da ich mich derzeit in diese Unterlagen einarbeite«, antwortete Julia unwillig.

Penz hob beschwichtigend die Hände. »Wir haben keinen Durchsuchungsbefehl. Allerdings wäre uns an ein paar Informationen gelegen. Hat Ihr Großvater je Geschäfte mit dieser Firma gemacht?« Damit schob er Julia einen Zettel hin. Sie las die Adresse und schüttelte den Kopf.

»Diese Firma ist mir bis jetzt nicht aufgefallen. Aber ich kann nachsehen, ob sie in einer der Dateien zu finden ist.« Julia startete den Computer und begann den ersten Suchlauf. »In den letzten drei Jahren haben wir keinen Transport für diese Firma durchgeführt. Dabei haben wir mehrere Kunden in Spanien!«, sagte sie, als die Suche ergebnislos blieb.

»Wie kommen Sie auf Spanien?«, fragte Penz verwundert.

»Wegen des Namens der Firma und des Ortes, in dem sie liegt. Das ist doch Spanisch, oder nicht?«

Die beiden Männer wechselten einen kurzen Blick, dann wandte Penz sich wieder an Julia. »Die Firma ist in Mittelamerika zu finden, allerdings nur als Briefkasten.«

»Mit so etwas hätte Großvater nie Geschäfte betrieben!«, erklärte Julia resolut.

»Wie gut waren Sie in die Geschäfte Ihres Großvaters eingeweiht?«

Julia schüttelte den Kopf. »Gar nicht! Darum will ich mich in die Unterlagen einarbeiten, um mehr davon zu verstehen.«

»Bei Ihrem Alter ist das verständlich. Aber wie ist es mit Ihrer Stiefmutter, entschuldigen Sie, ich meine Stiefgroßmutter?«

»Großvater hat gelegentlich mit Sophia über seine Geschäfte gesprochen, aber sie hatte nicht wirklich etwas mit ihnen zu tun.«

»Sie ist aber von Ihrem Großvater als Sekretärin eingestellt worden«, bohrte Penz' Kollege nach.

»Großvater wollte sie einstellen, hat sie dann aber, da unsere vorige Hausdame gekündigt hat, gebeten, diesen Job zu übernehmen. Es ist dann mehr daraus geworden.« Julia klang kühl, da sie die beiden impertinenten Beamten zum Teufel wünschte.

»Können Sie weiter nach dieser Firma suchen?«, fragte der Beamte mit Krawatte.

Julia tat es, doch selbst als sie die Geschäftsunterlagen der letzten zwanzig Jahre durchforstet hatte, war von dieser seltsamen Firma nichts zu finden.

»Es tut mir leid, aber da ist nichts«, erklärte sie und hoffte, dass die beiden Männer sie endlich in Ruhe lassen würden.

»Haben Sie Zugriff auf die neueren Daten der Spedition, nach dem Tod Ihres Großvaters?«, fragte Penz weiter.

Julia schüttelte verärgert den Kopf. »Bedauerlicherweise, nein! Dafür müssen Sie Herrn Berke, unseren Geschäftsführer, aufsuchen. Der ist für den Geschäftsverlauf verantwortlich. Sophia und ich bekommen nur solche Berichte!« Damit reichte sie den beiden Männern die paar Blätter, die Berke ihnen gegeben hatte.

Die Kripobeamten sahen sie aufmerksam durch und gaben sie ihr zurück. »Das ist nicht sehr ergiebig. Aber ist es nicht seltsam, dass Sie und Frau Lensberg sich überhaupt nicht um die Spedition gekümmert haben?«

Es klang so viel berufsbedingtes Misstrauen durch, dass Julia die Stacheln aufstellte. »Ich hatte vor einigen Monaten einen schweren Unfall, dessen Folgen Sie immer noch sehen können«, sagte sie und klopfte leicht auf ihren Rollstuhl. »Ich habe wochenlang in der Klinik gelegen und war dann in der Reha. In dieser Zeit ist mein Großvater gestorben. Sophia und ich hatten daher anderes zu tun, als uns um die Spedition zu kümmern, zumal Großvater mit Simon Berke einen scheinbar zuverlässigen Geschäftsführer eingestellt hatte.«

»Scheinbar zuverlässig?«, hakte Penz nach.

»Ein paar unserer Fernfahrer haben sich über ihn beschwert. Sie waren Großvater gewöhnt, und Herr Berke pflegt anscheinend einen anderen Stil.« Zu viel wollte Julia nicht preisgeben, da sie nicht wusste, welche Auswirkungen das haben konnte.

»Haben Sie Zugriff auf die Daten in der Firma?«, kam die nächste Frage.

»Nein! Großvater hat die Dateien des Firmencomputers in regelmäßigen Abständen überspielt, um hier ein Back-up zu haben. Das letzte Mal war das eine gute Woche vor seinem Tod. Seitdem ist es nicht mehr geschehen.«

»Sie erlauben, dass wir Sie kurz verlassen«, sagte Penz und winkte seinem Kollegen, ihm zu folgen.

Nach ein paar Minuten kehrten sie zurück. Beide wirkten ernst und entschlossen. »Wir sind auf der Suche nach Informationen über diese Briefkastenfirma, die wir Ihnen genannt haben, und haben den Verdacht, dass diese in letzter Zeit auch Transporte von Ihrer Spedition hat durchführen lassen. Es wäre von Vorteil, wenn Sie oder Frau Lensberg an die aktuellen Daten der Spedition kommen könnten«, erklärte Penz.

Julia erinnerte sich an Marcus' Fahrt in die Türkei und auch daran, dass er die Frachtpapiere abfotografiert hatte. Sie zog noch einmal den Zettel mit der Briefkastenfirma zu sich und erinnerte sich nun, dieselbe Adresse auf den Frachtpapieren gelesen zu haben.

»Können Sie morgen wiederkommen? Das ist eine Sache, die ich mit meinem Verlobten besprechen muss«, sagte sie mit einer Autorität, die ihr die beiden Kripobeamten angesichts ihrer Jugend nicht zugetraut hätten.

Achter Teil

Berke

1.

Simon Berke starrte auf die Bilanz des ersten Vierteljahres, in dem er die Spedition eigenverantwortlich geführt hatte, und fluchte leise. Durch den Kauf zweier neuer Sattelschlepper und andere Investitionen, die er getätigt hatte, war das Ergebnis eindeutig negativ. Damit, sagte er sich, konnte er sich bei Sophia und Julia Lensberg nicht sehen lassen. Die beiden waren gewöhnt, dass die Spedition zuverlässig Geld einbrachte, und würden nicht verstehen, dass er auf längere Zeit gesehen das Richtige getan hatte.

Eduard Lensberg hatte altmodisch, sogar altbacken gehandelt, dabei hätte die Spedition schon weitaus früher expandieren können. Aber der Alte war gerade zur rechten Zeit gestorben, und seine Ehefrau und die Enkelin verstanden nichts vom Geschäft. Er würde diesen Weibern schon zeigen, wie man die Sache anging. In seinen Gedanken sah Berke bereits ganze Lastwagenkolonnen auf den Straßen und eine Menge Container mit der Aufschrift »Berke Lensberg« auf Güterzügen und Containerfrachtern. Der Umsatz würde in ungeahnte Höhen schnellen und der Gewinn Ausmaße annehmen, von denen Julia und Sophia Lensberg nicht einmal zu träumen wagten.

So positiv er sich die weiteren Aussichten ausmalte, so wenig verhinderten sie, dass er diesmal mit einer üblen Bilanz bei den beiden Frauen antreten musste. Da es ihnen an Sachverstand mangelte, würden sie die falschen Schlüsse ziehen. Das aber durfte nicht sein. Noch war er nur ein angestellter Geschäftsführer und musste befürchten, wegen dieser schlechten Zahlen entlassen zu werden.

»Ich muss mir etwas einfallen lassen und mich auch mehr um Julia kümmern, damit das mit der Heirat so schnell wie möglich über die Bühne geht«, murmelte er, wissend, dass er als Erstes etwas unternehmen musste, um den Quartalsverlust zu kaschieren.

Bei der Durchsicht der Unterlagen fiel Berke auf, dass zwar der erste Transport, den Lars Palmer ihm besorgt hatte, bezahlt worden war, drei weitere hingegen noch ausstanden. Er beschloss, den Geschäftsmann anzumahnen und mit der Präsentation der Zahlen zu warten, bis dieser bezahlt hatte.

Es war eine hübsche Summe und würde seine Bilanz weniger desaströs erscheinen lassen. Wenn er da und dort noch eine kleine Änderung durchführte, kam er vielleicht sogar auf plus/minus null. Wegen der neuen Sattelschlepper war das gar nicht so schlecht. Mit diesem Gedanken schrieb er eine E-Mail an Lars Palmer, ohne zu ahnen, dass dieser mittlerweile tot und damit nicht mehr in der Lage war, Überweisungen zu tätigen. Danach ging er die einzelnen Posten durch, um zu schauen, wo er Änderungen vornehmen konnte, die die Firma besser aussehen ließen.

Erneut musste er an Lars Palmer denken. Er hatte diesem nicht nur die gut bezahlten Transporte zu verdanken, sondern auch etliche Ratschläge, mit denen er die Kosten minimieren konnte. So steigerten die Pillen, die Palmer ihm aus dem Ausland besorgt hatte, die Leistungsfähigkeit der Fernfahrer, sodass diese länger am Steuer sitzen konnten und weniger Pausen brauchten. Was die albernen gesetzlichen Regelungen anging, so konnten die Speichereinheiten der Trucks durch passendere Daten überspielt werden. Derzeit war es nur bei etwa einem Drittel der Transporte nötig, doch selbst das erhöhte den Profit.

Um rasch an Geld zu kommen, schrieb Berke noch E-Mails an zwei andere Kunden mit der Bitte, die ausstehenden Rechnungen bald zu begleichen. Da klingelte sein Telefon.

»Spedition Lensberg, Berke selbst am Apparat. Guten Tag!«

»Guten Tag, Herr Berke«, hörte er zu seiner Überraschung Julias Stimme. »Ich hoffe, ich komme nicht ungelegen, doch ich brauche eine Auflistung der neuen Kunden, die Sie seit dem Ableben meines Großvaters akquiriert haben.«

»Wozu ist das denn nötig?«, fragte er verwirrt.

»Zum Beispiel für Grußkarten mit eigenhändiger Unterschrift der Besitzerin, für Geschenke ab einem gewissen Umsatz und dergleichen.«

»Das erledigt alles meine Sekretärin«, antwortete Berke, um die Frage abzublocken.

»Auch die eigenhändige Unterschrift der Besitzerin?« Julia klang amüsiert.

»Die natürlich nicht! Die ist aber auch nicht nötig, da ich solche Grußkarten selbst unterzeichne«, antwortete Berke bemüht freundlich. Er fand, dass Julia lästig zu werden begann. Er wollte ihr schon sagen, sie solle sich vor den Fernseher setzen und sich einen schönen Film zu Gemüte führen. Doch im letzten Augenblick schluckte er diese Bemerkung hinunter. Auch wenn die junge Frau ein hilfloser Krüppel war, konnte er es sich nicht leisten, sie zu verprellen.

»Hören Sie, liebe Julia!«, begann er mit freundlicher Stimme. »Ich würde Ihnen diesen Gefallen gerne tun, doch derzeit steht so viel Arbeit an, dass ich keine Zeit dazu habe. In ein paar Wochen wird es wieder leichter, und da kann ich mich hinsetzen und die entsprechenden Listen erstellen.«

»Kann das nicht Ihre Sekretärin für Sie erledigen? Frau Holtzing erschien mir immer sehr kompetent«, fragte Julia scheinbar erstaunt.

»Frau Holtzing ist bedauerlicherweise nicht mehr in der Firma. Sie hat überraschend gekündigt – und das, ohne ihre Nachfolgerin einzuarbeiten. Jetzt muss ich Frau Ulmen persönlich anlernen und zusätzlich einen Großteil der Disposition erledigen.« Berke klopfte sich auf die Schulter, denn mit dieser Ausrede konnte er die Übergabe der Bilanz hinauszögern, bis diese sich zu seinen Gunsten gewandelt hatte.

»Frau Holtzing ist nicht mehr in der Firma? Das ist aber ein schwerer Verlust!«, erwiderte Julia.

Das sehe ich allerdings anders, dachte Berke, denn sie hat mir zu sehr auf die Finger geschaut. Jetzt aber galt es, Julia abzuwimmeln, ohne dass sie sich gekränkt fühlte. »Liebste Julia, ich würde gerne länger mit Ihnen reden. Aber derzeit steht mir die Arbeit bis über den Scheitel. Wenn sich die Wogen geglättet haben, würde ich Sie gerne in der Villa besuchen«, sagte er und dachte sich, dass er dann auch gleich die Heirat ansprechen würde.

»Dann entschuldigen Sie, dass ich Sie gestört habe. Auf Wiederhören!« Nach diesen Worten legte Julia auf und drehte sich zu Sophia um, die wegen des laut gestellten Telefons mitgehört hatte.

»Für mein Gefühl hat Berke noch mehr Dreck am Stecken, als wir bereits befürchtet haben.«

»Darauf kannst du Brief und Siegel nehmen!«, antwortete Sophia und überlegte, auf welche Weise es ihnen gelingen konnte, an die Firmendaten zu gelangen.

2.

Julia mochte auf den Rollstuhl angewiesen sein, doch ihr Gehirn arbeitete im Gegensatz zu ihren Beinen ausgezeichnet. Da sie die Passwörter ihres Großvaters in seinen Privaträumen entdeckt und bereits verwendet hatte, glaubte sie nicht, dass er in der Firma andere benutzt hatte. Auf dem Blatt mit den Passwörtern entdeckte sie eines, das mit dem Zusatz S.B. versehen war. Zuerst hatte sie geglaubt, diese beiden Buchstaben wären Teil des Passworts. Als sie jedoch die Buchstaben und Ziffern zählte, waren diese ohne diesen Vorsatz genauso lang wie die Passwörter ihres Großvaters.

»S.B.? Das kann Simon Berke heißen«, sagte sie zu Susi, die auch diesmal mit ihr zusammen im Arbeitszimmer saß und Ordner durchblätterte.

»Was sagst du?«, fragte Susi.

»Dieses Passwort«, sagte Julia und deutete darauf, »könnte Simon Berke gehören. Damit müsste es möglich sein, die Dateien im Firmencomputer zu knacken.«

»Dafür müssten wir zu einer Zeit ins Firmengebäude kommen, in der Berke nicht da ist«, meinte Susi nachdenklich.

»Er bleibt sehr lange, und zwar jeden Tag. Gestern habe ich noch um einundzwanzig Uhr Licht im Büro meines Großvaters gesehen.« Julia wollte den Raum nicht Berkes Büro nennen, obwohl dieser ihn mittlerweile übernommen hatte. Es gab einfach zu viele Ungereimtheiten, die auf Umstände und Handlungen hindeuteten, welche der Spedition schwer schaden konnten. In einer Zeit, in der nicht nur Sophia und sie auf die Gewinne des Unternehmens angewiesen waren, sondern auch Claude, Violet und Frederic, musste sie alles unternehmen, um Verluste durch Berkes Handeln zu verhindern.

Nicht zum ersten Mal überlegte sie, ob es nicht an der Zeit war, die Beamten der Kripo zu informieren. Penz und sein Kollege hatten allerdings keinen so positiven Eindruck auf sie gemacht, um ihnen vertrauen zu können. Auch wusste sie noch zu wenig über Berkes heimliche Geschäfte und hatte Angst, ein übereilter Schritt könnte die Spedition gefährden.

»Ich werde warten, bis wir mehr wissen«, murmelte sie mehr für sich und wandte sich dann Susi zu. »Wenn Marcus heute Abend kommt, sollte er länger bleiben oder am besten gleich hier übernachten. Kurz vor Mitternacht gehen wir zum Verwaltungsgebäude. Großvater hat mir vor einiger Zeit eine Zutrittskarte gegeben.«

Danach arbeiteten die beiden weiter. Eines hatten sie bereits herausgefunden: Zu Zeiten ihres Großvaters waren alle Geschäftsbeziehungen der Spedition und die von ihr durchgeführten Transporte, wie Susi es nannte, »koscher« gewesen.

Je später es auf der Computeruhr wurde, umso mehr sehnte Julia Marcus herbei. Es dauerte aber fast bis zum Abendessen, bis er eintraf. Er wirkte ernst und raunte ihr zu, mit ihr allein reden zu wollen.

»Gehen wir in mein Arbeitszimmer«, sagte sie und lenkte ihren Rollstuhl dorthin.

Marcus folgte und schloss die Tür hinter sich. »Heute waren zwei Typen von der Kriminalpolizei bei mir und haben mich gefragt, was ich über die Spedition weiß.«

»Und, was hast du gesagt?«, fragte Julia.

»Ich habe ihnen erklärt, dass ich den Job angenommen habe, um das Geld für mein Studium zu verdienen. Gleichzeitig lerne ich dadurch die Spedition kennen, was, da wir beide verlobt sind, ja auch Sinn macht. Das haben sie mir abgenommen.« Marcus lächelte kurz, bevor er weitersprach. »Am meisten interessierten sie sich für die Frachtpapiere, die ich fotografiert habe. Ich musste sie ihnen elektronisch zur Verfügung stellen.«

»Bei mir waren sie auch«, berichtete Julia. »Ich konnte ihnen allerdings nicht viel sagen. Wenigstens wissen wir, dass zu Zeiten meines Großvaters keine üblen Geschäfte gemacht worden sind.«

»Das ist schon einmal gut. Bei Berke nehme ich an, dass er solche Geschäfte betreibt.«

»Genau das möchte ich heute Nacht herausfinden!«

Marcus sah Julia erstaunt an. »Aber wie? Wir müssten drüben einbrechen und den Computer in der Hoffnung stehlen, dass wir ihn hacken können.«

Julia zog triumphierend die Zutrittskarte aus der Tasche. »Du vergisst, dass ich die Eigentümerin der Spedition bin und als solche jede Befugnis habe, nach dem Rechten zu sehen. Ich habe Berke heute Nachmittag aufgefordert, mir Geschäftsunterlagen zukommen zu lassen, und er hat mir mit fadenscheinigen Ausreden erklärt, dass dies derzeit nicht möglich wäre.«

»Der Kerl will also nicht, dass du und Sophia auf etwas aufmerksam werdet, das euch nicht gefallen würde. Kommt Sophia mit?«

Julia schüttelte den Kopf. »Nein, Susi wird uns begleiten. Sophia muss uns danach helfen, wenn wir die Daten auswerten. Sie war lange Jahre Chefsekretärin in großen Firmen und weiß, wie Bilanzen anzugehen sind.«

»Sollten wir nicht versuchen, ob wir die Sekretärin deines Großvaters hinzuziehen können? Sie hat Berke als verantwortlichen Geschäftsführer zumindest eine gewisse Zeit erlebt und kann uns vielleicht Informationen über einige der neuen Firmen liefern«, schlug Marcus vor.

»Das ist eine gute Idee! Wenn wir Berke losgeworden sind, werden wir Frau Holtzings Hilfe in jedem Fall benötigen. Ich rufe sie rasch an.«

Noch während sie es sagte, zog Julia ihr Smartphone hervor und wollte eine Taste drücken. Dann aber schüttelte sie den Kopf. »Jetzt wäre ich fast zu einem Pawlow'schen Hund geworden, denn ich wollte ihre Firmennummer anwählen, wie ich es früher als Kind getan habe, um zu fragen, ob Großvater Zeit für mich hat. Kannst du jenen Ordner dort herausholen und nachschauen? Frau Holtzings Privatadresse und Telefonnummer müssten unter ›H‹ stehen.«

Marcus zog den Ordner heraus und sah nach. »Da! Warte, ich schreibe dir die Nummer auf.«

Er notierte die Nummer und reichte sie Julia. Erleichtert wählte sie diese an und zeigte mit erhobenem Daumen, dass die ehemalige Sekretärin das Gespräch entgegengenommen hatte. Als Nächstes schaltete sie das Telefon auf laut.

»Guten Tag, Frau Holtzing. Hier spricht Julia Lensberg. Ich freue mich, Sie erreicht zu haben. Ich benötige nämlich Ihre Hilfe.«

»Guten Tag, Frau Lensberg! Wie geht es Ihnen? Ich hoffe, es geht Ihnen gut, und Sie kommen mit Ihrer neuen Situation gut zurecht.«

Marcus hatte die Sekretärin als arrogant in Erinnerung und wunderte sich über ihren besorgten Tonfall.

Da erklang wieder Julias Stimme. »Es geht mir besser, als es dem einen oder anderen recht ist.«

»Damit meinen Sie gewiss Berke. Er sagte …« Frau Holtzing brach ab, doch sowohl Julia wie auch Marcus konnten sich denken, was sie meinte.

»Herr Berke erwähnte wohl, dass er mich, sobald ich volljährig bin, heiraten würde«, bohrte Julia nach.

»Nun ja … so ähnlich jedenfalls«, gab die Sekretärin zu. »Deswegen hat sich in der Spedition auch keiner getraut, ihm Kontra zu geben. Grund dafür hätte es genug gegeben. Aber das geht mich alles nichts mehr an.«

Julia und Marcus merkten Frau Holtzings Stimme an, dass ihr die Sache doch sehr naheging.

»Aber es geht mich etwas an, Frau Holtzing«, antwortete Julia. »Ich habe bereits mit Jütt gesprochen. Er hat ebenso wie Sie und Schulz gekündigt. Nun würde ich gerne von Ihnen Näheres über die Gründe wissen, weshalb Sie es getan haben. Haben Sie morgen Nachmittag Zeit? Dann würde ich mich freuen, wenn Sie zu mir kommen würden!«

»In die Villa?«

»Ja, in die Villa! Nicht ins Firmengebäude!«

Es dauerte einen Augenblick, bis sich die Sekretärin wieder meldete. »Also gut, ich komme vorbei. Ist Ihnen fünfzehn Uhr recht?«

»Das ist mir sehr recht!«, sagte Julia und verabschiedete sich freundlich.

Mit blitzenden Augen drehte sie sich zu Marcus um. »Wenn alles so klappt, wie ich mir das vorstelle, ist Berke schneller entlassen, als er Piep sagen kann. Außerdem haben wir dann den Stand von heute Abend und müssen nicht befürchten, dass er diese Daten vernichten könnte.«

»Du bist ein kluges Mädchen!«, lobte Marcus sie und drückte ihr einen Kuss auf die Wange.

Julia wies mit ihrem rechten Zeigefinger auf den Mund. »Der ist beleidigt, wenn er nicht auch geküsst wird!«

»Dem kann man abhelfen«, sagte Marcus und setzte es sogleich in die Tat um.

3.

Nach dem Abendessen informierte Julia Sophia über ihr Vorhaben. Diese war skeptisch. »Glaubst du wirklich, dass es so einfach ist? Es ist ein Nachtwächter da, der sicher nachschauen wird, wer sich da im Gebäude herumtreibt!«

»Ich bin schließlich die Besitzerin«, erklärte Julia mit Nachdruck. »Aber du hast schon recht. Ich werde zusehen, dass ich mich ausweisen kann.«

»Da ich die meisten Leute des Wachdienstes kenne, die hier arbeiten, komme ich mit.«

»Also gut! Dann sind wir eben zu viert.«

»Wer kommt noch mit?«

»Marcus und Susi. Die sollen mir helfen, wenn ich etwas aus den Aktenschränken brauche.«

»Und wann machen wir uns auf den Weg?«

»Eine Stunde vor Mitternacht.« Spontan zog Julia Sophia an sich. »Ich bin so froh, dass ich dich habe.«

»Ich bin auch froh um dich!« Sophia umarmte ihren Schützling und fand nicht zum ersten Mal, dass Julia zwar das Aussehen von der Mutter geerbt hatte, im Charakter aber weitaus mehr ihrem Großvater glich.

Die beiden kehrten ins Erkerzimmer zurück, in dem Marcus sich mit Claude unterhielt. Tatsächlich bestritt Julias Mutter neunzig Prozent des Gesprächs. Claude hatte zuerst wissen wollen, wie weit seine Beziehung zu Julia bereits gediehen sei und welche Plane er damit verfolge. Doch schon nach ein paar Sätzen hatte sie das Thema gewechselt und jammerte mittlerweile seit einer Viertelstunde, wie schrecklich es für sie sei, mit zwei unmündigen und von ihr abhängigen Kindern mittellos dazustehen und auf Julias Gnade und Barmherzigkeit angewiesen zu sein.

Marcus atmete erleichtert auf, als Julia und Sophia zurückkamen, und überließ es den beiden, sich Claudes Klagen anzuhören.

»Wann kommt Violet nun aus der Klinik?«, fragte Julia, um ihre Mutter ein wenig zu bremsen.

»Dr. Labahn sagt: morgen! Darf ich deinen Wagen nehmen, um sie abzuholen, oder muss ich ein Taxi rufen?«

»Selbstverständlich wird Lippens dich hinfahren und dir helfen, Violet nach Hause zu bringen!«, sagte sie mit einer gewissen Schärfe.

»Ich würde gerne mit ihr irgendwohin fliegen!«, rief Claude seufzend.

»Dr. Labahn ist der Meinung, dass Violet zunächst am besten hier aufgehoben ist. In diesem Haus hat sie Menschen, die sie umsorgen, und kann unter Anleitung ihrer Physiotherapeutin ihre motorischen Fähigkeiten trainieren. Auf Reisen wäre das unmöglich. Dabei ist es so wichtig, wenn sie wieder ganz gesund werden soll!«

Auch Sophia klang scharf. Ihr passte es wenig, dass Claude sich als arme, von Gott und der Welt verlassene Witwe hinstellte und gleichzeitig mit Forderungen kam, die selbst Julias Bankkonto innerhalb kurzer Zeit leeren würden.

Dies war auch Julia klar, aber sie war trotzdem bereit, Claude eine gewisse Summe zuzugestehen. Die durfte nicht über einen von ihr gesteckten Rahmen hinausgehen, da sie Reserven brauchte, um die Spedition nach Berkes Entlassung auf Kurs zu halten.

»Wir müssen in erster Linie Rücksicht auf Violet nehmen, Claude«, erklärte sie. »Sie ist noch sehr schwach und muss aufgepäppelt werden, bevor sie in die Reha gehen kann. Ich habe mir überlegt, ob du sie nicht begleiten kannst und in einem in der Nähe der Rehaklinik gelegenen Hotel nächtigst, sodass Violet jemanden um sich hat, den sie kennt und liebt. Da zudem bald Ferien sind, könnte Frederic mitkommen und sich dabei auf die Fortsetzung seines Schulunterrichts vorbereiten.«

Sophia ertappte sich dabei, dass sie Julia beinahe Beifall geklatscht hätte. Auf diese Weise wären sie Claude und deren Nachwuchs für ein paar Wochen los. Da die nächste Zeit Berkes wegen etliche Turbulenzen mit sich bringen würde, wäre es gewiss klug, wenn sie ihre Nerven wenigstens in dieser Beziehung schonen konnten.

Gewöhnt, mindestens einmal in der Woche eine rauschende Party zu erleben und dabei mit ihrem Aussehen glänzen zu können, fühlte Claude sich in der Villa wie in einem Gefängnis. Sie hatte Julia bereits vorgeschlagen, interessante Leute hierher einzuladen. Mit Hinweis auf ihren Rollstuhl hatte Julia jedoch erklärt, dass sie zwar Geschäftsfreunde empfangen, aber keine Partys für ihr unbekannte Menschen abhalten würde.

Claude fühlte sich dadurch gekränkt, zumal einige ihrer »Freundinnen« aus dem Jetset ihre Anrufe nicht mehr entgegennahmen und auf ihre auf die Mailbox gesprochenen Bitten um Rückruf nicht reagierten. Zwar konnte sie die Schuld dafür nicht Julia ankreiden, doch diese wohnte hier so fernab von allem, was einem Menschen wie ihr Freude machte, dass sie ihre Bekanntschaften nicht mehr pflegen konnte.

»Haben Sie Frederic endlich in der Schule angemeldet?«, fragte Sophia, weil das ein wichtiges Thema war.

Zu ihrer Enttäuschung schüttelte Claude den Kopf. »Dazu bin ich bis jetzt noch nicht gekommen. Die Sorge um Violet …« Sie brach ab und begann zu weinen.

Da Julia und Sophia längst erkannt hatten, dass Claude ihre Tränen buchstäblich ein- und ausschalten konnte, gaben sie nichts mehr darauf, sondern sprachen mit Marcus über andere Dinge.

Claude fühlte sich missachtet und stand auf. »Ich gehe in mein Zimmer und sehe noch ein wenig fern. Gute Nacht!«

»Gute Nacht«, antwortete Julia und schüttelte, als ihre Mutter gegangen war, den Kopf. »Ich wünschte, es gäbe eine Möglichkeit, sie irgendwohin zu schicken, wo sie mit Frederic und Violet leben könnte. Aber die Ansprüche, die sie dafür stellt, kann ich niemals erfüllen.«

»Auch wenn sie deine Mutter ist, frage ich mich schon länger, was dein Vater damals an ihr gefunden haben mag«, erklärte Sophia schnaubend.

Bevor das Gespräch sich jedoch weiter um Claude drehen konnte, blickte Julia zum Fenster hinaus. »Berke hat Feierabend gemacht, denn das Licht im Arbeitszimmer meines Großvaters ist aus.«

»Wir sollten trotzdem nicht gleich hinübergehen. Es könnte sein, dass er noch einen Truck erwartet. Er ist auch meinetwegen schon zweimal länger geblieben«, wandte Marcus ein.

»Marcus hat recht! Überflüssige Eile schadet nur«, stimmte Sophia ihm zu.

»Wo ist eigentlich Susi? Oder willst du sie nicht mehr mitnehmen?«, fragte Marcus.

»Ich habe Susi heute Nachmittag losgeschickt, um eine Handvoll brandneuer USB-Sticks und SD-Cards zu besorgen, damit ich den Inhalt der Firmencomputer abziehen kann!«

»Aber dann müsste sie längst zurück sein«, meinte Sophia.

»Ist sie auch, und zwar in meinem Zimmer. Ich wollte nicht, dass Claude sich fragt, weshalb ich sie losgeschickt habe.«

»Eines kann man deiner Mutter wirklich nicht absprechen, und das ist Neugier!« Sophia lachte bissig auf und sagte dann, dass sie sich noch einen Tee machen würde.

»Kann das nicht Fedosia übernehmen?«, fragte Marcus.

»Die hat längst Feierabend und schläft sicher schon«, antwortete Julia und wählte Susis Nummer. »Du kannst kommen! Es geht bald los!«

4.

Punkt dreiundzwanzig Uhr machten sie sich auf den Weg. Bis zur Spedition waren es fünfhundert Meter zu gehen. Eduard Lensberg hatte beim Bezug des hiesigen Firmengeländes nicht zu nahe, aber auch nicht zu weit von der Spedition wohnen wollen, um jederzeit persönlich eingreifen zu können.

Julia eilte im Rollstuhl voraus, gefolgt von Susi, die das Ganze als ein großes Abenteuer ansah. Marcus hielt sich an Sophias Seite und stellte einige Fragen zur Spedition. Dabei wirkte er ungewohnt ernst, denn er wusste, dass er Julia, wenn Berke gefeuert worden war, mit allen Kräften unterstützen musste, um die Spedition vor Erschütterungen zu bewahren. Sein Vorsatz, über den Master hinaus weiter den Doktor zu machen, kam deswegen ins Wanken.

»Gleich sind wir am Tor!«, rief Julia und zog die Zutrittskarte ihres Großvaters heraus. Hoffentlich funktioniert sie noch, dachte sie mit einem gewissen Kribbeln im Nacken, als sie die Karte auf das Lesegerät legte. Es summte kurz, dann öffnete sich die Pforte.

»Nummer eins hat geklappt!«, sagte Julia erleichtert und fuhr mit ihrem Rollstuhl auf das Verwaltungsgebäude zu.

In dem Augenblick traf sie der starke Strahl eines Handscheinwerfers und blendete sie. Im Reflex hob sie die rechte Hand, um die Augen zu schützen. Ein Mann in einer uniformartigen Kluft kam auf sie zu, in der einen Hand den Scheinwerfer, in der anderen eine Pistole.

»Wer sind Sie? Wie sind Sie hier hereingekommen? Was haben Sie hier verloren?«

Freundlich ist anders, dachte Julia empört. »Ich bin zufällig die Besitzerin dieser Spedition!«, antwortete sie mit aller Arroganz, die sie aufbringen konnte.

»Kann jeder behaupten!«, schnaubte der Uniformierte.

Sophia trat jetzt neben Julia und kniff die Augen zusammen. Eines hatte sie sofort erkannt. Der Mann gehörte nicht zu dem Wachdienst, dem Eduard Lensberg einst den Schutz der Spedition anvertraut hatte. Auch das hatte Berke geändert. Hoffentlich hat er nicht auch die Computer komplett umgestellt, dachte sie, während sie ihren Ausweis hervorholte und dem Nachtwächter zeigte. »Ich bin Sophia Lensberg, die Witwe des vor mehreren Monaten verstorbenen Besitzers, und das ist Julia Lensberg, seine Enkelin und Nachfolgerin als Besitzerin der Spedition.«

»Das kann jeder behaupten!«, wiederholte der Mann.

»Dann schauen Sie mal her! Das hier ist meine Zutrittskarte, und ich öffne jetzt die Tür!« Julia rollte die paar Meter zum Eingang des Verwaltungsgebäudes weiter, legte ihre Karte auf das Lesegerät und betete, dass ihr Großvater ihr auch das Zutrittsrecht für die Nacht hatte eintragen lassen.

Zu ihrer Erleichterung leuchtete die grüne Lampe auf, und die Tür ließ sich öffnen. Sophia wollte eintreten, doch da stellte sich ihr der Nachtwächter in den Weg.

»Was wollen Sie hier? Hier hat niemand etwas verloren, den Herr Berke hier nicht sehen will!«

Das wurde Julia nun doch zu bunt. »Was ich hier will, geht Sie nicht das Geringste an! Außerdem ist Herr Berke mein Angestellter, und in dieser Firma habe ich als Besitzerin immer noch mehr zu sagen als der von mir eingesetzte Geschäftsführer.«

Damit rollte sie auf den Mann zu und schob ihn mit einer gewissen Kraftanstrengung beiseite. Bevor dieser etwas sagen konnte, stand Marcus neben ihm und legte ihm die rechte Hand auf die Schulter. »An Ihrer Stelle würde ich jetzt Ihre Runde weitermachen!«

Der Nachtwächter schwankte, denn Berke hatte seinen Kollegen und ihm höchste Aufmerksamkeit befohlen. Allerdings besaß die junge Frau im Rollstuhl eine Zutrittskarte höchster Priorität. Außerdem erinnerte er sich, gehört zu haben, dass die Erbin des verstorbenen Besitzers gelähmt und auf den Rollstuhl angewiesen sei. Er ließ die Gruppe daher grummelnd eintreten und stapfte breitbeinig weiter.

Julia sah ihm nach und fauchte: »Nach Berke ist dieser Wachdienst das Nächste, was ich zum Teufel jage!«

»Wenn ich sein Firmenemblem richtig erkannt habe, gehört er zu einem Security-Dienst mit äußerst üblem Ruf. Mein Bruder würde diese Firma niemals auf sein Gelände lassen«, erklärte Marcus.

»Der Kerl ist jedenfalls niemand, dem ich gerne in der Nacht begegnen möchte«, setzte Susi hinzu und fragte dann, wie sie nun vorgehen sollten.

»Es gibt drei Zimmer, in denen wir die Computer überprüfen wollen, zum einen das meines Großvaters, dann das, in dem Berke früher gearbeitet hat, und zum Dritten das Büro der Sekretärin. Wenn die alten Passwörter noch gelten, müssten wir an die Daten kommen«, erklärte Julia.

»Und wenn nicht?«, fragte Sophia.

»Dann haben wir Pech gehabt. Ich hoffe aber, dass es nicht so ist. Ich übernehme das Büro meines Großvaters, Susi das der Sekretärin und Marcus das von Berke. Ihr habt die jeweiligen Passwörter?«

Susi und Marcus nickten.

»Und was mache ich?«, fragte Sophia.

»Du kommst mit mir und hilfst mir, wenn ich Unterstützung brauche!« Noch während sie es sagte, holte Julia den Lift heran und rollte hinein, kaum dass dessen Tür offen stand.

Kurz darauf hatten sie die Chefetage erreicht und teilten sich auf. Als Julia das einstige Büro ihres Großvaters erreichte, entdeckte sie, dass der Computer noch lief. Entweder hatte Berke vergessen, ihn auszuschalten, oder er wartete auf einen Datentransfer. Angespannt schob sie den Schreibtischsessel beiseite. Er ähnelte dem einstigen Stuhl ihres Großvaters, war aber von anderer Farbe und ganz neu.

Julia wunderte sich, dass ihr solche Nebensächlichkeiten auffielen. Dabei sollte sie sich konzentrieren, um an die Firmendaten zu kommen. Sie bewegte die Maus, sah, dass der Bildschirm hell wurde, und studierte das angezeigte Menü. Nun machte es sich bezahlt, dass sie bereits Erfahrung mit dem Computer in der Villa gemacht hatte. Dieser hier war ebenso eingerichtet, und als sie die ersten Dateien aufrief, konnte sie diese mit dem entsprechenden Passwort öffnen.

Julia vergeudete keine Zeit damit, die Einträge zu lesen, sondern steckte eine SD-Card und einen USB-Stick in die Anschlüsse und kopierte die gesamte Datei auf beide Datenträger, um auf Nummer sicher zu gehen. Es vergingen zwei Minuten, dann konnte sie sich der nächsten Datei widmen. Insgesamt waren es zwanzig Dateien, und diese auszuwerten, würde etliche Tage in Anspruch nehmen. Dafür aber verfügte sie über die Geschäftsdaten bis zum heutigen Tag.

Während sie kopierte, kam Marcus herein. »Es war nicht sehr ergiebig«, meldete er. »Berke hat nur noch eine knappe Woche nach dem Tod deines Großvaters an seinem eigenen Rechner gearbeitet. Seitdem ist das Ding nicht mehr benützt worden.«

»Dafür habe ich hier genug gefunden«, antwortete Julia und bat ihn, Susi zu helfen.

»Nicht nötig!«, sagte diese und trat zu ihr. »Ich konnte den gesamten E-Mail-Verkehr des letzten Jahres kopieren sowie einige Dateien, die unter Umständen interessant sein könnten.«

»Sehr gut! Dann haben wir für die nächsten Tage Arbeit!«, erklärte Julia zufrieden.

»Was ist, wenn der Wachtyp unseren Besuch an Berke weitermeldet?«, fragte Marcus.

»Dann müssen wir ihn eben eher entlassen!«, antwortete Julia.

»Wen, den Nachtwächter?«

»Berke natürlich!« Julia fauchte leise, lachte dann über sich selbst. »Wie es aussieht, bin ich zu nervös.«

Sie blickte sich kurz um und deutete auf einen Schrank. »Mach ihn bitte auf!«, sagte sie zu Sophia.

Diese tat es und wandte sich dann zu ihr um. »Da sind keine Akten darin, sondern nur ein paar persönliche Gegenstände deines Großvaters.«

»Ist da ein Bronzehirsch dabei?«, fragte Julia.

Sophia schüttelte den Kopf. »Nein … oder doch, da ist etwas. Was willst du damit?«

»Ihn mitnehmen! Großvater hat ihn mal als Preis bekommen. Es ist verständlich, dass wir den Hirsch drüben haben wollen.«

»Er ist ganz schön schwer«, meinte Sophia.

»Ich trage ihn«, bot Marcus ihr an.

»Nein, legt ihn mir auf den Schoß. Das geht leichter, als wenn du das Ding einen halben Kilometer schleppen musst«, sagte Julia.

»Quetscht dir der Hirsch nicht die Beine ab?«, fragte Marcus besorgt.

»Sicher nicht! Mach schon. Ich möchte hier raus!«, drängte Julia.

Nach kurzem Überlegen stellte Marcus ihr den Sockel der Bronzefigur auf die Oberschenkel. Obwohl sie eigentlich nichts fühlen konnte, glaubte Julia, einen gewissen Druck zu spüren. Sie achtete aber nicht weiter darauf, sondern verließ das Zimmer. Auf dem Flur bat sie Susi, dafür zu sorgen, dass das Licht ausgeschaltet wurde. Dann fuhr sie mit dem Lift nach unten und verließ das Gebäude.

Draußen wartete bereits der Wachmann. Diesmal leuchtete er sie nicht mit seinem Handstrahler an, sondern hatte die Außenbeleuchtung eingeschaltet.

»Was haben Sie eigentlich hier gemacht? Ich muss es wissen, damit ich es sagen kann, wenn ich morgen gefragt werde«, sprach er Julia an.

»Ich habe das hier geholt«, antwortete sie und zeigte auf den Bronzehirsch. »Opa wollte ihn in der Villa haben, ist aber nicht mehr dazu gekommen. Heute Abend haben wir uns daran erinnert und uns gesagt, dass wir ihn sofort holen müssen, bevor wir selbst es wieder vergessen.«

Julia lachte leise und wirkte dabei so naiv, dass ihre drei Mitstreiter sie bewunderten.

»Weißt du, dass du ganz schön durchtrieben bist?«, meinte Sophia leise zu Julia, als sie wieder in Richtung Villa gingen.

»Ein wenig von meiner Mutter scheine ich doch geerbt zu haben«, antwortete Julia lachend.

»Im Gegensatz zu dieser hast du mehr im Kopf als nur Mode und Partys.«

»Ich habe nichts gegen eine schöne Bluse oder schmucke Jeans – und auch nichts gegen eine Party, wenn ich dort die richtigen Leute treffe«, sagte Julia und fand, dass sie sich wenigstens Ersteres leisten sollte.

Sophias Gedanken gingen weiter. »Nächste Woche findet in Köln ein Empfang der Unternehmervereinigung statt. Ich finde, wir sollten hingehen! Die Leute müssen dich kennenlernen, sonst glauben sie wirklich noch, Simon Berke wäre der Chef der Spedition.«

Im ersten Moment wollte Julia ablehnen, dann aber nickte sie. »Du hast recht! Ich möchte aber, dass Marcus mich begleitet. Wenn Berke weg ist, muss er als Geschäftsführer einspringen.«

»Ich sagte ja, du bist ganz schön durchtrieben!« Sophia klang zufrieden, da ihr Schützling immer mehr in die Rolle als Nachfolgerin ihres Großvaters hineinzuwachsen schien.

Zwar zwickte es Julia in den Fingern, sich die Daten aus den Firmencomputern anzusehen. Sie sagte sich aber, dass es klüger war, wenn sie sich das am nächsten Tag ausgeschlafen vornahm. Daher kopierte sie alles auf die eigene Festplatte und wünschte ihren Mitstreitern gute Nacht.

»Morgen nach dem Frühstück werden wir loslegen. Da Lippens meine Mutter ins Krankenhaus bringt, damit sie Violet abholen kann, und Frederic sicher mitfahren will, sind wir ungestört!«, sagte sie zu Marcus, als sie sich vor ihrer Zimmertür trennten.

»Wir kriegen das hin«, antwortete er lächelnd und küsste sie. »Schlaf gut, Schatz, und träume süß!«

»Ich werde davon träumen, dass ich mit dir barfuß über eine Blumenwiese laufe«, antwortete sie, und in ihrer Stimme schwang eine tiefe Sehnsucht.

»In nicht allzu langer Zeit werde ich dich auf meine Arme nehmen und über eine solche Wiese tragen!« Marcus lächelte ihr zu und ging zu dem Zimmer weiter, das Fedosia bereits am Nachmittag für ihn vorbereitet hatte.

Julia sah ihm kurz nach und beschloss dafür zu sorgen, dass sie schon bald nicht mehr in getrennten Zimmern schlafen mussten. Schon bald träumte sie tatsächlich von einer taufrischen Wiese mit wundervollen Blumen und davon, wie sie von ihrem Rollstuhl aufstand und mit Marcus zusammen zwischen die Blumen trat.

5.

Am nächsten Morgen kamen Julia, Sophia und Marcus zu spät zum Frühstück. Claude sah ihnen gekränkt entgegen.

»Was ist das für ein Ding, mich allein hier sitzen zu lassen?«, beschwerte sie sich.

»Du bist doch nicht allein. Frederic ist bei dir«, antwortete Julia lächelnd und nahm ihren Platz ein.

»So spät sind Sie noch nie zum Frühstück gekommen«, meinte nun auch Fedosia.

»Einmal ist immer das erste Mal!« Julia nahm sich ein Brötchen aus dem Korb. »Weißt du, Fedosia, gestern Nacht war es so schön, da sind wir noch ein wenig spazieren gegangen. Das hat uns anscheinend müde gemacht.«

Claude rümpfte die Nase, weil Julia der Haushälterin eine Erklärung gegeben hatte, ihr aber nicht. Sie hatte jedoch keine Zeit, sich zu beklagen, da Dr. Labahn erschien, um sie abzuholen.

»Einen schönen guten Morgen!«, grüßte er. »Ich bin so weit. Wir werden mit zwei Autos fahren, da es selbst in Lippens' Prachtkutsche zu eng für uns würde. Er soll Violet und Sie hierherbringen. Ich komme nach!«, sagte er zu Claude.

»Wollte Frederic nicht auch mitkommen, um seine Schwester abzuholen?«, fragte Julia, da sie in den nächsten Stunden ungestört sein wollte.

»Wenn er das will, gerne! Wir könnten uns auf dem Heimweg in ein Eiscafé setzen. Für Violet wäre das sicher eine Abwechslung nach der Zeit in der Klinik«, antwortete Labahn lächelnd.

Das Wort Eiscafé wirkte wie ein Magnet auf den Jungen. »Ich würde schon gerne mitfahren«, sagte er.

»Verwöhnen Sie Violet und Frederic ruhig ein wenig, Herr Doktor! Die beiden hatten in den letzten Wochen wirklich keine gute Zeit.« Julia lächelte, doch ihre Mutter verzog missmutig das Gesicht.

»Von mir redest du nicht? Ich hatte auch eine sehr schwere Zeit!«

»Das bestreite ich nicht! Allerdings will ich dich darauf hinweisen, dass ich seit etlichen Monaten auch nicht gerade grandiose Zeiten durchgemacht habe.«

Julia war die Klagen der Mutter, die es nicht ertragen konnte, dass sich nicht alles um sie drehte, mittlerweile leid. Daher reagierte sie etwas harscher, als sie es eigentlich wollte.

Claude wurde bleich, blickte dann auf Julias Rollstuhl und kniff die Lippen zusammen. Gleichzeitig aber fand sie es ungerecht, dass Julia ein beachtliches Vermögen besaß, das es ihr ermöglichte, sich alles leisten zu können, was sie wollte, während Lars Palmer sie als mittellose Witwe zurückgelassen hatte.

Missmutig beendete sie ihr Frühstück und forderte Frederic auf, sich für die Fahrt fertig zu machen. Als die beiden das Zimmer verlassen hatten, wandte Dr. Labahn sich Julia zu. »Wie geht es dir?«

»Ganz gut! Darf ich Ihnen meinen Verlobten Marcus Kullmann vorstellen?«

Labahns Blick wanderte zu Marcus. Da dessen Bruder keine zehn Kilometer von hier entfernt wohnte und im Landkreis eine gewisse Bedeutung besaß, kannte er die Familie und erinnerte sich jetzt auch an den violettrot gekleideten Mann auf Eduard Lensbergs Geburtstagsfeier. Ausgerechnet in diesen wollte Julia sich verliebt haben? Als er Marcus musterte, konnte er die junge Frau verstehen. Er sah gut aus, und sein Lächeln wirkte sympathisch.

»Na dann meinen Glückwunsch zur Verlobung!«, sagte Labahn bereits halb mit Julias Wahl versöhnt.

»Noch sind wir es nicht offiziell, doch nächste Woche wollen wir es beim Empfang der Unternehmergemeinschaft bekannt geben«, erklärte Julia.

»Sie sind Lukas Kullmanns Bruder?«, fragte Labahn, obwohl er es bereits wusste.

Marcus nickte. »Das bin ich!«

»Ihr Bruder ist ein ausgezeichneter Geschäftsmann. Ihr Vater war es auch.«

»Ich hoffe, auch einer zu werden! Allerdings wird Julia mir helfen müssen. Als Besitzerin der Spedition sollte sie das Büro ihres Großvaters übernehmen.«

Labahn hörte Marcus zufrieden zu. Wie es aussah, hatte dieser begriffen, dass Julia eine Beschäftigung brauchte, die sie ausfüllte.

»Ich glaube, mein alter Freund Eduard Lensberg wäre mit Julias Wahl zufrieden. Es hätte auch anders kommen können!« Labahns Blick wanderte zur Spedition hinüber. Im nächsten Moment kniff er die Augen zusammen. »Wenn man vom Teufel spricht, kommt er auch schon angelaufen.«

Jetzt sahen alle hinaus, als Simon Berke eiligen Schrittes von der Spedition herüberkam.

»Er hat anscheinend erfahren, dass wir gestern Nacht drüben gewesen sind, und jetzt treibt ihn die Neugierde zu uns«, rief Julia mit einem leisen Fauchen.

»Es ist besser, wenn Marcus sich nicht sehen lässt«, wandte Sophia ein.

»Ich bin schon weg!«, rief dieser, trank noch einen Schluck Kaffee und verschwand in dem Zimmer, in dem er geschlafen hatte.

»Ich bin auch weg!«, erklärte Labahn, da eben Claude und Frederic angezogen zur Fahrt erschienen.

»Soll ich auch verschwinden?«, fragte Susi.

Julia schüttelte den Kopf. »Du bist meine Betreuerin und musst bei mir bleiben!« Sie wandte sich Sophia zu. »Was meinst du, müssen wir ihm etwas anbieten?«

»Zu so früher Stunde nicht«, fand diese und half Fedosia abzuräumen.

Auch Susi tat dies, und so saßen die drei, als Berke hereinkam, gemütlich im Erkerzimmer. Julia hielt eine Illustrierte in der Hand, Susi stellte ein Schachspiel auf, und Sophia tat so, als sei sie in Gedanken versunken.

»Guten Tag!«, grüßte Berke mit einer gewissen Anspannung.

»Guten Tag, Herr Berke! Seit mein Großvater gestorben ist, sind Sie ein seltener Gast in unserem Haus geworden.«

In Julias Stimme schwang Spott mit. Berke hingegen nahm es als Tadel hin, weil er sich nicht so um sie gekümmert hatte, wie sie es wollte. Daher rang er sich ein Lächeln ab und hob theatralisch die Hände.

»Die Arbeit, liebste Julia, war einfach zu viel! Sie ließ mir keine Zeit für ein Privatleben. Dabei kennen Sie ebenso wie ich den heißen Wunsch Ihres Großvaters, dass wir beide heiraten sollen. Es ist bedauerlich, dass Herr Lensberg von uns gegangen ist, bevor sich dieser Plan verwirklichen ließ.«

»Ja, es ist sehr bedauerlich, dass Opa so früh sterben musste!«

Sie meinte es ehrlich, denn sie war überzeugt davon, dass ihr Großvater noch rechtzeitig erkannt hätte, was für ein Mensch Simon Berke wirklich war.

»Wir sollten seinen Wunsch so bald wie möglich erfüllen. Die Spedition braucht jemanden, der sie mit sicherer Hand führt«, erklärte Berke, um dann das Thema zu wechseln. »Ich habe gehört, Sie waren gestern Nacht drüben in der Spedition?«

Erneut klang er angespannt, und das Lächeln auf seinen Lippen war so falsch, dass Julia sich das Lachen verbeißen musste.

»Ja, das waren wir! Sophia hatte mich an die Auszeichnung erinnert, die Großvater im Januar erhalten hatte. Er hatte sie damals in seinem Büro aufgestellt, wollte sie aber bald in die Villa holen. Sie kennen ja uns Frauen und wissen, wenn wir uns etwas vorgenommen haben, hält uns nichts auf, nicht einmal die Nacht. Übrigens bin ich sehr böse mit Ihnen, denn Sie haben die schöne Bronzefigur in die hinterste Ecke eines Schranks gesteckt. Wir mussten lange suchen, bis wir sie gefunden haben!« Julia zog eine gekränkte Schnute.

Berke fiel prompt darauf herein. »Das tut mir sehr leid! Ich habe an diese Figur nicht mehr gedacht. Frau Holtzing muss sie nach Herrn Lensbergs Tod weggeräumt haben.«

Er wechselte erneut das Thema. »Nächste Woche findet in Köln der Jahresempfang der Unternehmervereinigung unseres Bezirks statt. Ich halte es für angebracht, die Firma Lensberg dort zu vertreten.«

Dieser Anspruch war Julia zu dreist, denn Simon Berke war nur der angestellte Geschäftsführer, den sie oder, besser gesagt, Sophia als ihr Vormund von einem auf den anderen Tag entlassen konnte, während sich in Köln die Firmenbesitzer und ihre Familien trafen. Wenn Berke dort auftauchte, würde es das Gerücht anheizen, dass sie beide heiraten wollten.

»Ich werde selbst hingehen«, sagte sie knapp.

»Gehen wohl kaum!«, entfuhr es ihm.

»Gut, dass Sie mich darauf aufmerksam gemacht haben, Herr Berke. Ich werde hinrollen!«

Diesmal klang sie so abweisend, dass Berke sich wegen seines unüberlegten Ausspruchs am liebsten in die Zunge gebissen hätte. An Aufgeben aber dachte er nicht.

»Ich werde Sie selbstverständlich begleiten.«

»Das wird bedauerlicherweise nicht möglich sein, da wir nur zwei Karten zur Verfügung haben und ich mitgehen werde. Bei mir liegt die Betonung auf Gehen«, warf Sophia ein, um Julia beizustehen. Auch ihr passte Berkes Auftreten nicht. Sie sagte sich allerdings auch, dass er ein schlechtes Gewissen zu haben schien. Sonst hätte er nicht kommen müssen, um nachzufragen, warum sie in der Nacht im Verwaltungsgebäude gewesen waren.

Berke war stocksauer, weil Julia und Sophia ihm so deutlich zeigten, dass sie die Besitzer der Spedition waren und er nur ihr Angestellter. Dabei war er der Mann, der die Firma in ungeahnte Höhen führen würde. Julias Großvater hatte seine Fähigkeiten nicht richtig erkannt und ihn am kurzen Zügel gehalten. Nun aber verfügte er über die Freiheit, endlich das zu tun, was er schon lange vorgehabt hatte. Bei dem Gedanken lächelte er überheblich. Weder Julia noch Sophia hatten die geringste Ahnung, wie die Spedition zu leiten war. Sie brauchten ihn und würden ihn, wenn der Gewinn schon bald steil nach oben schnellen würde, für seinen Geschäftssinn bewundern.

Er kam noch einmal auf den Unternehmerempfang zurück. »Sie können unmöglich allein dorthin fahren. Als Ihr Begleiter und Beschützer erhalte ich dort sicher Zutritt.«

Der Job als Begleiter ist bereits für Marcus reserviert, dachte Julia und glaubte für einen Augenblick, es laut gesagt zu haben. Da Berke aber auf eine Antwort wartete, hatte sie sich anscheinend beherrscht.

»Das ist sehr aufmerksam von Ihnen, aber nicht nötig. Sie werden verstehen, dass ich beim ersten Mal nicht gleich im Schatten meines Geschäftsführers stehen will.«

Für Berke war dies die nächste Ohrfeige. Er fragte sich, ob Julia in seinem Büro vielleicht einen Ausdruck mit den schlechten Quartalszahlen gefunden hatte? Das würde ihr stacheliges Verhalten erklären. Frauen sind ja so dumm, dachte er. Sie denken einfach nicht weiter als bis zu ihrer Nasenspitze. Hätte sie die gleiche Weitsicht wie ich, würde sie wissen, dass wir in ein paar Jahren Milliardäre sein werden. Jedenfalls musste er Julia und Sophia den letzten Quartalsbericht so lange vorenthalten, bis er wieder schwarze Zahlen aufweisen konnte.

»Sie erlauben, dass ich mich verabschiede. Es wartet sehr viel Arbeit auf mich«, sagte er und ärgerte sich, weil er für eine gewisse Zeit gezwungen sein würde, gegenüber Julia und Sophia ebenso devot aufzutreten, wie es bei Julias Großvater der Fall gewesen war.

6.

»Endlich ist er weg!«, stöhnte Julia erleichtert, als Berke nach einigem Zögern gegangen war. »Jetzt können wir uns an die Arbeit machen und die Daten auswerten, die wir gestern gezogen haben.«

»Wir sollten uns auf ein paar unangenehme Überraschungen gefasst machen. Mir sah Berke so aus, als hätte er einiges zu verbergen«, erwiderte Sophia seufzend und öffnete die Tür, damit Julia den Raum verlassen konnte.

»Ich hole Marcus!«, rief Susi und sauste los.

Wenig später hatten sich die vier in Eduard Lensbergs ehemaligem Arbeitszimmer versammelt und sahen gespannt zu, wie Julia die erste Datei aufrief. Es war der Quartalsbericht. Angesichts der aufgelisteten Zahlen schüttelte Sophia ungläubig den Kopf. »Das kann doch nicht sein! Eduard hat in all den Jahren nicht ein einziges Mal ein Minus gemacht. Berke ist anscheinend völlig meschugge geworden.«

»Wir dürfen die beiden schweren Sattelschlepper nicht außer Acht lassen«, wandte Julia ein.

»Die sind aber nur anteilmäßig verbucht! Das heißt, sie müssen noch einige Jahre lang abgeschrieben werden und verursachen so lange rote Zahlen.« Sophia war erbost, denn sie hatte von ihrem Ehemann etliche Quartalszahlen gehört und kannte auch dessen weitere Pläne. So wie Berke hätte dieser niemals gehandelt.

»Ein großer Lkw hätte auch gereicht«, sagte Marcus. »Außerdem ist hier die Bestellung für einen neuen Pkw. Wenn der Preis stimmt, ist das kein Wagen, wie Meier und Huber ihn im Allgemeinen fahren.«

»Dagegen ist sogar unsere Limousine ein Billigfahrzeug«, entfuhr es Sophia. »Berke ist wirklich vollkommen übergeschnappt!«

»Es sieht so aus!«, stimmte Julia ihr zu. »Hier sind übrigens offene Rechnungen, die er angemahnt hat. He, das ist doch diese Firma, über die die Kripo Informationen haben will. Sollen wir es tun?«

»Was?«, fragte Sophia.

»Der Kripo Bescheid geben! Wenn sie ermittelt, kommt sie sicher auf uns zu, und da ist es besser, wenn wir die Sache selbst weiterleiten. Sonst kommen die noch auf die Idee, wir könnten von Berkes krummen Dingern gewusst haben.«

Julia war zwar nicht begeistert, die Polizei hinzuzuziehen. Sollten jedoch kriminelle Handlungen erfolgt sein, war es besser, nicht zu jenen zu gehören, die ins Fadenkreuz der Behörden gerieten.

»Hier steht der Name Lars Palmer!« Marcus zeigte aufgeregt auf eine Zeile.

»Tatsächlich! Und er ist mit dieser Firma verbunden. Jetzt bleibt uns wirklich nichts anderes übrig, als die Kriminaler zu rufen.« Sophia seufzte.

»Jedenfalls kann ich die gesamten Daten zu denen meines Großvaters hinzufügen und habe damit den aktuellen Stand von gestern Nacht.« Julia klang zufrieden, denn damit würde sie Berke leichter ersetzen können. Das machte es allerdings umso wichtiger, Frau Holtzing für sich zu gewinnen, da diese als langjährige Chefsekretärin und Disponentin in die Geschäfte der Spedition eingeweiht war.

Sophia stimmte dem zu. Auch wenn ihr Ehemann ihr das eine oder andere berichtet hatte, so übertraf das Wissen der ehemaligen Mitarbeiterin das ihre bei Weitem.

»Frau Holtzing wird sicher mit diesen Daten zurechtkommen«, sagte sie zu Julia und sah dann zum Fenster hinaus. »Es wird nicht mehr lange dauern, dann ist deine Mutter zurück. Wir sollten parat stehen, wenn es so weit ist. Sonst beschuldigt sie uns noch, Violets Schicksal liege uns nicht am Herzen.«

»Wenn die Tochter so ist wie die Mutter, kann ich das von mir bestätigen!« Susi grinste bei ihren Worten verlegen, denn sie kam mit Claude überhaupt nicht zurecht. So hatte diese gefordert, sie solle auch für sie arbeiten, doch dem hatte Julia energisch einen Riegel vorgeschoben. Seitdem zeigte Claude ihr deutlich, dass sie sie nicht mochte.

»Ich sehe mir noch die E-Mails an, die hereingekommen sind, und speichere die, die mir wichtig erscheinen, in einem Extraordner ab«, erklärte Julia, die sich im Augenblick auch von Mutter und Schwester nicht daran hindern lassen wollte, Berkes Geschäften nachzuspüren.

»Rufst du diesen Typen von der Kripo an?«, bat sie Sophia. »Immerhin bist du als mein Vormund hier die Chefin.«

»Sagt das Küken, das längst auf dem Sessel des Großvaters sitzt!«, spottete Sophia. Sie war froh, dass Julia sich mit der Firma beschäftigte. Auf diese Weise fühlte sie, dass sie Fähigkeiten besaß, die nicht durch ihre gelähmten Beine gemindert wurden.

7.

Labahn ließ sich zu Julias Erleichterung Zeit, mit Claude und deren Kindern zurückzukommen. Daher konnte sie in Ruhe die Dateien für Frau Holtzing vorbereiten.

So saß sie bereits entspannt mit Marcus und Susi im Erkerzimmer, als der Arzt Violet aus dem Auto half. Das Mädchen war bleich und schmal und hatte offensichtlich Probleme beim Gehen.

»Du solltest deinen Vorschlag in die Tat umsetzen und deiner Mutter ein Hotelzimmer in der Nähe der Rehaklinik besorgen«, meinte Sophia, die durchs Fenster zusah, wie Labahn Violet auf das Haus zuführte.

»So, wie es aussieht, müsste ich eher Dr. Labahn ein Zimmer bezahlen. Ich glaube nicht, dass Claude die Hilfe ist, die Violet braucht. Auch wenn sie das Mädchen auf ihre Art gewiss liebt, bringt sie kaum Verständnis für ihre Tochter auf. Ich finde es schade, denn Violet liebt ihre Mutter über alles. Ich weiß nicht, ob ich an deren Stelle den Mut aufgebracht hätte, mich Lars Palmer in den Weg zu stellen, als dieser Claude zusammengeschlagen hat. Bei Großvater, aber auch für Sophia hätte ich es getan«, setzte sie leise hinzu.

»Was sagst du?«, fragte Sophia, die nur ihren Namen verstanden hatte.

»Nur ein Gedankensprung«, antwortete Julia und war froh, als der Arzt mit Violet hereinkam.

»Hallo! Willkommen zu Hause«, grüßte Julia.

»Guten Tag.« Violets Stimme klang matt.

»Guten Tag! Fedosia sollte der Kleinen eine Tasse Kamillentee aufbrühen. Danach muss Violet ins Bett, um sich zu erholen«, erklärte Labahn und deutete mit einer anklagenden Geste auf Claude. »Ihnen sollte man die Verfügungsgewalt über Ihre Kinder erziehen. So eine unvernünftige und eigensüchtige Frau wie Sie habe ich noch nie erlebt!«

»Aber ich …«, versuchte Claude lahm, sich zu verteidigen, doch Labahn fuhr ihr sofort über den Mund. »Seien Sie ruhig!«

Er wartete gerade so lange, bis Fedosia das Mädchen weggebracht hatte, dann wandte er sich an Julia und Sophia. »Wir haben Violet wie geplant vom Krankenhaus abgeholt und sind noch in ein Eiscafé, damit sie ein wenig Freude hat. Da ging es ihr noch gut. Dann aber fiel dieser Frau ein, dass sie in einem nahe gelegenen Laden einen neuen Schlafanzug für ihre Tochter kaufen könnte, und nahm Violet mit, damit sie ihn sich aussuchen kann. Ich Idiot hätte Nein sagen sollen, aber da das Mädchen sich einen Schlafanzug wünschte, habe ich die beiden gehen lassen. Frau

Palmer«, Labahn spie den Namen direkt aus, »hatte hoch und heilig versprochen, gleich wieder zurück zu sein. Stattdessen hat sie das Mädchen mehr als zwei Stunden lang durch ein Dutzend Geschäfte geschleift, um selbst einzukaufen, und kam mit ihr in einem Zustand zurück, der nur erbärmlich zu nennen ist. Violet bleibt jetzt ein paar Tage hier, danach geht es in die Reha, und das ohne die Mutter! Diese wäre nur ein Störfaktor!«

So, wie Labahn sich anhörte, hatte es unterwegs einen heftigen Krach zwischen ihm und Claude gegeben. Julia bedauerte es, denn sie hätte die Mutter gerne mit Violet mitgeschickt. »Es muss alles getan werden, damit Violet wieder richtig gesund wird. Als unser Hausarzt werden Sie die nötigen Schritte veranlassen«, erklärte sie.

»Ich als Mutter habe überhaupt nichts zu sagen?«, wandte Claude empört ein.

»In diesem Fall gar nichts!«, antwortete Julia eisig. »Dr. Labahn ist der Fachmann und weiß, was getan werden muss. Du hast, wie er eben richtig gesagt hat, keine Ahnung davon.«

»Muss ich mir das anhören? Von der eigenen Tochter?« Claudes Stimme wurde schrill.

»Außerdem musst du dich um Frederic kümmern«, sagte Julia. »Hier im Haus kann das niemand.«

»Ich weiß, dass wir hier nicht willkommen sind!«, rief Claude und brach wieder einmal in Tränen aus.

»Es steht dir frei, einen deiner Freunde aufzusuchen und dort zu bleiben! Violet bleibt jedoch hier, bis sie wieder ganz gesund ist.«

Labahn klatschte Julia in Gedanken Beifall. Seit dem Tod des Großvaters war das Mädchen erstaunlich selbstsicher geworden und wusste sich durchzusetzen. Doch dann korrigierte er sich. Tatsächlich waren diese Charakterzüge bereits vorher vorhanden gewesen. Allerdings hatte sein Freund Eduard Julia zu sehr behütet, als dass sie zum Vorschein hätten kommen können.

Er musterte Julia nachdenklich. »Dich muss ich auch wieder einmal untersuchen, meine Liebe! Kannst du heute Nachmittag in die Praxis kommen?«

Julia schüttelte den Kopf. »Heute Nachmittag geht es nicht. Da erwarte ich einen wichtigen Besuch.«

»Dann machen wir heute Abend eine Sondersprechstunde. Ich hole dich um neunzehn Uhr ab. Lippens braucht dich nicht zu fahren.«

»Meinetwegen«, sagte Julia, die im Augenblick mehr an den Bilanzen der Spedition als an ihrem Gesundheitszustand interessiert war.

Mittlerweile hatte sie sich an den Rollstuhl und all die Einschränkungen gewöhnt, die er mit sich brachte, und verhielt sich kaum anders, als wenn sie gesunde Beine gehabt hätte.

8.

Frau Holtzing erschien auf die Minute pünktlich und begrüßte Sophia freundlich und Julia mit einer gewissen Anspannung. Sie kannte sie als nettes, noch etwas kindhaftes Mädchen und sah nun eine junge, energische Frau vor sich, die ihr Claude und die anderen freundlich vorstellte.

»Meine Mutter! Sie wohnt derzeit mit meinen Halbgeschwistern bei uns. Das ist Susi, eine Freundin, und das mein Verlobter Marcus.«

Jetzt riss es sowohl Frau Holtzing wie auch Claude. Letztere hatte gedacht, Julia werde Berke heiraten, da sie als Rollstuhlfahrerin kaum eine andere Wahl habe.

»Marcus Kullmann! Oh, ich Rindvieh!« Frau Holtzing lachte kurz und reichte Julia die Hand. »Herzlichen Glückwunsch! Meinen Glückwunsch auch Ihnen, Herr Kullmann. Ich hätte es wissen müssen, dass Sie es sind. Jetzt wundert mich nichts mehr.«

»Wie meinen Sie das?«, fragte Sophia erstaunt.

»So etwas nennt man geheime Ermittlungen! Sie haben Berke misstraut, und als Julias Verlobter wollten Sie undercover herausfinden, was nun wirklich ist. Ich glaube, Sie haben einiges erfahren.«

»Julia hat ebenfalls sehr viel geleistet. So hat sie sich die Firmendaten zum Stand von gestern Abend besorgt«, sagte Marcus lächelnd.

»Ich würde Sie bitten, sich diese anzuschauen«, sagte Julia und bat Fedosia, für ihren Gast ein Kännchen grünen Tee aufzuschütten.

»Bei grünem Tee sage ich nicht Nein. Dass Sie sich das gemerkt haben!«

Frau Holtzings Achtung vor der Enkelin ihres früheren Arbeitgebers stieg und wuchs weiter, als sie kurz darauf die von Julia aufbereiteten Dateien durchging.

»Es hat nach Herrn Lensbergs Tod genau drei Tage gedauert, bis Berke übergeschnappt ist«, sagte sie zu Julia. »Da ist die Bestellung der beiden großen Sattelschlepper. Er hat es nur getan, um zu zeigen, dass er es kann. Nötig wären sie nicht gewesen. Das sieht man auch hier an diesem Diagramm. Es zeigt die Einsatzzeiten unserer Lkws. Sie haben sich unter Berke kaum erhöht. Ein paarmal waren sie sogar niedriger als früher, weil wir nicht genug Fahrer hatten. Einige haben wegen Berke gekündigt, andere einfach Dienst nach Vorschrift gemacht. Er brauchte daher dringend Aushilfen, doch auch mit diesen konnte er den Stand gerade so halten. Die wenigen neuen Kunden, die er akquirieren konnte, waren bis auf einen kaum der Rede wert, und dieser Kerl erschien mir höchst zweifelhaft. Er war kein Firmenchef, sondern eher eine Art Makler. Ich habe hier Namen und Adresse notiert.«

Frau Holtzing öffnete einen zweiten Bildschirm, suchte eine Datei und wies auf einen Eintrag. Der Name lautete Lars Palmer, und die Adresse war ein Ort am Tegernsee.

Julia wechselte einen raschen Blick mit Sophia. »Das ist die Bestätigung dessen, was Marcus schon herausgefunden hat!«

»Sie glauben also auch, dass es sich um zwielichtige Geschäfte handelt?«, fragte Frau Holtzing zufrieden. »Ich habe Berke darauf hingewiesen, dass Herr Lensberg Transporte stets abgelehnt hatte, wenn sie wie diese zu knapp terminiert waren, um ordnungsgemäß durchgeführt werden zu können. Er setzte sie jedoch durch und ließ sogar treue Kunden fallen, weil er nicht genug Fahrer zur Verfügung hatte.«

Während Frau Holtzing die Unterlagen durchging, berichtete sie weiter, wie es in der Spedition nach Eduard Lensbergs Tod zugegangen war. »Zunächst habe ich noch versucht, Berke von einigen Geschäften abzuhalten. Doch als das Gerücht aufkam, dass Sie ihn heiraten würden, sah ich keinen Sinn mehr darin und habe gekündigt«, schloss sie ihren Vortrag.

»Berke wollte damit seine Kritiker zum Schweigen bringen und gleichzeitig Druck auf mich ausüben, damit ich auf seinen Vorschlag eingehe!« Julia schüttelte es bei dem Gedanken.

»Ich glaube nicht, dass er bei Ihnen Erfolg gehabt hätte«, meinte Frau Holtzing. »Dafür sind Sie Ihrem Großvater zu ähnlich. Oder, besser gesagt, im Gegensatz zu diesem hätten Sie erkannt, was für ein jämmerlicher Mensch Berke ist, und ihn zum Teufel gejagt!«

»Trotzdem bin ich froh, dass ich Marcus an meiner Seite weiß«, sagte Julia mit einem Lächeln und sah Frau Holtzing nachdenklich an. »Haben Sie bereits eine neue Arbeitsstelle?«

Die Frau schüttelte den Kopf. »Ich bin schon zu alt, um so leicht etwas zu finden.«

»Wollen Sie für mich arbeiten?«, fragte Julia. »Ich will Berke noch in dieser Woche entlassen. Danach benötige ich bewährte Kräfte, damit die Spedition nicht ins Wanken gerät.«

»Ich würde sehr gerne wieder hier arbeiten.« Frau Holtzing hatte bereits befürchtet, die fünf, sechs Jahre, die sie noch von der Rente trennten, arbeitslos zu sein. Außerdem war sie mit der Spedition verwachsen und empfand eine fürchterliche Wut auf Berke, der mit der Firma – wie sie es ausdrückte – umging wie die Sau mit dem Bettelsack.

9.

Nachdem Frau Holtzing aufgebrochen war, war es längst Zeit fürs Abendessen. Claude maulte, weil in diesem Haushalt niemand auf sie Rücksicht nahm. Sie hätte sich schon vor einer Dreiviertelstunde zum Abendessen zurechtgemacht.

»Wie war das mit der Schlange im Paradies?«, flüsterte Julia Sophia ins Ohr.

Diese musste schmunzeln. »Derzeit ist es nicht nur eine«, antwortete sie und blickte auf die Uhr. »Du solltest dich mit dem Essen beeilen! Der gute Labahn wird bald kommen und dich in seine Praxis entführen.«

»Er wird wohl noch zulassen, dass ich mich satt essen kann«, meinte Julia lächelnd.

»Morgen sollten wir deinen Kleiderschrank ausräumen und zusehen, ob etwas für den Empfang nächste Woche dabei ist. Sonst müssen wir in die Stadt fahren und dir etwas besorgen«, sagte Sophia.

Claudes Kopf ruckte hoch. »Ein Empfang? Wo?«

»In Köln. Es handelt sich um den Jahresempfang der Unternehmervereinigung«, erklärte ihr Julia.

»Da will ich mit!«, rief Claude aus, ungeachtet der Tatsache, dass sie erst seit wenigen Wochen Witwe war und sich um Violet kümmern musste.

»Man wird nur mit Einladung eingelassen«, wehrte Sophia ab, obwohl sie wusste, dass Mitglieder der Vereinigung Angehörige mitbringen konnten.

»Vielleicht ist es nicht schlecht, wenn Mutter mitkommt. Es würde die Aufmerksamkeit ein wenig von mir ablenken«, sagte Julia lächelnd und fragte sich, ob sie nun eine Pharisäerin war, weil sie hoffte, ihre Mutter würde dort einen Mann kennenlernen, der bereit und in der Lage war, ihre Marotten zu ertragen und zu bezahlen.

Es sah aus, als würde sich eine längere Diskussion darüber entspinnen. Da fuhr Labahn den Wagen auf den Parkplatz, und Julia rollte zur Tür. »Wir reden später noch darüber! Ich halte es aber für das Beste, wenn meine Mutter mitkommt.«

»Wenn du meinst«, sagte Sophia leicht vergrätzt, weil Julia Claude diesen Gefallen tun wollte.

Julia lächelte jedoch nur, begrüßte Labahn fröhlich und fuhr mit ihrem Rollstuhl neben dessen Wagen. Der Arzt sah ihr zu, wie sie die Tür öffnete und sich geschickt vom Rollstuhl auf den Beifahrersitz schwang.

»Würde ich hinten einsteigen, könnte ich den Rollstuhl selbst zusammenfalten und neben mich legen«, sagte sie, als Labahn diesen im Kofferraum verstaute.

»Du bist sehr geschickt«, lobte Labahn. »Ich glaube, du würdest den Führerschein für Schwerbehinderte ohne Probleme schaffen. Das entsprechende Auto kannst du dir leisten und wärst dann selbst mobil und nicht mehr darauf angewiesen, von anderen gefahren zu werden.«

»Ich habe schon daran gedacht«, antwortete Julia und fühlte einen Kloß im Hals. Sie klammerte sich immer noch an die Hoffnung, irgendwann wieder gehen und dann ganz normal Auto fahren zu können. Doch wenn es nicht anders ging, würde es so sein müssen, wie Labahn es ihr vorschlug.

»Ich würde es auch gerne sehen, wenn Violet in deiner Obhut bliebe. Deine Mutter ist nicht die richtige Person, um so ein Kind zu erziehen«, wechselte der Arzt das Thema.

Julia musste lachen. »Ich bin gerade einmal drei Jahre älter als Violet.«

»In dieser Phase zählen drei Jahre fast mehr als später drei Jahrzehnte!« Der Arzt stieg ein und fuhr los.

Das Gespräch erlahmte und wurde auch nicht mehr aufgenommen, als sie in der Praxis ankamen. Zu Julias Verwunderung war auch noch Labahns Neffe anwesend. Dieser hatte zwar die Praxis übernommen, aber Labahn hatte eine kleine Gruppe ausgesuchter Patienten behalten, um die er sich persönlich kümmerte.

»Ich will dich in fünf Minuten in Unterwäsche im Behandlungsraum drei sehen«, erklärte Labahn und öffnete Julia die Tür der Umkleidekabine.

Mittels eines Stuhls konnte Julia ihre Kleidung ausziehen und erschien nach weniger als drei Minuten nur noch mit Höschen und Hemdchen bekleidet.

Dort wies Labahn sie an, sich auf die Liege zu legen, und tastete zuerst den Rücken ab. Danach nahm er sich die Beine vor und massierte sie. Sein Neffe beugte sich über Julias Gesicht und achtete genau darauf, welche Miene sie zeigte.

Plötzlich durchfuhr ein Schmerz Julia, der sich wie ein Stich in der rechten großen Zehe anfühlte, und sie keuchte leise auf.

»Haben Sie etwas gespürt?«, fragte Labahns Neffe.

»Irgendeinen Phantomschmerz! So etwas habe ich gelegentlich.«

Die beiden Ärzte sahen sich kurz an und machten dann weiter. Zwei-, dreimal glaubte Julia, erneut die Zehen zu spüren, doch war es nicht mehr so schmerzhaft. Sie gab es aber durch und meldete zuletzt, dass ihre linke kleine Zehe ebenfalls etwas wehtun würde.

»Hast du dort schon früher etwas gespürt?«, fragte Labahn.

Julia schüttelte den Kopf. »Nein! Das war jetzt das erste Mal. Bis jetzt war es nur am rechten Fuß.«

»Es ist eigentlich noch etwas früh, das anzusprechen. Trotzdem will ich es tun«, begann Labahn. »Du hast mich einmal nach dem Arzt in der Intensivstation gefragt, der einen operativen Eingriff für möglich gehalten hat, um die Lähmung deiner Beine zu heilen. Zwar arbeitet er inzwischen in einer großen Klinik in London, trotzdem habe ich ihn in der Zwischenzeit mehrfach getroffen und ihm deine Untersuchungsergebnisse gezeigt. Er ist immer noch der Ansicht, dass eine Operation helfen könnte. Allerdings ist das Risiko hoch, dass es schiefgeht und du für immer im Rollstuhl sitzen musst.«

»Ich sitze auch jetzt im Rollstuhl. Daher wäre das keine Verschlechterung«, antwortete Julia, die für die Aussicht, wieder gehen zu können, sehr viel geopfert hätte.

»Das ist natürlich richtig«, stimmte Labahn ihr zu. »Nur hättest du so die Hoffnung, dass die Ärzte dir dann doch irgendwann einmal helfen können. Diese Hoffnung wäre im Falle eines Scheiterns dahin.«

Es war ein berechtigter Einwand, doch Julia schüttelte wild den Kopf. »Ich will nicht irgendwann mit sechzig oder mehr Jahren geheilt werden, sondern so bald wie möglich!«

»Die Operation ist gefährlich und geht nur auf eigenes Risiko. Du müsstest unterschreiben, dass du bei einem Fehlschlag keine Ansprüche gegen die Klinik und die operierenden Ärzte erhebst.«

»Ich unterschreibe gerne!«, rief Julia leidenschaftlich. »Wenn es klappt, kann ich an Marcus' Arm vor den Traualtar treten, wenn nicht, dann eben im Rollstuhl, so, wie es jetzt alle von mir erwarten.«

»Ich dachte mir schon, dass du diese Entscheidung treffen würdest«, sagte Labahn mit einem aufmunternden Lächeln. »Allerdings musst du warten, bis du volljährig bist! Erst dann ist deine Unterschrift gültig.«

Das war eine Einschränkung, die Julia nicht gefiel. Sie beherrschte sich jedoch und nickte. »Dann soll es so sein. Ich habe allerding eine Bitte: Das bleibt unter uns! Sie werden mich, wenn es so weit ist, unter einem Vorwand ins Krankenhaus einweisen. Klappt es, ist es gut und ich kann die anderen überraschen. Ich will jedoch keine Hoffnungen erwecken, die sich dann doch nicht erfüllen.«

»Das scheint mir vernünftig«, erklärte Labahn und fügte hinzu, dass Julia, bis es so weit war, jeden Monat einmal zur Untersuchung kommen müsse.

»Dann bis zum nächsten Monat!«, antwortete Julia munter und zog den Rollstuhl näher an die Liege, um darauf überwechseln zu können.

10.

Etwa um die gleiche Zeit, in der Dr. Labahn Julia abholte, um sie in seiner Praxis zu untersuchen, beendete Simon Berke seinen Arbeitstag. Er hatte eben noch einen Fahrer, der die Nacht durchfahren sollte, mit ein paar Pillen versorgt, damit der Mann durchhielt. Eigentlich hätte die Ladung bereits am Tag zugestellt werden sollen, aber der Mangel an Fahrern machte sich nach den letzten Kündigungen immer stärker bemerkbar.

Berke ärgerte sich über die Männer, die ihn so im Stich ließen. Dabei ging es doch nur darum, die Verdienstspanne zu erhöhen, damit die Angestellten ihre Arbeit behalten konnten. Eines war für ihn sicher: Jütt, Schulz und die anderen, die gekündigt hatten, würden so schnell keinen Job finden, in dem sie ähnlich gut verdienten wie hier. Der Alte war einfach zu großzügig gewesen. Er hingegen achtete darauf, die neuen Fahrer nicht fest anzustellen. Da sie als Aushilfskräfte galten, konnte er Lohnnebenkosten sowie Urlaubs- und Weihnachtsgeld sparen und damit die Bilanz weiter verbessern.

Bei diesen Überlegungen dachte er an das Minus im letzten Quartal und daran, dass Lars Palmer die letzten drei Transporte noch immer nicht bezahlt hatte. Dabei hatte er viel von diesem Mann gehalten. Mittlerweile hatte er die Firma in der Karibik abgemahnt und hoffte, dass diese zahlen würde. Mit dem Geld und ein paar Rechnungstricks würde er das letzte Quartalsergebnis so hinbiegen können, dass er es Julia und Sophia vorlegen konnte.

Als er zum Verwaltungsgebäude zurückkehrte, sah er, wie eine Limousine über den großen Parkplatz der Spedition heranfuhr und neben dem Eingang stehen blieb. Verwundert trat er darauf zu. Zwei Männer stiegen aus, sie waren groß, breitschultrig und steckten in dunklen Anzügen mit weißen Hemden und hellen Krawatten. Die Haut war sonnengebräunt, und sie trugen dunkle Brillen, obwohl die Sonne bereits unterging.

»Guten Tag, Herr Birke!«, grüßte einer von beiden mit kaum merkbarem Akzent.

»Berke! Mein Name ist Berke, nicht Birke.«

»Dann guten Tag, Herr Berke«, meinte der Zweite mit einem Hauch von Spott. »Wir kommen von International Consultants. Wie es aussieht, hat Herr Palmer unsere Zahlungen nicht an Sie weitergeleitet.«

»Das hat er nur beim ersten Transport. Die drei anderen Transporte sind noch nicht bezahlt«, antwortete Berke.

»Herr Palmer wird auch nicht mehr bezahlen können, denn er ist tot.«

»Tot? Aber …« Wenn das stimmte, würde er das Geld aus dessen Nachlass herausklagen müssen, und das würde dauern. Außerdem war es nicht sicher, ob er es überhaupt bekam.

»Bedauerlicherweise ist es so!«, sagte der Fremde. »Da wir die geschäftlichen Verbindungen zu Ihrer Spedition aufrechterhalten wollen, ist unsere Firma bereit, die ausstehenden Rechnungen an Sie zu übernehmen. Dies wird in den kommenden zwei Wochen geschehen. Allerdings muss nächste Woche ein dringender Transport möglichst nonstop nach Marseille gebracht werden. Der Auflieger steht am Mittwoch um neunzehn Uhr bereit. Er muss in Hamburg abgeholt werden.«

»Und was bringt das ein?«, fragte Berke noch schwankend, ob er darauf eingehen sollte. Die Summe, die der Mann ihm nannte, schwemmte seine Bedenken hinweg. Wenn er diese noch ins letzte Quartal mit einrechnen konnte, konnte er Julia und Sophia einen positiven Abschluss vorweisen.

»Dann machen wir es so!«, antwortete er und streckte dem Mann die Hand hin.

Dieser ergriff sie und lächelte im Schein der untergehenden Sonne. »Sie erhalten die entsprechenden Daten Mittwochfrüh, damit Sie Ihren Fahrer rechtzeitig losschicken können.«

Die Strecke bis Hamburg und von dort bis nach Marseille war mörderisch und ließe sich nur mit diesen Pillen bewältigen. Keiner der langjährigen Fahrer würde dazu bereit sein. Er würde wieder diesen Studenten nehmen, diesen Marcus Kuller oder wie er hieß, und der konnte seinen Freund mitnehmen. Wenn er die Daten ein wenig manipulierte, würde es so aussehen, als hätte er zwei vollwertige Fernfahrer losgeschickt.

Mit dem guten Gefühl, in spätestens zwei Wochen genug Geld auf dem Konto zu haben, um Julia und Sophia eine blendende

Bilanz vorspiegeln zu können, verabschiedete er sich von seinen Besuchern und ging zu seinem Wagen. Einen Augenblick lang überlegte er, ob er einen Zwischenstopp bei der Villa machen sollte, um Julia doch noch zu überreden, ihn zum Empfang bei der Unternehmervereinigung mitzunehmen. Dann aber schüttelte er den Kopf. Er hatte es nicht nötig, diesen Krüppel anzubetteln. Außerdem konnte er beim Empfang im nächsten Jahr gleich als Besitzer der Lensberg-Spedition auftreten – und nicht als angestellter Geschäftsführer, auf den die anderen sowieso herabschauten.

Neunter Teil

Entscheidungen

1.

Frau Holtzing drehte sich mit zufriedener Miene zu Julia um. »Das wäre es!«, sagte sie. »Ich habe die Verbindung zum Computer Ihres Großvaters und zu dem der Sekretärin geschaltet. Damit werden alle geschäftlichen Dateien und E-Mails umgehend hierher übertragen. Ich würde Ihnen allerdings raten, sie sich erst anzuschauen, wenn sie bereits drüben aufgerufen worden sind. Man würde sonst bemerken, dass jemand mitliest.«

Julia nickte verkniffen. Eigentlich hatte sie Simon Berke durch Sophia bereits an diesem Tag entlassen wollen. Kommissar Penz von der Kripo hatte jedoch früh am Morgen angerufen und sie gebeten, vorerst alles beim Alten zu belassen. Warum, hatte er ihr nicht erläutert. Um dennoch über die Geschäfte der Spedition informiert zu sein, hatte Frau Holtzing die Verbindung zu Berkes Computern in der Firma hergestellt.

»Sie sollten es positiv sehen, denn nun haben wir Zeit genug, wichtige Dinge anzuleiern«, sagte die erfahrene Sekretärin. »Wir können uns über die neuen Kunden informieren und jene aussondern, die zweifelhaft sind. Außerdem will ich einen Formbrief entwerfen, der allen Kunden mitteilt, dass Simon Berke als Geschäftsführer abgelöst und Marcus Kullmann mit der Geschäftsführung betraut worden ist. Sobald es so weit ist, können wir unsere Kunden und Partner sofort darüber informieren.«

Julia empfand die ehemalige Chefsekretärin ihres Großvaters als arg selbstherrlich. Andererseits waren ihre Vorschläge ausgezeichnet, sodass der Übergang in der Geschäftsführung ohne große Erschütterungen vonstattengehen konnte. Daher lächelte sie dankbar. »Sie sind ein Schatz, Frau Holtzing! Ich würde Sie am liebsten zur stellvertretenden Geschäftsführerin ernennen.«

»Sonst noch was?«, antwortete die Frau lachend. »Ich bin sehr zufrieden, dass ich meinen alten Posten in der Firma wiederbekomme. Der füllt mich vollkommen aus.«

»Sie haben aber sicher nichts gegen eine kleine Gehaltserhöhung«, antwortete Julia und sagte sich, dass das Geld gut angelegt sein würde. Ohne diese Frau würde es ihr, Marcus und Sophia weitaus schwerer fallen, Berke abzulösen und die Spedition in eigener Regie weiterzuführen.

»Sie sollte nicht zu klein sein«, erklärte Frau Holtzing, »aber auch nicht zu groß! Es wäre den Fahrern gegenüber ungerecht. Zudem sollten Sie die Lohnkürzungen, die Berke vorgenommen hat, wieder zurücknehmen.«

»Das werde ich!«, versprach Julia und verließ den Raum. Auf dem Flur hielt ihre Mutter sie auf. »Ich wollte eben zu dir, Julia! Wenn wir zu diesem Empfang gehen, brauche ich unbedingt ein passendes Kleid. Wir sollten daher in die Stadt fahren und uns etwas besorgen. Du wirst ja auch nicht als Aschenputtel gehen wollen.«

Julia wollte schon sagen, dass ihre Mutter allein fahren sollte. Doch dann kam ihr der Gedanke, dass sie tatsächlich nur noch Kleidung aus der Zeit vor dem Unfall besaß und sich selbst in einem neuen Outfit wohlfühlen würde – und auch Marcus würde sie sich gerne mal etwas eleganter präsentieren.

»Also gut. Ich sage Sophia Bescheid! Sie wird sicher mitkommen wollen«, antwortete sie daher.

»Wo will ich mit hin?« Sophia trat zu ihnen.

»Zum Kleiderkaufen! Meine Mutter braucht etwas Neues und ich ebenfalls! Lippens kann uns nach Siegburg fahren, oder willst du das übernehmen?«

»Ich kann dich fahren«, meinte Sophia, doch da mischte sich Claude ein.

»Was willst du in Siegburg? Wenn wir etwas halbwegs Passendes haben wollen, müssen wir nach Köln.«

Julia wechselte einen kurzen Blick mit Sophia und musste lachen. »Also dann auf nach Köln!«

»Wenn du meinst«, sagte Sophia und überlegte dabei, in welchem besseren Restaurant es Toiletten gab, die auch eine Rollstuhlfahrerin benützen konnte. Wie sie Claude kannte, würde es ein längerer Aufenthalt werden.

2.

Der Jahresempfang der Unternehmervereinigung fand in einem feudalen, zentral gelegenen Hotel in Köln statt. Dabei hatte man darauf geachtet, dass es in der Nähe ein Parkhaus für die Limousinen gab. Nicht jeder hatte einen Chauffeur, und man wollte niemandem einen langen Fußmarsch zum Ort der Feierlichkeiten zumuten.

Auch Marcus war mit dem eigenen Wagen gekommen, damit Julia, Sophia und Claude genug Platz in der Limousine fanden. Nun wartete er beim Hoteleingang auf sie und musterte die Gäste, deren Zustrom derzeit noch mehr tröpfelte als strömte. Julia wollte möglichst früh erscheinen, um nicht von allen Anwesenden angestarrt zu werden wie ein grün und blau gestreiftes Zebra.

Da rollte der Wagen auch schon heran. Sofort eilten mehrere Hotelpagen darauf zu, um die Türen zu öffnen. Sophia und Claude stiegen aus, die eine in Dunkelblau, die andere in tiefem Violett. Julia hingegen blieb zur Verwunderung der Hotelangestellten noch sitzen. Da holte Lippens den Rollstuhl aus dem Kofferraum und stellte ihn neben die Tür.

Bevor auch nur einer der Pagen reagieren konnte, saß Julia bereits darauf und fuhr mit dem Rollstuhl auf den Hoteleingang zu. Sophia und Claude folgten. Marcus schloss sich an und lächelte Julia zu. »Du siehst blendend aus – und so elegant!«

»Das habe ich meiner Mutter zu verdanken! Sie besitzt, was Mode betrifft, ein ausgezeichnetes Auge.«

Julia war stolz auf ihren schwarzen Hosenanzug, der die Trauer um ihren Großvater ausdrücken sollte. Dazu trug sie eine schwarze Bluse und darauf eine Kette mit Rubinen, die im Licht der Lampen wie kleine rote Sterne leuchteten.

Sie war aber auch mit Marcus zufrieden. Dieser hatte einen dunklen Anzug und ein weißes Hemd angezogen und statt einer Krawatte eine passende Fliege gewählt. Für einen Augenblick stellte sie sich ihn in dem violettroten Anzug des Jokers vor und musste kichern.

Kurz darauf erreichten sie den Eingang zum Festsaal. Hinter einem kleinen Tisch saßen zwei junge Frauen mit einer langen Liste. Einer der Vorstände der Unternehmervereinigung stand neben ihnen, um die Gäste zu begrüßen. Sophia kannte er von anderen Veranstaltungen her, blickte aber verwirrt auf deren Begleitung.

»Guten Tag, Frau Kage. Ich freue mich, dass Sie trotz Ihres schweren Verlustes gekommen sind.«

»Ich heiße nicht mehr Kage, sondern Lensberg. Eduard und ich haben kurz vor seinem Tod geheiratet«, korrigierte Sophia ihn. »Ich bin auch nicht meinetwegen gekommen, sondern um Julia Lensberg, die neue Besitzerin der Spedition, einzuführen!«

Sie wies auf Julia und dann auf Claude. »Das ist Julias Mutter!«

»Claudia Lüdecke! Erfreut, Sie kennenzulernen!« Claude hatte beschlossen, hier unter ihrem Mädchennamen aufzutreten, da Palmer mittlerweile doch einen schlechten Ruf besaß.

»Und das hier ist Julias Verlobter, Marcus Kullmann«, stellte Sophia Marcus vor.

»Kullmann? Etwa Lukas Kullmanns Bruder?« Der Mann klang überrascht, denn wie Lensberg zählte auch der Name Kullmann zu den Schwergewichten in der Vereinigung.

»Der bin ich.« Marcus ergriff die ausgestreckte Hand des Mannes. Diesem fiel erst danach ein, dass er auch Julia und den beiden Frauen die Hand geben sollte, und holte dies rasch nach. Danach wandte er sich an die beiden jungen Frauen.

»Haken sie den Namen Lensberg ab und schreiben ›Mit Begleitung‹ dahinter.« Anschließend winkte er einen Kellner herbei und forderte ihn auf, einen passenden Platz für Julia und die ihren zu finden.

»Ich danke Ihnen.« Julia lächelte freundlich.

Der Mann blickte erst sie an, dann ihre Mutter. So ähnlich beide sich auch sahen, so wiesen die Züge der Tochter einen energischen Zug auf. Mit der wird man rechnen müssen, dachte er, und auch mit dem jungen Kullmann. Dabei hatte es geheißen, dieser sei eher ein lockerer Vogel. Dann aber forderten neu angekommene Gäste seine Aufmerksamkeit, und er wandte sich ihnen zu.

Julias Gruppe erhielt einen schönen Platz an einem Tisch, der so stand, dass der Rollstuhl vom Eingang aus nicht zu sehen war.

Da Sophia in den letzten zehn Jahre kein einziges Mal gefehlt hatte, kannte sie viele Gäste und stellte ihnen Julia vor. Auch Marcus wurde ausgiebig beäugt. Bislang hatte er sich trotz allen Drängens seines Bruders von solchen Veranstaltungen ferngehalten. Mittlerweile aber begriff er deren Wert. Man lernte einander kennen und konnte über Geschäfte und auch über Privates miteinander sprechen. Ein Zupfen an seinem Ärmel beendete seinen Gedankengang.

»Dort kommen dein Bruder und deine Schwägerin«, sagte Sophia.

Julia kannte Lukas Kullmann und dessen Frau bislang nur vom Sehen. Nun blickte sie neugierig auf den hochgewachsenen Geschäftsmann mit den fest wirkenden Gesichtszügen und fand, dass Marcus ihm sehr ähnlich sah. Nicht weniger interessierte sie sich für Lukas' Frau. Diese war etwa im Alter ihrer Mutter und durchaus attraktiv, wirkte aber auch mütterlich.

Inzwischen wurden Getränke gereicht, und während Julia, Sophia und Marcus Orangensaft wählten, entschied Claude sich für Sekt. Unterdessen füllte sich der Saal. Marcus sah ein paarmal zu seinem Bruder und seiner Schwägerin hin. Lukas sprach mit einem Unternehmer, während Caren herüberwinkte.

Kurz darauf war der Saal gerammelt voll. Fast jedes Mitglied der Unternehmergemeinschaft hatte Familienmitglieder mitgebracht, damit auch die nächste Generation einander kennenlernen und Freundschaften knüpfen konnte.

Als Erstes wurde der im letzten Jahr verstorbenen Mitglieder gedacht. Alle standen auf, und nun richteten sich etliche Blicke auf Julia, die als Einzige außer zwei sehr alten Damen sitzen geblieben war. Auch der Name ihres Großvaters wurde verlesen, und für Augenblicke füllten sich ihre Augen mit Tränen. Sie schniefte leise und sah dann ein frisches Papiertaschentuch vor sich, das Marcus ihr lächelnd reichte.

»Danke!«, sagte sie und trocknete ihre Tränen.

Nach der Verlesung der Toten des Jahres wurden mehrere Reden gehalten, und danach eilte eine Reihe Kellner und Kellnerinnen durch den Raum, damit alle so rasch wie möglich ihr Essen erhielten. Da die Küche erst kurz vor dem offiziellen Beginn der Veranstaltung erfahren hatte, wie viele Gäste tatsächlich zu bekochen waren, hatten sich die Köche ins Zeug legen müssen. Das Ergebnis ließ nichts zu wünschen übrig. Da auch der Service wie am Schnürchen klappte, dauerte es nicht lange, und die ersten Gruppen fanden sich zusammen, um miteinander zu reden.

Lukas Kullmann war mitten im Geschehen und konnte mehrere gute Geschäfte anleiern, während Caren sich freundlich lächelnd mit den Ehefrauen seiner Geschäftspartner unterhielt. Nach einer Weile aber lenkte sie ihren Mann geschickt zu der Stelle, an der Julia saß.

Inzwischen hatten einige bemerkt, dass das Mädchen einen Rollstuhl benötigte, und so mancher erinnerte sich, von dem Unfall gehört zu haben. Julia erhielt daher viel Zuspruch. Sophia hingegen wurde von mehreren Kunden der Spedition angesprochen, die sich unzufrieden über die Situation nach Eduard Lensbergs Tod zeigten.

Sophia hob beschwichtigend die Hand. »Seien Sie ohne Sorge, meine Damen und Herren! Es wird sich sehr bald einiges ändern, und Sie werden danach wieder zufrieden mit uns sein.«

Lukas vernahm es ebenfalls und verzog das Gesicht. »Nachdem Ihre Spedition mich in den letzten Monaten mehrfach versetzt hat, werde ich mir eine Alternative suchen.«

»Ich kann Sie nicht daran hindern.« Sophia lächelte dabei und sah aus den Augenwinkeln, wie Lukas' Frau auf Julia zuging.

»Hallo! Ich bin Caren und freue mich riesig, dich kennenzulernen«, grüßte sie und fasste nach Julias Händen.

Dann sah sie Marcus an. »Ich glaube, Julia ist genau die Frau, die dir gefehlt hat, um einen verantwortungsvollen Menschen aus dir zu machen.«

»Das war er schon immer!«, antwortete Julia lächelnd.

Unterdessen hatte Lukas seinen Bruder entdeckt und starrte ihn an. Bevor er jedoch etwas sagen konnte, fasste seine Frau ihn am Arm und zog ihn auf Julia zu.

»Darf ich vorstellen? Julia Lensberg, die neue Besitzerin der Spedition und deine zukünftige Schwägerin.«

Das Gesicht, das Lukas machte, kostete Caren, Julia und Marcus alle Selbstbeherrschung, um nicht loszuprusten.

»Zukünftige Schwägerin?«, brachte Lukas mühsam heraus und sah von Julia zu Marcus und wieder zu Julia.

Der Gedanke, sein sportbegeisterter Bruder könnte sich in eine Frau im Rollstuhl verliebt haben, war ihm so fremd, dass er es kaum glauben konnte. Eines aber sah er: Julia war jung und wunderschön, und wie sie in zwanzig Jahren aussehen würde, verriet ein Blick auf ihre Mutter.

»Du bist mir einer!«, raunzte er seinen Bruder an und wunderte sich erneut. Der ewige Rebell Marcus sah nämlich genauso gediegen aus wie er selbst.

Schließlich reichte er Julia die Hand. »Am besten packst du diesen Lümmel an den Ohren, wenn er nicht spurt!«

»Ich glaube nicht, dass dies nötig sein wird«, antwortete Julia lächelnd.

»Ich auch nicht«, stimmte Sophia ihm zu. »Übrigens wird Ihr Bruder der neue Geschäftsführer der Spedition.«

Für einen Augenblick zuckte es kurz über Lukas' Gesicht, doch er beherrschte sich und sah seinen Bruder durchdringend an. »So ist das also! In unserer Firma zu arbeiten war dir nicht gut genug! Du musstest …«

»Sei froh, dass Marcus seinen Weg und sein Glück gefunden hat. Zwei Alphatiere wie ihr beide wären in der Firma immer wieder aneinandergeraten«, unterbrach ihn Caren mit einem sanften Lächeln, bei dem ihr Mann wusste, dass es eine gewisse Schärfe verbergen sollte.

Lukas schnaubte kurz und schüttelte den Kopf. »Du bist mir ein Heimtücker. Wenigstens sagen hättest du es mir können!«

»Das wollte ich ja tun und bin nur nicht dazu gekommen!«, meinte Marcus grinsend.

»Wer's glaubt!«, brummte Lukas.

»Sehen Sie es positiv, Herr Kullmann. Wenn jetzt etwas mit Ihren Transporten nicht klappen sollte, haben Sie mit Marcus jemanden, dem Sie die Ohren lang ziehen können!«, mischte sich nun Julia ein und brachte damit alle zum Lachen.

Keiner aus der Gruppe achtete auf den Reporter, der mit seiner Kamera bewaffnet auf interessante Informationen und Fotos lauerte. Die Verlobung von Lukas Kullmanns jüngerem Bruder mit der Besitzerin der Lensberg-Spedition und dessen Ernennung zum Geschäftsführer waren auf jeden Fall Nachrichten, die für Aufsehen sorgen würden.

3.

Simon Berke hatte überlegt, trotzdem zum Empfang der Unternehmervereinigung zu gehen. Immerhin war er der Geschäftsführer der Spedition und in Kürze auch ihr Besitzer. Daher fand er es unfair von Julia, dass sie ihn nicht hatte mitnehmen wollen. Sein Anruf bei der Geschäftsstelle der Vereinigung war wie eine weitere Ohrfeige gewesen. Als angestellter Geschäftsführer sei er kein Mitglied und könne nur in Begleitung eines solchen Einlass erhalten.

Daher blieb Berke nichts anderes übrig, als zu Hause zu sitzen und sich zu ärgern. Mit einem Mal bekam er es mit der Angst zu tun. Was war, wenn Julia wegen ihrer Körperbehinderung keine Ehe eingehen wollte? Für ihn wäre es der Super-GAU. Er würde schuften müssen, damit dieser Krüppel immer reicher wurde, und konnte, wenn es ihr passte, von einem Tag auf den anderen gefeuert werden.

»Nicht mit mir!«, murmelte er. Es war nicht sein Ziel, auf Dauer ein Geschäftsführer zu bleiben, der Julia Lensberg Bericht erstatten und bei schlechten Zahlen mit seiner Entlassung rechnen musste. In dem Fall konnte er seine Vorstellungen von der Führung der Spedition vergessen. Dabei waren die Aussichten dank der Informationen, die er von Lars Palmer erhalten hatte, ausgezeichnet. Berke bedauerte es, dass dieser Mann gestorben war. Zusammen mit diesem hätte er die Spedition zum Global Player machen können.

Als er am Morgen nach dem Empfang in die Firma kam, rief er als Erstes die Website der Unternehmervereinigung auf. Es gab bereits einige Berichte und eine Unmenge von Fotos von dem Empfang. Berke sah sie mit wachsendem Neid durch. Er hätte selbst mit dabei sein müssen.

Mit einem Mal zuckte er zusammen. War das nicht eben Julia gewesen? Tatsächlich, da war sie. Bei ihr waren Sophia, ihre Mutter sowie Lukas Kullmann und dessen Frau. Anscheinend hat Kullmann sich beschwert, weil ich ein paar seiner Transporte erst einen Tag später als gefordert habe durchführen lassen, dachte er. Dann las er die Unterschrift unter dem Bild und erstarrte.

Julia Lensberg, die Erbin der Lensberg-Spedition, und ihr Verlobter, Marcus Kullmann!

Jetzt erst entdeckte er Marcus auf dem Foto und stieß einen Fluch aus, der seine neue Sekretärin, die eben im Vorzimmer ihre Arbeit aufnahm, erschreckt hochschießen ließ.

»Ist etwas geschehen, Herr Berke?«, fragte sie besorgt über die Gegensprechanlage.

»Ja, aber nichts, was Sie betrifft!«, erklärte er barsch und schaltete die Anlage ab.

Nun verstand er, warum Julia ihn nicht hatte mitnehmen wollen. Sie war mit diesem Lumpenhund Kullmann unterwegs gewesen, diesem Schurken, der sich unter falschem Namen als Fahrer hier eingeschmuggelt hatte.

Damit waren seine Pläne gescheitert. Julia war zwar noch nicht ganz volljährig, aber da sowohl ihre Mutter wie auch Sophia Lensberg Marcus Kullmann zu akzeptieren schienen, würde dieser Typ hier das große Wort schwingen und er, der die Spedition nach dem Tod des alten Lensberg vor dem Untergang bewahrt hatte, in die Röhre schauen.

»Nicht mit mir!«, stieß er erregt aus.

Er gemahnte sich zur Ruhe und begann zu überlegen. Aufgeben war keine Option. Schließlich wollte er nicht umsonst dem alten Lensberg jahrelang um den Bart gegangen sein. Er hatte den Alten sogar so weit gebracht, ihn als Ehemann seiner Enkelin und seinen Nachfolger in der Spedition in Betracht zu ziehen.

»Das kann ich immer noch werden!«, sagte er leise. Er musste nur dafür sorgen, dass Marcus Kullmann daran gehindert wurde, Julia zu heiraten.

Bei dem Gedanken trat ein Lächeln auf sein Gesicht. Marcus Kullmann stand immer noch als Aushilfsfahrer auf der Liste, und der Weg von hier nach Hamburg und weiter nach Marseille war weit, da konnte viel passieren. Vor allem, wenn man ein wenig nachhalf und sich nicht von kleinlichen Bedenken hindern ließ.

Berke überlegte, ob er Marcus schon jetzt anrufen sollte, schüttelte dann aber den Kopf. Es war besser, es auf den letzten Drücker zu tun, damit dieser Kerl keine Chance mehr hatte, sich Gedanken zu machen oder sich im Truck etwas genauer umzusehen.

4.

Lange Zeit hatte Julia keine enge Freundin gehabt. Nun aber hatte sie Susi kennen- und schätzen gelernt und konnte mit ihr über vieles reden. Und in Caren Kullmann hoffte sie, eine zweite zu finden. Marcus' Schwägerin hatte die Neugier hergetrieben, und sie wirkte bereits nach wenigen Minuten beeindruckt.

»Du besitzt eine schöne Villa! Die unsere ist zwar auch recht hübsch, so einen schönen Festsaal und ein eigenes großes Speisezimmer für Empfänge haben wir jedoch nicht. Wenn wir ein Fest veranstalten, halten wir es immer in der großen Firmenhalle ab.«

»Großvater hat einmal erzählt, dass er das auch überlegt hatte. Da bei einer Spedition doch immer wieder Unruhe herrscht, wenn ein Gespann zurückkommt oder wegfahren muss, hat er den Anbau mit den beiden Sälen errichten lassen«, antwortete Julia.

»Dein Großvater war ein großartiger Mann. Lukas spricht nur in den höchsten Tönen von ihm. Darum war er auch so enttäuscht, als unsere Warentransporte nach dessen Tod plötzlich als nachrangig eingestuft worden sind. Aber das wird sich jetzt hoffentlich wieder ändern.«

Julia nickte zu Carens Worten. »Das wird es, und zwar gewaltig! Sophia wird Berke diese Woche noch sagen, dass er seinen Hut nehmen muss. Was sich der Mann geleistet hat, geht nicht einmal mehr auf die berühmte Kuhhaut.«

»Marcus hat so etwas angedeutet, doch ich habe nicht mehr aus ihm herausgebracht.«

Carens Neugier war mit Händen zu greifen, sodass Julia lächeln musste. »Berke hat einiges auf dem Kerbholz. Mittlerweile haben bereits sieben unserer Fahrer gekündigt oder sind gefeuert worden. Dazu kommen noch die Verlängerung der Fahrten und Einkürzen der Pausenzeiten plus Manipulation der Fahrtenschreiber. Frau Holtzing meint, dass die Spedition, wenn dies publik wird, mit Strafzahlungen von etlichen Hunderttausend Euro rechnen müsse.«

Bei den letzten Sätzen verschwand das Lächeln auf Julias Gesicht. Sie haderte damit, noch nicht volljährig zu sein. In dem Fall hätte sie Berke selbst entlassen können. So musste es Sophia tun, und da bestand die Gefahr, dass sich die Behörden einmischten, um zu verhindern, dass der Spedition und damit ihrem Erbe durch diese Handlung Schaden entstand. Das hatte ihr Anwalt ihnen lang und breit erklärt. Sie mussten Berke nachweisen, dass er nicht zuverlässig war und der Spedition geschadet hatte. Die Frage war jedoch, ob die bisherige Beweislage dafür ausreichte. Der Gedanke, Berke könnte deswegen bis zu ihrem achtzehnten Geburtstag an der Spitze der Spedition stehen, ärgerte sie maßlos.

»Lukas wird dir auf jeden Fall helfen!«, versprach Caren. »Du weißt gar nicht, wie froh er ist, dass Marcus sich, wie er sagt, ein vernünftiges Mädchen geangelt hat, und nicht so einen Flederwisch wie Mia. Ich bin übrigens auch sehr froh. Mir hat seine ehemalige Freundin nie gepasst. Sie war immer nur auf sich bedacht und leicht eingeschnappt, wenn es nicht so ging, wie sie es sich vorstellte.«

Diese Beschreibung erinnerte Julia an ihre Mutter. Die war vielleicht nicht ganz so schlimm wie diese ominöse Mia, aber die Tendenz war ähnlich.

»Wann werdet ihr heiraten? Wenn du achtzehn bist?«, fragte Caren.

Julia hatte dies so vorgehabt, aber nach den Gesprächen mit Dr. Labahn war sie von der Idee abgekommen. Vor der Hochzeit wollte sie in die Klinik gehen. Gelang die Operation, konnte sie auf eigenen Beinen vor den Traualtar treten. Wenn nicht, so gab es keinen Unterschied zu ihrem jetzigen Zustand.

»Ich weiß es noch nicht«, sagte sie daher ausweichend. »Geburtstag und Heirat auf einmal erscheint mir etwas viel. Ich hätte lieber zwei Monate Zeit dazwischen. Außerdem weiß ich nicht, ob die Sache mit Berke bis dahin bereinigt ist.«

»Hast du Angst vor der Ehe? Ich meine, wegen dem da?«, fragte Caren und zeigte auf den Rollstuhl.

Julia schüttelte lächelnd den Kopf. »Bei Marcus habe ich vor gar nichts Angst.«

»Wo ist er eigentlich jetzt? Ich dachte, er wäre hier.«

»Er ist unterwegs, will aber bald kommen.«

Julia wollte nicht sagen, dass man Marcus gebeten hatte, zur Kripo nach Köln zu fahren, um dort von den Fahrten zu berichten, die er in Berkes Auftrag unternommen hatte. In gewisser Weise hoffte sie, dass die Behörden Berkes Verfehlungen für schwerwiegend genug hielten, sodass sie ihn umgehend entlassen konnte.

»Wisst ihr schon, wohin ihr eure Hochzeitsreise machen werdet?«, fragte Caren weiter.

»Darüber haben wir uns noch keine Gedanken gemacht. Erst müssen wir hier aufräumen. Danach suchen wir uns ein schönes Plätzchen.«

»Wie wäre es mit Mauritius, der Insel der Honeymooner?«, fragte Caren.

»Das wäre ein sehr langer Flug«, antwortete Julia, die davon träumte, mit Marcus zusammen in einem Truck irgendwohin zu fahren und das Leben der Fernfahrer kennenzulernen. Dies aber wäre wohl nur möglich, wenn sie wieder die Herrschaft über ihre Beine gewann.

Fedosia kam, um zu fragen, ob sie etwas benötigten, und wirkte fast gekränkt, als das nicht der Fall war. Wenig später erschien auch Susi, die derzeit Frau Holtzing half, Licht in das Gewirr der Berke'schen Abrechnungen zu bringen.

»Wir haben wieder einen Buchungstrick entdeckt«, meldete sie fröhlich. »Berke hat gestern Abend gut hunderttausend Euro Einnahmen verbucht, die es gar nicht gegeben hat.«

»Aber was hat er davon?«, fragte Caren fassungslos.

»Frau Holtzing meint, dass er damit den Verlust des letzten Quartals zu verschleiern versucht. Wahrscheinlich würde er in den nächsten Monaten niedrige Einnahmen eintragen, bis die Differenz beglichen ist.«

»Das ist Betrug! Wenn wir ihn deswegen nicht zum Teufel jagen können, weiß ich nicht, wann sonst.« Julia wollte noch mehr sagen, doch da meldete Fedosia, dass Marcus eingetroffen sei.

»Diese beiden komischen Polizisten sind auch dabei«, setzte sie mit abweisender Miene hinzu.

Wenig später kamen die drei auch schon herein. Marcus grinste verlegen, als er seine Schwägerin sah, gab aber zuerst Julia einen Kuss, bevor er Caren und Susi begrüßte.

»Habt ihr mich richtig durchgehechelt?«, fragte er danach.

»Ich kann mich nicht erinnern, dass wir Marcus' Namen in den Mund genommen haben. Ihr etwa?«, fragte Caren augenzwinkernd.

»Nein, eher den von Simon Berke!« Julia klang immer noch sauer.

»Um den geht es! Wenn wir Sie und Frau Lensberg kurz sprechen könnten«, sagte Kriminalhauptkommissar Penz.

»Sophia ist mit Violet bei unserem Hausarzt. Meine Schwester hatte heute Morgen starke Kopfschmerzen«, erklärte Julia, die verärgert war, weil das eigentlich der Job ihrer Mutter gewesen wäre. Claude kam jedoch mit Dr. Labahn nicht zurecht, und so hatte Sophia es übernommen, Violet zu ihm zu bringen.

»Dann würden wir gerne mit Ihnen sprechen und mit Herrn Kullmann«, erklärte Penz.

»Mit Vergnügen!«, antwortete Julia alles andere als wahrheitsgemäß und fuhr den anderen voraus in ihr früheres Arbeitszimmer, da der Raum ihres Großvaters von Frau Holtzing belegt war.

Zwar gab es in dem Zimmer genügend Stühle, aber weder Marcus noch einer der beiden Kripobeamten nahm Platz. Marcus lehnte sich gegen den Türrahmen, während Penz zum Fenster hinausschaute.

Dafür begann sein Begleiter zu reden. »Es sind in den letzten Wochen mehrere Transporte durch die Spedition Lensberg durchgeführt worden, von denen wir annehmen, dass die Container nicht das enthielten, was auf den Frachtpapieren stand. Wir nehmen an, dass inzwischen ein weiterer Transport vorbereitet wird. Alle Anzeichen sprechen dafür, dass erneut die Spedition Lensberg damit beauftragt wird. Wir brauchen daher alle Informationen darüber.«

»Und was sind das eigentlich für Transporte, hinter denen Sie so her sind?«, fragte Marcus.

»Es gibt etliche Güter, die dafür infrage kommen. Rauschgift zum Beispiel, Edelmetall- und Devisenschmuggel, Geldwäsche. Die Reihe ist endlos fortsetzbar«, erklärte der Beamte. Er hatte sich noch immer nicht mit Namen vorgestellt, und sowohl Julia wie auch Marcus hätten tausend Euro gegen einen verschimmelten Cent gewettet, dass er weitaus mehr wusste, als er preisgab.

»Ich möchte nicht, dass die Spedition in Mitleidenschaft gezogen wird. Wir sollten Berke umgehend feuern und alle windigen Geschäfte, die er angeleiert hat, beenden!«, erklärte Julia scharf.

»Stopp!«, rief der Beamte. »Wir brauchen diesen nächsten Transport. Sie sollten daher nichts unternehmen, weil die Leute, die dahinterstecken, sich sonst andere Spediteure suchen. Dann ständen wir wieder am Anfang.«

»Und wie wollen Sie uns daran hindern, Berke das Handwerk zu legen?«, fragte Marcus aufgebracht.

»Es gibt Möglichkeiten, auf die ich im Augenblick nicht weiter eingehen will. Am besten für Sie und Ihre Spedition ist es, wenn Sie kooperieren.«

»Und das bedeutet?«, wollte Julia wissen.

»Sie melden uns alles, was Ihnen auffällt. Mehr müssen Sie nicht tun.«

»Dann wollen wir hoffen, dass uns etwas auffällt!«

Auf Marcus' Lippen erschien ein Lächeln, das Julia aufmerksam werden ließ. Sie hielt jedoch den Mund, bis die Beamten gegangen waren. Dann zupfte sie Marcus am Ärmel. »Was ist los?«

»Ich habe nur daran gedacht, dass ich mindestens zwei oder wahrscheinlich sogar mehr dieser seltsamen Transporte durchgeführt habe. Vielleicht beauftragt Berke mich auch mit dem nächsten!«

Julia musste sich erst daran erinnern, dass Marcus nicht nur ihr Verlobter, sondern auch ein Aushilfsfahrer der Spedition war.

»Wenn du diesen Job bekommst, kannst du den Truck vor Penz' Dienststelle abstellen. Wir hätten diese Sache vom Hals und damit hoffentlich auch Berke«, sagte sie und streckte die Hände nach ihm aus, damit er sie in die Arme nahm und küsste.

5.

In den nächsten beiden Tagen raufte Frau Holtzing sich wegen der Einsatzplanung der Lkws die Haare. Eduard Lensberg hatte noch selbst die Routen bestimmt, doch Simon Berke überließ alles seiner neuen Sekretärin, und die war laut Frau Holtzings Worten dumm wie Bohnenstroh.

»Ich glaube eher, dass sie richtig hätte eingearbeitet werden müssen«, sagte Julia zu Marcus, da ihr die Frau leidtat.

»Es muss für sie schwierig sein, unter einem so sprunghaften Menschen wie Berke zu arbeiten«, stimmte Marcus ihr zu.

»Es ist seltsam, wie Menschen sich verändern können, wenn sie plötzlich glauben, wer zu sein«, sagte Susi.

Julia schüttelte den Kopf. »Bei Berke ist es extrem! Als Großvater noch lebte, war er dienstbeflissen und effektiv. Damals hätte keiner gedacht, dass er sich einmal völlig anders verhalten würde.«

Auch Sophia wollte etwas sagen, doch da erklang die Melodie von Marcus' Handy.

»Seid bitte ganz ruhig! Es ist Berke«, sagte er nach einem Blick auf die Nummer des Anrufers.

»Hallo, hier ist Kullmann, was gibt es?«

»Berke, Spedition! Ich hätte einen Auftrag für Sie, Kullmann. Sie wären ein paar Tage unterwegs und könnten gutes Geld verdienen. Ihr Freund kann auch mitkommen, für zweihundert Euro!«

»Ich werde es Jens ausrichten. Wohin soll es denn gehen?«

»Die Informationen bekommen Sie, sobald Sie hier sind. Ach ja, ich brauche Sie bereits in einer guten Stunde. Die Ladung ist wichtig und muss rasch zum Zielort gebracht werden!«

»Eine Stunde, Herr Berke? Das ist aber knapp«, rief Marcus überrascht aus.

»Ein paar Minuten können Sie sich verspäten, aber nicht zu viele. Übernehmen Sie es?« Berkes Frage klang so gepresst, als stünde der Mann unter großem Stress.

Marcus dachte an die Kripobeamten, die sie zur Zusammenarbeit aufgefordert hatten, und nickte, obwohl Berke es durch das Telefon nicht sehen konnte.

»Natürlich! Das Geld lasse ich mir nicht entgehen«, rief er scheinbar fröhlich und beendete das Gespräch. Als die Verbindung unterbrochen war, wandte er sich an Julia. »Ich soll einen neuen Transport übernehmen.«

»Dann können wir Penz anrufen und ihn darüber informieren«, erklärte Julia und griff zum Smartphone.

Marcus schüttelte den Kopf. »Lass uns noch warten. Wir können nicht wissen, ob es die Ladung ist, die Penz und sein Kollege meinen.«

Mit einem enttäuschten Schnauben ließ Julia das Handy wieder los. »Was schlägst du vor?«

»Sobald ich weiß, wo der Transport hingeht, melde ich mich! Jetzt muss ich mich beeilen. Susi, kannst du Jens anrufen und ihm sagen, dass er zu meinem Bruder kommen soll? Ich warte dort auf ihn, und wir fahren mit meinem Wagen weiter.«

»Mach ich!«, rief Susi und verschwand auf den Flur.

Julia schrieb die Telefonnummer auf, die Penz ihnen gegeben hatte, und reichte Marcus den Zettel. »Hier, für alle Fälle!«

»Danke! Bitte gib Penz, wenn du ihn dann anrufst, auch meine Handynummer. Dann kann er mit mir Kontakt aufnehmen und sagen, was ich machen soll.«

Marcus küsste sie und eilte los, denn er musste zuerst zu seinem Bruder fahren, um dort das Auto zu tauschen. Schon bald, sagte er sich, würde dieses Versteckspiel nicht mehr nötig sein. Dann war Berke verschwunden, und er musste niemandem mehr den armen Studenten vorspielen.

Nach wenigen Minuten erreichte er Lukas' Villa, parkte dort Carens Wagen und eilte ins Haus.

»Gibt es etwas Besonderes?«, fragte Caren, weil er nur kurz grüßte und in seinem alten Zimmer verschwand.

»Ich brauche Unterwäsche und Klamotten für ein paar Tage.«

»Fährst du mit Julia weg?«, bohrte Caren weiter.

Marcus schüttelte den Kopf. »Nein, es ist etwas anderes! Hoffentlich kommt Jens rechtzeitig, sonst muss ich allein losfahren.«

»Ihr habt also wieder eine Fuhre mit einem Lkw«, schloss Caren aus seinen Worten und half ihm, seine Reisetasche zu packen.

»Es ist wahrscheinlich das letzte Mal«, antwortete Marcus, dachte dann aber, dass er durchaus auch später aushelfen konnte. Chef wurde man nicht, indem man einfach auf den Posten gestellt wurde, sondern dadurch, dass man in Erfahrung brachte, was die eigenen Arbeiter und Angestellten leisten mussten. Nur so konnte man ihnen die nötige Achtung entgegenbringen.

Nachdem die Reisetasche gefüllt war, lief Caren in die Küche, um ein Verpflegungspaket zusammenzustellen.

»Wie es aussieht, muss ich ohne Jens losfahren«, sagte Marcus nach einem Blick auf die Uhr. Seit Berkes Anruf waren fünfundfünfzig Minuten vergangen. Länger konnte er nicht warten.

»Also dann! Grüße Lukas und die Jungs, wenn sie von der Schule kommen«, rief er Caren zu.

Diese gluckste. »Denkst du, dass dein Bruder noch einmal zur Schule muss?«

»Dreh mir nicht das Wort im Mund um!«, antwortete Marcus und verließ das Haus.

Er setzte sich gerade ins Auto, als ein Kleinwagen im Tiefflug herankam. Es war Jens. Er hielt neben den Garagen an, ließ seinen koreanischen Winzling einfach stehen und hechtete förmlich in Marcus' Wagen.

»Du denkst doch nicht, dass du ohne mich fahren kannst!«

Marcus sah kurz zu dem grünen Auto, fand, dass sein Bruder es wegräumen konnte, und fuhr los.

6.

Berke wartete auf dem Hof und blickte auf die Zeitanzeige seines Handys, als Marcus neben dem Verwaltungsgebäude anhielt.

»Zehn Minuten Verspätung? Das können Sie noch aufholen. Jetzt dürfen Sie keine Zeit mehr verlieren! Sie müssen bis zwanzig Uhr in Hamburg sein und dort im Containerhafen einen Container abholen. Hier sind die Papiere.«

Mit den Worten reichte er Marcus mit einer hektischen Geste die Frachtpapiere. Wie bei den letzten Malen waren sie auch diesmal sehr umfangreich. Besonders deutlich war ein Stempel des deutschen Zolls, der besagte, dass die Ware geprüft und in Ordnung befunden worden war. Dieser Stempel half, die meisten Grenzen in Europa ohne größere Probleme zu passieren.

Da Marcus nun schon einige Male Container mithilfe dieses Spezialstempels ins Ausland gebracht hatte, fragte er sich, ob es sich um die Fracht handeln konnte, hinter der Kommissar Penz und dessen Kollege her waren.

Er stieg ein, verstaute seine Reisetasche und startete den Motor. »Es kann sein, dass ich ein wenig schneller fahren muss, als es erlaubt ist, um rechtzeitig anzukommen. Zahlen Sie eine mögliche Strafe?«, rief er Berke durch das Dröhnen des Motors zu.

»Sehen Sie besser zu, dass Sie nicht erwischt werden!«, antwortete dieser ebenso laut und trat beiseite.

»Na denn mal los!«, meinte Marcus zu Jens und legte den Gang ein.

»Kannst du mir sagen, was der Kerl für Muffensausen hatte? Sonst hat er immer auf cool gemacht, doch diesmal war er so nervös wie Paul bei seinen letzten Prüfungen«, meinte Jens spöttisch.

Marcus dachte an Berkes Buchungstricks und nahm an, dass es deswegen war. Da Jens gerade seinen einst besten Freund erwähnt hatte, fragte er ihn, ob er Neues über Paul wisse.

»Er hat seine letzten Prüfungen versaut. Der Grund dafür dürfte der Ärger mit Mia gewesen sein. Jetzt steht er vor der Frage, ob er das Semester wiederholen oder das Studium beenden soll. Finanziell ist er ziemlich im Arsch. Er hat sogar mich schon angebettelt«, berichtete Jens.

»Und was hast du ihm gesagt?«

Jens lachte kurz auf. »Dass ich mir gerade mühsam das Geld fürs nächste Semester verdiene und es mir außerdem mit Susi verderben würde, wenn ich etwas davon weggebe.«

»Irgendwie tut er mir trotzdem leid«, entfuhr es Marcus.

»Ich sage dir nur eines: Paul hat jahrelang sehr gut auf deine Kosten gelebt. Er musste auch nicht in den Ferien arbeiten, da er dich jederzeit anpumpen konnte. Jetzt ist diese Quelle versiegt, und er steht nackt im Hemd da. Mia hat ihn in den paar Wochen, die sie zusammen waren, ziemlich ausgenommen. Daher ist dein Mitleid mit ihm wirklich verschwendet. Der soll gefälligst jobben, um an Geld zu kommen, oder das Studium beenden und sich eine richtige Arbeit suchen.«

Jens klang direkt böse, denn Susi und ihm war in den letzten Jahren nicht entgangen, dass Paul und Mia Marcus wie eine Weihnachtsgans ausgenommen hatten. Seine Freundin und er hatten hingegen in den Ferien für ein Umzugsunternehmen schwere Möbel geschleppt, um sich das jeweils nächste Semester leisten zu können.

Nun erinnerte Marcus sich daran, dass Jens und Susi bei ihren gemeinsamen Ausflügen immer selbst bezahlt hatten, während es für Paul selbstverständlich gewesen war, dass er die Zeche beglichen bekam.

»Ich glaube, du hast recht«, sagte er nachdenklich. »Paul wollte es so haben, also bekommt er jetzt die Quittung.«

»Es heißt, man solle nie die Hand beißen, die einen füttert. Paul aber hat es getan, als er glaubte, dir Mia ausspannen zu können. Dabei wollte sie dich nur eifersüchtig machen, damit du dir Mühe – und zwar finanzielle Mühe! – gibst, um sie zurückzugewinnen«, meinte Jens lachend.

»Sag ruhig, dass ich ein Idiot war, auf die beiden hereinzufallen.«

»Dass du ein Idiot warst, glaube ich weniger! Es hat dir nur gefallen, Paul als Anhänger zu haben, und hast es dich einiges kosten lassen. Mia war der schärfste Feger in der Uni, und es hat dich gereizt, sie zur Freundin zu haben. Sie hätte dich sicher auch gerne geheiratet, um jemand zu sein.«

Jens' Worte erinnerten Marcus an Julias Mutter. Diese musste in ihrer Jugend ähnlich gewesen sein, wenn auch vermutlich nicht ganz so plump wie Mia.

»Vergessen wir die beiden und kümmern uns um das, was wichtig ist«, sagte er und zog sein Smartphone aus der Hosentasche.

»He, wenn du telefonieren willst, solltest du irgendwo ranfahren. Wenn dich die Polizei beim Fahren erwischt, wird es teuer«, mahnte Jens.

»Wenn wir rechtzeitig in Hamburg sein wollen, haben wir keine Zeit dafür. Es ist auch nur kurz«, erklärte Marcus und wählte Julias Nummer.

»Und? Hat es geklappt?«, fragte sie aufgeregt.

»Ja! Du kannst Kommissar Penz Bescheid geben. Wir sind auf dem Weg nach Hamburg, um dort eine Ladung zu übernehmen. Sag Penz, die Ladung wäre für Marseille bestimmt«, antwortete Marcus und verabschiedete sich liebevoll von ihr.

»Damit ist die Kugel am Rollen. Ich bin gespannt, in welches Loch sie fallen wird«, sagte er zu Jens.

»Spielen wir hier Billard oder doch ein anderes, gefährlicheres Spiel?«

»Da Penz und seine Leute informiert sind, wird das Spiel bald zu Ende sein, und dann steht es zehn zu null gegen Simon Berke!«

»Jetzt spielst du in Gedanken auch noch Fußball«, rief Jens und musste lachen.

Marcus hingegen blieb ruhig und sah aufmerksam auf die Straße. Sie waren nur mit dem Zugfahrzeug unterwegs und konnten den starken Motor ausnutzen, um langsamere Lkws zügig zu überholen. Mit jedem Kilometer, den sie zurücklegten, kamen sie ihrem Ziel näher und damit auch der endgültigen Entscheidung über die weitere Führung der Spedition.

7.

Nachdem Marcus und Jens losgefahren waren, kehrte Simon Berke in sein Büro zurück. Zuerst wirkte er noch angespannt und reagierte nicht auf den scheuen Gruß seiner Sekretärin. Als er auf seinem Schreibtischsessel saß und auf die Zeitanzeige auf dem Computerbildschirm blickte, trat jedoch ein spöttisches Grinsen auf sein Gesicht. Er öffnete eine Schreibtischschublade und holte einen leicht vergilbten Schaltplan heraus.

In der Schule hatte er den Werkunterricht gehasst, sich aber trotzdem bemüht, alles richtig zu machen, um gute Noten zu erhalten. Ein paar seiner Werkstücke hatte er sogar aufgehoben, und dieser Plan gehörte dazu. Er hatte damals eine elektronische Zeituhr zusammenbauen müssen, bei der zu bestimmten Zeiten verschiedene Lämpchen aufleuchten mussten. Mit einer solchen Zeituhr konnte man allerdings auch ein paar Kilo Plastiksprengstoff zünden.

Noch ziemlich zu Beginn seiner Tätigkeit in der Spedition hatte ein Fahrer einen kleinen Teil von einer Ladung dieses Sprengstoffs abgezweigt und er ihn dabei erwischt. Der Mann hatte erklärt, damit Wurzelstöcke im Garten seines Schwagers sprengen zu wollen. Berke hatte den Sprengstoff an einer sicheren Stelle verwahrt und den Mann mit einem heftigen Tadel davonkommen lassen. Mittlerweile war dieser nicht nur in Rente gegangen, sondern dankenswerterweise auch bereits verstorben. Es gab daher niemanden, der auch nur den geringsten Hinweis darauf geben konnte, woher der Sprengstoff kam, der Marcus Kullmann Punkt zweiundzwanzig Uhr den Garaus machen würde.

Mit diesem angenehmen Gefühl schaltete Simon Berke seinen Computer aus. Beinahe hätte er den Bauplan der Zeituhr auf dem Schreibtisch liegen lassen. Er schwankte kurz, ob er ihn mitnehmen sollte. Dann aber knüllte er das Blatt zusammen und warf es in den Papierkorb. In einer halben Stunde würde die Putzkolonne kommen, alles ausleeren, und dann würde auch dieses Beweisstück in einer Müllverbrennungsanlage enden.

8.

Unterdessen fuhren Marcus und Jens Richtung Hamburg. Jens sang fröhlich und falsch einen Trucker-Song, während Marcus sich Gedanken machte, wie Julia, Sophia und er die Spedition weiterführen konnten. Der Klingelton seines Handys unterbrach seine Überlegungen.

»Guten Tag, hier Marcus Kullmann, was gibt es?«

»Penz, Kripo! Ich gebe Ihnen meinen Kollegen«, klang es kurz angebunden zurück.

»Hallo, Herr Kullmann! Wo sind Sie jetzt?«

»Wir haben gerade das Kreuz Münster-Süd passiert und sind noch gut in der Zeit«, antwortete Marcus.

»Hören Sie! Sie fahren nach Hamburg und übernehmen den Auflieger mit dem Container so, als wollten Sie damit wirklich nach Marseille fahren. Sobald Sie ihn haben, melden Sie sich bei uns. Sie erhalten dann die Anweisung, wohin Sie ihn bringen sollen.«

»Also nicht nach Marseille!«, schloss Marcus aus diesen Worten.

»Dorthin fahren Sie nur dann weiter, wenn in dem Container nicht das steckt, was wir erwarten«, antwortete der Kripobeamte und beendete die Verbindung.

»Kannst du mir sagen, warum das Leben immer wieder solche Aufregungen bringen muss?«, fragte Marcus spaßeshalber.

»Damit uns nicht langweilig wird«, antwortete Jens und stimmte den nächsten Trucker-Song an.

»Wenn du so weitermachst, melde ich dich noch bei der nächsten Talentshow im Fernsehen an, damit auch andere Freude an deinem Gejaule haben«, spottete Marcus.

Dann aber dachte er an Julia und daran, dass er, sobald sich die Lage in der Spedition beruhigt hatte, mit ihr eine Reise machen würde, auf der sie ganz allein waren und tun konnten, was sie wollten.

9.

Am liebsten hätte Julia sich mit Susi und Sophia in ihr Arbeitszimmer zurückgezogen, um mit ihnen über Marcus und den Transport zu sprechen, den er gemeinsam mit Jens durchführen sollte. Für die Spedition war dieser von entscheidender Wichtigkeit. Wenn es gelang, Simon Berke ungesetzliche Handlungen nachzuweisen, durfte Sophia ihn auf der Stelle entlassen.

Stattdessen aber saß sie in ihrem Zimmer und wurde von ihrer Mutter mit Klagen bombardiert, weil Dr. Labahn für sie in dem Ort, in dem Violets Reha stattfinden sollte, ein kleines Pensionszimmer gebucht hatte anstelle einer Suite in einem vierzig Kilometer entfernten Luxushotel.

»Das musst du wirklich von deinem Großvater haben! Es ist schäbig, mir eine solche Bleibe zuzumuten«, giftete Claude Julia an.

»Den Vorwurf müssen Sie mir machen!«, warf Labahn ein. »Das Zimmer habe ich reserviert, weil ich dachte, dass Sie so oft und so lange wie möglich bei Ihrer Tochter sein wollen. Für Violet sind Spaziergänge im Park und später im Dorf wichtig, um sicherer auf den Beinen stehen zu können.«

»Das hätte auch die Krankenschwester, die Violet hier betreut hat, übernehmen können. Für die wäre das Zimmer gut genug«, antwortete Claude heftig.

»Ich dachte, wenigstens diese Tochter läge Ihnen so am Herzen, dass Sie für sie da sein wollen, wenn sie Sie braucht!«, rief Sophia verärgert.

Claude lebte auf Julias Kosten und entwickelte dabei Ansprüche, als würden ihrer älteren Tochter die Euros containerweise ins Haus schneien. Gerade jetzt, da die Spedition durch Berkes Machenschaften in Schwierigkeiten geraten war, mussten überflüssige Ausgaben vermieden werden. Außerdem, fand Sophia, war es für Claude an der Zeit, sich an ein bescheideneres Leben zu gewöhnen als das, das sie mit Lars Palmer geführt hatte.

»Ich bin überzeugt, dass Julia sehr großzügig zu Ihnen ist«, sagte Labahn mit einem Blick auf das teure Kostüm, das Claude trug.

Claude bedachte ihn mit einem erzürnten Blick, begriff aber, dass sie Gefahr lief, dieses Wortgefecht zu verlieren. Julia war bis zu einem gewissen Grad großzügig und hätte ihr vielleicht mehr zugestanden, doch Sophia und vor allem Dr. Labahn sorgten dafür, dass Julia ihr nicht mehr zukommen ließ, als diese es wollten. Dabei war es Julias Pflicht, ihr als ihrer Mutter zu helfen, nachdem sie mittellos geworden war. Aber wenn sie sich zu sehr darüber beschwerte, musste sie damit rechnen, mit einem unzureichenden Taschengeld irgendwo in die Prärie verfrachtet zu werden, wo die Stelle, an der Fuchs und Hase sich gute Nacht sagen, bereits zehn Kilometer hinter ihr lag. Das hatte Sophia ihr bereits im Zorn angedroht.

Claude fand es unnatürlich, wie viel diese angeheiratete Frau hier zu sagen hatte. Da sie Julias Mutter war, hätte diese sie lieben und auf sie hören müssen, und nicht auf diese Fremde, die nur ein paar Jahre lang mit ihrem Großvater zusammengelebt hatte.

»Auf jeden Fall bringe ich Violet morgen in die Rehaklinik, ob Sie nun mitkommen oder nicht«, erklärte Dr. Labahn und haderte mit der Tatsache, dass die Enkelin seines besten Freundes ihre Mutter am Hals hatte, obwohl diese sich nie um sie gekümmert hatte.

»Übrigens habe ich Frederic in der Schule anmelden lassen. Wenn er weit genug ist, kann er in dieser Klasse bleiben. Wenn nicht, wird er eine Klasse zurückgestuft!«, sagte Sophia. Sie klang kühl, denn auch darum hatte Claude sich nicht gekümmert.

»Ich wollte ihn in Köln zur Schule schicken«, wandte diese ein.

»Wenn Sie die Mittel besitzen, sich dort eine Wohnung zu besorgen, können Sie das tun!«, antwortete Sophia um keinen Deut freundlicher.

»Wie weit wurde Palmers Firmengeflecht bereits durchforstet? Besteht die Möglichkeit, dass es doch noch Aktiva geben könnte, die Frau Palmer zugutekommen?«, fragte Dr. Labahn.

»Das ist kein Firmengeflecht, sondern ein Sumpf«, antwortete Sophia beißend. »Wir haben in Absprache mit Claude und der Polizei unsere Steuerkanzlei darauf angesetzt. Der damit befasste Steuerberater erklärt, es wäre ein so verwirrendes Konstrukt, dass man damit Schwarzgeld in Millionenhöhe waschen könnte.«

»Man kann daher vermuten, dass Lars Palmer sehr krumme Geschäfte gemacht hat!« Labahn grinste dabei freudlos und war froh, dass er das Thema wechseln konnte. »Wie weit seid ihr bei Berke?« Auch wenn der Arzt nicht in alles eingeweiht war, wusste er doch, dass Julia und Sophia ihren Geschäftsführer loswerden wollten.

»Heute ist ein entscheidender Tag. Wenn es so klappt, wie wir erhoffen, ist Berke bereits morgen Vergangenheit!«, antwortete Julia. Sie hoffte es von ganzem Herzen. Wenn Berke länger Geschäftsführer blieb, stieß er noch weitere langjährige Kunden vor den Kopf. Diese wiederzugewinnen, wenn er endlich entlassen war, würde schwierig werden.

»Ich weiß nicht, was ihr wollt! Ich empfinde Herrn Berke als sehr sympathisch. Er ist immer sehr höflich zu mir, wenn ich ihn treffe, und er scheint ein sehr guter Geschäftsmann zu sein.« Zwar hatte Claude nur wenige Male mit Berke gesprochen, aber da die anderen gegen ihn waren, verteidigte sie ihn.

»Natürlich war er höflich, da er glaubte, es würde seinen Plänen dienen. Anscheinend nahm er an, dass Sie Einfluss auf Julia hätten, und wollte Sie auf seine Seite ziehen. Bei mir wusste er, dass es sinnlos wäre«, spottete Sophia.

Julia schüttelte ebenfalls den Kopf. Sie hatte ihre Mutter und ihre Halbgeschwister aufgenommen und erwartete zwar keine Dankbarkeit, aber zumindest ein gewisses Verständnis für die Lage, in der sie sich befand. Ohne Dr. Labahns Eingreifen hätte Violet tot oder geistig schwer geschädigt sein können. Dennoch kamen von ihrer Mutter nur giftige Bemerkungen und Vorwürfe, man nähme nicht genug Rücksicht auf sie.

»Du kannst über Berke denken, was du willst, Mutter. Ich richte mich nach meinen eigenen Erfahrungen«, sagte sie kühl.

»Das heißt, nach denen von Frau Kage«, zischte Claude und verwendete bewusst Sophias Geburtsnamen.

»Und wenn schon? Was wäre dabei?«, konterte Julia. »Im Gegensatz zu dir trägt sie den Nachnamen Lensberg, und sie war mehr als zehn Jahre die Mutter für mich, die ich an dir nie hatte.«

Es ging nicht mehr anders, sagte Julia sich. Sie war für die Spedition und zweihundert Angestellte und Arbeiter verantwortlich. Da konnte sich nicht alles nur um das Wohlbefinden von Frau Claude Palmer drehen.

»Ich gehe in mein Arbeitszimmer und rufe Marcus an«, sagte sie und blickte auf die Uhr. Es war kurz vor zwanzig Uhr, und sie war gespannt darauf, ob Marcus und Jens Hamburg bereits erreicht hatten.

10.

Marcus fuhr gerade in den Ladehof, in dem er seine Fracht übernehmen sollte, als Julias Anruf kam.

»Hi, Schatz! Nur eine Minute, bis wir stehen«, sagte er zu ihr und stellte den Truck vor der Baracke ab, die hier als Büro diente. Danach meldete er sich wieder. »Wir sind jetzt in Hamburg. Ich muss gleich aussteigen und die Frachtpapiere vorzeigen. Ich melde mich, wenn wir wieder *on the road* sind. Ich liebe dich.«

»Ich dich auch«, antwortete Julia.

Marcus verließ die Fahrerkabine und ging steifbeinig wegen der stundenlangen Fahrt auf die Baracke zu. Ein Mann kam heraus und musterte ihn und Jens misstrauisch.

»Guten Tag! Mein Name ist Kullmann von der Spedition Lensberg. Ich soll hier einen Auflieger mit einem Container abholen«, grüßte Marcus.

»Moin!«, antwortete der Mann schnaubend. »Hättet ihr nicht eher da sein können? Da wären noch Kollegen da gewesen. Jetzt muss ich alles allein machen.«

Seine Arbeit beschränkte sich nur darauf, die Frachtpapiere zu prüfen, die Marcus ihm vorlegte, dann wies er auf einen alten Auflieger mit einem verrosteten Container. »Dort ist er! Der scheint eilig zu sein. Er ist nämlich erst vor einer guten Stunde angeliefert worden.«

»Dann sind wir ja nicht viel zu spät dran«, erwiderte Jens spöttisch und wies Marcus so ein, dass dieser das Zugfahrzeug an den Auflieger rangierte, damit sie ihn übernehmen konnten. Da die Fracht als eilig galt, fuhren sie sofort wieder los. Sie hatten das Gelände des Ladehofs noch keinen Kilometer hinter sich gelassen, als Jens in den Rückspiegel schaute und das Gesicht verzog. »Du, Marcus, derselbe Wagen, der hinter uns herfährt, war auf dem Herweg ebenfalls hinter uns. Hältst du das für Zufall?«

»Ich frage mich, was hinter dem Ganzen steckt. Die beiden Kripobeamten wollten zwar sehr viel wissen, haben selbst aber wenig gesagt.«

Marcus rätselte ebenso wie sein Freund, warum die Behörden ein so großes Interesse an diesen Transporten zeigten. Dann aber winkte er ab. »Penz' Kollege wird uns schon sagen, wohin wir fahren sollen. Ich rufe jetzt Julia an!«

»Hi, Schatz, du kannst Penz mitteilen, dass wir den Fisch am Haken haben«, sagte er, als diese sich meldete. »Wenn er ihn haben will, soll er sagen, wohin wir ihn liefern sollen.«

Julia deutete einen Kuss an, den Marcus nur als leichtes Geräusch wahrnahm, und berichtete, dass sie inzwischen zweimal mit dem Kripobeamten gesprochen hatte.

»Er hat selbst kaum etwas gesagt, sondern nur gemeint, dass du von ihm hören würdest.«

»Hoffentlich nicht erst in Marseille!«, antwortete Marcus mit einem verkniffenen Grinsen und blickte auf die Uhr. »Es ist bald neun. Nicht mehr lange, und ich muss mir eine von Berkes Pillen einwerfen, wenn ich weiterfahren soll.«

Da stupste Jens ihn an. »Schau, das Auto!«

Marcus sah nach rechts und bemerkte einen neben ihnen fahrenden Wagen, bei dem der Beifahrer ein Handy zum Fenster hinaushielt. »Es sieht so aus, als sollte ich auflegen. Tschüss, Schatz. Ich melde mich wieder, wenn ich mehr weiß.«

»Sei vorsichtig!«, sagte Julia noch, dann unterbrach Marcus die Verbindung.

Keine zehn Sekunden später ertönte der Klingelton seines Smartphones erneut. »Hier Marcus Kullmann«, meldete er sich.

»Endlich kann ich Sie erreichen! Führen Sie eigentlich immer Endlosgespräche? Das Handy am Ohr kann Sie teuer zu stehen kommen.« Die Stimme von Penz' Kollege klang so verärgert, dass Marcus zu sticheln begann.

»Wenn das so ist, muss ich mein Handy sofort ausschalten!«

»Unterstehen Sie sich! Sie folgen jetzt unserem Wagen in einem gewissen Abstand. Wir bringen Sie zu unserem Ziel.«

»Und wo liegt das?«, fragte Marcus.

»Das hat Sie jetzt noch nicht zu interessieren! Fahren Sie einfach hinter uns her«, erklärte der Beamte und beendete das Gespräch.

»So ein Vollidiot!«, murmelte Marcus und drückte aufs Gas, weil er während des Telefongesprächs unwillkürlich langsamer geworden war.

Unterwegs rief er noch einmal Julia an, um ihre Stimme zu hören. »Es sieht so aus, als wäre die Sache bald zu Ende.«

»Du bist jetzt schon ziemlich lange unterwegs. Es ist bald zweiundzwanzig Uhr«, antwortete sie besorgt.

Immerhin hatte Marcus bereits die Strecke nach Hamburg in den Knochen und war nun schon wieder seit anderthalb Stunden hinter dem Steuer.

»Weißt du, worauf ich mich freue?«, fragte Marcus.

»Worauf?«

»Nach Hause zu kommen und dich umarmen zu können. Wenn die ganze Geschichte hier erledigt ist, werden wir für ein paar Tage ohne Anhang verreisen. Vielleicht hast du einen Wunsch, wohin du fahren willst?«

»Da fällt mir sicher etwas ein! Ich freue mich darauf, mit dir allein zu sein. Vorher aber müssen wir die Spedition auf Vordermann bringen.«

»Immer steht die Pflicht dem Vergnügen entgegen«, sagte Marcus und sah, wie ihr Führungsfahrzeug den Blinker setzte, um die Autobahn zu verlassen.

»Es sieht so aus, als ginge es jetzt über Land. Bis bald, Schatz! Ich melde mich, sobald ich mehr weiß.«

»Bis bald!«

Julia beendete die Verbindung und drückte das Smartphone an ihre Brust. Marcus war erst wenige Stunden fort, und doch vermisste sie ihn bereits schrecklich.

»Ich muss achtgeben, damit ich mich nicht zur Klette entwickle«, meinte sie zu Susi.

»Klette? Ach, du meinst bei Marcus. Das glaube ich nicht. Ich liebe Jens wirklich und bin trotzdem keine Klette geworden. Als Frau muss man immer darauf achten, dass man die Zügel, an der man die Kerle führt, nicht allzu stramm anzieht. Man darf sie aber auch nicht zu locker lassen. Mia hat bei Marcus beides gemacht und ist damit baden gegangen.«

»Mia ist offenbar eine sehr attraktive Frau und ausgesprochen sexy. Glaubst du, dass Marcus es stört, wenn ich nicht dasselbe tun kann wie sie?«

»Wenn es ihn stören würde, wäre er ein Trottel, und das ist er nicht. Du gefällst ihm so, wie du bist, und das ist auch richtig. Mia war zu sehr darauf aus, sexy zu sein. Für einen Geschäftsmann ist das nichts. Ich glaube, Marcus war nicht zuletzt deshalb mit ihr zusammen, um seinen Bruder zu ärgern. Im Kopf hatte Mia nämlich nichts – und Marcus braucht eine Frau mit Verstand!«

Susi grinste und sagte sich gleichzeitig, dass Julia weitaus attraktiver wirkte als Mia. Diese konnte zwar im Gegensatz zu ihr die Beine benützen, war aber sonst eine doofe Nuss.

11.

In den nächsten Minuten schauten mehrere Leute auf die Uhr. Julia und Marcus hofften einfach nur, dass die Angelegenheit bald gelöst und alles vorüber war. Anders als sie sehnte Simon

Berke zweiundzwanzig Uhr förmlich herbei. Er hatte seine Apparatur zweimal getestet, und beide Male hatte sie funktioniert. Nun ließ er seinen Nachrichtensender stumm mitlaufen und hoffte, von dem großen Knall zu lesen, der ihn von Marcus Kullmann befreite. War dies geschehen, hatte er freie Bahn bei Julia und wäre bald der Besitzer der Spedition.

Es war kurz vor zehn, als Marcus den Truck auf offenem Feld abstellte und die Tür öffnete.

»Sollen wir den Aufleger vom Sattelschlepper abkoppeln?«, fragte er Penz. Dieser sah seinen Kollegen an, der den Kopf schüttelte.

»Lassen Sie ihn angehängt. Es kann sein, dass wir ihn noch brauchen.«

»Auch gut! Dann hoffe ich, dass wir hier ein Hotel finden, das wenigstens moderaten Ansprüchen genügt«, sagte Jens, da sie die letzten Kilometer auf einen Feldweg fernab der Zivilisation gefahren waren.

Marcus lachte, schnappte sich seine Reisetasche und sah, als er den Wagen verließ, noch einmal auf die Uhr. Einundzwanzig Uhr fünfundfünfzig.

»Ich hoffe jetzt nur noch, dass Penz und seine Leute Erfolg haben. Sonst müssen wir den Container doch noch nach Marseille schaffen«, meinte er zu Jens, während ein Mann im Tarnfleckanzug sie zu einer Baracke führte, die knapp hundert Meter entfernt lag.

»Hier können Sie sich für die nächsten Stunden einrichten. Es gibt auch eine Dusche.«

»Gegenüber unserem Aufenthalt in der Türkei ist das direkt ein Fortschritt«, sagte Jens lachend zu Marcus.

»Ich hoffe, ich habe hier Netz, damit ich Julia anrufen kann«, antwortete Marcus, als sie die Baracke betraten. Der vordere Teil war als Büro eingerichtet. Im Raum dahinter standen mehrere

Feldbetten, und von dort ging eine Tür ab zu dem kleinen Badezimmer mit Waschbecken, Toilette und Dusche.

»Moderaten Ansprüchen genügt das hier«, sagte Jens, während einige Hundert Kilometer entfernt Simon Berke die letzten Sekunden abzuzählen begann.

»Fünf, vier, drei, zwei, eins, bumm!« Berke rieb sich die Hände, denn damit war die Sache erledigt und sein Konkurrent tot. Einen Moment lang dachte er daran, dass die Fracht dadurch nicht wie bestellt in Marseille abgeliefert wurde, winkte dann aber ab. Sein Auftraggeber hatte sie gewiss versichert.

Marcus wusch sich gerade die Hände, als er einen fürchterlichen Knall vernahm. Im ersten Schreck trat er ans nächste Fenster. Die Führerkabine des Sattelschleppers war durch eine Explosion auseinandergerissen worden und stand in Flammen. Auch der Container auf dem Auflieger brannte lichterloh.

»Was war das?«, rief Marcus erschrocken.

Im nächsten Augenblick ging buchstäblich die Welt unter. Der Container blähte sich auf und zersprang dann in unzählige Stücke. Im gleichen Moment raste eine riesige Stichflamme in den Himmel und erhellte die Nacht.

»Auf den Boden!«, schrie der Tarngefleckte und warf sich hin. Marcus folgte dem Beispiel und sah aus den Augenwinkeln, dass auch Jens es tat.

Im nächsten Augenblick traf die Wucht der Explosion die Baracke. Diese wackelte, als würde sie von einer Riesenfaust geschüttelt. Die Fensterscheiben zerbarsten in tausend Scherben. Diese schossen wie kleine Hackmesser durch den Raum, und eine Scherbe bohrte sich direkt vor Marcus' Nase in den hölzernen Fußboden.

Fünf Zentimeter näher, und ich hätte keine Nase mehr, fuhr es ihm durch den Kopf, und weitere zehn Zentimeter näher hätte es sein Ende bedeutet.

Kurze Zeit später war es vorbei. Marcus stand vorsichtig auf und sah sich um. Die Baracke stand schief, und überall lagen Scherben. Zudem war der Schreibtisch umgestürzt und lag halb über Jens.

Besorgt eilte Marcus hin und zerrte das Ding hoch. »Bist du in Ordnung, Kumpel?«, fragte er und atmete auf, da Jens antwortete: »Der Kopf ist noch dran, wenn du das wissen willst. Aber wie es aussieht, habe ich mir den Arm gebrochen. Wie ist es mit dir?«

Bis jetzt hatte Marcus nicht darauf geachtet, ob er verletzt war oder nicht. Jetzt sah er an sich hinab und schüttelte den Kopf. »Bei mir scheint auch noch alles dran zu sein. Aber wie ist es mit Penz und dessen Kollegen? Die standen näher am Sattelzug als wir.«

Der Mann im Tarnfleck war auch wieder auf den Beinen und fluchte über eine Wunde an der Wange, die eine Scherbe ihm gerissen hatte. Als er versuchte, die Tür zu öffnen, war diese so verbogen und verklemmt, dass sie schließlich durch eines der Fenster nach draußen steigen mussten.

»Was war das eben?«, fragte Marcus fassungslos den Mann.

»Das wüssten wir auch gerne!«, antwortete Penz' Kollege, der gerade auf die Baracke zukam. Sein Anzug hatte einige Löcher, und er blutete an der Schulter, schien aber halbwegs in Ordnung zu sein.

Anders als er lag Penz auf dem Boden. Neben ihm kniete ein Mann und legte ihm einen Kopfverband an, um eine Blutung zu stillen.

»Wie ist es mit Ihnen? Sind Sie verletzt?«, fragte der andere Kripobeamte.

»Ich habe mir den Arm gebrochen«, erklärte Jens.

»Bei mir scheint alles in Ordnung zu sein«, meldete Marcus.

»Sie werden beide ins Lazarett geschafft und durchgecheckt. Wollen wir hoffen, dass es nicht mehr ist als ein gebrochener Arm.«

»Was war das gerade?«, fragte Marcus erneut.

»Das ganze Zeug ist hochgegangen, und das waren mit Sicherheit keine Kühlschränke und Kaffeemaschinen, wie es in den Papieren steht. Aber wissen Sie, was auffällig war?«

Marcus und Jens schüttelten beide den Kopf.

»Der erste Explosion erfolgte im Zugfahrzeug und nicht im Container. Da ich nicht annehme, dass die Initiatoren dieses Transports wussten, mit welchem Sattelschlepper Sie den Container abholen würden, muss dieser Anschlag Ihnen gegolten haben. Wir sollten alle froh sein, dass das Ding hier hochgegangen ist. Wäre es auf der Autobahn passiert, wäre es zu einer Katastrophe gekommen.«

»Sind alle Ihre Kollegen davongekommen?«, fragte Marcus.

»Es gibt ein paar Verletzte, aber Tote haben wir keine zu beklagen«, erklärte der Mann. »Wer außer Ihnen beiden weiß noch, mit welchem Sattelschlepper Sie gefahren sind?«

»Es war ein eingeschobener Transport, der nicht wie üblich im Büro ausgehängt worden ist«, sagte Marcus nachdenklich. »Eigentlich wussten es nur Simon Berke, dessen Sekretärin und der Mann, der den Sattelschlepper aufgetankt hat.«

»Berke! Könnte er dahinterstecken? Der war heute doch ganz komisch«, rief Jens.

Auch Marcus erinnerte sich an Berkes merkliche Anspannung. Wenn dieser erfahren hatte, dass Julia und er ein Paar waren, war ihm eine solche Tat zuzutrauen.

»Ich will Berke nicht beschuldigen, aber möglich wäre es«, sagte er ernst.

Penz' Kollege blickte auf. »Sagen Sie mir alles, was Sie wissen, und zwar sowohl auf dem Weg ins Lazarett wie auch dort.«

Marcus nickte und begann zu erzählen, während mehrere mit einem roten Kreuz gekennzeichnete Fahrzeuge herankamen und sich die Ärzte um Jens und die anderen Verletzten kümmerten.

12.

Am nächsten Vormittag holte Simon Berke sich als Erstes die Internetauftritte mehrerer überregionaler Zeitungen auf den Bildschirm. Doch welche er auch anklickte, die Nachricht von dem schweren Unfall eines Sattelzugs, die er erhoffte, fand er nirgends.

»Es hätte um zweiundzwanzig Uhr knallen sollen. Das müsste doch in den Zeitungen stehen. Sollte das Ding versagt haben? Verdammt …!«

Es war die einzige Möglichkeit, die ihm logisch erschien, und er ärgerte sich sehr. Immerhin hatte seine Anlage bei den Tests funktioniert.

»Ich muss diesen verdammten Kullmann loswerden, und wenn ich ihn eigenhändig erwürge«, sagte er leise, als die Stimme seiner Sekretärin durch die Gegensprechanlage erklang. »Herr Berke, hier sind mehrere Herren, die Sie dringend zu sprechen wünschen!«

»Ich habe jetzt keine Zeit!«, wehrte Berke ab.

Augenblicke später wurde die Tür geöffnet, und vier Männer traten ein. Alle steckten in ähnlichen Anzügen, und einer trug den Arm in einer Schlinge.

»Guten Tag, Herr Berke. Mein Name ist Penz von der Kriminalpolizei Köln. Gestern ist eine Zugmaschine Ihrer Spedition explodiert.«

Also hat es doch geklappt, frohlockte Berke und zwang sich, eine erschrockene Miene zu zeigen.

»Was sagen Sie da? Das ist ja …«

»Ich glaube, Sie wissen darüber mehr als wir«, sagte einer der anderen Männer und zog einen Plastikbeutel mit einem Schaltplan heraus. »Das wurde gestern Nacht noch in Verwahrung genommen, bevor es zur Müllverbrennung weitertransportiert werden konnte. Der Vergleich mit einem von Ihnen verfassten Bericht erbrachte eine Übereinstimmung der Fingerabdrücke. Außerdem haben Sie die Überwachungskameras auf dem Speditionsgelände vergessen. Um die Aufklärung von möglichen Diebstählen zu verbessern, wurde eine Speicherzeit von zweiundsiebzig Stunden eingestellt. Da Herr Lensberg auf diese Aufnahmen auch von zu Hause aus zugreifen wollte, konnten wir sie dort aufrufen und haben darauf sehen können, dass Sie sich gestern um die Mittagszeit an dem Sattelschlepper zu schaffen gemacht haben, der später explodiert ist.«

»Daher«, übernahm nun wieder Penz das Wort, »verhafte ich Sie wegen versuchten Mordes und gemeingefährlichen Eingriffs in den Straßenverkehr!«

»Versuchten Mordes?«, kreischte Berke auf. »Sagen Sie bloß, dieser Schweinehund hat überlebt!«

»Ich glaube, das können wir als Geständnis werten«, sagte der zweite Beamte und wies seine Kollegen an, Berke nach draußen zu bringen.

Handschellen klickten, und dann sah die Sekretärin wie zur Salzsäule erstarrt zu, wie ihr Chef mit gefesselten Händen an ihr vorbeigeführt wurde.

Zehnter Teil

Auf eigenen Füßen

1.

In den nächsten Monaten mussten Julia, Sophia und Marcus hart arbeiten, um die Schieflage, in die Simon Berke die Spedition gebracht hatte, zu beseitigen. Berke hatte viele alte Kunden verprellt, und nicht immer gelang es, verlorenes Vertrauen zurückzugewinnen. Allerdings konnten sie einige der seriösen unter den neuen Kunden halten, sodass die Einnahmen im Lauf der Monate wieder stiegen.

Julia gelang es in persönlichen Gesprächen, einen Teil der entlassenen Fahrer davon zu überzeugen, wieder für sie zu arbeiten. Trotzdem musste Marcus immer wieder einspringen, wenn die Termine zu eng wurden. Ein Geschäftsführer aber, der selbst am Steuer eines Trucks saß, wenn es nötig war, machte Eindruck auf die Kunden, und so stand die Lensberg-Spedition ein Jahr nach Eduard Lensbergs Tod wieder auf einem festen Fundament.

An dem Tag, an dem dies feststand, versammelte Julia ihre Mitstreiter in der Villa und ließ jedem von Fedosia ein Glas Sekt reichen.

»Ich glaube, wir haben es geschafft!«, rief sie zufrieden.

»Es hat aber auch ein jeder gearbeitet wie ein Pferd«, erklärte Sophia und stieß mit den anderen an.

»Keiner war sich zu schade, mit anzupacken, wenn es nötig wurde«, sagte Frau Holtzing, die mittlerweile offiziell zur Disponentin ernannt worden war. Sie nickte Susi zu, die nun als Chefsekretärin arbeitete und von ihr in den Monaten vieles gelernt hatte. Auch Marcus hatte sie positiv überrascht. Aus dem jungen Mann, der zu Eduard Lensbergs siebzigstem Geburtstag herausfordernd in einem grässlichen violettroten Anzug gekommen war, war ein ausgezeichneter Geschäftsmann geworden.

»Wie ist es, Herr Kullmann? Werden Sie jetzt, da sich die Lage normalisiert hat, Ihr Studium fortsetzen?«, fragte Frau Holtzing.

»Ja, aber nur, um mit dem Master abzuschließen. Als Geschäftsführer der Spedition ist ein Doktortitel nicht notwendig.«

»Dann bin ich der Letzte unserer Gruppe, der noch weiterstudieren wird. Paul hat im letzten Herbst aufgegeben, und du willst auch aufhören«, sagte Jens mit einem gewissen Bedauern.

»Ich werde auch mit dem Master abschließen«, warf Susi ein. »Doch ich bleibe hier, denn mir gefällt der Job, und er wird gut genug bezahlt. Aber da du Paul erwähnt hast: Der Typ hat vor ein paar Monaten versucht, in der Spedition unterzukommen.«

»Hier bei uns?«, fragte Jens verblüfft. »Davon hast du nichts gesagt.«

»Ich habe es vergessen. Es war einfach zu viel los.«

Jens wandte sich an Marcus. »Und? Hast du ihn genommen?«

»Ich wollte nicht nachtragend sein und habe die Entscheidung Frau Holtzing überlassen«, antwortete Marcus und sah diese an.

»Ich habe mich gegen diesen Bewerber entschieden«, berichtete Frau Holtzing. »Seine Fähigkeiten entsprachen nicht seinen Gehaltsvorstellungen.«

Ihr Tonfall verriet, dass die Verhandlungen mit Marcus' ehemals bestem Freund nicht allzu harmonisch verlaufen waren.

»Hat er nicht hinterher Sie angerufen, damit Sie ihm den Job geben?«, fragte sie Marcus.

»Ja, aber ich sagte ihm, dass ich mich voll und ganz auf Ihr Urteil verlasse. Daraufhin wurde er ausfallend, und ich habe das Gespräch beendet.« Marcus lächelte, doch ihm war anzumerken, dass er von Pauls Verhalten enttäuscht war.

»Reden wir von schöneren Dingen! In wenigen Tagen wird Julia volljährig, und die Spedition ist so weit gefestigt, dass wir uns ein paar Tage freinehmen könnten.« Marcus sah Julia auffordernd an.

Sie dachte an den Termin in der Klinik, den Dr. Labahn ihr für die Tage nach ihrem Geburtstag verschafft hatte, und schüttelte den Kopf. »Mit unserem Ausflug sollten wir ein paar Wochen warten und ihn zur Hochzeitsreise machen. Oder hast du keine Lust mehr, mich zu heiraten?«

»Natürlich will ich dich heiraten!«, rief Marcus. »Am liebsten an deinem Geburtstag.«

»Ich habe mit Sophia darüber gesprochen. Sie meint, wir sollten uns noch einen Monat Zeit lassen. Dr. Labahn drängt schon die ganze Zeit, dass ich zur Nachuntersuchung in die Klinik gehen soll. Das möchte ich hinter mich bringen, bevor wir heiraten. Sonst müsste ich es gleich danach tun, und das will ich nicht.«

Es passte Julia gar nicht, dass sie auch Marcus und Sophia wegen ihres Klinikaufenthalts beschwindeln musste. Sie wollte jedoch keine Erwartungen wecken, die sich womöglich nicht erfüllen würden.

»Muss das wirklich sein?«, fragte Marcus Dr. Labahn, der bislang still bei ihnen gesessen hatte.

»Julias Verletzung bedingt nun einmal, dass sie in gewissen Abständen untersucht werden muss. Ich verstehe auch, dass sie das vor der Heirat hinter sich bringen will«, antwortete der alte Herr freundlich.

»Jetzt mach kein langes Gesicht! Es sind doch nur etwa vier Wochen, die wir mit der Hochzeit warten müssen«, sagte Julia mit sanfter Stimme und küsste Marcus.

Er nahm sie in die Arme und hob sie auf seinen Schoß. »Ich will, dass es dir so gut geht, wie es nur möglich ist.«

»Solange ich bei dir bin, tut es das auch«, sagte Julia und schmiegte sich an ihn.

»Da wir hier das Ende des Chaos feiern, frage ich mich, ob es etwas Neues über den Mann gibt, der es verursacht hat?«, fragte Dr. Labahn, um von Julias Krankenhausaufenthalt abzulenken.

»Das würde mich auch interessieren!«, rief Susi und sah Marcus und Julia fragend an.

»Simon Berke wurde zu zwanzig Jahren Haft und anschließender Sicherheitsverwahrung verurteilt«, erklärte Marcus. »Viel mehr haben wir nicht erfahren. Aus Andeutungen schließe ich, dass einiges mehr dahinterstecken muss. Es soll eine Gruppierung von Waffenschmugglern gegeben haben, die sich Männern wie Lars Palmer und einiger anderer bediente, um Kriegswaffen in Gegenden zu verfrachten, wo es verboten war. Wie es aussieht, haben ein paar Leute in Ministerien und beim Zoll dazugehört. Sonst wären die Schmuggler nicht an echte Papiere und die Zollplomben für die Container gekommen. Berke war für diese Gruppe nicht mehr als ein Handlanger.«

»Ich frage mich immer noch, wie ein Mensch sich in kurzer Zeit so verändern kann«, sagte Sophia kopfschüttelnd. »Berke war doch nicht so, als Eduard noch lebte.«

»Berke gehört laut psychologischer Analyse zu jenen Menschen, die ganz normal ticken, solange sie einen Vorgesetzten haben, der sie im Zaum hält. Mein Großvater konnte dies und glaubte daher auch, Berke wäre der richtige Nachfolger für ihn. Nach Großvaters Tod packte Berke jedoch der Größenwahn. Zeitgleich wurde er ein Opfer von Lars Palmer, der ihm einige Vorschläge machte, die er unbedingt durchsetzen wollte. Diese Wachhaltepillen gehörten ebenso dazu wie der Versuch, den Fahrern längere Fahr- und kürzere Pausenzeiten aufzuzwingen. Mit einem über Palmer besorgten Gerät konnte er die Daten der Fahrtenschreiber so manipulieren, dass diese regelkonform erschienen. Berke ist, wenn man es so sagen will, trotz seiner Großmannssucht Palmer auf den Leim gegangen.«

»Eher wegen seiner Großmannssucht!«, unterbrach Marcus Julia. »Für sein Gefühl war er der Chef und konnte sich endlich austoben. Denke nur an die beiden neuen Sattelschlepper, die er gekauft hat. Einer hätte es auch getan. Außerdem hat er sich einen Protzschlitten als Firmenwagen bestellt. Selbst der chinesische Staatschef fährt nichts Größeres.«

»Was ist eigentlich aus dem Wagen geworden? Ich habe ihn nie hier gesehen«, wollte Labahn wissen.

»Den haben wir an den Verehrer meiner Mutter weiterverkauft. Er gehört zu der Kategorie Mensch, die zeigen muss, wie reich sie sind. Deshalb ist Claude auch die richtige Frau für ihn.« Julia lachte leise, denn auf diese Weise war sie ihre Mutter losgeworden, ohne dass es Streit gegeben hatte.

»Übrigens war meine Mutter doch nicht so arm wie eine Kirchenmaus«, setzte sie etwas ernster hinzu. »Auf einem von Palmers Konten lagen etliche Hunderttausend Euro. Da es keine offiziellen Verpflichtungen gab, wurde die Summe ihr und meinen Halbgeschwistern als Erbe zugesprochen.«

»Dann hat sich das ja auch erledigt«, fand Dr. Labahn, dem Claude immer ein Dorn im Auge gewesen war. »Was ist eigentlich mit den Kindern?«, fragte er.

»Frederic ist auf einer Privatschule in England, und Violet träumt von einer Karriere als Model. Sie lebt bei ihrer Mutter und ihrem baldigen Stiefvater, der völlig vernarrt in sie ist.« Julia klang gekränkt, denn sie hatte ihrer Mutter angeboten, sich um ihre Geschwister zu kümmern. Der kleine Ort in der Umgebung Kölns war den dreien auf Dauer aber nicht schick genug gewesen, und so hatten sie ihr Angebot abgelehnt.

»Sei froh!«, meinte Dr. Labahn. »Während du nur das Aussehen von deiner Mutter, aber den Verstand von deinem Vater geerbt hat, sind Frederic und Violet doch zu sehr die Kinder eurer Mutter. Bei der ging es auch immer darum: Wie komme ich am leichtesten hoch hinaus?«

Ganz so schlimm wollte Julia nicht über ihre Mutter urteilen. Es war aber nun einmal so, dass Geld und das Ansehen im Jetset eine magnetische Anziehung auf diese ausübten, und ihr neuer Lebenspartner konnte ihr beides bieten.

»Wir bleiben Schuster«, sagte sie lächelnd.

»Hä?«, entfuhr es Marcus.

»Ich meine, wir bleiben bei unseren Leisten. Das heißt, wir trinken noch ein Glas, dann geht es ab ins Bett, damit wir alle morgen früh rechtzeitig drüben sind und die Lensberg-Spedition in Höhen bringen, die Simon, die Birke, sich niemals hätte vorstellen können!« Julia lachte und fand, dass das Leben schön war. Vielleicht, so hoffte sie, würde es in wenigen Wochen noch schöner sein, und wenn nicht, so war es zumindest nicht schlechter als jetzt.

2.

Um ihr den Weg von der Villa zum Verwaltungsgebäude der Spedition zu ersparen, hatte Marcus Julia vorgeschlagen, sie solle das Arbeitszimmer ihres Großvaters in der Villa verwenden. Das hatte Julia jedoch abgelehnt. Auch wollte sie für die fünfhundert Meter zwischen der Villa und der Firma keinen elektrischen Rollstuhl verwenden. Stattdessen legte sie die Strecke jeden Tag mit Handantrieb zurück.

Als sie an diesem Morgen nach dem Frühstück zum Verwaltungsgebäude fuhr, dachte sie an all die Vorschläge, die Marcus und auch Sophia oder Susi ihr gemacht hatten. Nur wenige von ihnen hatte sie umgesetzt. Einer davon waren automatische Türöffner, sodass sie nur auf einen Knopf drücken musste, um passieren zu können. Einen weiteren Umbau hatte Marcus veranlasst. Sie verfügte nun im Verwaltungsgebäude über eine behindertengerechte Toilette.

»Damit du nicht jedes Mal zur Villa fahren musst, wenn du musst«, hatte Marcus erklärt.

Julia fand, dass er genau der richtige Ehemann für sie war. Sie waren beide noch jung, doch war dies kein Grund für sie, vor diesem Schritt zurückzuscheuen. Andere heirateten auch mit achtzehn, dachte sie, während sie in ihr Büro fuhr. Dort bereitete ihre Assistentin eben den Tee für sie vor. Die Apfelstückchen waren schon vorbereitet und sahen ebenso appetitlich aus wie die Weintrauben in der kleinen Schale neben ihrem Bildschirm.

»Guten Morgen, Frau Ulmen«, grüßte Julia fröhlich.

»Guten Morgen, Frau Lensberg«, antwortete die Frau. Es handelte sich um die Sekretärin, die Berke als Nachfolgerin für Frau Holtzing eingestellt hatte. Julia hatte es nicht übers Herz gebracht, die Frau zu entlassen, und sie daher in ihre persönlichen Dienste genommen.

Nun startete sie ihren Computer und wollte gerade die ersten E-Mails lesen, als sie sah, dass Sandra Ulmen schräg hinter ihr stand und unschlüssig wirkte. »Gibt es noch etwas, Frau Ulmen?«

Die Assistentin nickte. »Es geht um Ihren Geburtstag! Sie werden in vier Tagen volljährig, und dann muss ich nicht mehr wegen jeder Unterschrift zu Sophia Lensberg gehen.«

»So schlimm war der Weg drei Türen weiter auch wieder nicht«, meinte Julia mit zuckenden Lippen.

»Es ist nur so, dass es eine große Feier werden soll«, erklärte Sandra Ulmen. »Herr Kullmann hat sich bereits einige Gedanken gemacht, was wir alles tun können. Schließlich wird man nur einmal achtzehn.«

»Ich werde aber trotzdem nicht feiern, wenigstens nicht zu diesem Zeitpunkt«, erklärte Julia mit einem sanften Lächeln. »Ich verreise an meinem Geburtstag …«

»Mit Herrn Kullmann zusammen?«, fragte Sandra Ulmen neugierig.

Julia schüttelte den Kopf. »Das nicht! Mein Begleiter wird Dr. Labahn sein. Ich gehe nämlich ins Krankenhaus zu einer routinemäßigen Untersuchung. Wenn ich wieder zu Hause bin, werden wir feiern, und zwar sowohl den Geburtstag wie auch meine Hochzeit mit Marcus. Bis dahin haben Sie genug Zeit, alles vorzubereiten.«

Da sich neben Marcus auch Sophia, Susi und Marcus' Schwägerin Caren mit Plänen für die Hochzeit befassten, hoffte Julia, dass die vielen Köche nicht den Brei verdarben. Sie musste auch damit rechnen, dass ihre Mutter einige verrückte Ideen beisteuern würde. Fast wünschte sie sich, sie könnte mit Marcus zusammen in ein Flugzeug steigen, nach Las Vegas fliegen und dort ohne jeden Anhang heiraten.

Für die Besitzerin der Lensberg-Spedition war dies jedoch unmöglich. Die Leute erwarteten ungeachtet ihres Rollstuhls ein rauschendes Fest, bei dem nicht nur Verwandte und Freunde eingeladen wurden, sondern auch Geschäftspartner und die Honoratioren des Ortes. Diese waren neugierig auf sie, da sie nicht wussten, ob sie sich ähnlich wie ihr Großvater sozial engagieren und die Vereine unterstützen würde. Einige Monate lang hatte sie befürchten müssen, sie müsste diese Aktivitäten tatsächlich einschränken. Mittlerweile aber sah die Sache besser aus, und so würde sie auch in dieser Beziehung in die Fußstapfen ihres Großvaters treten können.

Sandra Ulmens Stimme beendete Julias Gedankengang. »Hier ist das Angebot, das Herr Kullmann für die Firma Haubert &

Söhne zusammengestellt hat. Er bittet Sie, es noch einmal durchzusehen, ob wir es so hinausschicken können.«

»Danke!« Sie nahm den Papierstapel entgegen.

Haubert & Söhne war gewiss kein Großkunde, doch sie würden für diese Firma jede Woche einen Transport nach Berlin, einen nach Hamburg und einen nach Stuttgart durchführen können. Wenn sie diesen Auftrag erhielten, stärkte es ihre Planungssicherheit.

Während Julia das Angebot las, sagte sie sich, dass Marcus nicht einfach nur der Mann war, den sie liebte, sondern auch noch ein ausgezeichneter Geschäftsmann. Er war seinem Bruder ähnlicher, als er dachte. Nein, dachte sie. Marcus ist nicht so herrisch wie Lukas und dazu um etliches feinfühliger. Als Geschäftsführer der Spedition hätte er das Angebot auch ohne Rücksprache mit ihr abgeben können, so wie Simon Berke es stets getan hatte.

Erneut gingen ihre Gedanken auf Wanderschaft, und sie fand es wundervoll, mit Marcus einen Lebensgefährten gewonnen zu haben, mit dem sie nicht nur Liebe, sondern auch das gemeinsame Wirken verband. Es war eine Partnerschaft, die damit weit über eine gewisse sexuelle Anziehung und ein paar gemeinsame Interessen hinausging. Dafür war sie zutiefst dankbar und bereit, die kleine Chance zu ergreifen, um vielleicht doch noch die Frau zu werden, mit der er barfuß über eine taunasse Wiese laufen konnte.

3.

Die nächsten Tage vergingen rasch, und ehe Julia sichs versah, war ihr Geburtstag gekommen. Sie hatte geplant, an diesem Tag früh aufzubrechen und die Feier in ein paar Wochen nachzuholen. So einfach aber ließen ihre Getreuen sie nicht fort. Zum

Frühstück wurde ihr eine von Fedosia gebackene Geburtstagstorte präsentiert, und alle kamen zum Gratulieren.

Auf große Geschenke hatte man verzichtet, die hob man sich für die große Feier auf. Trotzdem gab es von jedem eine Kleinigkeit. Marcus reichte ihr einen Anhänger in Form eines Herzens.

»Damit du weißt, wie sehr ich dich liebe«, sagte und küsste sie. Danach wurde sie von allen herzlich umarmt. Claude hatte einen großen Blumenstrauß besorgt. Der musste zwar zurückbleiben, doch Julia erkannte die Geste an.

Viel Zeit hatten sie nicht, dann stand Lippens mit dem Wagen bereit, um sie ins Krankenhaus zu fahren. Noch hatte sie ihrer Familie nicht gebeichtet, dass sie nicht in Deutschland bleiben, sondern mit Dr. Labahn eine Spezialklinik in London aufsuchen wollte.

Während Lippens bereits die Reisetasche nach draußen brachte, fasste Marcus nach Julias Händen. »Soll ich nicht besser doch mitkommen?«

Julia schüttelte den Kopf. »Nichts wäre mir lieber, aber du musst hierbleiben und die Spedition leiten.«

»Das können Sophia, Frau Holtzing und Susi genauso gut. Sie müssen es ja auch während unserer Flitterwochen.«

Zu jeder anderen Fahrt hätte Julia ihn mitgenommen. Diesmal aber wollte sie allein sein. Sie umarmte Marcus und klammerte sich kurze Zeit an ihm fest. »Ich bin bald wieder da, und dann werden wir ganz alleine verreisen.«

Lippens räusperte sich. »Verzeihung, ich will nicht drängen, aber Dr. Labahn erwartet uns. Wir sind bereits spät dran.«

»Da hört ihr es!«, rief Julia den anderen zu. »Die Zeit lässt sich nicht aufhalten. Ich muss fahren. Macht es gut und auf Wiedersehen.«

Marcus küsste sie noch einmal und ließ sie los. Julia winkte den anderen zu, dann fuhr sie mit dem Rollstuhl nach draußen. Hoffentlich ist es das letzte Mal, dass ich so das Haus verlassen muss, dachte sie.

Wenig später fuhren sie vor Labahns Haus vor. Lippens stieg aus und läutete.

Fast im Gegenzug erschien der alte Arzt mit seinem Koffer. Während dieser verladen wurde, stieg Labahn ein und nahm neben Julia Platz. »Aufgeregt?«, fragte er.

»Wenn ich Nein sagen würde, würde ich lügen.«

»Die Chancen stehen eins zu zwanzig, dass alles in Ordnung kommt, und eins zu zehn, dass du wenigstens zeitweise auf den Rollstuhl verzichten kannst. Die größte Wahrscheinlichkeit ist jedoch, dass es so bleibt, wie es ist. Ich hoffe, ich habe dir das ausführlich genug erklärt«, sagte Labahn.

»Das haben Sie, und ich bin bereit, es zu riskieren!« In Julias Worten schwang ein fester Wille.

Labahn hatte es nicht anders erwartet und schloss seinen Sicherheitsgurt.

»Ich habe den Bordcomputer mit unserer Strecke gefüttert und mehrere für Pausen geeignete Stellen herausgesucht«, erklärte Lippens, nachdem er losgefahren war.

Julia begriff, dass es um Rastplätze mit Behindertentoiletten ging. Noch war sie darauf angewiesen, hoffte aber, dass dies bald nicht mehr der Fall sein würde.

»Ich will nichts sagen, aber es wundert mich doch, dass wir mit dem Wagen bis nach London fahren. Eigentlich dachte ich, Julia käme wieder in die Kölner Klinik. Und nach London wäre ein Flug doch kürzer und weniger anstrengend«, sagte Lippens nach ein paar Minuten des Schweigens.

»Genau den Flug oder besser den Rückflug will ich Julia ersparen. Es geht um eine Operation, und da könnten der Anpressdruck beim Start und auftretende Turbulenzen schädlich sein«, antwortete der Arzt.

»Habe ich es mir doch gedacht, dass es um eine Operation geht«, antwortete Lippens lächelnd. »Nur wegen einer einfachen Nachuntersuchung fährt man nicht bis nach London.« Danach fragte er, ob er Musik machen solle, und ließ den Bordcomputer Julias Lieblingslieder spielen.

4.

Die Fahrt verlief dank Lippens' Planung ohne Probleme. Dr. Labahn hatte Julia vorgeschlagen, unterwegs zu übernachten, doch sie wollte noch am selben Tag im Krankenhaus einchecken. Labahn hatte die Klinik ausgewählt, weil Dr. Reimer, der Julia nach ihrem Unfall operiert hatte, nun dort arbeitete und das Haus einen ausgezeichneten Ruf für Operationen am Rückgrat besaß.

»Wenn es hier nicht klappt, klappt es nirgends«, sagte er zu Julia, während diese zum Tresen rollte.

»Das ist beruhigend«, antwortete sie und reichte ihm dann ein Formblatt, das sie von der Frau in der Aufnahme erhalten hatte.

»Wofür ist das? Ich verstehe es nicht ganz.«

»Mit der Unterschrift auf diesem Vordruck erklärst du, dass du die Klinik nicht haftbar machst, wenn die Operation schiefgeht. Das hier ist die letzte Möglichkeit, die Sache abzublasen«, antwortete Labahn.

»Wenn ich diese Operation hätte abblasen wollen, wäre ich nicht hierhergefahren«, sagte Julia und setzte ihren Namenszug auf das Papier.

Die Frau nahm es entgegen, reichte ihr noch ein paar andere Unterlagen und wies dann auf eine Krankenschwester, die eben hereinkam.

»Schwester Emily bringt Sie auf Ihr Zimmer und hilft Ihnen, Ihre Sachen einzuräumen.«

»Besten Dank!« Julia wendete ihren Rollstuhl und fauchte leise, als die Krankenschwester nach dessen Griffen fasste und sie schob. Nur der Gedanke, dass sie sich in einem Krankenhaus befand, dessen Regeln sie nicht kannte, hinderte sie daran, die Frau aufzufordern, sie selbst fahren zu lassen.

Das Zimmer, in das Julia gebracht wurde, war klein und ein wenig altmodisch eingerichtet. Aber sie blieb allein darin und musste sich keinen neugierigen Fragen aussetzen. Die Toilette, die Julia rasch aufsuchen musste, war vom Feinsten. Sie verfügte über genug Platz, und sie musste sich daher auch nicht besonders anstrengen, um vom Rollstuhl auf die Toilette zu wechseln. Zudem war die Sitzdusche ein Traum.

»Man sollte sich nicht vom ersten Eindruck täuschen lassen«, meinte sie zu Dr. Labahn, als sie wieder ins Zimmer zurückkehrte.

»So ist es. Wir sind hier in England, und hier hängt man an althergebrachten Dingen. Wer in diesem Zimmer liegt, kann sich fast wie zu Hause fühlen«, antwortete er und blickte auf sein Smartphone. »Dr. Reimer hat mir eine SMS geschickt, dass ich ihm die Unterlagen bringen soll, die ich mitgenommen habe. Er will heute Abend noch vorbeikommen«, erklärte er Julia und bat sie, ihn zu entschuldigen.

»Gehen Sie ruhig. Ich sehe mir jetzt an, wie Schwester Emily meine Sachen verstaut hat, damit ich sie wiederfinde.«

»Brauchen Sie noch etwas?«, fragte Lippens.

Sie schüttelte den Kopf. »Nein danke!«

»Sie können zum Hotel fahren, Lippens. Ich nehme ein Taxi. Es kann spät werden«, sagte Dr. Labahn.

»Aber nein! In diesem Krankenhaus gibt es sicher eine Art Café. Ich werde dort auf Sie warten. Und wenn Sie etwas brauchen, liebe Julia, müssen Sie mich nur anrufen.« Nach diesen Worten verabschiedete Lippens sich und verließ das Zimmer. Auch Dr. Labahn und Schwester Emily gingen.

Julia blieb allein zurück und legte sich ins Bett. Die ungewohnt lange Autofahrt forderte ihren Tribut, und sie schlief fast auf der Stelle ein.

Erst als sie Stimmen vernahm, wurde sie wieder wach und sah, dass Dr. Labahn und Dr. Reimer ins Zimmer getreten waren. Letzterer musterte Julia zunächst durchdringend und reichte ihr dann die Hand. »Guten Tag, Frau Lensberg! Es freut mich sehr, Sie wiederzusehen. Sie sehen jetzt doch ganz anders aus als nach Ihrem Unfall.«

»Ich hatte auch ein Jahr Zeit, um mich davon zu erholen«, antwortete Julia.

»So lange ist das schon wieder her? Bei Gott, man vergisst vor lauter Arbeit beinahe die Zeit. Ich bin froh, dass sich Ihr Zustand auf einem hohen Niveau stabilisiert hat und wir die Operation wagen können. Den Unterlagen meines Kollegen Labahn nach empfinden Sie gelegentlich sogar Gefühl in den Füßen. Das würde ich gerne überprüfen!« Noch während er es sagte, entfernte Dr. Reimer die Bettdecke und fasste nach Julias Zehen.

Zunächst war nichts, dann aber verspürte sie ein leichtes Ziehen in der kleinen Zehe rechts.

»Welche Zehe war es?«, fragte Dr. Reimer, dem das kurze, überraschte Zucken in ihrem Gesicht nicht entgangen war.

Julia zeigte auf den rechten Fuß.

»Das ist schon einmal ein gutes Zeichen«, fand der Arzt und unterhielt sich mit Labahn, ohne dass Julia wegen der ihr unbekannten Fachbegriffe auch nur das Geringste verstand.

»Wir werden Sie morgen gründlich untersuchen und danach bestimmen, wie wir weiter vorgehen werden«, erklärte Dr. Reimer, während er die Decke wieder hochzog.

»Sie werden aber doch operieren?«, fragte Julia besorgt.

»Wenn wir eine Chance sehen, dass es erfolgreich sein könnte, dann ja. Sollte die Untersuchung jedoch ergeben, dass Ihr Rückenmark zu stark geschädigt ist, wäre eine Operation nur eine sinnlose Schinderei für Sie.«

»Ich will, dass Sie mich operieren!«, rief Julia erregt.

»Auch wenn man uns Ärzte Halbgötter in Weiß nennt, sind wir nur Menschen. Wir tun für Sie, was wir können. Wunder können jedoch auch wir nicht vollbringen!«

Julia nickte seufzend. Die Sehnsucht in ihrem Herzen, nicht mehr auf den Rollstuhl angewiesen zu sein, konnten Dr. Reimers Worte jedoch nicht vertreiben.

5.

Am nächsten Vormittag ging es kurz nach dem Frühstück los. Julia wurde so oft von einer Abteilung in die andere geschleppt, verkabelt, geröntgt und in Röhren geschoben, dass sie schon bald die Übersicht verlor. Irgendwo wurden ihre Füße und Beine mit leichten Stromstößen bedacht und dabei ihre Gehirnfunktionen gemessen.

Das Programm war so ausgedehnt, dass für das Mittagessen ein Sandwich zwischendurch reichen musste. Erst gegen Abend ließen die Ärztinnen und Ärzte Julia aus ihren Klauen, und sie wurde in ihr Zimmer zurückgebracht. Diesmal war es ihr ganz recht, dass sie geschoben wurde, denn sie war todmüde und begriff, wie selbst relativ gesunde und fitte Leute im Krankenhaus zu unselbstständigen und von den Krankenschwestern abhängigen Patienten werden konnten.

Das Abendessen war überraschend karg und bestand nur aus Tee und einem Toastbrot. Schwester Emily, die Julias hungrigen Blick richtig interpretierte, lächelte freundlich. »Es ist wegen der Operation. Dafür erhalten Sie kein Abführmittel!«

»Ich werde also operiert!«, schloss Julia aus ihren Worten.

»Bis jetzt ist nichts Gegenteiliges gemeldet worden. In einer halben Stunde will Dr. Reimer kommen und mit Ihnen darüber reden«, erklärte die Schwester.

Julia lachte leise auf. »Da bleibt natürlich wenig Zeit zum Abendessen!« Sie fuhr an den Tisch, trank etwas Tee und knabberte an dem Toastbrot. Ihren Hunger würde sie damit nicht stillen können. Aber wenn sie tatsächlich am nächsten Tag operiert werden sollte, war ein knurrender Magen nur ein geringer Preis.

Nachdem Julia mit dem Essen fertig war, legte sie sich ins Bett. Schwester Emily räumte das Tablett beiseite, und dann hieß es, auf den Arzt zu warten.

Es dauerte etwas mehr als eine halbe Stunde, bis Dr. Reimer kam. Julia stand derweil tausend Ängste aus, es könnte einen Grund geben, die Operation abzusagen.

Dr. Labahn war bei ihm, allerdings nicht im Arztkittel, sondern im Anzug, und sah sie aufmunternd an. »Wie fühlst du dich?«

»Ganz gut. Jedenfalls hoffe ich, bald wieder auf die Beine zu kommen.«

Beide Ärzte lachten. »So ist es richtig!«, meinte Dr. Reimer. »Man sollte niemals den Humor verlieren.«

»Bei mir ist es derzeit eher Galgenhumor«, antwortete Julia.

»Auch den muss man haben.« Dr. Reimer zwinkerte ihr zu, wurde dann aber sehr ernst. »Wir haben die Untersuchungen abgeschlossen und sind zu der Ansicht gelangt, dass wir operieren können. Die Aussichten auf einen Erfolg sind allerdings nicht sehr hoch.«

»Aber sie sind vorhanden. Sonst würden Sie nicht operieren«, sagte Julia.

»Sie sollten sich trotzdem nicht zu viele Hoffnungen machen«, mahnte der Arzt. »Für uns wäre es bereits ein Riesenerfolg, wenn Sie sich hinterher mit Gehhilfen fortbewegen könnten.«

»Im Vergleich zu meinem jetzigen Zustand wäre es jedenfalls ein Fortschritt«, erklärte Julia.

»Aus diesem Grund operieren wir!«, antwortete der Arzt und reichte ihr die Hand. »Ich wünsche Ihnen viel Glück und mir und meinen Kollegen eine ruhige Hand und vor allem Erfolg.«

»Das wünsche ich mir auch«, antwortete Julia.

Danach verabschiedeten sich die beiden Ärzte, und sie blieb allein zurück. Tausend Gedanken schossen ihr durch den Kopf. Ihre Hand tastete bereits nach dem Smartphone, um Marcus anzurufen. Sie zog sie aber wieder zurück. Noch war es zu früh. Wenn es klappte, wollte sie ihn überraschen. Im Augenblick aber war ihr Herz zu voll, um schweigen zu können. Sie schaltete den Fernseher ein, stellte aber rasch fest, dass keiner der Sender sie auch nur im Geringsten ansprach, und nahm ein Buch zur Hand, das Sandra Ulmen ihr geliehen hatte. Es war eine simple Liebesgeschichte, die nach allen möglichen und unmöglichen Wirren gut ausging. Sonst hätte Julia es nie in die Hand genommen, aber nun verschaffte der Roman ihr genug Entspannung, sodass sie schließlich das Licht ausmachen und einschlafen konnte.

Im Traum vermischte sich der Inhalt des Buches mit ihrem eigenen Leben, und als sie am Morgen aufwachte, glaubte sie zunächst, sich in einem Gästezimmer eines englischen Herrenhauses zu befinden. Sie wurde sich ihrer Umgebung jedoch rasch wieder bewusst und wartete darauf, dass sie zur Operation abgeholt wurde.

Schwester Emily erschien mit einer Kollegin, um Julia für die Operation vorzubereiten, und dann ging es hinaus auf den Flur und weiter zum Operationstrakt. Julias Herz schlug schnell und schwer, und sie verkrampfte die Hände, um ihrer Anspannung Herr zu werden.

Im Operationssaal wurde sie umgebettet, verkabelt und erhielt eine Spritze, die sie wegdämmern ließ. Das Letzte, was sie sah, war Dr. Labahn in OP-Kleidung, der ihr aufmunternd zuzwinkerte.

Als Julia erwachte, fühlte sie sich krank und schwach. Ihr Rücken tat weh, und sie war immer noch mit Kabeln und Schläuchen verbunden. Es dauerte einige Minuten, bis sie sich daran erinnerte, dass sie operiert werden sollte. Nein, es musste bereits geschehen sein, dachte sie. Dann aber müsste sie ihre Beine spüren. Doch da war nichts.

Ganz stimmte es nicht. Sie hatte das Gefühl, als liege etwas ganz Schweres auf ihren Zehen. Als sie mühsam hinsah, war es jedoch nur eine dünne Decke, mit der sie zugedeckt worden war.

Wenigstens spüre ich etwas, dachte sie und sah sich um.

Sie lag im Aufwachraum hinter einem Vorhang. Von einer Seite hörte sie tiefes, an Schnarchen erinnerndes Atmen. Irgendjemand sagte etwas, doch es hatte nichts mit ihr zu tun, sondern ging um einen anderen Patienten.

Noch während sie überlegte, wie sie sich bemerkbar machen sollte, schlief sie wieder ein.

Als sie das nächste Mal erwachte, stand Dr. Labahn neben ihr. Er hatte den Mundschutz herabgezogen und wirkte müde. Als er bemerkte, dass Julia wach war, lächelte er. »Es ist überstanden.«

»Wie ging es?«, fragte sie.

»Das muss die Zeit zeigen. Doch wenn es nicht schiefgegangen ist, müsstest du bereits deine Beine spüren!«

»Spüren ist gut! Ich habe das Gefühl, als würden meine Füße zerquetscht«, stöhnte Julia.

Dr. Labahn beugte sich über ihre Beine und schlug die Decke nach oben. Julias Füße lagen nun frei, dafür aber jammerte sie, dass ihre Schienbeine brechen würden.

»Du scheinst an einer Hyperempfindlichkeit nach der Operation zu leiden. Die Nervenbahnen sind gereizt und müssen sich erst wieder einspielen. Ich sorge dafür, dass es besser wird.« Dr. Labahn zog sein Smartphone heraus, wählte und sprach ein paar Worte hinein.

Kurz darauf erschienen zwei Krankenschwestern mit einem tunnelartigen Plastikgestell. Sie entfernten die Decke, legten das Gestell über Julias Beine und deckten sie dann wieder zu.

»Geht es jetzt?«, fragte Labahn.

Julia wusste es nicht so recht. Auch wenn sich die Zehen langsam beruhigten, taten ihr die Beine immer noch weh. »Wird das so bleiben?«, fragte sie erschrocken.

»Ich hoffe nicht! Im Normalfall müsste es in ein paar Tagen vorbei sein. Tut es das nicht, müssten wir noch einmal operieren und einige Nervenstränge veröden. Das wäre dann das Ende all unserer Hoffnungen.«

»Oh nein!« Julia atmete tief durch und fragte sich, ob sie nicht besser diese Schmerzen ertragen sollte, als für immer darauf zu verzichten, auf eigenen Beinen stehen zu können.

Eine halbe Stunde später wurde sie auf ihr Zimmer gebracht und erhielt etwas zu trinken. Da ihr Rücken schmerzte, wenn sie auch nur eine Muskelfaser anspannen wollte, blieb Julia ruhig, aber auch besorgt liegen.

Dr. Labahn leistete ihr Gesellschaft und berichtete, dass sie insgesamt sieben kleine Knochensplitter aus dem Rückenmark entfernt hätten.

»Es war wie Mikado spielen«, setzte er hinzu. »Wenn auch nur ein Stäbchen gewackelt hätte, wäre alles vergebens gewesen. Dr. Reimer musste mit Lupe und speziellen Instrumenten arbeiten, die kaum größer waren als Spielzeug in einem Puppenhaus. Er hat sich, wie er sagte, seit Monaten speziell auf diese Operation vorbereitet und die entsprechenden Instrumente extra dafür anfertigen lassen. Da du deine Beine wahrnimmst, könnte es sich gelohnt haben.«

Unbewusst fasste Julia sich an den rechten Oberschenkel und spürte die Berührung. Es war ein seltsames Gefühl und vor allem nicht schmerzhaft. Wie es aussah, hatte es sich wirklich gelohnt.

6.

In der Nacht schlief Julia tief und fest und träumte davon, mit Marcus über taufeuchte Wiesen zu laufen. Als sie am Morgen erwachte und die Beine bewegen wollte, blieben diese jedoch steif. Einen Augenblick lang packte sie Verzweiflung, dann aber lachte sie über sich selbst. Sie war nicht zu einer guten Fee gekommen, die mit einem Schwenken des Zauberstabs ihre Lähmung beseitigen konnte, sondern in ein Krankenhaus, und das hieß, sich dem Ziel langsam in kleinen Schritten zu nähern.

Julia richtete ihre Gedanken auf ihre Zehen, und mit etwas Mühe gelang es ihr, sie leicht zu krümmen. Es erleichterte sie, und so machte sie, bis die Schwester ihr das Frühstück brachte, weiter. Selbst als sie im Rollstuhl saß und frühstückte, bewegte sie die Zehen. Dadurch bekam sie ganz langsam ein gewisses Gefühl in den Beinen.

Nachdem das Bett gemacht war und sie wieder darin lag, spannte sie einzelne Muskeln in den Unterschenkeln an und sah mit leuchtenden Augen zu, wie ihr rechter Fuß leicht vor- und zurückwippte. Eine halbe Stunde später hatte sie auch den linken Fuß so weit. Ihr Ehrgeiz war mittlerweile so groß, dass sie versuchte, die Knie anzuziehen. Es war eine Schinderei, doch schließlich gelang ihr auch das.

Im selben Augenblick kamen Dr. Reimer und Labahn herein. Beide lächelten, als sie die angewinkelten Beine sahen.

»Wie es aussieht, haben wir einen gewissen Erfolg errungen«, erklärte Dr. Reimer und begann, Julias Beine zu bewegen.

»Sagen Sie mir, wenn es wehtut«, wies er sie an.

Julia nickte mit dem Vorsatz, es nur bei schlimmen Schmerzen zu tun. Zu ihrer Erleichterung war es jedoch auszuhalten.

»Sehr gut!«, bemerkte Dr. Reimer. »Sie haben die Beine trainiert und sie beweglich gehalten. Wir bekommen oft Patienten, bei denen die Gelenke wie eingerostet sind.«

»Dr. Labahn hat mir gesagt, welche Übungen ich machen muss, und ebenso wie Marcus, Sophia und Susi darauf geachtet, dass ich sie auch durchführe. Einmal hat mich sogar Fedosia in den Trainingsraum gescheucht«, antwortete Julia.

»Wie du siehst, hat es sich gelohnt.« Labahn zwinkerte ihr zu, während Dr. Reimer Julia nun den kaum handtellergroßen Verband über dem Rückgrat wechselte.

»Hier ist auch alles in Ordnung. Sie können jetzt Ihre Sportkleidung anziehen. Gleich wird Schwester Emily kommen und Sie abholen. Dann geht es los!«

Dr. Reimer war unendlich erleichtert, dass die Operation gelungen war. Nun kam es auf den festen Willen der Patientin an, wie weit die Genesung gehen würde. Er hatte Patienten erlebt, die sich so an ihren Rollstuhl gewöhnt hatten, dass sie ihn nur zeitweise verließen. Für eine junge Frau, die eben achtzehn geworden war, war das allerdings nichts.

»Sie kümmern sich hoffentlich weiterhin um Frau Lensberg?«, wandte er sich an Labahn.

»Selbstverständlich! Ich werde auch dafür sorgen, dass sie in eine gute Rehaklinik kommt.«

»Aber erst nach meiner Heirat und den Flitterwochen! Die werden Sie mir wohl noch gönnen«, sagte Julia.

»Die zwei Wochen kann ich genehmigen, aber Sie dürfen nicht anstrengend sein.« Dr. Labahn lächelte, denn er wusste genau, dass Julia in dieser Zeit lernen würde, wieder ihren Beinen zu vertrauen.

Nachdem die Ärzte gegangen waren, kam Schwester Emily mit einem Gestell heran, das an einen überdimensionierten Rollator erinnerte. Sie holte Julias Jogginghose und ein T-Shirt aus dem Schrank, wartete, bis diese sich angekleidet hatte, und nickte zufrieden, als sie sah, wie weit diese bereits die Beine bewegen konnte.

»Sie setzen sich in den Rollstuhl, fahren in dieses Gestell hinein und stemmen sich dann hoch. Ich ziehe dann den Rollstuhl zurück, und Sie bewegen die Beine!«

Julia nickte und hing kurz darauf in dem Gestell. Dort kam sie sich vor wie eine Marionette, denn die Beine schwangen ohne Bodenkontakt vor und zurück.

»Gut so!«, kommentierte Schwester Emily. »Jetzt die Beine gerade halten und daraufstellen!«

So einfach wollten die Beine Julia dann doch nicht gehorchen. Schließlich aber stand sie auf dem rechten und kurz darauf auch auf dem linken Bein.

»Halten Sie sich weiter am Gestell fest«, wies die Schwester sie an.

Julia gehorchte und machte dann den ersten, winzigen Schritt.

Sie hielt ein paar Minuten durch, bis sie so erschöpft war, dass sie Schwester Emilys Hilfe brauchte, um ins Bett zurückzukehren.

In den nächsten Tagen gingen die Übungen weiter. Schon bald wurde das große Gestell durch einen normalen Rollator ersetzt, und Julia musste damit zu den einzelnen Untersuchungen gehen, die noch auf sie warteten. Hatte Schwester Emily sie vor der Operation für ihr Gefühl zu sehr betreut, so ging sie jetzt nur noch neben ihr her, um eingreifen zu können, wenn es nötig sein sollte. Aber das war es nicht.

Noch immer traute Julia sich nicht, Marcus anzurufen, da sie sich mit Sicherheit verraten und sich damit die Überraschung verbaut hätte. Sie schrieb ihm daher wieder nur eine SMS, dass es ihr gut gehe und sie sich nach ihm sehne.

Die Antwort kam postwendend. »Ich liebe dich so sehr und vermisse dich schrecklich. Können wir nicht telefonieren?«, las sie.

Julia schüttelte unbewusst den Kopf und schrieb zurück, dass sie wegen der Geräte, an denen sie hing, kaum sprechen könne. Als Dr. Labahn das nächste Mal nach ihr schaute, bat sie ihn aber, zu Hause anzurufen und Marcus und Sophia mitzuteilen, dass sie alles gut überstanden habe, es allerdings noch ein paar Tage dauere, bis sie zurückkäme.

»Wenn du meinst«, sagte der alte Herr lächelnd. Er hatte Marcus und Sophia bisher täglich angerufen und erklärt, dass Julia durch den Aufenthalt in der Klinik gedrückter Stimmung sei und die Angst, weinerlich zu werden, sie vom Telefonieren abhielt.

Nun aber richtete er seine Gedanken wieder auf seine Patientin und wies auf den Rollator. »Dr. Reimer sagt, dass wir das Ding morgen wegtun können. Du wirst mit Gehhilfen üben, und die bleiben dir vorerst erhalten.«

»Das heißt, ich muss von da an mit Krücken gehen?«

Es war ein leichter Schlag für Julias Hoffnungen. Dann aber fand sie, dass es immer noch besser war, Gehhilfen benutzen zu können, als nur im Rollstuhl zu sitzen, und lachte.

»Jetzt halten Sie mich wahrscheinlich für sehr eitel, weil ich keine Krücken benutzen möchte«, meinte sie zu Labahn.

Dieser schüttelte den Kopf. »Warum sollte ich? Das ist nur natürlich. Wenn alles gut geht, wirst du sie in ein paar Wochen weglegen können.«

»Das wäre wunderbar!«, rief Julia, stand auf und umarmte den alten Mann dankbar.

7.

Der Abschied von Schwester Emily und Dr. Reimer war herzlich. Dennoch hoffte Julia, so schnell keine Klinik mehr von innen sehen zu müssen. Bis zum Eingang verwendete sie ihre Krücken. Dann aber reichte sie diese Dr. Labahn und ging die letzten Schritte zum Auto ohne sie.

»Das ist der Test für heute Abend«, erklärte sie.

Lippens sah ihr freudestrahlend entgegen. »Das ist heute der schönste Tag in meinem Leben! Ich habe mir vor einem Jahr fürchterliche Vorwürfe gemacht, dass ich Sie nicht trotz des Verbots direkt vor der Schule abgeholt habe.«

»Sie konnten ja nicht ahnen, dass der Lieferwagenfahrer so fahrlässig handeln würde.«

Julia lächelte dem Chauffeur aufmunternd zu und setzte sich vorsichtig in den Wagen. Ihr Gepäck war bereits verladen. Nun kamen noch die Gehhilfen in den Kofferraum, dann konnte es losgehen.

Lippens hatte in den letzten Tagen nach der besten Ausfallroute aus London gesucht. Dennoch dauerte es schier endlos, bis dieser Stadtmoloch hinter ihnen zurückblieb. Wenig später erreichten sie Dover und damit die Fähre nach Calais. Auf dem Hinweg nach London war Julia zu angespannt gewesen, um auf die Reise zu achten. Nun genoss sie es trotz der Gehhilfen, an Deck zu stehen und den Fahrtwind zu spüren, während die weißen Klippen von Dover hinter ihnen zurückblieben und sie sich dem Kontinent näherten. Labahn war bei ihr, bereit, jederzeit einzugreifen, wenn es nötig sein sollte. Julia wusste jedoch, dass sie sich nicht überanstrengen durfte, und kehrte schließlich zum Auto zurück.

Sie erreichten Calais, verließen die Fähre und fuhren ostwärts. Das Mittagessen nahmen sie in einem Restaurant in Lüttich zu sich, das Lippens von Eduard Lensbergs Reisen her kannte.

Mit jedem Kilometer, der danach kam, steigerte sich Julias Nervosität. Die Staus auf dem Kölner Ring waren das letzte Hindernis, dann ging es flott weiter, und kurz vor dem Abend kam die Villa in Sicht.

»Aufgeregt?«, fragte Dr. Labahn lächelnd.

Julia nickte. »Und wie! Ich habe Marcus und Sophia die Nachricht geschickt, dass wir heute ankommen, und sie dann doch kurz angerufen, aber ohne etwas zu verraten!«

»Auf jeden Fall wird es eine Überraschung für alle werden!«

Noch während Dr. Labahn es sagte, fuhr Lippens auf den Parkplatz. Das Auto stand noch nicht richtig, als die Haustür aufgerissen wurde und Marcus herausstürmte. Susi, Sophia, Sandra Ulmen und Fedosia folgten ihm. Alle wirkten besorgt, weil Julia länger weggeblieben war, als für eine einfache Untersuchung nötig gewesen wäre.

Lippens und Labahn stiegen aus. Der Chauffeur öffnete Julias Tür und trat beiseite. Verwundert, weil er den Rollstuhl nicht aus dem Kofferraum holte, starrten alle auf Julia, die sich langsam von ihrem Sitz erhob, zuerst ein Bein und dann das andere nach draußen streckte und sich mithilfe der Autotür gerade stellte.

Noch während ihre Familie und ihre Freunde sie fassungslos musterten, ging sie mit vorsichtigen, kleinen Schritten auf Marcus zu und schloss ihn in die Arme.

»Bist du mir böse?«, fragte sie leise.

»Ich habe mich schon gewundert, weil es so lange gedauert hat und Dr. Labahn aus England angerufen hat. Du hast dich dort operieren lassen! Aber das hättest du uns sagen können!«

Da Marcus Julia zwischen den einzelnen Sätzen immer wieder küsste, konnte er ihr nicht böse sein, dachte sie, und schmiegte sich glücklich an ihn.

»Ich wollte keine falschen Hoffnungen wecken. Die Aussichten für einen Erfolg waren nicht hoch, doch ich wollte es riskieren.«

Sophia trat neben die beiden und zupfte Julia am Ohr. »Es hat geklappt, und du hast uns ganz schön überrascht! Aber das tust du kein zweites Mal mehr! Was meinst du, was für Angst wir ausgestanden haben, weil du fast zwei Wochen ausgeblieben bist.«

»Ich hoffe, es wird kein weiteres Mal mehr nötig sein«, antwortete Julia und ging an Marcus' Arm ins Haus. Als sie im Erkerzimmer saß, blickte sie ihn lächelnd an. »Jetzt können wir tatsächlich barfuß über taufeuchte Wiesen gehen!«

»Das werden wir, mein Schatz! Aber vorher werden wir unsere Hochzeit überstehen müssen. Wenn du wüsstest, wen Sophia und Caren alles eingeladen haben, würdest du mit mir zusammen ins nächste Fahrzeug steigen und verschwinden.«

Marcus lachte, denn eines war für ihn sonnenklar: Es würden sich einige wundern, Julia auf ihren eigenen Beinen stehen zu sehen. Wichtiger aber war für beide, dass sie einander liebten und ihren Weg gemeinsam gehen konnten.

»So ist das Leben schön! Man muss nur immer das Beste daraus machen«, sagte Julia und musste plötzlich lachen. »Weißt du, worauf ich Lust hätte?«

»Nein!«

»Ich würde mir gerne einen dieser *Batman*-Filme mit dem Joker ansehen. Du solltest dabei aber den Anzug tragen, den du beim Geburtstag meines Großvaters anhattest. Damals habe ich dich als Joker verspottet. Doch du wurdest mein Joker fürs Glück!«

Zwischen Drama und Glamour:
ein hochemotionales Frauenschicksal aus der Welt der Oper

Annette Landgraf

Glück wie Glas

Roman

In der entspannten Atmosphäre einer Kreuzfahrt plant Michaela, ihre kriselnde Ehe mit dem Opernstar Peer in Ordnung zu bringen. Doch sie hat die Rechnung ohne Peers Agent Rainer Pahnke gemacht, mit dem sie immer wieder bei der Prüfung der Abrechnungen aneinandergerät: Pahnke hat heimlich zwei Auftritte auf dem Schiff vereinbart und ist ebenfalls mit an Bord.
Und er hält eine weitere Überraschung bereit: die überaus attraktive Sopranistin Antonella Sebaldi, die mit Peer gemeinsam auftreten soll. Als Michaela durch einen Zufall erfährt, dass sie schwanger ist, stellt Peer sie vor eine unmögliche Wahl.

KNAUR

Perfektion liegt in all den kleinen Unvollkommenheiten...

Renee Milan

Eine Frau mit Makel

Roman

Ihr Freund lässt sie noch im Krankenhaus sitzen, die Mutter bringt sie lieber in ein privates Kurhotel statt in die notwendige Rehaklinik: Lexa fühlt sich nach einem schweren Unfall und der darauf folgenden Amputation wie ein Freak, der am besten versteckt werden sollte. Erst als sie die alte Inge kennenlernt, fasst sie wieder Lebensmut. Stück für Stück erkämpft Lexa sich den Weg zurück in einen normalen Alltag. Nur von Männern will sie nichts mehr wissen – wer sollte sie mit ihrem Makel schon lieben können? Lexa ahnt nicht, dass der scheue Andreas mit ganz ähnlichen Ängsten kämpft …

Wenn Schicksale
sich kreuzen ...

Renee Milan

Die Leihmutter

Roman

Nie hätte Daniela geglaubt, zu so etwas fähig zu sein! Als sie nach einer Gefängnisstrafe buchstäblich vor dem Nichts steht, erscheint ihr das Angebot der Industriellenwitwe Lisbeth Siebert als einziger Ausweg: Lisbeth sucht eine Leihmutter, die das Kind ihres im Sterben liegenden Sohnes austrägt. Daniela ahnt nicht, dass sie mitten in die erbitterten Erbstreitigkeiten um ein Firmenimperium gerät, die sie selbst in Gefahr bringen. Auch gelingt es ihr bald nicht mehr, das kleine Wesen in ihrem Bauch als das Kind einer anderen anzusehen. Doch auch Lisbeth begreift im Lauf der Zeit, dass Daniela mehr ist als ein nützliches Werkzeug.